신뢰 연습

신뢰 연습

TRUST EXERCISE

수전 최 소설 | 공경희 옮김

외뜰주머니

신뢰 연습

두 사람은 아직 운전할 수 없다. 데이비드는 내년 3월에, 세라는 4월에 열여섯 살이 된다. 지금은 7월 초로, 이 둘에게 열여섯 살의 나이와 자동차 열쇠는 아직 먼 이야기다. 여름은 8주나 남았다. 끝나지 않을 것 같아도 그리 길지 않은 시간이다. 둘은 이 또한 금방 지나가리라고 직감했다. 같이 있을 때 그 직관은 한층 강렬해진다. 다만 그것은 그들이 무엇을 원하는지 알려주기만 할 뿐 그것을 얻을 방법은 말해주지 않는다. 이것이 견디기 어려웠다.

데이비드와 세라는 올여름부터 본격적으로 사귀기 시작했다. 사실은 작년부터 그러한 낌새가 있었다. 지난가을과 봄 내내 두 사람은 서로에 대한 언급을 자제하였고, 사람들의 눈에는 이들이 말을 하지 않는 사이로 보였다. 그러나 팽팽하고 아슬아슬하기까지 한 에너지는 말은 안 해도 느낄 수 있었다. 이 연애가 언제 시작되었는지 정확하게 말하기는 더 어렵다. 둘 다 연애 경험이 있었기 때문에—성 경험은 있었다—오히려 상황은 빠르게 진행되다가도 또 더디게 흘러가기도 했다.

1학년 가을, 각자 일반 학교에 다니는 남자 친구와 여자 친구가 있는 상태로 학년을 시작했다. 둘은 도시 전역과 외지의 낙후된 동네의 일반 학교에서 특정 분야의 영재들을 선발해 교육하는 특수 학교에 다녔다. 10년 전만 해도 이것은 대담한 실험이었다. 이제 학교는 엘리트 양성 기관이 되어, 최근에는 큰돈을 들여 '세계적 수준'의 '전문' 시설을 갖춘 신축 건물로 이전했다. 학교는 외부와 단절되어, 불필요한 유년기의 관계들은 차단될 수밖에 없었다. 세라와 데이비드는 이것을 그들의 예외적인 삶이 요구하는 일종의 가슴 아픈 의식으로 받아들였다. 그래서 이별 과정에서 남자 친구와 여자 친구에게 더욱 친절을 베풀며 마음을 썼다. 학교 이름은 시립 공연 예술 아카데미Citywide Academy for the Performing Arts였지만, 두 사람을 포함해 모든 학생과 교사들은 으스대며 CAPA로 불렀다.

CAPA에서 연극과 1학년 학생들은 연출 기법, 셰익스피어, 시창 연주(악보를 읽고 연주하는 것)를 공부했다. 연기 수업인 '신뢰 연습'에서, 그들이 배운 모든 것은 예술과 연관되도록 강조되었다. '신뢰 연습'은 다양한 방식으로 진행된다. 어떤 수업은 말하기와 집단 치료의 형식이었다. 또 침묵하기, 눈 가리기, 탁자나 사다리에서 뒤로 자빠지면 학급 친구들이 받아내기 같은 것도 했다. 거의 매일 학생들은 차가운 타일 바닥에 등을 대고 누워 있었는데, 나중에 세라는 그것이 요가의 시체 자세(사바사나)임을 알았다. 담당 교사인 킹슬리는 앞코가 날렵한 부드러운 가죽 슬리퍼를 신고 고양이처럼 교실을 누비면서, 근육의 움직임을 느끼게 하는 주문을 읊조렸다.

"의식을 정강이에 두고, 발목부터 무릎까지 천천히 채웁니다. 액체가 차올라 묵직하게 합니다. 세포 하나하나를 느낄 수 있게 부드럽게 끌어안았다가 놓아줍니다. 놓아줍니다. 놓아줍니다."

세라는 카슨 매컬러스(《마음은 외로운 사냥꾼》으로 유명한 미국 남부 대표 작가)의 희곡 〈결혼식 멤버〉에서 나온 독백 연기로 합격했다. 연극 캠프에 참가했던 데이비드는 〈세일즈맨의 죽음〉(미국 극작가 아서 밀러의 희곡)의 주인공 윌리 로먼을 연기했다.

수업 첫날, 킹슬리 선생은 닌자처럼 날렵하게 교실로 들어섰고—소리 없이 눈에 띄지 않게 움직이는 타입이었다—학생들이 이내 조용해지자, 그들을 향해 눈길을 주었다. 그것은 세라의 마음에 강한 인상으로 남았다. 경멸과 도전이 섞인 듯한 눈빛. '너희는 나에게 쥐뿔 아무것도 아니야'라는 눈빛이 얼음물을 뿌리듯 학생들에게 쏟아졌다.

그러더니 놀리듯 얼굴을 바꾸었다. '……아니, 혹시 내가 틀렸나?'라는 표정으로.

킹슬리 선생은 칠판에 분필로 비스듬히 **'THEATRE'**('연극'의 영국식 철자)라고 적었다.

"이렇게 써야 합니다. 이 단어의 끝을 'ER'로 표기한 과제물은 통과되지 않을 거예요."

이게 실제로 킹슬리 선생이 처음 한 말이었다. 세라의 상상처럼 '너희는 나에게 쥐뿔 아무것도 아니야'가 아니라.

세라는 시그니처 라인 청바지를 입었다. 쇼핑몰에서 구입했지만, 다른 학생이 입은 것은 보지 못했다. 바지는 세라에게 잘 어울렸다. 몸에 착 감기며, 엉덩이를 지나 허벅지 앞뒤로 이어진 나선 모양의 스티치가 절묘했다. 아무도 이렇게 독특한 질감의 청바지를 입지 않았다. 여학생들은 다 리바이스의 파이브 포켓 진(주머니가 앞면에 셋, 뒷면에 둘인 일반적인 리바이스 청바지)이나 레깅스를 입었고, 남학생들도 마찬가지다. 아주 잠깐이었지만, 마이클 잭슨이 입었던 것과 같은 파라슈트 팬츠를 입기도 했다.

아마 늦가을쯤일 것이다. 어느 날 신뢰 연습 시간에―데이비드와 세라는 확신할 수 없었다. 그들은 여름이 되도록 그 얘기를 하지 않을 터였다―킹슬리 선생은 창문이 없는 연습실의 전등을 다 끄고, 학생들을 빛 한 점 들지 않은 방에 가두었다. 직사각형 방의 한쪽 끝에는 바닥에서 70~80센티미터 높이의 무대가 하나 있었다. 완전한 적막에서 불이 꺼지자, 들리는 것은 선생이 맞은편 벽을 따라 걸어서 무대에 오르는 소리뿐이었다. 무대 가장자리에 별자리처럼 띄엄띄엄 점선으로 붙인 가느다란 형광 테이프가 얼핏 보였다. 눈이 어둠에 적응되고 한참 지나도록 학생들이 본 것은 이것뿐이었다. 자궁 혹은 무덤 같은 어둠. 무대에서 이전의 모든 것을 버리라는 킹슬리의 엄숙하고 조용한 목소리가 나직이 흘렀다. 그것은 학생들이 알고 있던 모든 지식을 버리게 하였다. 그들은 아무것도 보지 못하는 신생아들이었고 스스로 어둠을 헤치고 무엇을 찾아냈는지 봐야 했다.

학생들은 킹슬리 선생이 앉아 듣고 있는 무대에서 멀찍

이 떨어져, 다치지 않기 위해 기어 다녔다. 듣는 데도 열중했다. 어둠에 불안했지만 한편으로는 자유로웠다. 그것이 주는 은밀함 속에서 모험할 수 있었다. 여기저기서 움직이면서 나는 바스락거리는 소리가 들렸다. 연습실은 크지 않았다. 학생들은 서로 부딪혀 놀라 떨어지기도 했다. 킹슬리 선생은 그 소리를 들으며 그것이 무엇인지 짐작했다.

"어둠 속에 나와 있는 그것은 다른 피조물인가?"

그가 학생들의 불안을 나지막이 입 밖으로 뱉으며 속삭였다.

"이것은 무엇을 갖고 있지? 나는 무엇을 갖고 있고? 나를 앞뒤로 나르는 팔다리, 냉기와 온기를 감지할 수 있는 피부, 거칠고 매끈한 것. 그것은 무엇일까? 나는 무엇이고, 우리는 무엇일까?"

슬금슬금 기어가기와 함께 더듬기, 만지기를 묵인하게 되었다. 아니, 부추겼다. 어쩌면 요구한 것일지도 모른다.

데이비드는 냄새로 그렇게 많은 것을 구분할 수 있다는 것에 놀랐다. 후각에 대해 생각해본 적 없었는데, 이제는 냄새로부터 많은 정보를 얻어낼 수 있다는 것을 알게 되었다. 그는 블러드하운드(집요하게 추적하는 견종)나 인디언 정찰대처럼 대상을 판단하고 피했다. 저 멀리 있는 다섯 명, 겉으로 보기에는 가장 확실한 맞수지만 결코 상대가 되지 않았다. 우선 윌리엄. 윌리엄은 디오더런트(몸에 바르는 탈취용 화장품) 냄새를 풍겼다. 세제를 과하게 쓴 듯한 남성적이고 공장 근로자 같은 냄새. 윌리엄은 날씬한 금발 미남으로, 품위 있고 춤을 잘 추었다. 여자애에게 코트를 입혀주고, 차에서 내릴 때 손을 잡아주고, 문을 잡아주는 등 예의범절이 몸에 밴 것 같았다. 그것을 이상하고 완고한 그의 어머니에게 배웠을 리 만무했다. 그녀는 직업이 두 개인지라 내리 20시간씩 집을 비웠다. 귀가해서도 안방에 틀어박혀 나오지 않았다. 그래서 윌리엄과 두 딸의 식사를 챙기거나 가사를 돌보지 않았다. 숙제 봐주기 같은 더 세심한 일이야 말해 뭣 할까.

이러한 것들은 CAPA 연극과 학생이라면 몇 주 만에 파악할 수 있는 열네 살 반 친구의 일들이다. 윌리엄은 기독교 신자인 줄리에타, 뚱보 패미, 춤을 잘 추는 타니콰와 샹탈, 앤지 3인방의 흠모 대상이었다. 윌리엄이 타니콰를 돌리고 끌어당기고 팽이처럼 돌리면서 연습실을 누빌 때면, 샹탈과 앤지는 흥분해서 환호했다. 윌리엄은 타니콰와 탱고를 추는 것 말고는 어떤 욕망을 보이지 않았고, 그가 내뿜는 에너지는 성적인 열기와는 무관했다. 그의 땀에는 아무 냄새가 없듯이. 다음은 노버트, 기름진 여드름 냄새. 콜린, 어릿광대 같은 우스꽝스러운 머리에서 나는 두피 냄새. 엘러리는 기름 냄새와 머리 냄새가 향긋하게 어우러져서 마음이 동할 정도였다. 마지막으로 마누엘, 서류상 '히스패닉'(남미계)이다. 이곳은 다양한 인종이 거주하는 도시였지만 CAPA에 히스패닉은 드물었다. 어쩌면 그것이 마누엘이 여기 있는 이유를 설명해주었다. 학교에 기부금이 필요하다는 상징인 거지. 그는 딱히 이렇다 할 재능도 없고 늘 경직되어 있었다. 그리고 말수도 적고, 발음이 좋지 않았다. 본인도 그것을 창피해하는 게 보였다. 툭하면 친밀감을 강요받고 적극적으로 행동해야 하는 이 후끈한 곳에서, 그는 친구가 없었다. 마누엘에게는 세탁하지 않아 꼬질꼬질한, 인조 모직 안감을 댄 코듀로이 재킷 냄새가 났다.

데이비드는 민첩하게 기어 움직이기 시작했다. 발 끄는 소리, 부딪치는 소리, 숨 쉬는 소리는 무시했다. 소곤대는 소리와 헤어 제품 향을 풍기는 무리는 샹탈, 타니콰, 앤지였다. 데이비드가 지날 때 셋 중 하나가 엉덩이를 움켜잡았지만 속도를 늦추지 않았다.

세라는 청바지가 점자로 표시한 메시지처럼 자기 존재를 드러낸다는 사실을 간파했다. 그 외에 누군지 빤히 알 수 있는 사람은 샹탈밖에 없었다. 샹탈은 매일 하루도 빠지지 않고 허벅지 길이의 카디건을 입었다. 진홍색, 자홍색, 청녹색 같은 아주 화사한 색 카디건에 조잡한 징이 박힌 벨트를 두 번 둘러맸다. 카디건이 바뀌어도 같은 벨트였다. 같은 벨트 가 여러 개일지 모르겠지만. 조명이 꺼진 순간 누군가가 세라 옆으로 달려와 여기저기를 더듬대다 젖가슴을 찾자 착즙이라도 하는 것처럼 힘껏 쥐었다. 세라는 노버트라고 확신했다. 불이 꺼지기 전에, 그가 가까이 앉아 평소처럼 빤히 쳐다봤으니까. 세라는 바닥을 짚은 손바닥에 힘을 실어 발로 힘껏 그를 밀어냈다. 거무죽죽해진 흰 발레 플랫(발레화 모양의 여성 단화)을 신은 게 아쉬웠다. 굽에 금속 장식이 박힌 부츠였으면 좋았을 것. 주말 이틀간 '에스프리 드 파리' 빵집에서 오픈 시간대 근무를 해서 번 돈으로 버클 세 개로 여미는, 이 앞이 뾰족한 부츠를 샀다. 1주일 내내 6시 전에 일어났다는 뜻이었다. 툭하면 새벽 2시를 넘겨 자는 데도 말이다.

누가 됐든 유두를 쥔 사람은 억 소리도 못 내고 조용히 비척비척 어둠 속으로 물러났다. 이후 세라는 엉덩이를 내리고 다리를 접은 채 손바닥과 발로 계속 게걸음 쳤다. 어쩌면 콜린이나 마누엘일지도 모른다. 마누엘은 세라를 쳐다보지 않아서 눈이 마주친 적도 없었다. 목소리를 들어봤는지도 아리송했다. 혹시 마누엘이 폭력과 욕정을 억누르고 있었으려나.

"……어둠 속의 모든 형태. 이것은 차갑고, 이것은 모서리가 단단하고, 손을 올렸을 때 반응하지 않아요. 묘하게 울퉁불퉁한 형태인 이것은 따뜻하고, 거기 손을 올리니 움직입니다……."

어둠 속을 누비는 킹슬리 선생의 목소리에서 학생들의 마음을 열려는 의도가 드러났다. 모든 것이 그러한 의도로 진행되지만, 세라는 오히려 마음이 닫혀서 고슴도치처럼 가시를 세웠다. 세라는 낙제생이었다. 얼마 전에 했던 셰익스피어 암송은 형편없었다. 온몸이 뻣뻣하게 굳어 씰룩씰룩 경련이 인다.

무엇보다 줄리에타나 패미와 부딪칠까 걱정이었다. 둘 다 너무 열성적이고 아이들처럼 거침없었다. 그들은 손에 무엇이 닿든 그것을 신나게 쓰다듬을 터였다.

또다시 세라는 들키고 말았다. 손 하나가 왼쪽 무릎을 잡더니 손바닥으로 허벅지 앞쪽을, 소용돌이 패턴의 스티치를 쓸어내렸다. 바지 위로 손의 온기가 느껴졌다. 그러자 갑자기 뱃속이 텅 비고 마음의 문이 가만히 열렸다. 선생의 목소리는 계속 불어대는 바람처럼 잠금장치만 덜컹거리게 했으나, 이 손이, 이제야 마음의 빗장을 풀어버린 것이다.

그는 한 손으로 세라의 허벅지를 짚고, 다른 손은 그녀의 오른손을 잡아 면도한 자신의 얼굴에 가져다 댔다. 세라의 엄지손가락은 무기력하게 여기저기를 더듬었다. 그러더니 지장이라도 찍듯 손가락으로 얼굴을 눌렀다. 도톰한 손끝에 모기 물린 자국처럼 살짝 봉긋한 것이 느껴졌다. 데이비드의 모반이었다. 연필 끝에 달린 지우개만 한 초콜릿색의 납작한 점이 왼쪽 입가에 있었다.

둘은 가볍게 아는 사이로, 이제까지 그 점에 대해 이야기한 적이 없다. 하긴 어느 열네 살짜리가 점 이야기를 할까. 눈여겨보기나 할까? 하지만 말은 안 해도 세라는 이미 알고 있었다. 데이비드도 말은 안 했지만 세라가 아는 걸 알았다. 이것은 데이비드의 표식, 그의 점자였다.

세라의 손은 더 이상 힘없이 얼굴에 놓여 있지 않고, 균형을 잡으려는 듯 목을 잡았다. 그리고 엄지로 데이비드의 입술을 부드럽게 만졌다. 모반처럼 도드라진 모양이었다. 데이비드의 입술은 도톰하지만, 여자 입술이 아니라 원숭이 입술에 더 가까웠다. 가수 믹 재거와 살짝 비슷했다. 눈은 작지만 깊었고 마노 구슬처럼 파란 눈동자를 가졌다. 가끔은 치명적으로 지적인 분위기를 풍겼다. 결코 흔한 미남형은 아니었다. 아니, 그럴 필요가 없었다.

데이비드는 세라의 엄지를 입에 넣고 가만히 혀를 대보았다. 그러고는 침을 묻히지 않고 밀어내 다시 입술에 얹었다. 그녀의 엄지는 가늠이라도 하듯 입술 사이를 더듬었다.

킹슬리 선생이 계속 말하면서 지도했다. 그러나 두 사람의 귀에는 들리지 않았다.

데이비드는 이런 식으로 키스에 주저해보긴 처음이었다. 욕망의 꼬챙이에 찔린 느낌이었다. 고통 속에 떠서 거기 걸렸을지도 모른다. 양손을 올려 나란히 해서 세라의 가슴을 덮었다. 세라가 움찔하면서 몸을 누르자, 데이비드는 손을 닿을락 말락 살짝 올렸다. 손바닥이 얇은 면 티셔츠에 눌린 유두를 가만히 스쳤다. 세라가 브라를 착용했다면, 실크가 갈비뼈를 감싸는 가볍고 보드라운 종류일 것이다. 데이비드의 마음에서 다이아몬드나 수정 같은 반짝이는 보석처럼 세라의 유두가 쏟아졌다. 줄에 매달린 병에 다면체 수정 덩어리가 자라났다. 소녀의 가슴은 적당히 작고, 데이비드의 손에 쏙 들어오는 크기였다. 부피와 크기를 가늠하면서 놀라고, 손바닥과 손가락 끝으로 스치기를 똑같이 반복했다. 이전 학교에서 여자 친구를 사귈 때는 공식을 만들어 그대로 했다. 먼저 정해진 시간 동안 혀로 키스, 정해진 시간

동안 유두, 정해진 시간 동안 더듬다가 정점에 달하면 섹스. 한 단계도 거르거나 순서를 바꾸지 않았다. 섹스 레시피라고 할까. 그러나 이제 그럴 필요가 없다는 걸 깨닫자 충격에 빠졌다.

서로 무릎을 맞대고 꿇어앉아, 데이비드는 손바닥으로 세라의 가슴을 만지고, 세라는 양손으로 그의 얼굴을 감쌌다. 세라가 얼굴을 데이비드의 어깨에 기대자 입김에 그의 폴로셔츠가 축축해졌다. 데이비드는 세라의 머리칼에 얼굴을 묻고 향을 맡으며 흠뻑 취했다. 어떻게 세라를 찾았을까. '알아보다'라는 표현 말고는 적당한 단어가 없었다. 어떤 화학작용이 둘을 서로 이렇게 맞게 만들었을까. 그러나 아직 인생의 맛을 모르는 나이라서 그걸 깨닫지 못할 터였다.

"벽 쪽으로 가서 등을 대고 앉도록. 손은 편안하게 옆으로 내리고. 눈을 감습니다. 내가 무대의 조명을 켜서 서서히 변하게 할 거예요."

킹슬리 선생이 말을 마치기 전에 세라는 몸을 떼고, 불길을 피하듯 기어가다 벽에 부딪혔다. 벽으로 간 세라는 무릎을 가슴에 끌어안고 얼굴을 묻었다.

데이비드는 입이 바짝 마르고 속옷이 팽팽해진 것을 느꼈다. 조금 전만 해도 섬세한 감각으로 예민해져 있던 손이

권투 장갑을 낀 듯 답답했다. 그는 괜히 손바닥으로 짧고 단정한 머리를 연신 쓸어올렸다.

조명이 켜지자 학생들은 방의 텅 빈 중앙을 가만히 응시했다.

첫해의 중요한 '알아감'은 계속되었다. 교실에서 둘은 서로 다른 책상에 앉았다. 의자가 줄줄이 놓인 교실에서는 다른 줄에 앉았다. 복도에서, 식당에서 얼쩡댈 때, 벤치에 앉아 담배를 피울 때 두 사람은 각각 다른 아이들과 대화했다. 이따금 가까이 서 있을 때도 몸을 돌렸다. 하지만 평소에 이동할 때에도 데이비드의 시선은 허공에 구멍을 낼 것처럼 뜨거웠고, 세라의 시선은 채찍처럼 휙 보고는 시선을 뗄 뿐이었다. 본인들만 모를 뿐 두 사람은 등대처럼 눈에 띄었다. 쉬는 시간에 둘 다 정면을 응시해도 두 사람은 끈으로 연결되어 있었고, 친구들은 그 끈에 걸려 넘어지지 않으려고 빙 돌아갔다.

두 사람에게 새로운 어둠을 줄 동기가 필요했다. 학년 말, 한쪽 무릎이 마구 움찔대고, 시선은 맨 구석 자리를 훑고, 관절이 정신없이 욱신대자 데이비드는 세라 옆에 멈춰 서서 쉰 목소리로 주소를 물었다. 가족이 영국으로 여행을 떠날 예정이었다. 그는 세라에게 엽서를 보내고 싶었다. 세라가 얼른 주소를 적어 건네자 데이비드는 몸을 돌렸다.

1주 후 엽서가 오기 시작했다. 엽서마다 앞면은 특별할 게 없었다. 런던 브리지, 버킹엄궁의 엄숙한 경비병들, 1미터는 될 듯한 모호크족 머리를 한 펑크족. 가족이 정기적으로 호주, 멕시코, 파리 같은 곳을 여행하는 데이비드와 달리 세라는 외국에 가보지 않았다. 그러나 이것이 기념품점의 회전 진열대에서 대충 집은 평범한 엽서라는 건 알았다. 뒷면은 달랐다. 전면에 빼곡하게 글씨가 있고, 사연 사이에 주소와 우표가 빠듯하게 자리 잡았다. 세라는 계속 엽서를 배달해주는 집배원이 고마웠다. 그도 세라처럼 눈을 가늘게 뜨고 엽서에 적힌 주소를 봐야 했지만, 느끼는 감정은 전혀 다를 것이다. 하루에 적어도 엽서 한 장, 때로 여러 장이 도착하면, 세라는 집배원이 도착하자마자 우편물을 챙겨 들고, 청구서와 쿠폰은 엄마가 퇴근해서 보도록 따로 정리한다. 데이비드의 필체는 곡선이 많고 큼직한 장식체여서 여성스러울 정도로 유려했다. 하지만 아주 규칙적이어서 모든 글자의 각도가 같고 모든 t와 l은 높이가 같았다. 내용도 필체와 아주 비슷해서 관찰한 내용이 풍성했지만 매끄럽게 정리된 글이었다. 엽서마다 작은 콩트가 되었다. 또 오른쪽 아래, 우편번호 옆에 이런저런 애정 어린 표현이 있어서 세라의 가슴을 뛰게 했다.

　그들이 사는 넓은 남부 도시는 대지만 풍부하고 다른 모든 게 빈약했다―강이나 호수, 바닷가도, 배수 구역도, 언덕도 없었다. 지형적 다양성이 없고, 대중교통 같은 게 부족하다는 의식조차 없었다. 도시는 격자 시렁이 없는 덩굴처럼 가늘게 아무렇게나 뻗어서, 통일적인 짜임새가 부족했다. 데이비드가 사는 동네처럼 떡갈나무와 육중한 벽돌 건물로 어우러진 점잖은 동네 옆에 자갈 깔린 황무지나 군 기지 같은 USPS(미국 우편 서비스 회사) 시설들, 오수 처리장처럼 생긴 코카콜라 공장이 있었다. 또 2층 벽돌 건물 수백 동과 녹조로 얼룩진 노천 수영장 수십 개로 이루어진 미로 같은 허접한 아파트 단지가 있었다. 세라가 사는 그런 아파트촌이 넓은 가로수 길의 동쪽 끝에 널브러지듯 펼쳐졌다. 길에는 야자수가 너저분하게 늘어서고 맞은편에는 그 도시에서 가장 유명한 유대인 센터의 입구들이 있었다. 데이비드의 어머니는 런던에서 돌아오자마자 아들이 '유대인 문화 센터'의 라켓볼과 수영 수업에 관심을 보이자 놀라며 반겼다. 데이비드가 CAPA에 다닌 후로 그곳을 경멸하는 기색만 보였기 때문이다.

　어머니가 물었다.

"아직도 라켓을 가지고 있니?"

데이비드는 옷장 안쪽에서 라켓을 꺼냈다. 수건까지 챙겼다. 라켓과 수건을 힘없이 들고 세라네 집 앞에 도착했다. 가로수 길을 건너서 센터에서 아파트까지 실제로 걷자니, 거리는 다양한 각도로 상상하고 짐작한 것보다 훨씬 멀었다. 유대인 센터 주차장에서 아파트 단지 남문까지 도보로—보행자 친화적인 도시가 아니라서 인도나 신호등이 없었다—20분 가까이 걸렸다. 강한 뙤약볕 아래 나무 한 그루 없이 말라붙은 철쭉 화분만 늘어선 길을 걷는데, 차 몇 대가 다가와 도움이 필요한지 물었다. 이 도시에서 보행자는 극빈자나 막 범죄에 희생된 사람들밖에 없었다. 세라가 사는, 사방으로 뻗은 미로 같은 아파트 단지에 들어서자 데이비드는 비틀댔다—어쩌나 넓은지 단지 자체가 하나의 도시 같은데 표지판이 없었다. 세라는 열두 살 때 엄마와 여기로 이사했고, 모녀의 4년 동안 다섯 번째 이사였지만, 아버지와 무관한 첫 번째 이사였다. 모녀는 미로처럼 뻗은 간이 차고들 사이에서 헤맸고, 결국 허연 나무문에 분필로 X를 그린 후에야 길을 잃지 않았다. 그 문으로 세라네 전용 주차 공간과 아파트 뒤 베란다가 연결되었다. 이 도시의 7월 낮 평균 기온은 36도가 넘었다. 데이비드는 아파트 호수만 알

뿐, 세라의 집이 유대인 센터에서 서쪽으로 아주 멀고, 맞은 편 출입구 근처인 줄 까맣게 몰랐다. 세라가 서쪽 출입구에서 찾아오는 길을 알려줬지만, 데이비드는 그쪽에서 오지 않을 걸 알기에 흘려들었다. 가족이 센터에서 내려주면 거기서 걸어올 거라는 계획을 설명하기가 창피했다. 차가 없는 게 너무 창피했다. 둘 다 자기 차가 없고, 겨우 15세이니 1년 후에나 합법적으로 운전할 수 있는데도. 데이비드는 이 자동차의 도시에서 면허가 없는 박탈감을 세라도 똑같이 예민하게 느낀다는 생각을 못 했다. 이 역시 어린애는 아니지만 어른이 누리는 권력은 부족한 어중간한 시절의 고통이었다. 단지 내의 '도로'는 실제 도로가 아니라, 끝없이 갈라지는 보행로나 차량 진입로였다. 전자는 시든 봉선화 화단, 후자는 주차 공간의 경계면으로 구분되었다. 세라의 집을 찾는 데 한 시간 이상 걸렸다. 3에서 5킬로미터쯤 걸은 듯했다. 데이비드는 그날 어둠 속에서처럼 세라를 안아주는 상상을 했었지만, 이제 뙤약볕 때문에 핏발선 눈으로 문지방에 발이 붙은 것처럼 서 있기만 했다. 토하거나 기절할 것만 같았다. 그때 둘 다 어린 시절부터 익숙한 공기가 밀려왔다. 이 도시 특유의 공기, 해가 닿지 않는 끝없이 이어진 냉방 관에서 나오는 퀴퀴하고 서늘한 공기. 저택에 살든 작은 벽돌 상자에 살든 그 공기의 냄새는 똑같았다. 데이비드는 무심코 그 공기 쪽으로 발을 옮겼다. 그가 간신히 말했다.

"샤워해야겠어."

센터에 간다는 핑계를 댔기에 반바지, 반 스타킹, 애 같은 흰 운동화, 스포츠 티셔츠를 입어야 했다. 그 차림새에 세라는 당황했다. 데이비드가 헌칠하지 않고 낯설었다. 묵직한 욕망 사이로 살그머니 고개를 든 불만이긴 했지만. 그 욕망은 전에 없던 색다른 감정에 가려졌다. 마치 어둠과 약함 따위는 모르는 어른인 그가 소년을 통해 잠깐 내비치는 애달픔 같다고 할까. 소년은 세라 앞을 지나 욕실로 들어갔다. 세라의 엄마는 어딘가에서 장시간 근무 중이었다. 모녀가 같이 쓰는 작고 추레한 욕실은, 데이비드의 집에 있는 네 개의 욕실과 전혀 달랐다. 이 이상한 곳에서 매끈한 벽돌 같은 아이보리 비누로 샤워를 했다. 비누를 다리 사이로 옮겨 가면서 거품을 내어 구석구석 샅샅이 계속 문질렀다. 진짜 겁이 나서였다. 사랑하는 여자애와 섹스하는 것은 처음이었다. 이전에 두 명의 여자 친구와 섹스한 적이 있지만 이제는 모두 마음에서 사라졌다. 끓어오르는 혈기가 가라앉으면서 마음이 천천히 풀렸다. 물 온도를 내려 서늘한 물로, 거의 냉수로 씻었다. 데이비드는 허리에 수건을 두르고 조심스레 욕실에서 나왔다. 세라가 침실에서 기다리고 있었다.

　킹슬리 선생은 그가 남편으로 부르는 남자와 살았다. 그는 도발적으로 눈빛을 빛내며 그 말을 했다. 당시는 1982년이었고 뉴욕은 저 멀리 있었다. 세라를 제외한 어느 누구도 도발적인 눈빛으로 남자를 남편이라고 부르는 사람을 보지 못했다. 또 뉴욕에서 오래 산 사람을 본 적도 없었다. 그는 〈카바레〉 오리지널 브로드웨이 출연진으로, 그 시절을 회상할 때면 조엘 그레이를 '조엘'로 불렀다. 역시 세라를 제외하면, 아무도 사무실 벽에 거의 벗은 풍만한 여자 사진을 건 사람을 본 적이 없었다. 환상적이고 선정적인 수집품들 사이에 있는 사진 속, 짙은 화장을 하고 양팔을 높이 들어 활짝 벌린 여자는 킹슬리 선생과 전혀 안 닮았지만 어쩐지 그를 연상시켰다. 또 아무도 믿지 않았지만 그 여자가 킹슬리 선생이라는 소문도 돌았다. 세라가 이종사촌이 '레더 퀸'(가죽에 페티시가 있는 남자 게이)이라고 말하자 학급 친구들의 눈이 휘둥그레졌다. 이 이종사촌 오빠는 샌프란시스코에 살고 있으며, 자주 여장을 하고 구슬픈 짝사랑 노래를 불렀다. 그를 통해 세라는 다른 아이들은 전혀 모르는 킹슬리 선생의 난

해함을 풀 실마리를 얻었다. 그게 데이비드가 처음 세라를 눈여겨보게 된 계기였다. 뭔가 아는 분위기. 그는 가끔 킹슬리 선생과 세라가 웃는 걸 보았다. 그들은 뭔가 자신과 동떨어진 차원의 즐거움을 공유하는 것 같았다. 다들 그렇듯 데이비드도 그게 부러웠고, 그 세상에 끼고 싶었다.

1982년, 세라 외에 게이 지인이 있는 학생은 한 명도 없었다. 같은 1982년, 다들 킹슬리 선생의 게이 성향을 다른 어른들보다 특출하게 뛰어난 특성으로만 간주했다. 킹슬리 선생은 혀를 내두를 정도로 재치있고 때로는 폐부를 찔렀다. 그와 대화할 생각을 하면 겁나면서 활기가 생겼다. 걸출한 그의 기대에 부응하며 살고 싶지만 그러지 못할까 봐 두려웠다. 물론 킹슬리 선생은 게이였다. 학생들은 그걸 표현할 말이 부족했지만 직관이 전율을 일으켰다. 킹슬리 선생은 그냥 게이가 아니라, 인습타파주의자였다. 학생들은 이런 사람을 처음 만나보았다. 말로 설명할 수는 없지만, 이것이 그들이 간절히 되고 싶어 하는 것이다. 다들 적응에 실패해봤거나, 비참할 만치 만족해본 적 없는 아이들이었다. 그래서 구원을 바라며 창작에 매달렸다.

이상하고도 적절한 혼돈과 트라우마가 여름의 끝을 예고했다. 카리브해에서 허리케인 클렘이 밀려와 방향을 트는 장면이 심야 뉴스에 나왔다. 엄마는 1주일간 휴가를 받아 집에 들어앉아서, 피곤한 의심의 눈초리로 세라를 감시하며 창문에 테이프를 X자로 붙이고 여분의 그릇에 물을 받게 했다. 세라는 도서관에 갈 때만 빠져나올 수 있었다. 데이비드의 집에서 아주 가까운 대학 캠퍼스에 도서관이 있었다. 세라와 데이비드는 서로 멀찍이 떨어진 곳에서 차에서 내렸다. 실수로 도서관에서 먼 데서 같이 내렸다가 골탕먹었다고 느끼기도 했다. 둘은 여름에 짓눌린 캠퍼스의 끝에서 끝까지 아찔한 열기 속에서 걸었다. 가망 없지만 있을 만한 곳을 찾아다녔고, 너무 덥고 난감해서 손도 못 잡았다. 가끔 관리 직원이 방수포와 모래주머니가 잔뜩 실린 골프 카트를 몰고 지나다가 둘을 쳐다보았다. 캠퍼스에 대학생이 없었다. 도서관을 포함해 캠퍼스 전체가 폐쇄되었다. 드넓은 아스팔트 주차장을 지나자 풋볼 경기장이 나왔다. 로마 유적 같은 경기장은 열기 속에 하얗게 바랜 채 조용히 있었다. 두 사람은 구부러진 접이식 철문을 비집고 들어갔다. 스낵바 뒤편 팝콘 기계의 하단에 상한 기름내가 나는 찌그러진 상자가 있었다. 세라는 데이비드가 즐기게 해주었다. 입으로 그의 귀를 헤집고, 양다리로 그의 허리를 감으면서, 땀범벅인 미끄러운 그의 등을 양손으로 잡으려고 애썼다. 그가 절정에 오르자 리드미컬하게 내쉬는 가쁜 숨이 세라의 목덜미에 뜨겁게 쏟아졌다. 처음으로 세라는 그러지 못했고 외로운 느낌이 들었다. 둘은 구부정하게 몸을 떼고 다시 옷을 입었다. 데이비드는 세라의 다리에 붙은 쓰레기 조각을 떼거나, 세라가 웃어도 괜찮다고 느낄 말을 하지 않았다. 그는 운동화 끈을 매느라 쩔쩔매면서, 혼자만 절정에 이른 걸 아쉬워했다. 종이 상자를 침대 삼아 그의 몸 아래서 세라가 그렇게 굳어버려서 아쉬웠다. 세라의 집에서 여러 번 한 것과 너무 달랐다. 그때는 세라의 침대, 카펫 바닥, 복도, 심지어 거실 소파와 안락의자에서도 욕망을 펼쳤다. 가끔 꿈에서 나온 것처럼 새로운 곳에 있는 자신들을 발견하고 웃음을 터뜨렸다. 데이비드는 입술로 세라의 온몸을 애무하고 음부로 혀를 밀어 넣었고, 세라가 몸부림치며 소리치면 손을 꼭 잡았다. 세라의 쾌감에 둘 다 놀라고 전율했다.

옷을 입은 후 캠퍼스에서 벗어나 그 주변을 빙 돌다 보니, 세라가 일하는 프랑스 빵집이 있는 광장이 나왔다. 세라는 좋아하는 가게에 들어가 액세서리를 착용해봤고, 데이비드는 그 모습을 지켜봤다. 연마하지 않은 원석으로 만든 이상한 수공예 장신구였다. 엄마의 도요타가 가게 밖에 나타나자, 세라는 점원 앞이라 데이비드의 키스도 못 받고 얼른 나갔다. 데이비드는 상점 안에 좀 더 있다가 리본을 묶은 상자를 들고 나왔다.

○

어이없이 많은 사건이 일어났던 시간, 변화, 총신에 든 화약처럼 꾹꾹 누른 감정을 기억해보기를. 그 더디고 늘어지는 몇 년 같은 며칠. 그들의 시간은 무한했고, 아침에 깨서 달이 뜨는 사이에 인생이 꽃피었다 죽었다. 허리케인 클렘이 상륙해서, 한여름에 데이비드가 걸었던 가로수 길을 성난 누런 강으로 바꾸어버렸다. 이 강물이 도로변의 차들을 삼키고 나무들을 고꾸라뜨렸다. 개학이 1주일 연기되어, 한여름이 아니라 한평생이 지났다는 의심을 확인해주었다. 설마 아직도 열다섯 살이라는 것을 믿을 수 없었다. 그 나이에는 여름방학 동안 극도로 변신하여 또래들에게 충격을 주고 싶다는 자연스러운 야심이 있다. 배우들이니까. 샹탈은 아프로 헤어스타일로 학교로 돌아왔다. 노버트는 성공 여부는 확실치 않지만 수염으로 얼굴을 감추려 했다. 가장 뜨거웠던 소녀들의 우정이 웬일인지 깨졌다. 세라는 '블랙박스'의 문으로 들어서는데, 조엘 크루즈가 소리치며 다가오자 왠지 몰라도 온몸이 굳었다. 지난 봄에는 조엘과 붙어 살다시피 했다. 조엘의 친언니 마르틴이 같은 학교에 다녀서, 세라는 밤에 집보다 마르틴의 너저분한 차 뒷좌석에서 보내는 시간이 더 많았다. 그들은 술이나 마약, 싸구려 가짜 신분증에 속아 넘어갈 술집 경비원을 찾아서 헤맸다. 조엘은 세라에게 코카인, 〈로키 호러 쇼〉(영화화되기도 한 뮤지컬 공연), 청바지에 발레 플랫을 매치하는 법을 알려주었다. 그러나 이제 세라는 조엘의 피부가 못마땅했다. 너무 축축하고 발그레했다. 암내가 났다. 전과 다르게 구는 것은 아니었다. 그저 달라졌을 뿐. 조엘을 무시하지 않았다. 쌀쌀맞게 말하지도 않았다. 하지만 변했다. 더 이상 조엘과 친구가 아니었다. 2학년이라는 완전히 새로운 환경에서 그게 너무 당연하고 확실해서, 조엘도 알 거라고 짐작했다. 어쩌면 조엘은 그걸 바라고 눈에 띄게 행동한 것이며, 세라는 그저 맞장구쳤을 뿐일지도 모른다.

하지만 조엘이 거기 서서 말하는데도 조엘의 어색함이 세라에게는 무의미했다. 데이비드를 빼면 모든 게 무의미했다. 세라는 자신을 향해 거울처럼 반짝이는 그의 인정을 상상했다. 세라와 데이비드는 멀리 나아왔다, 둘이서만. 학교에서의 자신들을 버리고 지평선 밖으로 사라졌다. 둘이 가짜 껍데기를 유지한다면 다만 위장할 목적이었다. 세라에게 둘의 여름은 신들이 소곤대는 올림포스산 같은 비밀이었다 (당시 그게 뭔지 알았다면). 물론 이걸 데이비드에게 설명할 생각은 없었다. 이미 알 거라고 짐작했다.

데이비드는 번뜩이는 거울이 아니라, 밝고 뜨거운 스포트라이트로 '블랙박스'에 성큼 들어서더니 팔을 약간 위로 흔들었다. 뭔가 감추려다가 숨기려는 동작으로 들통났다. 그의 카리스마에 눌려 붙어 다니는 열두어 명이 옆에 있었다. 다들 지켜보는 가운데, 세라는 리본을 묶은 선물 상자를 받았다.

콜린이 떠들어댔다.

"데이비드가 한쪽 무릎을 꿇겠네!"

"저 얼굴 좀 봐, 순무처럼 빨개!"

앤지가 웃어댔다.

"열어봐, 세라."

패미가 졸랐다.

세라는 상자를 데이비드의 손에 다시 쥐여주었다.

"나중에 열어보면 돼."

"지금 열어봐."

데이비드가 채근했다. 세라는 콜린, 앤지, 노버트, 패미를 비롯해 이상하리만큼 모두를 의식했지만, 데이비드는 그들은 안중에 없었고 말소리조차 들리지 않는 것 같았다. 그의 시선 한가운데 세라 혼자 있는 순간이 잠깐 지나갔다. 구경꾼들에 무심한 데이비드의 태도가 세라에게는 도전이나 시험으로 다가왔다. 세라는 발끈하느라 자신과 똑같이 벌겋게 달아오른 데이비드의 얼굴을 못 봤다. 세라의 얼굴이 순무처럼 빨갛다면, 데이비드의 얼굴은 화상 흉터같이 번들대는 얼룩이 듬성듬성한 수염 자국과 겹쳐 엉망이었다.

"나중에 열어볼래."

세라가 말할 때 킹슬리 선생이 나타났다. 그는 다시 만나 좋겠지만 이제 그만 닥치고 들어가시라는 듯이 머리 부근에서 팔을 저었다.

데이비드는 세라보다 두 줄 뒤에 앉았고, 세라는 돌아보지 않아도 그의 자리를 정확히 알았다. 앞을 응시하자니 무언가 잘못되었다는 느낌 때문에 후끈거렸다. 자신이 그런 걸까? 아니면 당한 걸까? 돌아보지 않을 작정이었다. 데이비드가 아무리 바라더라도 그를 돌아보지 않으리라. 두 사람 다 아드레날린이 치솟으며 다급하고 애매하게 경고했다. 몇 분 전만 해도 데이비드는 큰 이중문으로 당당히, 실은 뛰다시피, 들뜬 마음에 우스꽝스러운 걸음걸이로 들어왔다. 마침내 세라의 남자 친구 역으로 무대에 오를 순간이었으니까. 그의 여자 친구 세라. 데이비드는 이것을 신성한 역할들로 여겼다. 두 사람은 그가 가장 마음 쓰는 두 배역이었다. 누가 햄릿이 안중에 있대? 작은 상자가 너무 작을까 봐, 손바닥에 쏙 들어가는 상자에 세라가 실망할까 봐 걱정하던 참이었다. 하지만 세라가 상자를 열면, 은줄이 흘러내리고 사랑하는 세라의 목 아래 쇄골 가운데 움푹 팬 곳에 파란 보석이 놓일 터였다. 데이비드 자신의 광채 같은 것을 세라가 쏟아낼 터였다—방금 본 두려움이나 역겨움이 아니라. 혹은 창피함? 당연히 그가 창피했겠지.

데이비드는 상자를 눈앞에서 치우려 했다. 사물함에 처박아야 했다. 망가뜨려야 했다. 불룩 나온 바지 앞주머니 꼬락서니가 우스웠다. 데이비드에게 사랑은 선언을 의미했다. 그게 핵심이 아닐까? 세라에게 사랑은 둘만의 비밀을 의미했다. 그게 핵심이 아닐까? 세라는 수업 내내 데이비드의 시선을 느꼈고, 미동도 하지 않고, 마음으로만 시선을 거기 붙들어뒀다. 세월이 흐른 후, 세라가 일개 관객으로 극장에 갔을 때, '무언의 언어는 있을 수 없는가?'라는 배우의 대사를 듣고 자기도 모르게 눈물이 고여 놀라리라. 데이비드보다 두 줄 앞에 앉아 그의 시선이 자신의 목덜미에서 나방처럼 날아가지 못하게 움직이지 않으려고 안간힘을 썼다. 하지만 세라는 어휘 없는 이 언어에 맞는 표현을 몰랐다. 데이비드가 이 언어로 말을 걸지 않자 그게 무슨 뜻인지 세라는 모를 터였다.

"자아 회복에는 어떠한 기반이 요구됩니다. 사랑하는 2학년 여러분, 처음 만난 때보다 한 살 더 먹고 더 현명해졌겠지. 그 기반이 무엇일까요?"

킹슬리 선생이 말했다.

학생들은 그의 마음에 들고 싶어 안달이 났다. 하지만 어떻게 하면 될지 명확한 답이 없는 게 문제였다. 정답을 말하는 것? (하지만 뭐가 정답일 수 있을까?) 일부러 틀리지만 우스운 답을 말하는 것? 그가 학생들의 질문에 곧잘 그러듯 질문에 질문으로 대응하는 것?

패미가 적극적으로 희망차게 손을 들었다.

"겸손이요?"

킹슬리 선생은 어이없어서 비웃었다.

"겸손이라! 왜 그렇게 생각하는지 설명해봐. 그리고 제발 겸손하지 말고. 사고과정을 과시하길 바라, 패미. 그러면 내가 이해할 수 있을지 모르지."

금색 머리핀을 꽂은 패미의 통통한 얼굴이 머리끝까지 빨개졌다. 하지만 소녀는 묘한 옹고집이, 끝까지 물고 늘어지는 기질이 있었다. 패미는 기독교 신자였고, 그건 이 학교 담장 밖에서야 흔하지만 안에서는 지지는커녕 조롱감이었다. 그래서 지난해에 패미는 자기방어에 능숙해졌다.

"자아가 너무 많은 사람은 거드름을 부리니까요. 겸손은 강한 자부심의 반대고요."

"한 가지 분명히 해둡시다. 자아가 '너무 많을' 수는 없어요, 우리가 그것을 통제하는 한은."

자기 통제. 다들 각자 통제력 부족을 겁냈다. 세라가 그 예였다. 그해 상반기에 엄마에게 생계 허가 신청서를 작성해달라고 부탁했다. 14세 청소년이 가족을 재정적으로 지원해야 하면 운전면허증을 교부받는 신청이었다. 세라는 그런 형편이라고 주장했다가 엄마의 분노를 샀다. 싸우던 중에 세라가 밀친 주방 의자가 유리 미닫이문을 통해 베란다로 나갔고, 수리비로 여름 내내 빵집 아르바이트로 번 돈이 들어갔다.

당시 엄마는 "네가 운전은 할 수 있다고 생각하는구나!"라고 쏘아붙였다.

데이비드도 마찬가지였다. 그날 세라에게 돌려받은 상자를 한 손으로 찌그러뜨리다가 손바닥을 베었다. 나중에 세라가 "지금 열어봐도 될까?"라고 묻자 데이비드는 "무슨 말을 하는지 모르겠네"라고 받아쳤다. 이러한 사례들이 보여주는 것이 자기 통제인지, 자기 통제 부족인지 데이비드는 아리송했다.

"자아 회복의 기반은 자아 해체입니다."

킹슬리 선생이 결론지었다. 다들 지난 학년에, 당시 2학년이었고 현재 3학년생들에게 들은 얘기였다. 선배들은 계속 이 모를 얘기를 주절대면서도 눈곱만한 힌트조차 주지 않았다.

"때가 되면 알 거야."

"아직 신입생 주제에! 차근차근 밟고 올라와야지."

당시 2학년이었고 현재 3학년들은 무척 유난스럽게 결속력이 강했다. 현재 2학년에게는 없는 독특한 분위기를 가진 집단 같았고, 나이 차이 때문만은 아니었다. 당시 2학년이었고 현재 3학년들은 개인으로도, 전체로도 더 사진을 잘 받았다. 운동 프로그램이 없는 학교에서 그들은 치어리더 팀 같은 인상을 풍겼다. 옷을 어울리게 잘 입고 희고 고른 치아를 가졌다. 일찌감치 짝지어 오래 사귀었다. 브렛과 케일리 커플은 예외였지만―이들이 지난 학년 때 몇 주간 싸우고 상심하다가 뜨겁게 재결합하는 과정에 학교 전체가 들썩였다. 드라마 시리즈에서나 볼 열기였다―예외가 없음을 증명했고. 당시 이성 친구가 없는 소수 2학년생은 영화 〈서드 휠스〉나 〈베스트 프렌즈〉(미국 TV 시리즈물)처럼 자기들끼리 똘똘 뭉쳤다. 마누엘 같은 외톨이나 노버트 같은 구제불능의 루저가 없었다. 세라같이 무서운 비밀을 가진 아이도 없었다. 브렛과 케일리가 헤어진 사이, 세라는 브렛네 아파트에서 하룻밤을 보냈다. 그때 브렛은 케일리 얘기를 하면서 울었고, 어느 시점에서 세라에게 키스하다 말고 침구를 창밖으로 내던졌다. 케일리와 화해하자 브렛은 쇼케이스 리허설을 하던 저녁, 세라의 손목을 움켜잡고 "아무한테도 말하면 안 돼"라고 경고했다. 세라는 브렛의 이미지에 먹칠할까 봐 데이비드에게도 털어놓지 않았다.

이제 데이비드는 세라가 다가오는 걸 보면 방향을 바꾸어 피했다. 교실에서 피치 못하게 만나면 데이비드는 냉정하게 쳐다봤고 세라는 훨씬 더 쌀쌀맞게 노려봤다. 누가 누가 냉정한가, 누가 누가 냉기를 퍼붓나 대회라도 하는 것 같았다.

"원을 만듭시다."

킹슬리 선생이 말했다.

전에도 자주 그랬지만 학생들은 양반다리로 앉으면 사타구니가 불편했고, 찬 비닐 장판 바닥에 눌려 엉덩이가 얼얼했다. 다들 속으로는 자아 해체/복원 과정을 몸이 닿지 않는 난교라고 결론지었고, 흥분과 두려움이 살갗에 스멀스멀 올라오면 도리 없이 얼굴을 붉혔다. 거울 벽이 원을 두 개로 만들었고, 킹슬리 선생은 원을 따라 걸었다. 그는 학생들 너머 어딘가로 시선을 던졌다. 그의 눈빛은 학생들에게 그들이 얼마나 부족한지 여실히 가르쳐주었다―지난 2학년생들보다? 자신의 잠재력보다? 뉴욕에서 그가 알던 배우들보다? 학생들은 기준을 몰라서 더 첨예한 자격지심에 빠졌다. 세라는 데이비드를 보려고 해봤지만, 그는 왼쪽이나 오른쪽으로 보이지 않을 만큼 가깝지만 느낄 수 없을 만큼 멀리 있었다. 데이비드가 선택될까? 세라가 선택되려나?

"조엘."

킹슬리 선생이 안타깝게 경고하는 말투로 중얼댔다. 조엘의 실패가 애잔한 듯했지만, 조엘이 뭘 했을까? 조엘은 사시사철 발그레하지만, 여름 태양에 타서 얼굴과 달라붙는 브이넥 탑의 가슴골까지 얼룩덜룩하고 피부 껍질이 벗겨져 있었다. 이름이 불리자 새로 돋은 분홍 피부가 빨개졌고 반쯤 벗겨진 피부 껍질이 두려움에 버석대는 것 같았다. 한심한 꼬락서니라고 세라는 생각했다.

"조엘, 원의 정중앙에 서도록. 네가 중심이야. 너로부터 아이들에게 각각 보이지 않는 선이 방사형으로 나 있어. 이 선들은 바큇살이지. 너는 바퀴의 중심축이야, 조엘."

"네."

조엘이 대답했다. 피부 아래서 피가 분수처럼 솟구쳐 얼굴이 새빨개졌다.

"이제 네가 바큇살 하나를 선택해봐. 그 바큇살을 쭉 내려다봐. 그 끝에 누군가가 있지. 바큇살로 연결된 누군가가 너를 지나고 사람들을 지나가지. 넌 누굴 보고 있지?"

더 이상 비닐 장판이 차지 않다. 제발, 안 돼. 세라는 조엘의 몸통을, 달라붙는 탑 밑의 말랑한 배가 보이자 상황을 눈치챈다.

"세라를 보고 있어요."

조엘이 쉰 소리로 속삭이듯 말한다.

"네가 의식하는 걸 세라에게 말해."

"넌 여름 내내 나한테 전화하지 않았어."

조엘은 목이 메어서 말이 잘 안 나온다.

"계속해."

킹슬리 선생이 먼 곳을 응시하면서 말한다. 조엘 쪽을 보는 것도 아니다. 어쩌면 방 안의 대형 거울로 조엘의 빨간 피부, 번들거리는 눈, 너무 달라붙는 탑을 곁눈질하겠지.

"내가 전화해도 넌 전화를 걸어주지 않았어. 어쩌면 내 기분이겠지만 이건, 내가 느끼기에는……"

"감정을 똑똑히 말해, 조엘!"

킹슬리 선생이 윽박지른다.

"우린 단짝이었는데 너는 아예 모르는 사람처럼 굴어!"

그 말보다 목소리에 배인 억눌러왔던 서운함이 훨씬 더 참기 어렵다. 세라는 동상처럼 얼어붙어서, 맞은편 벽과 벽에 뚫린 문을 멍하니 바라본다. 그 문을 지나 복도로 나가고 싶은 눈빛이다. 그런데 갑자기 뛰쳐나가는 사람은 조엘이다. 조엘은 황급히 비척비척 원을 뚫고 나가다 콜린과 마누엘을 밟는다. 그러고는 문을 열어젖히고 울음을 터뜨리며 복도로 사라진다. 그 뒤로 아무도 숨을 쉬지 못한다. 다들 바닥만 물끄러미 볼 뿐 아무 데도 눈을 두지 못하고, 심지어 세라까지도 못 쳐다본다. 삶이 거기 걸려 있다. 불쑥 킹슬리 선생이 세라 쪽을 바라본다.

"뭐 하는 거야?"

그가 묻자 세라가 놀라서 움찔한다. 킹슬리 선생이 다시 소리친다.

"따라가봐!"

세라가 벌떡 일어나 문을 빠져나간다. 남은 아이들의 얼굴이, 데이비드의 얼굴조차 생각나지 않는다. 데이비드가 앉은 자리조차 찾을 수가 없다.

복도마다 텅 비어 있고, 미끄러운 흑백 체크무늬 바닥에 부츠 밑창이 닿는 소리가 요란하다. 코가 뾰족한 높은 금속 굽 부츠에는 큼직한 은색 사각형 버클 세 개가 붙어 있다. 서쪽 복도의 문 닫힌 교실들 안에서는 1학년생들과 3학년생들이 영어, 수학, 사회, 스페인어 같은 필수과목 시간에 꾸벅꾸벅 존다. 남쪽과 동쪽 복도에서 학교의 진면목인 소리가 들린다. 재즈 밴드가 엘링턴(미국의 재즈 음악가 테드 엘링턴)을 연주하고, 댄스 스튜디오에서는 피아노 반주자의 손이 건반 위를 누비는 소리와 묶인 핏발선 발들이 쿵쿵대는 소리. 흡연 공간인 뜰에는 아무도 없고, 햇빛에 바랜 벤치에 아름드리 떡갈나무에서 떨어진 도토리만 뒹군다. 담이 둘린 사각형 잔디밭의 한쪽 끝에 무대가 설치된 야외 교실도 비어 있다. 거리에 면한 문은 자물쇠가 채워졌다. 세라는 이 비밀스러운 장소들에 조엘이 아닌 데이비드가 있기를 바란다. 데이비드가 흡연용 벤치에 앉아 있다면, 데이비드가 참

나무 아래 앉아 있다면. 후문에서 이어지는 뒤편 주차장은, 학생들이 주차하고 날씨가 좋으면 차의 보닛에서 점심을 먹는 곳이다. 조엘이 문밖에서 몸을 숙이고 흑흑 흐느끼고 있다. 자기 차로 가려다가 슬픔에 겨워 걸음을 멈추었는지, 마즈다 열쇠를 손에 쥐고 있다. 조엘은 로켓 모양의 마즈다 신차를 현금을 주고 구입했다— 만 달러가 넘는데도. 한번은 세라에게 침대 밑의 커피통에 숨겨둔 현금을 보여준 적이 있다. 어디서 난 돈인지 세라는 몰랐다. 약을 팔았다고 짐작했다. 다르게 번 돈일 수도 있었다. 매일 조엘은 집에서 몇 블록 떨어진 친구네로 차를 몰고 가서, 거기서 집까지는 걸어가서 부모님의 눈을 피한다. 조엘은 꼬인 데 없이 단순하고, 심통 내지 않고 명랑하지만, 전과자처럼 은밀한 생활을 한다. 전에 세라는 그녀의 그런 면에 끌렸었다. 이제 조엘은 적나라하게 본모습을 드러낸 것 같다. 그냥 애정을 구걸하는 노는 여자애일 뿐이다. 그걸 알고 세라는 놀라지만, 적나라한 사실 때문은 아니었다. 문득 이게 킹슬리 선생이 줄곧 끄집어내려는 통찰인 걸 알기 때문이다. 지난 학년 '관찰' 시간에 학생들이 서로 '너는 진짜 좋은 아이야', '난 네가 잘생겼다고 생각해' 같은 말을 하자, 킹슬리는 답답해서 서성댔다. 그런데 이 순간, 세라는 펼쳐지는 상황에 자신의 진솔한 감정이 맞지 않는 걸 안다. 조엘을 끌어안고 화해해야 마땅하다. 그걸 안다. 킹슬리 선생이 옆에 서서 감독하는 느낌만큼 확실히. 선생이 거기 있는 느낌이 생생하다.

조숙하게 풍만하고 자극적인 조엘은 워낙 흔연스럽게 성욕을 드러낸다. 그래서 세라는 성욕을 부끄러워하는 자신도, 자기 몸과 체취도 못마땅하다. 조엘의 큰 가슴은 점이 많고, 달라붙는 옷 속의 가슴골과 주름은 늘 땀으로 촉촉하다. 청바지 안의 음부는 정글 박쥐를 흥분시키는 끈적한 밤에 피는 꽃 같은 냄새를 풍긴다. 조엘은 훨씬 연상인 남자들과 자고, 학교에서 남학생들을 남자도 아닌 것처럼 무시한다. 그녀는 오직 세라만 바라본다.

세라는 눈을 반쯤 감고 이를 악물고 조엘을 포옹한다. 조엘이 고마워하며 매달려 세라의 어깨를 눈물 콧물 범벅으로 만든다. 세라는 이것 역시 자기 통제라고 생각한다. 행동을 취하려는 불굴의 의지. 지금까지 자기 통제가 억제만 뜻하는 줄 알았다. 의자를 유리창에 던지지 않는 것만.

세라는 주절대는 자신의 목소리가 들린다.

"정말 미안해. 지금 너무 엉망진창이라서 그래. 멀어진 것처럼 보일 의도는 없었어. 상황이 완전히 미쳐 돌아가서……."

"무슨 일인데? 네가 힘든 건 **짐작됐거든**! 난 그저⋯⋯."

곧 억지 놀음이 마무리된다. 세라는 아무에게도 털어놓을 의사가 없고, 설령 말한다 해도 상대가 조엘은 아니다. 그래서 대본 읽듯, 미끼로 쓴 테니스 라켓, 텅 빈 스낵바에 대해 말한다. 고백하자 다시 조엘의 편애를 받는다. 조엘의 흐느낌은 기쁨으로, 억장이 무너지는 심정은 환희로 바뀐다. 이제 서러워서가 아니라 인도에서 구르지 않으려고 세라에게 매달린다. 가장 애착이 컸던 것을 제물로 삼아 이제는 바라지도 않는 우정을 되찾았다. 이제 조엘을 황홀에 빠트린 '비밀'을 입단속 시켜봤자 소용없음을 안다. 조엘은 세라를 덩굴처럼 감싸 안고 교실로 들어가다가 데이비드와 부딪칠 뻔했다. 둘이 밖에 오래 머문 사이에 막 수업이 끝나고, 데이비드가 얼른 빠져나가려고 맨 먼저 일어난다. 데이비드를 보자 조엘이 웃음을 터뜨리면서 얼굴을 가린다. 데이비드는 세라를 거칠게 어깨로 밀고 지나가고 세라는 피부에 불이라도 붙은 기분이다. 킹슬리 선생이 교실에서 나가다 갑자기 생각난 것처럼 말한다.

"세라, 내일 점심시간에 날 보러 와라."

빠져나가던 데이비드까지도 이 호출 지시를 듣는다. 이 말의 의미를 단박에 알아차린다. 세라와 상황을 완전히 오해한 조엘조차 킹슬리 선생의 호출이 무슨 의미인지 안다. 조엘은 자매 같은 질투심에 세라를 꽉 잡아당긴다. 세라는 반 아이들 모두가 되고 싶은 '문제 학생'이 된 것이다.

"어제 넌 친절을 베푼 거야."

딸깍하고 문이 닫히자 킹슬리 선생이 말했다. 그가 앉을 의자를 가리키자, 세라는 그의 사무실에 앉는 생경한 느낌 때문인지 곧 이런 대답이 나왔다.

"저는 친절을 베풀고 싶지 않았어요."

그와 티격태격하고 싶은 위험한 충동이 일었다.

"어째서?"

킹슬리 선생이 물었다.

"이제 조엘이 가깝게 느껴지지 않아요. 그동안 선생님께 모든 걸 배우면서, 저의 감정에 충실해야 한다고 생각했어요. 그런데 어제는 어떤 감정인지는 중요하지 않은 것 같더라고요."

"어떻게 그랬지?"

"선생님은 제가 조엘을 따라 나가 달래주고, 여전히 단짝이라고 말하기를 바라셨어요. 그래서 저는 거짓말이지만 그렇게 했어요. 그런데 이제 조엘이 다시 단짝인 줄 알기에 저는 계속 거짓말해야 하거든요."

"왜 내가 그걸 원했다고 생각하니?"

"저더러 조엘을 따라 나가라고 하셨으니까요!"

"그랬지. 하지만 하라고 한 일은 그것뿐이었어. 너한테 조엘을 달래주라고 하지 않았어. 거짓말을 하라고, 둘이 여전히 친구라고 얘기하라고 말하지 않았는데."

"그러면 제가 어떻게 해야 했는데요? 조엘이 울고 있었어요. 저는 죄책감이 들었어요."

이제 세라는 울기 시작했다. 절대 그러지 않겠노라 맹세했건만. 사무실에 안고 들어온 분노는 이제 흐느낌으로 변했다. 책상 끄트머리, 세라의 자리 옆에 클리넥스 티슈가 있었다. 거기 앉아 분노나 다른 감정이 북받쳐 우는 사람이 많을까. 세라는 휴지를 한 뭉치 빼서 코를 풀었다.

"그 순간 네가 끈기 있고 정직하게 조엘 곁에 있는 게 마땅했지. 넌 그렇게 했고."

"저는 정직하지 않았어요. 거짓말을 했어요!"

"너는 거짓말을 의식했고, 네가 그 말을 한 이유를 의식했어. 넌 그런 상황에서 거기에 있었어, 세라. 조엘보다도 거기에 충실했지."

그 순간 세라는 친구를 험담하는 킹슬리 선생의 부정직한 처신 따위는 안중에 없었다. 어찌 보면 _그_의 말이 맞는 것 같아서, 한순간 울음이 잦아들었다.

"어떻게 거짓말이 감정에 충실하게 만든다는 건지 아직도 모르겠어요. 선생님이, 남의 비위를 맞추는 게 진실을 털어놓는 것보다 중요하다는 말씀이 아니라면요."

"난 그런 말을 하는 게 아니야. 솔직함은 과정이지. 자기 감정을 주장하는 것은 과정이야. 그렇다고 남들에게 멋대로 군다는 뜻은 아니지. 네가 성실한 사람이 아니라면 여기 앉아 어제 일을 두고 내게 도전하지도 않을걸."

세라는 킹슬리 선생이 '도전한다'라고 표현하자 경계심이 솟았다. 그것은 확실히 합당한 일이었다. 그가 말을 이었다.

"봄에 영국 학생들이 오면 네 성실성의 덕을 봐야겠구나. 그들에게는 너 같은 안내자가 필요할 거야."

세라가 보기엔 미래의 안내자 역할보다 당장의 위기가 더 현실적으로 느껴졌다.

"조엘에게 여전히 친구라고 말한 게 스스로 덫에 걸린 짓 같아요."

"너는 빠져나갈 길을 찾을 거야."

"어떻게요?"

"난 너는 빠져나갈 길을 찾을 거라고 말했다."

세라는 다시 울음을 터뜨렸고, 한참을 울다 보니 이것이 흔치 않은 호사인 게 점차 의식됐다. 그녀는 늘 혼자 울었고, 드물게 엄마 앞에서 울었지만 어떤 상황이든 슬픔과 함께 조바심을 느꼈다. 눈물 바람을 하면 스스로도 조바심 나고 엄마도 조바심을 냈다. 킹슬리 선생은 세라가 울수록 더 만족하고 참을성이 많아지는 것 같았다. 그는 앉아서 인자하게 미소 지었다. 그의 인내심에 도취되어서 세라는 우는 진짜 이유를 털어놓고 싶은 유혹에 빠졌다. 하지만 그 생각을 하면서 너무 울어서 말이 나오지 않았고, 그러다가 너무 오래 울면서 생각하고 나니 데이비드 얘기를 실제로 털어놓고 어떻게 해야 할지 듣기까지 한 기분이었다. 그저 진이 다 빠져서인지 모르지만 묘한 평온이 밀려들었다. 킹슬리 선생은 여전히 인자하게 웃었다. 점점 더 만족스러운 눈치였다.

"학교 바깥 생활에 대해 말해보렴."

세라의 가슴 들먹임이 잦아들고 차분해지자 선생이 말했다.

"어떤 거요? 음. 엄마랑 저는 윈저 아파트에 살아요."

"거기가 어딘데?"

"모르세요? 세상에, 세계에서 가장 큰 아파트 단지 같은 곳인데. 건물, 간이 차고, 나무가 다 똑같이 생겼어요. 이사 한 첫해에 우린 외출할 때마다 돌아오는 길을 잃었어요. 우리 집 문에 분필로 X자를 그려야 했죠."

이 말을 듣고 킹슬리 선생이 웃음을 터뜨리자, 세라는 기쁨이 차올랐다.

킹슬리 선생과 하는 작업은 대부분 해방이라는 이름의 통제다. 자기 감정에 완전히 접근하기 위해서는 그것을 조절해야 하는 것 같다. 자기 감정에 접근하는 것 = 순간에 존재하는 것. 연기 = 허구의 상황에서 진솔한 감정으로 반응하는 것. 학생들은 이런 독특한 문구로 공책을 채우고, 필기하면서 구절 하나하나가 전체 구조를 통합할 열쇠나 기본 원리를 알려준다고 생각한다. 하지만 나중에 공책을 넘기면서 세라는 한여름 아이스크림 트럭에서 트는 음악처럼 끝없이 반복되는 멜로디를 듣는 기분에 빠진다. 이 지식이나 이걸 알려준 킹슬리 선생의 탓이 아니라, 읽으려고 애쓰는 헨리 밀러의 《북회귀선》 때문이겠지. 《북회귀선》을 읽기에 너무 어린 게 확실하지만, 그걸 인정할 수가 없다. 단어 뜻을 알면 당연히 작품의 의미가 저절로 펼쳐지겠지. 고집스럽게 계속 노력한다. 마찬가지로 연기도 고집스럽게 계속 시도한다. 마찬가지로 데이비드와도 계속 고집스럽게 상대가 시작했다고 서로 탓한다. 분노가 이 새로운 맛의 갈망을 심화시키지만 오롯이 둘만의 감정이기도 하다. 이것이 여전히 가능성이라고 세라는 고집스럽게 믿는다. 각자 오직 서로를 위해 간직한 공연이라고. 세라는 자신이 틀렸다는—자신이 재능도, 데이비드도 못 가졌다는—두려움을 유치하게 무심한 잘난 척으로, 뭐든 하겠다는 확고한 태도로 감춘다.

9월 말경 정기 공연 리허설이 시작된다. 이미 하교 시간이 늦다. 다른 일반 학교가 2시 30분에 끝나는 것과 달리 이 학교는 4시에 끝난다. 하지만 1년의 절반이 리허설 기간이고, 리허설은 4시 30분에 시작해 서너 시간 계속되기도 한다. 방과 후 연극과 학생 전원은 주차장으로 몰려나가 '유토템'에 가서 인스턴트 음식을 산다. 퍼니언즈(양파 맛이 나는 스낵의 상표명), 고추 맛 돼지껍질(돼지껍질 맛이 나는 스낵), 일인분씩 파는 아이스크림, 스위타르트(새콤달콤한 캔디 상표명), 킷캣(초콜릿 바 상표명). 조엘은 대개 물건을 훔치지만 걸린 적이 없다. 학생들은 주차장으로 돌아와 간식거리를 먹어치우고, 포장지를 야외 쓰레기통에 넣고 손을 씻은 다음 무대로 간다. 다들 옥신각신하면서 애들처럼 떠들고, 영양가 따위엔 무심하다. 사물함과 백팩, 면허 소유자라면 차 안처럼 위생 상태가 불량하다. 하지만 연극과 전원이 반사적으로 지키는 깐깐한 습관이 있다. 무대에서, 윙(무대 옆쪽)에서, 빨간 벨벳이 깔린 극장에서 음식을 먹는 일은 상상도 못 한다. 십대들이지만 자신들의 성소를 향한 헌신에는 십대의 기미 따위 없다. 통로에서 초콜릿 바를 먹을 때는 얼른 쓰레기를 치운다. 모두 이런 습관이 평생 지속될 것이다. 연극을, 무대의 꿈을 떠나 오랜 시간이 지나도 여전히 연극을 'theatre'라고 쓸 것이다. 그들에게 'theater'라는 철자는 무지해 보이니까. 어려운 작업에 깃든 장인의 자부심. 그들은 이 정신을 심어준 킹슬리 선생에게 감사할 것이다. 그의 다른 면모는 어떻게 평가하든 간에.

부모와 멀찍이 떨어져 감독자 없이 또래끼리 긴 시간을 보내는 생활은 학생들이 모교에 열정을 갖게 하는 원동력이다. 자유, 자기 본위—성인이 되어야 가질 줄 알았던 그런 막연함—를 이미 누린다. 운전면허를 취득했지만 저금을 유리문 수리비로 쓰느라 차를 가지려면 아직 먼 세라도 자유를 맛본다. 둘의 집이 한 시간 거리인 도시 양 끝에 있지만 조엘이 마즈다로 언제 어디든 태워다주는 덕이다. 그게 억지 우정을 이어가는 괴로움을 금방 달래준다. 세라와 조엘 모두 의상 담당이어서, 의상 감독인 프리드먼 선생이 치수 측정을 마무리할 때까지는 할 일이 없다. 하지만 둘은 현장을 떠나는 것은 상상도 하기 싫어서 리허설에 남아, 극장에 앉아서 지루한 역사 숙제를 한다. 데이비드는 소품 담당이어서 마찬가지로 할 일이 없다. 소품부는 소품 감독인 브라운 선생과 연출자인 킹슬리 선생 간에 미술 문제가 생길 때 대비해 대기 중이다. 하지만 소품 담당 역시 남아 있다. 아직 분위기를 모르거나 부모님이 학교에 열두 시간씩 있는 걸 반대하는 신입생들을 제외하면 어느 부 소속이든 다들 남아 있다.

극장에 앉아서 세라는 틈새로 데이비드가 무대 우측에서 뒷벽에 인접한 좌측으로 움직이는 걸 본다. 데이비드가 공방 쪽으로 사라진다. 모든 커튼이 올려진 상태고, 오싹하리만치 크고 실용적인 구멍 같은 무대에서 배우들이 대기하며 서성인다. 세라는 얼른 자리에서 일어나, 조엘에게 화장실에 다녀오겠다고 말한다. 극장 문밖으로 나와서 왼쪽으로 돌아, 공방의 바깥문으로 연결되는 복도를 걷는다. 신호라도 받은 듯이 문이 열리고 데이비드가 나온다. 6시가 지났고 복도는 썰렁하다. 늦여름 대학 캠퍼스에 간 날 이후 단둘이 있기는 처음이다. 복도가 비었지만 일시적인 상황일 뿐이다. 공방 문이 바로 여기 있고, 더 아래쪽에는 무대 좌측으로 이어지는 하역장 문이 있다. 소품 담당처럼 무대 담당은 설계 문제를 해결하려고 아직 공사하지 않고 대기 중이지만, 언제 여기를 지나 그쪽 구역을 오갈지 모른다.

세라와 데이비드는 몇 주 동안 서로의 잘못을 속속들이 찾아 비난하느라 분주했다. 이제 분노가 사라졌다.

"안녕."

데이비드가 폴로셔츠의 칼라 부분까지 빨개지면서 인사한다.

빨간 피부를 보자 세라는 가슴이 벅차 터질 것 같다. 아픈 마음이 심장에서 터지지 않고 살짝 패인 가슴골을 따라 흘러내린다.

"안녕."

세라가 데이비드의 셔츠 아래, 보이지 않는 가슴팍을 응시하면서 말한다. 거기 머리를 기대고 이 뻐근한 갈망을 피해 쉬고 싶다.

"어디 가?"

데이비드가 묻는다.

"몰라."

세라가 솔직하게 대답한다.

두 사람은 같이 공방으로 들어간다. 작업 공간이 건물 높이 전부를 차지한다. 둥근 톱, 띠톱, 쪼갠 널빤지, 바닥에 쌓인 톱밥. 저쪽에 가파른 사다리 같은 계단이 창고의 2층까지 놓여 있고, 창고 구역 뒤쪽에 2층 통로로 연결된 문이 열려 있다. 2층은 음악반 연습실들이 있는 구역이다. 여름이 지나면서 누군가가 예전의 배경 벽면들을 치우고, 개별적인 무대 장치들을 해체해 폐기물을 치웠다. 창고 2층도 썰렁하다. 두 사람은 맞은편 벽에 난 문으로 나가 2층 복도에 선다. 세라는 홀을 가로질러 합주실로 이어지는 이중문으로 간다. 이중문들은 복도에서 두어 걸음 안쪽으로 있어서, 넓고 얕은 벽감을 만든다. 세라가 이중문을 열려고 하지만 잠겨 있다. 뒤를 도니 데이비드가 입을 맞추며 세라를 벽감 구석으로 밀어붙이고, 세라는 튀어나온 경첩에 팔이 눌린다. 가려지거나 숨겨지지 않은 곳에서 등을 벽감 구석에 기대니, 복도 전체가 눈에 들어온다. 반 아이들이 이쪽에 얼쩡대지 않는 유일한 기회다. 이런 생각이 마음 밑바닥에서 올라오고, 상황을 아는데도 무시하고 입술로 데이비드의 입술을 탐닉한다. 이게 그가 세라를 휘어잡는 힘이다. 성기나 손이 아니라 입. 성기와 손은 충분히 조숙하다. 그 부위는 운 좋고 자신만만한 어른의 것이건만, 어찌된 영문인지 시간 여행을 하여 십대의 몸에 붙어버렸다. 그것들과 달리 데이비드의 입은 낯설지 않다. 그것은 세라 자신의 잃어버린 부분이다. 작년에 처음 데이비드를 봤을 때 세라는 입을 유심히 보았다. 못난 입, 원숭이랑 비슷하고, 소년의 좁은 얼굴에 비해 입술이 너무 길쭉했다. 그의 입은 세라의 입에 맞게 만들어졌기에 다르게 생겼다. 데이비드와 나눈 첫 키스는 기대 이상의 첫 경험이었다.

세라는 숨을 몰아쉬면서 양손으로 그의 머리통을 잡고, 귀 안에 혀를 넣는다. 이 행위가 성기를 입에 넣으려고 애쓸 때보다 훨씬 그를 못 견디게 하는 것을 안다. 세라의 혀가 귓속에서 넋을 빼는 사이, 감출 수 없는 망설임이나 수치심이 그의 쾌락을 방해한다. 두 사람은 이 순간에 대해 농담한 적도 있었다. 여름에 둘이 지내면서 이걸 그의 '크립토나이트'(《슈퍼맨》 시리즈에 나오는 가상의 광물)라고 불렀다. 이제 데이비드는 자제하지 않고 신음하면서 문자 그대로 무릎을 꿇고 세라를 끌어당긴다. 다른 손으로 바지를 홱 열어 사각팬티의 절개된 틈으로 빳빳한 성기를 꺼낸다. 세라의 옷에는 그런 구멍이 없어서 청바지를 다 내려야 한다. 한쪽이라도 내리려면 부츠 한 짝과 팬티를 벗어야 한다는 뜻이다. 흑백 바

둑판무늬 복도 바닥에서, 둘은 헉헉대면서 세라의 옷을 끌어내린다. 배경 막의 나무틀에 캔버스 천을 씌울 때나 발휘했을, 주저 없이 부지런한 손놀림으로. 세라가 한쪽 발가락부터 허리까지 알몸이 되고, 뜨겁고 미끌미끌한 경련이 일어난다. 둘이 같이 이 순간에 이르지만, 학교라는 공개된 장소에서 섹스하는 자신들을 발견하고 둘 다 충격을 받는다. 이제 두 사람은 더 미친 듯이 움직이고 결국 데이비드는 일그러진 얼굴로 황홀에 젖어 예상외로 세게 세라의 머리를 합주실 문에 밀고 만다. 세라의 등 뒤에 합주실이 있다. 둘은 거의 동시에 다른 문이 열렸다가 바로 닫히는 소리를 듣는다. 공방 2층 문이다.

둘 다 바들바들 떨면서 옷을 다시 입는데, 소시지 같은 손가락이 걸리적댄다. 서로 한 마디도 주고받지 않는다. 세라는 둘이 눈을 맞추는지조차 모르고 헤어진다. 각기 다른 방향으로 향하지만, 둘 다 공방 2층 문을 지나지 않는다. 데이비드는 하역장 입구로 이어지는 뒤편 계단으로 성큼성큼 걸어간다. 세라는 모퉁이를 돌아 중앙 복도 쪽의 넓은 중앙 계단을 내려가 로비를 지나 극장 문으로 들어간다.

"어디 갔다 온 거야?"

조엘이 묻더니 웃음을 터뜨리고 다시 말한다.

"못된 아가씨네."

조엘이 콤팩트를 건네사, 세라는 먼지가 낀 거울로 입가를 본다. 립스틱이 지워지고 입술이 도톰해져서 말캉해 보인다. 입술이 얼굴에 비해 이상하게 크다. 데이비드의 입처럼.

마침내 목적과 수단이 맞아떨어지는 것 같다.

움직이는 법을 가르칠 '동작' 교사가 새로 온다. 학생들은 동작으로 움직이는 법과 자유로운 동작으로 움직임을 자유롭게 하는 법을 배울 것이다. 동작 교사가 맡은 일이 너무 단순해서 세라는 바보 같다고 느낀다. 동작 교사가 묘하게 마땅치 않다. 여교사라는 사실에서 비호감이 생긴다는 걸 깨닫자 어떻게 느껴야 할지 난감하다. 킹슬리, 브라운, 프리드먼, 무대 디자인과 연출법과 연극사를 가르치는 메이시. 전부 남자 교사다. 로조 선생은 '동작' 시간을 맡는다. 학생들은 그녀를 만난 순간부터 은연중에 무시한다. 로조 선생을 소개하면서 킹슬리 선생은 학생들에게 경고하는 눈길을 보낸다. 로조 선생을 조롱하더라도 조용히 해야 좋을 거라는 눈빛이다.

로조 선생은 댄서 겸 '다분야 공연가'로, 학생들을 가르친다는 기쁨에 전율한다.

그녀가 말한다.

"가르치는 것은 신성한 신뢰지요. 여러분은 미래입니다."

학생들은 암암리에 무시하면서도 은근히 흐뭇하다. 로조 선생에게 기회를 줄 작정이다.

2층 복도에서 밀회 후 데이비드는 둘 사이의 끈을 잘라버렸다. 이제는 연결점인 분노조차 없다. 그는 자석이 같은 극을 피하듯 세라의 시선을 재빨리 피한다. 한 공간에 있을 때도 다른 곳에 존재하는 데 이골이 났다. 그의 몸 안에 외계인이 살고, 기억상실증이 그의 기억을 깨끗이 치워버렸다. 데이비드가 사라졌음을 확인할 때마다 세라는 더 괴롭고 속을 드러낸 기분에 잠긴다. 마치 경악하는 반 전체 앞에서 탐닉의 순간이 계속되는 것 같다. 동작 수업은 '블랙박스'에서 진행되고, 2학년생들은 4학년이 방에서 나오자 들어간다. 세라는 데이비드가 에린 오리어리와 잠시 마주 선광경을 본다. 4학년인 에린은 아담한 체구의 금발 여학생이다. 도자기 같은 얼굴은 본인의 출중함을 알아서 진지하다. 에린은 영화에 출연했고 미 배우 조합 회원이다. 하늘색 카르만 기아 컨버터블(폭스바겐의 스포츠카로 지붕이 열리는 모델)을 운전한다. 우월한 점은 웃음이 나올 만치 많아서 꼭 비현실적인 가상 인물 같다. 이상적인 조그만 엉덩이, 조그만 가슴, 야무진 둔부의 자그마한 체구는 모든 이의 시선을 끈다. 남학생들은, 4학년생들까지도 에린을 겁낸다. '촬영장'에서 만난, 이름 있는 진짜 배우들과 사귄다는 소문이 있다. 여학생들은 에린을 싫어한다. 에린은 외톨이 노릇에는 아랑곳하지 않고 진공관에 담겨 돌아다닌다. 이 학교에 다니는 이유는 하나, 고등학교 중퇴는 쓰레기 같은 짓이기 때문이다. 내년이면 줄리아드에 입학한다.

"어디 가?"

데이비드가 에린에게 묻는다.

"복고 희극. 넌?"

"동작."

"윽, 난 질색하는 시간이었지. 끝나고 샤워해야 했거든."

"어, 누나야 괜찮을 텐데."

데이비드가 대꾸하자 에린이 매력적인 웃음을 터뜨린다. 정말 완벽하게 사랑스럽고 아담해서, 매끈한 금발 정수리가 데이비드의 턱에 닿을락 말락 한다. 에린은 흐뭇해서 순순히 그를 올려다본다. 원하는 건 다 할 수 있는 여학생. 원하면 2학년 남학생과 데이트할 수도 있고. 상대를 선택할 수 있다.

세라는 그 사실을 알자 앞이 보이지 않아 헤치다시피 '블랙박스'로 들어간다. 뺨, 겨드랑이, 가랑이가 뜨거운 바늘로 찌른 것처럼 화끈거린다. 익숙한 증상이다. 가슴 속에서 갈비뼈들이 마른 가지 더미처럼 딸깍대며 움직인다.

"환영합니다! 동작 시간에 잘 왔어요."

로조 선생이 명랑하게 인사한다. 곧 학생들에게 의자, 책, 재킷, 가방을 놔두고 대형 사각형 무대로 오라고 한다. 세라는 어렵사리 책 더미, 문서철, 스프링 노트들을 내려놓는다. 다 이해 못 한 너덜너덜한 문고판 《북회귀선》을 케이크 장식처럼 맨 위에 올린다. 짐을 방패나 붕대처럼 가슴에 안고 다녔는데 내려놓으니 통증이 느껴진다. 갑자기 노출되자 가슴이 신음한다. 똑바로 서 있을 수가 없다. 데이비드가 뒤쪽 어딘가 있는 게 느껴진다―세라를 쳐다볼까? 세라가 몸을 돌려 안 볼 때는 그럴까? 어쩌면 다들 쳐다보고 있다. 반 아이들 모두 세라의 딜레마를 안다. 어제, 이제 이해되는 데이비드의 당황스러운 빈자리를 피해서 공중 무대 장치로 올라갔다. 비어 있는 줄 알았는데 패미가 눈물범벅이 된 울긋불긋한 얼굴로 거기 있었다. 7미터 허공에서 두 사람은 서로 대화할 수밖에 없었다. 수업 내용 때문에 여느 세상 사람들보다 훨씬 친밀했지만, 서로 불필요한 말을 주고받은 적이 없었다.

"그 애를 사랑하지, 아니야?"

패미가 물었다.

'블랙박스'는 이름대로 검은 상자 같은 방으로, 가운데 계
단이 필요 없는 낮은 대형 연단 무대가 있었다. 무대를 에워
싸고 계단식 관람석이 있고, 무대와 관람석 주변에 통로가
있었다. 공연 중에는 관람석 뒤로 검은 막을 드리워 백스테
이지를 만들었고, 네 개의 벨벳 은신처는 때로 은밀히 유용
했지만 오늘은 막을 걷어서 사방이 트이고 조명이 줄줄이
달린 천장이 드러난다. 학생들은 이 놀라운 공간 속을 걷고
걷고 또 걸으면서—움직이고, 움직이고, 또 움직이면서—
스스로 구석구석 탐구해야 한다. 캣워크(쭉 뻗은 좁은 무대나 무
대의 천장 가까운 좁은 통로)나 사다리를 탐구하라는 건 아니죠,
그건 아니고. [웃음.]

"좋아요, 여러분 모두 아주 똑똑하네요! 지구의 티끌까지
탐구하는 겁니다. 문학에는 '자동 글쓰기'(초자연적인 힘을 받아 무
의식적으로 글을 쓰는 것)라는 개념이 있습니다. 펜을 내려놓지 않
고 쓰는 겁니다. 펜은 계속 움직이고 또 움직여야 됩니다. 아
마 그게 글쓰기겠지요. '엿같이 왜 계속 써야 한다는 거야?'"

[그녀의 욕설에 충격을 받고 반해서 또 웃음. 강한 어조
로 말하는 욕설은 충격적이기보다 매력적이다. 학생들은 그

녀를 존경할 수 있을까?]

"자, 이건 끊어지지 않는 동작입니다. 그 안의 비밀들을 풀어내는 펜 같은 움직임. 그리고 펜이 그걸 할 수 있다면 몸은 얼마나 더 많이 그럴 수 있을까요? 몸이 여러분을 이끌게 하세요. '움직임을 멈추지 말아'라는 지시만 하세요. 그 외에는 몸이 주도합니다! 내가 음악으로 도울 겁니다."

맙소사, 설마. 그들은 로조 선생을 존경할 수 없다. 이렇게 괴상망측한 일이라니. 게다가 음악하고는! 캣 스티븐스. 무디 블루스. 학생들은 걷고, 걷고, 또 걷는다! 서로 인상을 쓰고 팔을 흔들고, 발꿈치로 땅을 차고 우스꽝스럽게 속도를 내자 로봇들의 행진 같다. 노버트와 콜린은 서로 지나칠 때마다 어리둥절한 표정을 짓는다. 그러다 다시 서로 지나칠 때 둘 다 어리둥절한 표정을 지으면서, 활보를 멈추지 않고 공중으로 뛰어오른다. 이 행동이 번지면서 변형된다. 남학생 대부분은 몬티 파이튼(영국의 코미디 집단. 〈아서왕〉 시리즈 등 드라마와 영화에 출연)의 열성 팬이어서, 점심시간에 촌극을 고스란히, 전혀 우습지 않게 재연해 여학생들을 당황시켰다. 정작 연기자들은 즐거워 죽는다. 블랙박스에서 남학생들은 '바보 걸음'을 하다가 엉덩방아를 찧어서 웃긴다. 대체로 남학생들은 점점 익살스러워지는 반면 여학생들은 점점 진지해진다. 여학생들은 이제 걷지 않고 미끄러지듯 나가고, 휘휘 지나고, 가르며 나아간다. 가사 없는 고전 음악으로 바뀐다. 여학생들은 속도를 내기 시작한다. 한 줄이 더 생겨 부딪치지 않고 빠른 속도로 이동한다. 그들은 움직임으로 정신없는 태피스트리(카펫처럼 실로 짠 벽걸이용 작품)를 짜나가고, 일부는 부딪치려고 예상치 못한 방향으로 몸을 튼다. 이들이 뭘 하든, 파괴적으로 굴어도 옆에서 로조 선생은 연신 외친다.

"좋아요!"

"움직여요! 움직여! **움직이라고!**"

"아, 여러분은 뭔가 만들고 있어요."

사실이다. 어쩐 일인지 바보 같은 태도는 사라진다. 방에서 모든 연극적인 동작들이 ― '바보 걸음'과 엉덩방아뿐 아니라 팔 휘젓기("난 태평해!")와 고의적인 방향 전환("난 악당이야!") ― 나온다. 예기치 못한 집단성이 천천히 드러난다. 아마 가장 중요한 것은 당혹감이 사라졌다는 점이다. 의식하지 못해도 이제 당황스럽지 않다. 속도가 같아져서 모두 일정하게 움직인다. 구불구불한 통로, 교차로, 급커브, 순환로가 기본 패턴을 만들어낸다. 어릴 때 부모들 앞에서 메이폴 댄스(5월 축제 등에서 기둥 주위를 돌며 추는 집단 춤)를 배우듯,

이게 그들을 뭔가에 묶고 뭔가로 만드는 것처럼.

세라의 얼굴에 눈물이 흐른다. 왼쪽이나 오른쪽으로 돌아야 하는 지점에서 직진해 블랙박스의 문을 빠져나간다. 복도를 뛰어 내려가자 속도 때문에 눈물이 지워진다.

무대 바로 옆으로, 여자 분장실 뒤편에 화장실이 있다. 공연 중이 아니면 아무도 사용하지 않는 한 칸짜리 화장실이다. 세라는 화장실에 들어가 문을 잠그고 주저앉아 변기에 토하려는 것처럼 몸을 홱 숙인다. 죽으면 좋겠다는 마음이 들자 깜짝 놀란다. 고통스러운 것보다는 죽고 싶다. 자살은 미래의 선택이 아니라 현재의 선택임을 깨닫는다. 누가 이 이상의 미래를 볼 수 있다고? 미래, 미래의 확고한 장래성 운운은 아직도 미래의 신기루를 간직한 이들의 환영일 뿐이다. 그들은 행운아들이다. 속아 넘어갈 수 있으니.

세라의 생각이 마법이라도 건 듯 로조 선생이 분장실에 들어와, 장래에 대해 얘기하자고 한다. 세라는 상상되지 않는다. 자신이 패배적인 마법을 부리지 않았다면, 화장실에 있는 걸 이 반갑지 않은 히피 프랑스 여자가 어떻게 알았을까? 로조 선생은 막 부임했다. 학교를 아는 학생들과 교사들의 절반도 이 화장실의 존재를 모르는데. 문밖에서 로조 선생이 말한다.

"사−라? 사−라?"

이름의 두 '에이a'자를 똑같이 '아' 비슷하게 발음한다. 그녀가 묻는다.

"사라, 거기 있니? 아프니?"

"그냥 좀 내버려둬요!"

세라가 발끈하며 흐느낀다. 왜 혼자 있기가 이다지도 빌어먹게 어려울까? 차가 있으면 좋겠다고 백만 번째로 생각한다. 차 문을 잠그고 그저 달리고 싶다.

"사라, 너한테 알려주고 싶은 게 있어. 네게 도움이 될 거야. 너 같은 젊은 친구들은 우리 같은 어른들보다 고통을 더 강렬하게 경험해. 감정의 고통을 말하는 거야. 네 고통은 기간과 강도가 더 크지. 견디기가 더 어려워. 이건 은유가 아니야. 사실이지, 생리적으로. 심리학적으로도. 네 감수성은 부모나 교사들보다 우월해. 그래서 인생의 이 시기가…… 열다섯 살, 열여섯 살, 열일곱 살이 그리도 힘들지만 중요하지. 그런 이유로 이 나이에 재능을 키우는 게 아주 중요해. 이 극대화된 감정적 고통은 선물이야. 고달픈 선물."

세라는 자기도 모르게 귀담아듣는다. 한참 후 가까스로 입을 연다.

"그러니까 앞으로, 더 나이 들면 마음의 아픔이 덜하다는 뜻이에요?"

"맞아, 정확해. 하지만 사라, 난 다른 이야기를 하고 있어. 고통을 외면하지 말아. 더 나이 들면, 그래, 넌 더 단단해질 거야. 그건 축복이자 저주야."

로조 선생은 문을 열라고 채근하지 않고, 그것만으로도 세라는 마음을 연다. 두 사람은 한참 그렇게 있고, 화장실 문을 사이에 두고 시간이 얼마나 흐르는지 세라는 모른다. 그러다가 속삭이듯 말한다.

"감사합니다."

"시간을 갖고 천천히 나오렴."

로조 선생이 떠나면서 말한다.

누가 '브로드웨이 베이비'가 되고 누가 안 될지는 처음부터 확연하다. 제대로 노래 부를 줄 아는 사람들, 난장판으로 놀 줄 아는 사람들, 그 한 가지 돌풍을 위해 사는 사람들은 입학 첫날부터 눈길을 끌었다. 비 내리는 점심시간이면 그들은 블랙박스 피아노 주변에 모여 '판타스틱스'(1960년 뮤지컬 곡)를 부른다. 뉴욕 여행에서 산 〈캣츠〉 맨투맨 티셔츠를 입고 등교한다. 일부 3학년 채드 같은 학생들은 부럽게도 노래를 부를 뿐 아니라 악보를 보고 손드하임*의 곡을 제대로 부를 수 있다. 에린 오리어리 같은 학생들은 노래만 하는 게 아니라 진저 로저스처럼 춤춘다. 걸음마를 시작할 때부터 탭 슈즈를 신은 걸까.

세라는 에린 오리어리가 되지 못하는 걸 어느 정도는 으스댔다. 그런데 이제 에린의 보드라운 머리칼과 반대인 거친 소쿠리 같은 머리가 화난다. 에린의 자그마한 엉덩이와 반대인 펑퍼짐한 엉덩이가 화난다. 에린의 허공을 가르는 조막만 한 발과 반대인 지저분한 발레 플랫을 신은 둔탁한 큰 발이 화난다. 에린의 '꾀꼬리' 같은 목소리와 반대인 더듬더듬 꽥꽥대는 목소리가 화난다. 전통적으로, 노래나 춤을 못 하는 세라 같은(데이비드 역시) 연극과 학생들은 우타 하겐('내면적 연기'를 주장한 독일 출신의 미국 배우), 베케트(노벨상을 받은 아일랜드 문학가), 셰익스피어로 자위했다. 자신이 진지한 '극 예술가'이며, 브로드웨이는 반대편 끝에 있는 시시한 곳임을 되새겼다. 물론 이 사실은 끼리끼리만 알았다. 킹슬리 선생을 향한 존경과 그의 음악 재능에 대한 깊은 경외감 때문이었다. 그들은 힘들이지 않고 짐짓 겸손한 척했고, 적

---

* 뮤지컬 발전에 기여한 미국 음악가. 대표작 〈웨스트사이드 스토리〉.

어도 세라는 그랬다. 하지만 이제 다시 무대 오디션들이 있고, 대형 뮤지컬 곡이 얼마나 신나는지 새삼 깨닫는다. 몇몇은 남들보다 유독 그런 사실이 속상하다. 데이비드는 〈지저스 크라이스트 슈퍼스타〉를 좋아해서 가사를 다 외우고, 혼자 있을 때는 맞지 않는 음조로 앨범을 따라 부른다. 세라에게는 〈에비타〉가 똑같은 비밀이다. 그들은 진지한 배우지만 노래도 부를 줄 안다면, 비 오는 날 피아노 옆에서 반 친구들을 놀라게 하고 감동시킬 수 있으면 얼마나 더 좋을까? 킹슬리 선생의 부탁을 받고 예수나 에비타 역을―그들이 배역에 가장 어울리니 훌륭한 공연을 위해―수락할 수 있다면?

하지만 그들은 그런 숨은 재능의 소유자가 아니다. 스스로―데이비드와 세라는 말을 섞지 않으니 대화 중에 나온 얘기는 아니다. 또 서로 어디 앉아 있는지도 모른다. 멀리 앉다가 이제는 검은 머리가 책 위로 숙이고 있다 할 정도로 멀어져 있다. 무관심하고, 밉고 완전히 무시한다(사실 눈여겨보지 않는다)―〈아가씨와 건달들〉이 얼마나 진부한지, 둘 다 오디션을 거절하길 얼마나 다행인지 상기하면서, 〈엔드게임〉(데이비드)이나 《리어왕》 첫 장에―그 뒤로 넘어가지 못한다(세라)―더 몰두한다. 두 사람에게 비슷함은 무의미하기에 이런 비슷한 감정을 나누지 않는다. 물론 실제로는 오디션을 지켜보면서, 넋을 잃고 대리 희망에 속이 울렁거릴 정도다.

세라는 오디션이 에린 오리어리의 대관식 같아서 못마 땅하다. 물론 에린이 애들레이드(〈아가씨와 건달들〉의 주인공인 도박사 네이선의 약혼녀)가 되겠지. 그걸 아는 에린은 '에들레이드의 탄식'을 노래하고, 무용과 반주자 겸 음악 감독인 바르톨리 선생은 에린의 반주를 하면서 신나서 피아노 의자에서 엉덩이를 들썩인다. 데이비드처럼 노래를 못 하지만 데이비드와 달리 개의치 않는 여러 남학생은 '여기에 말이 있어'(〈아가씨와 건달들〉 삽입곡)를 노래한다. 그들은 우스운 목소리를 과장된 표정과 유머러스한 몸짓으로 벌충한다. 그중 몇 명은 배역을 얻을 것이다. 도박꾼은 음악과 크게 상관없고 웃기기만 하면 되니까. 데이비드는 겁쟁이면서 에린에게 어필하는 자신의 기만을 의식하면서 얼굴을 붉힌다. 그가 가치를 보여주지 못하면 곧 에린도 세라처럼 그를 혐오할 것이다. 멍하니 〈엔드게임〉을 바라보면서 내년에는 뮤지컬 오디션을 보겠노라고 다짐한다. 연극과에 오디션이 꾸준히 있고―학년별 쇼케이스 제작, 졸업반 연출 프로젝트, 매해 5월 야외 셰익스피어, 춘계 무대(드라마), 지금처럼 추계 무대(뮤지컬) 오디션―라운드마다 다른 측면으로 서열이 정해지는 경향이 있다. 2학년은 순전히 사회적인 서열이어서 세라와 데이비드 모두 높은 순위에 있다. '비극 배우' 서열에 데이비드가 막 진입했다. 성인 교육 서열인 무대 감독의 경우 브라운 선생은 학생들이 숨기려 해도 소질을 짚어낸다(세라는 그런 운명일까 두렵다). 하지만 추계 무대 오디션의 경우 학교 전체가 참여한다. 무용수들은 코러스 역할을 즐겁게 떠맡는다. 기악과 학생들도 무대 오케스트라 오디션을 치른다. 연극 전공생 사이에서 드라마와 뮤지컬의 위상이 같다는 말이 자주 나오지만, 헛소리임을 다들 안다. 드라마 무대의 주연은 뮤지컬의 조연급 정도로 쳐줄까말까 하니까. 아무도, 뮤지컬을 혐오하면서 입학한 학생들까지도 이 평가를 의심하지 않는다. 킹슬리 선생이 아닌 누군가가 연극 프로그램을 운영한다면 어떤 상황일지 아무도 궁금해하지 않는다. 명석한 그가 정한 순위는 분명히 객관적일 터였다. 그래서 1학년 때 세라는 에린 오리어리가 아니라 자부심을 느끼면서도 교내 레슨에서 두각을 나타내고 싶어 발레, 재즈, 탭댄스 레슨을 받게 해달라고 엄마를 졸랐다. 그러자 엄마는 이렇게 대꾸했다.

"제정신이니? 안 그래도 대입 준비 대신 종일 하는 일이잖아?"

계속 오디션이 진행되자 세라는 《리어왕》을 내려놓고 의상부 담당으로 참여하는 패미, 엘러리, 조엘과 출연자 명단을 예상한다. 여자 출연진은 식은 죽 먹기여서 틀리게 예상할 수가 없다. 더 많은 수의 남자 출연진은 가끔 한두 명 복병이 등장해서 예상하는 재미가 있다. 노버트가 오디션을 보는 중이고, 엘러리는 세라와 조엘 사이에서 둘을 붙들고 속삭인다.

"친구들, 나한테 힘을 줘."

"넌 왜 오디션을 안 보는데?"

세라가 엘러리에게 묻는다.

"내가 아름다운 흑인이라는 이유만으로 노래할 줄 안다는 뜻은 아니거든."

작년 1학년 때 그들은 시창 수업을 받았고, 피아노 옆에서 음역대와 무관하게 선택된 악보 한 장을 노래해야 했다. 음역대가 있기나 하다면. 대단한 보컬이나 시창 실력을 보여주는 시간이 아니었고, 늘 그렇듯 몇 명은 망했지만 다른 몇 명은 예기치 않은 성공을 거두었다. 타니콰와 패미는 교회 합창단이어서 시창 능력과 뛰어난 목소리로 놀라게 했다. 그 반대편 끝에 마누엘이 있었다. 그는 피아노 옆으로 불려 나가자 뻣뻣하게 굳었고, 손을 덜덜 떨어서 악보가 펄

력였다. 늘 누런 갈색 피부가 난로 속 석탄처럼 이상하게 빨
깇게 변했다. 나들 기설할까 걱정한 순간, 마누엘은 천천히
입을 벌렸고, 버려진 복화술사의 인형처럼 소리를 내지 않
고 그대로 있었다. 교실에 웃음이 터지기 시작했다.

"조용."

킹슬리 선생이 주의를 주고, 마누엘에게 시창하라고 준
악보의 첫 소절을 연주하기 시작한다. 긴 소절의 바이브레
이션보다 더 오래 떠는 마누엘을 다들 지켜볼 수밖에 없다.

"한 번 더."

킹슬리 선생이 말하면서 건반을 두드리고, 학생들은 같은
소절을 듣는다. 망연자실이 이보다 더 망연하고 더 자실할
수도 있을까? 그런 듯했다. 킹슬리 선생이 자비를 베풀거나
수업 종료 종이 울릴 때까지 마누엘은 거기 서서 '아연실색'
이 뭔지 보여줄 터였다.

"그냥 넘어가지 않을 거야."

마침내 킹슬리가 마누엘을 들여보내면서 말했다. 놀랍게
화난 말투였다. 보통 킹슬리 선생은 좋아하는 학생들에게
화를 냈고, 그들은 편애의 증표로 받아들였다. 그는 기대할
게 없는 사람들에게는 화도 내지 않았다.

킹슬리 선생이 무대 윙에 숨어 기다리는 오디션 지원자

들에게 "다음!"이라고 외치자, 엘러리는 세라의 팔꿈치를 다시 잡으면서 말했다.

"내가 지금 꿈꾸는 거지?"

마누엘이 무대에 올랐다. 유령일까. 마누엘이 아닌 것 같았다. 평소 차림새와 달랐다. 그가 입은 좀 작고 애들 같은 줄무늬 티셔츠는 한눈에 봐도 시어스 백화점의 세일 코너에서 산 옷이었다. 혹은 누군가가 시어스에서 샀다가 '퍼플 하트(상이군인에게 수여하는 훈장) 중고 상점'에 기증했고, 마누엘의 어머니가 거기서 산 옷이거나. 마누엘이 매일 입는 물 빠진 셔츠는 보풀이 일고, 어떻게 해도 빠지지 않는 오래된 얼룩이 있는 데다 팔뚝과 목이 꽉 끼었다. 코듀로이 바지는 옷감이 닳아서 골이 없어졌다. 마누엘은 날씨 불문하고 재킷을 벗지 않았다. 첫날 입고 온 인조 모직 안감이 달린 코듀로이 재킷은 문질러서 반들대는 거북 껍질처럼 영원해 보였다. 무대 위의 마누엘은 평소 차림이 아니었다. 그렇다고 더 나아 보인 것도 아니지만. 오래되어 반들반들해진 검은 정장 바지와 거무죽죽한 흰 셔츠를 입고 있었다. 셔츠 소매가 짧았지만 소맷단 단추를 채워서 앙상한 손목이 도드라졌다. 딱딱한 검은 가죽 구두는 너무 작아 보였고, 평소 부스스했던 갈색 머리를 뒤로 넘겨 커다란 놀란 눈이 드러났다. 모두에게 이 눈매는 낯설었고, 주름진 눈썹도 똑같이 생경했다. 마누엘 유령은 웨이터로 보였다, 불행하고 초라한 행색의 웨이터. 세라는 그가 배역에 맞게 최대한 갖춰 입은 걸 깨닫고 놀랐다. 당연히 〈아가씨와 건달들〉은 구식 남성복이 제격이었다. 가죽 구두, 정장 바지, 셔츠. 오디션에 참가한 남학생 중 평상시 차림새와 다른 사람은 아무도 없었다. 다들 리바이스 청바지와 폴로셔츠와 멍청한 문구가 박힌 티셔츠를 입었다.

이게 꿈일 가능성도 있어 보였다. 시창 테스트 때처럼 킥킥 소리가 나기 시작하다가, 3열에 앉은 킹슬리 선생이 일어나자 곧 멈추었다.

"좋다, 마누엘. 뭘 준비했지?"

엘러리가 세라의 손을 꼭 잡자 세라도 마주 잡는다. 그는 다른 쪽에 있는 조엘의 손도 잡는다. 세라 옆에 패미가 있다. 조엘과 패미는 눈을 꼭 감고 뺨을 감싸 쥔다. 패미는 괴로워서 고슴도치처럼 웅크려 앉는다. 조엘과 패미 모두 여성성 때문에 마누엘에게 엄마 같은 안타까움을 느낀다. 아무도 마누엘과 친해지지 못했지만. 그는 누구와 대화할 기회를 감당하지 못한다―아이처럼 겁 없는 패미조차 명랑하게 '안녕!'이라고 인사해도 마누엘의 응답을 끌어내지 못한다. 세라는 패미가 열심히 중얼대는 소리를 듣는다. 기도 소리일 수도 있다.

"뭘 준비했지?"

킹슬리 선생이 다시 묻는다.

마누엘은 다시 달아오른 숯처럼 빨개진다. 마침내 그가 들릴 듯 말 듯 말한다.

"제가 부를 노래는 [세라는 이 부분을 못 듣는다]의 '아베 마리아'입니다."

그의 양 팔꿈치에 줄이 묶여서 양 옆구리에서 똑같이 당기면, 가만히 있는 상태에서 몸이 날아가며 절단될 것 같다. 그때 무대 왼편의 줄이 끊어지고 마누엘은 바르톨리 선생 쪽으로 비틀대면서 악보를 내민다. 선생은 악보를 넘기고 고개를 끄덕인다. 그가 묻는다.

"시작해도 될까?"

마누엘은 할머니처럼 초조하게 손을 비틀다가 얼른 옆으로 내린다. 아직도 좌중을 등지고 서 있는 킹슬리 선생이 말한다.

"마니, 난 네가 할 수 있다는 걸 알아."

그는 마누엘과 둘만 있는 것처럼 말한다. 하지만 마지막 열까지 말소리가 들린다.

적막이 분위기를 바꿀 수 있다. 적막이, 즐거움이 억제된 적막이 요구되었다. 그런데 이제 진짜 당혹스러운 적막이 내려앉는다. 평소 킹슬리 선생은 별명이나 애칭으로 부르지 않는다. 태도 변화를 나타내기 위해 가끔 이름 대신 성 앞에 '미즈'나 '미스터'를 붙이기는 한다. 이런 호칭은 당황, 못마 땅함, 그 중간을 의미하지만, 어떤 상황이든 늘 거리감이 깔려 있다. 그런데 '마니'에는 그런 거리감이 없다. '마니'는 방에 있는 40여 명을 아랑곳하지 않는 호칭이다.

킹슬리 선생이 다시 자리에 앉는다. 비싼 커트, 귀 뒤에 걸린 안경다리의 끄트머리, 일부만 보이는 뒤통수에서 얼굴 못지않게 표정이 드러난다―단호한 확신을 발산한다. 뒤통수가 이렇게 말할 수 있다면 얼굴은 어떨지 상상해보길. (로조 선생 왈: "펜이 이렇게 할 수 있다면 몸은 얼마나 더 그럴 수 있을까요!") 마누엘―마니?―은 보이지 않는 킹슬리의 앞 얼굴과 무언의 대화 중인 듯하다. 가만히 바라보며 뭔가 받는다―처음 무대에 오를 때는 다른 얼굴이었는데 이제 또 다른 얼굴이다. 침착하다고 할 만한 태도로 바르톨리 선생에게 고개를 끄덕인다. 바르톨리 선생이 양손을 들었다가 건반 위로 내린다. 마누엘이 크게 숨을 들이마신다.

지금까지 세라는 오페라 하면 머리를 땋은 벅스 버니,

PBS 방송, 튜닉을 걸친 뚱보 남자들, 비명을 지르는 여자들, 박살 나는 유리잔을 연상했다. 오페라 실황을 본 적이 없는 데다 텔레비전에서 괜찮은 오페라의 일부라도 보지 못해서, 사실 오페라가 최고로 갈망을 구현하는 예술인 것을 몰랐다. 자신의 고통을 음악으로 구원한 것이 오페라라는 사실을 몰랐다. 승리를 거둔 군대의 응원가처럼, 그녀의 말 못하는, 상처받은 마음을 보호해준다.

이제야 로조 선생이 왜 고통을 외면하지 말라고 경고했는지 깨닫는다.

마누엘은 노래한다. 불확실한 영어 가사 사이로 묵직하게 끄는 스페인어 발음에서 진정성이 우러난다. 축복받은 목소리를 가졌더라도 다른 누가 이 노래를 할 수 있을까? 그들 가운데 다른 누가 축복받은 목소리를 가졌을까? 마누엘은 조명 부스 너머의 지평선에 대고 노래하는 것 같다. 신의 변덕스러운 관심을 받지 못하는 걸 아는 듯 애타게 위를 쳐다본다. 그가 이 멀리 있는 관객에게 처연하게 호소하자, 세라는 천사들이 허공에 떠 있을 것 같아서 어깨 너머를 쳐다본다. 하지만 반 친구들의 얼굴만 보인다. 다들 자기 고민을 기꺼이 접고 우쭐대지 않고 몰두한다. 세라 역시 내면에서 빠져나온다. 너무도 완전하고, 너무도 행복해서 잠시 데이비드의 얼굴조차 낯설지만 그의 눈에 눈물이 고여서 그런 것만은 아니다.

세라가 뺨이라도 맞은 듯이 몸을 비틀면서 내밀 때, 마누엘이 분수처럼 양팔을 올리고 마지막 소절인 멋진 후렴구를 허공에 내뿜는다. 이 몸짓을 기다린 듯 장내에 박수, 휘파람, 발 구르는 소리가 쏟아진다. 엘러리는 벌떡 일어나면서 "멋지다!"라고 소리친다. 무대에서 마누엘은 땀을 흘리면서 손을 비틀며 씩 웃는다. 세라는 우리 모두 이 꿈을 갖고 있다고 생각한다. 우리가 최고임이 증명되어 세상과 자신을 놀라게 하는 꿈.

바르톨리 선생이 맵시 있게 의자를 밀면서 일어나 마누엘에게 가서 어깨를 잡고 따뜻하게 토닥인다. 관객이라야 40명이 조금 넘는 학생이지만 환호성이 극장을 채운다. 다들 계속 서서 환호하느라, 킹슬리와 가까이 앉은 이들 외에는 눈치 못 채는 사이 킹슬리 선생은 안경을 머리 위로 올리고 소매로 이마와 눈을 훔친다. 그러더니 학생들에게 소리친다.

"누가 날짜를 기록해두라고! 마누엘 아빌라가 공식 데뷔한 날로!"

점심시간 주차장, 세라는 조엘과 마즈다 보닛에 앉아 가끔 공책에 긁적인다. 둘은 정향 담배*를 피운다. 세라는 엄마가 싸준 샌드위치를 못 본 척한다. 엄마는 매일 아침, 지금처럼 대화하지 않는 날까지도 양귀비 씨나 참깨가 뿌려진 빵집 햄버거 번에, 델리(육가공품, 치즈 등을 파는 상점)에서 산 고기와 슬라이스 치즈, 그레이 푸퐁(씨 겨자인 디종 머스터드 브랜드명), 토마토 한 조각, 상추를 넣은 샌드위치를 싸준다. 한번은 조엘이 "네 샌드위치는 레스토랑 샌드위치 같아!"라고 감탄했고, 이후 세라는 샌드위치를 풀지도 않고 점심시간이 끝나면 교실로 들어가면서 쓰레기통에 던진다. 보지 않으면 하지 않은 일이 된다는 듯이 고개를 돌리고 샌드위치를 버린다. 멀리 주차장 끝으로 하늘색 카르만 기아가 들어온다. 아마도 바닥에는 '델 타코' 드라이브 스루에서 산 타코 포장지가 뒹굴고, 이상한 라이방 선글라스를 낀 데이비드가 조수석에 앉았겠지. 하지만 세라가 직접 보지 않았으니, 실제로는 아닐지 모른다. 아무도 그렇다고 증명할 수 없다. 세라의 눈은 야간 전조등 같아서, 바로 앞에 있는 것만 본다. 계속 감시하고 생각하는 일은 끝나지 않는 고역이다.

* 화학물질이 없는 담배 대용품으로 잘못 알려져 인기 있었지만 현재 미국에서 판매 금지됨.

"지쳐 보이네."

킹슬리 선생이 사무실 문을 닫고 말한다. 딸깍 문소리가 복도를 타고 퍼진다. 입장표. 부근 게시판 앞에 학생들이 캐스팅 명단을 확인하는 체하면서 서 있다. 사실 지난주 발표된 명단을 (스카이 매스터슨 역에 마누엘 아빌라) 줄줄 외운다. 그들이 복도를 서성대는 이유는 방금 세라가 받은 혜택을 얻고 싶은 소망 때문이다. 킹슬리 선생의 특별 호출. 세라의 입 안에 자부심과 굴욕감이 묘하게 섞인 맛이 퍼진다. 아니면 코에 가까이 댄 커피가 시큼털털한 맛이 나는 걸까. 킹슬리 선생은 커피 메이커로 내린 커피가 담긴 스티로폼 컵을 건네주었다. 선택받았다는 자부심, 짐작되는 선택받은 이유로 인한 굴욕감. 킹슬리 선생이 이따금 올리브색 벤츠에 태워 가거나 점심시간에 같이 있는 학생들, 다들 교실에서 빠져나갈 때 그의 눈짓만으로 남는 학생들. 점심시간에 사무실에 들어가면 킹슬리가 문을 닫아주는 학생들. 이들은 '문제 학생들', 긴 복도에서 괴로움을 열띠게 속삭이는 경계선에 있는 아이들이다. 한 달간 결석했고 이제 손목을 덮는 긴팔만 입는 제니퍼. 너무 잘생겨서 후광이 비치는 것 같은 졸업반 그렉. 줄리에타와 패미가 열렬히 사랑하는, 언제나 단정한 차림새에 환한 미소, 친절한 태도를 보이는 헌칠한 미남 4학년생 그렉은 집에서 쫓겨나 YMCA에서 산다. 재능과 더불어 극심한 궁핍이 새롭게 드러난 마누엘. 그리고 세라―사람들이 뭐라고 수군댈까?

데이비드를 사랑한 나머지 복도에서 섹스를 허락했다고! 그런데 이제 채였다고.

"잠을 많이 못 자서요."

세라가 맞장구친다.

"어째서?"

"아르바이트 때문에요. 프랑스 빵집이에요. 주말에 새벽 6시까지 출근해야 하거든요. 이틀 다."

"출근 전날 밤에는 몇 시에 잠자리에 드는데?"

"2시쯤에요."

"주중에는 몇 시에 일어나지?"

"같은 시간이요. 6시경."

"그러면 언제 잠자리에 드는데? 주중에."

"같아요. 1시나 2시에요."

"그러다 죽겠구나."

킹슬리 선생이 말하자, 세라는 장차 일어날 사건에 대한 예언이라고 생각한다. 자신의 자살을. 그러다가 그가 아마도 비유적으로, 수면 부족이 장기적으로 미치는 영향을 비유적으로 말하고 있음을 깨닫는다.

"정말 피곤해요."

세라는 인정하고 다시 운다. 어깨를 들먹이면서, 노력은 하지만 눅눅하고 너덜너덜한 울음소리를 멈출 수가 없다. 세라는 킹슬리의 기대대로인 걸 알지만 때로 더 큰 자제심을 기대한다는 것도 똑같이 안다. 킹슬리 선생은 로조 선생과 다르다. 자살에 실패한 제니퍼, 고아처럼 내몰린 그렉, 지독히 가난한 마누엘 그리고 세라 자신. 모두 철없는 유년기를 빼앗겼고, 그게 선택받은 이유다. 킹슬리가 그들의 조숙한 유년기를 알아본 것이다. 학생들 모두 그런 매력적인 조숙함을 원한다. 그 어두움을. 그 어려움을. 그 생생함을. 인생이 진짜 개떡 같다는 엄연한 사실을. 모리시 티셔츠, 필터 없는 캐멀 담배, 수면 부족, 성적 허기에 고분고분 따른 세라. 이 뺏긴 것을 요구하며 한마음으로 맹렬히 쫓아다녔고, 이제 그걸 얻었으니 돌아가고 싶다. 돌아갈 수만 있다면, 엄마가 딸을 생각해 토마토를 넣어 만든 샌드위치를 먹을 수만 있다면.

킹슬리의 예상처럼 세라는 울고, 역시 그의 예상처럼 결국 눈물을 거둔다. 휴지로 얼굴을 닦고 코를 푼 다음 휴지통에 버린다. 심지어 레스포삭 화장품 파우치를 꺼내 느긋하게 화장을 고친다. 콤팩트를 닫으니, 킹슬리 선생의 칭찬이 마치 그가 말하는 것처럼 명확하게 느껴진다. 그가 흐뭇하게 말한다.

"자, 실제로 무슨 일이 벌어지고 있는지 말해보지 그러니."

세라는 털어놓는다. 같은 날 다 말하지는 않는다, 이미 시간이 훌쩍 지났다. 하지만 이제 세라는 규칙적으로 찾아온다. 둘의 만남과 관련 있지만 배제되는 사람들은 그 만남을 분명히 알면서도 인정하지 않는다. 데이비드는 잘 알고 밤낮으로 이를 갈아서, 치과의사가 수면용 보정구를 만들어주겠다고 겁을 줄 정도다. 딱하게도 데이비드는 세라를 버렸다는 의식이 없고 버림받았다고 의심한다. 여기 한 여자애가 있다. 그가 만났던 여자애들과 달리, 이 아이는 사랑한다는 말을 듣자 그의 손을 잡지 않고 팔에 매달리지 않는다. 수다스러운 친구들이 있는 쇼핑몰이나 극장으로 끌고 가지 않고, 반대로 그가 방에 들어가면 말처럼 섬뜩하게 한다. 냉랭한 기운으로 무장하고, 그에게 다가와 보라고 자극한다. 그가 어떻게 그럴 수 있을까? 둘의 연애가 착각일 가능성이 있을까? 데이비드는 세라가 연상 남자들, 어떤 경우는 나이차이가 많이 나는 남자들과 잤다는 걸 알았다. 개학 첫날 당황하는 세라를 보자 데이비드는 자신이 적선 받은 것처럼 느꼈다. 세라는 그에게 허용해주었지만 그는 누구도 알게 하면 안 됐다. 그러다가 복도에서 생긴 일은 이상한 증명이었다. 세라가 아무도 안 볼 때 그에게 온다는 증명.

세라는 킹슬리 선생에게 말한다. 혹시 둘의 결별이 착각일 수도 있을까요? 그에게 간절히 묻는다. 데이비드가 아직 저를 사랑할 가능성이 있지 않을까요? 어떻게 사랑한다고 말하고서는 사랑하지 않을 수 있을까요?

"그를 사랑하니?"

"네."

그러다 단호함에 당황해서 덧붙인다.

"제 말은 아마 그런 것 같다고요."

"네 감정이 어떤지 말해본 적 있니?"

"어떻게 그래요?"

연기란 상상 속 상황에서 진솔한 감정에 충실한 것이다. 진솔한 감정에 충실한 것은 감정을 옹호하는 것이다. 이게 그것, 그가 학생들에게 가르치려고 애쓴 그것이 아닌가? 처음에 세라는 킹슬리 선생이 화나서 호통칠 줄 알다가 그가 웃는 걸 깨닫는다. 아마 비웃는 거겠지만 적어도 화는 내지 않는다.

"이런."

그가 중얼댄다. 사적 공간인 사무실에서도 그 웃음은 포탄 소리처럼 이상하다. 킹슬리 선생이 다시 말한다.

"고맙구나. 가끔 잊는단 말이야, 그건 과정인데. 그리고 끝나지 않지. 그게 매력이기도 하고."

세라는 무슨 말인지 모르지만, 다시 휴지로 눈물을 닦고 현명하고 지친 표정을 짓는다.

"그렇죠."

세라가 맞장구친다.

"어머니는 어떠니?"

"어머니가 어떠냐고요?"

"어머니와 사이가 어때?"

"모르겠어요. 그리 나쁘지 않아요. 그리 좋지도 않고. 싸우지 않을 때도 제대로 대화하지 않아요."

"어머니가 주말에 일터에 태워다주시겠지. 차에서 대화할 것 아냐."

"별로요. 너무 이른 시간이거든요. 둘 다 차에 타서 거기까지 그냥 달려요."

"빵집 아르바이트가 네게 너무 과하다는 생각이 드는구나. 주말에는 잠을 자야지. 놀기도 하고."

"그 일을 해야 해요."

세라가 무뚝뚝하게 대꾸한다. 엄마와 달리 그는 차가 간절한 상황에 공감하지 못할 것이다. 세라는 말부에 촌스러운 싸구려 옷을 걸치는 가난뱅이의 무뚝뚝한 자존심이 묻어날 거라고 생각하지 않는다. 지붕이 열리는 하늘색 카르만 기아는 없는 인생이지만 가난하지 않다는 것을 안다. 엄마의 고물 도요타 뒤로 분필로 X자가 그려진 작은 방 두 칸짜리 아파트에 사니 부자가 아닌 건 확실하다. 하지만 가난하지는 않다.

킹슬리 선생은 잠시 생각에 잠겨 말이 없다.

"너와 데이비드는 아주 다른 세계 출신이구나."

"그게 무슨 뜻이죠?"

"데이비드는 특권을 누리는 세계 출신이지."

세라는 그가 어떻게 그걸 아는지, 짐작일 뿐인지 궁금하다.

"저보다야 그렇겠죠."

"데이비드는 아르바이트를 안 하지."

"네, 할 필요가 없어요. 열여섯 살이 되면 어머니랑 필립이 차를 사줄걸요."

"필립이 누군데?"

"새아버지요."

"아, 최근 일이니?"

"그리 최근이랄 수는 없죠. 어머니랑 필립 사이에 두 살된 아이가 있어요."

"그러면 데이비드가 큰형이네."

킹슬리 선생이 말하면서 빙긋 웃는다.

데이비드를 이렇게 부르니 세라도 미소 짓는다.

"벌써 그랬는데요. 어머니의 첫 결혼에서 맏이로 태어났어요. 이후 어머니는 필립 때문에 남편과 헤어졌는데, 데이비드는 필립이 돈이 있었기 때문이라고 생각하죠. 친아버지는 돈이 있었던 적이 없대요. 데이비드 말로는 어릴 때 부모님이, 어머니랑 친아버지가 보험금을 받아내려고 집에 불을 냈대요. 그러니까 그런 면에서 보면 데이비드가 원래 특권층 출신은 아니죠."

세라가 결론짓는다. 사실을 밝혀서 가슴이 벅차다.

하지만 킹슬리 선생은 데이비드 얘기를 하려는 세라의 마음을 책하지 않는다. 이제 세라가 말을 멈추고, 그는 숨차게 늘어놓은 불확실한 얘기를 왈가왈부하지 않는다. 그가 책상 모서리 위로 팔을 뻗어 세라의 손을 잡는다.

"둘이 서로 알아야겠지."

그가 말한다. 세라는 말없이 고개를 끄덕인다. 혀에서 쏟아낸 감정이 눈으로 옮겨간다.

그날 밤 10시 지나 조엘의 차에서 내려 집에 들어가니, 엄마가 가운 차림으로 식탁에 앉아 있다. 평소 이 시간이면 안방에 들어가 문을 닫고 있는데. 엄마의 새치 섞인 갈색 머리가 어깨를 뒤덮고 있다. 남자 운동 양말을 신고 있다.

"네 선생이 전화했더라."

"누가요?"

"킹슬리 선생."

"킹슬리 선생님이 집에 전화했어요? 왜요?"

겁먹은 동물 집단이—메추라기 네 마리쯤? 생쥐 떼가?— 갈비뼈 안에서 미친 듯 도망치는 느낌이다.

"나도 이유는 몰라. 그가 밝힌 이유만 알지. 네 빵집 아르바이트에 대해 묻고 싶은 게 있다고 하더라. 네 건강과 행복을 위해 일을 그만두게 해줄 수 있겠냐고 묻더라. 내가 억지로 일을 시켜 돈을 벌게 한다고 생각하는 것 같았어."

"선생님께 그런 말을 한 적 없어요!"

"난 네가 빵집이든, 어디든 어떻게 시간을 보낼지 간섭하지 않는다고 말했지. 무슨 연유로 그가 그 일로 내게 전화해도 된다고 느꼈는지 알고 싶어."

"나도 몰라요, 엄마."

"네가 그 일을 그만둬서 내가 주말 양일간 새벽 5시 반에 거기 태워다줄 필요가 없다면 나야 무척 반갑지. 하지만 넌 차를 사겠다는 의지가 확고하잖니. 넌 열다섯 살에 차가 없는 걸 엄청난 박탈이라고 단단히 믿고 있지. 또 내가 아르바이트하러 태워다주지 않으면 학대라도 한다고 믿게 했고. 그런데 이제 네 선생이란 위인이, 널 학교에서 하루 12시간쯤 잡아두고 캔버스에 그림을 그리고 모자에 꽃을 풀로 붙이게 만드는 이 작자가 전화해서, 나더러 너한테 일을 시켜 학대한다고 말하는구나. 내가 앵벌이라도 시킨다는 식으로? 어떻게 그런 말을! 대체 자기가 뭐라고 이러는 거야?"

"나도 몰라요, 엄마. 선생님께 그렇게 말한 적 없어요."

"네가 그 일을 그만둬야 한다는 데는 나도 동감이야. 하지만 그렇다고 내가 그자의 의견을 구한다는 뜻은 아니지. 네 학교 밖 생활은 그가 감 놔라 대추 놔라 할 일이 아니야! 너도 그걸 알지, 그렇지?"

"네."

세라가 슬며시 방 쪽으로 옮겨가면서 대꾸한다. 이미 킹슬리의 전화는 양상의 변화를 가져왔다. 그 순간 세라는 그가 배신했다고, 둘만의 특별한 동맹이 깨졌다고 느꼈다. 그런데 그가 엄마의 권위에 도전하기 시작한 게 이해된다. 킹슬리 선생은 개입을 위한 개입을 한 것이다. 그의 관심을 끌어서 얼마나 어깨에 힘이 들어가던지.

　연습실은 긴 거울 벽과 바닥에 찬 비닐 장판 바닥이 있는 방이다. 형광등이 켜진 냉동고 같은 이 방에서 너무 많은 일이 벌어졌다. 거울에 비친 방은 실물과 똑같이 환하고 차갑다. 플라스틱/크롬 의자들, 스펀지/비닐 가죽 매트, 학생들이 앉도록 피아노와 의자를 옆으로 밀어놓은 광경이 임시 시설과 흡사하다. 이 방에서 그들은 가차 없는 어둠 속에서 기면서 서로 마주치고 더듬었다. 등을 대고 죽은 듯이 누워 있었다. 서로 모여 팔을 엮어 바퀴를 만들었고 회전하면서 중심축인 사람이 지켜보고 평가했다. (노버트는 패미에게 "네가 우리 반에서 가장 좋은 여자애라고 생각해. 더 날씬하면 예쁠 텐데.", 샹탈은 데이비드에게 "난 백인이랑 안 자지만, 혹시 백인이랑 잔다면 너일 거야.") 이제 연습실에 들어오자 극장처럼 꾸미라는 지시가 떨어진다. 의자를 3열가량 이쪽을 보도록. 앞쪽에 의자 두 개가 마주 놓여 있다. 늘 그렇듯 킹슬리 선생은 서 있을 것이다.

　"옆쪽 통로를 만듭시다."

　그가 말하자, 학생들은 얼른 의자들을 붙여서, 열의 끝과

벽 사이에 간격을 만든다. 다들 평상시처럼 모여 앉는다. 흑인 여학생들, 백인 남학생들, 나머지가 애매하게 변하는 호불호에 따라 빈자리를 채운다. '무대'의 의자 두 개는 계속 비어 있다. 세라는 화장실에 다녀오느라 늦게 들어와서 뒤쪽의 마누엘 옆자리에 앉는다. 그 자리가 비어서이지 다른 이유는 없다. 마누엘은 괜찮은 셔츠를 입었고, 최근에는 차림새가 더 나아졌다. 이것은 세라가 의식적으로 생각한 게 아니라 배경처럼 남은 인상이다. 기억이 들춰내겠지.

"세라, 앞쪽의 두 의자 중 하나에 앉아라. 어느 쪽이든."

세라는 선택된 데 놀라서 곧장 일어나지 않고, 킹슬리 선생에게 묻는 눈빛을 던진다. 그의 시선에서 답을 찾을 수 없다. 그는 거만하게 흉벽 꼭대기에 걸터앉아, 개미 같은 부대들의 이동을 지휘 중이다. 세라가 일어나니 마누엘은 지나가라는 듯이 얼른 백팩을 치운다.

지난해 세라는 사랑니를 뽑았다. 치과의사는 사랑니들이 유난히 일찍 나왔고, 유독 커서 치열이 틀어지게 할 테고 나중에 고치려면 더 어렵다고 말했다. 여기서 커다란 조숙한 사랑과 회복 불가능한 뒤틀림 같은 농담거리가 있었지만, 세라는 시큰둥하다가 발치 후에 피 묻은 거즈로 막게 되었다. 그 과정에서 마취를 했다. 엄마가 대기실에 앉아 신문을 읽는 사이, 세라는 의식 없이 뜨거운 불빛 아래 누워 있었다. 치아를 뽑고 거즈를 넣자마자, 세라는 의자에서 다리를 내렸고, 치과의사와 간호사가 등을 돌리고 손을 씻는 사이 진료실에서 나갔다. 의사나 간호사, 안내 직원, 엄마, 대기 중인 환자들이 눈치챌 새도 없이, 세라는 건물 밖으로 나가 주차장까지 갔다. 결국 엄마 차의 잠긴 문을 흔들어대다가, 뒤쫓아 나온 안내 직원과 간호사에게 붙들렸다. 세라는 이 꿈속의 치과 탈출 소동을 전혀 기억하지 못했다. 사실 엄마의 농담인 줄로만 알다가, 경과를 확인하러 치과에 갔을 때 의사가 '먼저 묶어야 하려나?'라고 말하자 상황을 알았다.

방 앞쪽에 놓인 의자로 이동하는 과정이 똑같이 기억나지 않는다. 벽면을 가득 메운 거울 앞에 있는 자신을 발견한다. 나머지 의자는 거울을 등지고 놓여 있다. 세라는 거기 앉을 좋은 기회를 놓친다.

킹슬리 선생이 말한다.

"데이비드, 나머지 의자에 앉아라. 두 사람의 무릎이 닿도록 의자들을 움직이고."

반 아이들은 아무 소리도 내지 않지만 하나같이 몸을 앞으로 당긴다. 무릎이 닿게 앉는 것은 어색하지만 놀랄 만치 새로운 상황도 아니다. 교사의 지시에 따라 예술이란 미명 아래 온갖 구도에서 쓰다듬고 문지르고, 더듬고 움켜쥐어본 경험이 있는데, 무릎 접촉쯤이 무슨 대수일까. 인상적인 점은 킹슬리 선생이 무뚝뚝하게 고른 두 사람이다. 학생들은 둘에 대해 조심스럽게 말하는 데 신물이 났다. 데이비드와 세라, 대단한 드라마가 어찌나 자랑스러운지 친구들에게 털어놓지 않는 두 사람. '자아 회복' 시간에 두 사람은 서로 '네가 공방을 닦는 수고를 해줘서 고마워' 같은 엉뚱한 말을 주고받았다. 감정을 쌓아두는 사람들인데, 이제 콧대가 꺾일 때가 된 것이다. 세라는 한켠에서 친구들이 동정심에 허겁지겁 참견하려다 망치기만 하는 기미를 느낀다. 조엘과 아마 패미가 염려스러워서 눈을 휘둥그레 뜬다. 반면 노버트의 한쪽 입꼬리가 올라간다. 유일하게 피에 굶주리지 않은 인물이다.

청바지 사이로 세라의 무릎에 닿는 데이비드의 무릎은 인체 같지가 않다. 네 개의 무릎이 부딪치고 움찔한다. 완전히 당황한 볼록한 면들. 지시받은 대로 계속 접촉하려면, 어색하게 반듯이 앉아야 한다. 세라는 처음 몸에 들어왔을 때 데이비드의 얼굴이 불쑥 기억나 견디기 힘들다. 그 더운 오후, 어두컴컴한 세라의 방에서였다. 데이비드는 계속 '내 느낌에는, 내 느낌에는……'이라고 말하려 했다. 그는 둘의 몸이 서로 딱 맞는다고 느꼈다. 놀라운 진실 외에는 지겨운 상투어지만.

세라가 눈을 꼭 감아 기억을 누른다.

"세라, 눈을 떠라."

킹슬리 선생이 지시한다. 그가 말을 잇는다.

"세라와 데이비드, 눈을 맞추도록."

세라는 데이비드 얼굴로 눈을 든다. 파란 마노 같은 눈이 마지못해 응시한다. 입술을 가르는 선. 단추 같은 모반. 폴로셔츠 사이로 드러난 쇄골이 너무 빠르다 싶게 아래위로 들먹인다. 세라는 이것을 실마리로 삼고, 그만두겠다고 맹세했던 희망이 가슴속에서 보이지 않게 소리 없이 터진다. 그것을 느껴졌는지 데이비드가 움츠리고 결국 파란 마노가 멀어진다.

킹슬리 선생이 말하고 있다.

"이건 째려보기 시합이 아니야. 난 너희가 부드러운 시선을 찾아내길 바란다. 부드럽다고 해서 눈물 젖은 시선이란 뜻은 아니고."

(둘 중 하나가 눈물 젖어 보여서 한 말일까? 세라는 울지 않을 것이다. 우느니 숨을 멈추겠노라 단호하게 다짐한다.)

"상냥함 같은 부드러움을 말하는 것도 아니야."

(둘 중 하나가 상냥해 보여서 한 말일까? 세라는 조금 전의 맹세를 이미 잊었다. 눈이 촉촉하고, 정신없이 데이비드의 눈에서 상냥함을 찾는다. 그러다 거울에 비친 눈을 보고 뜨거운 수치심으로 눈물을 거둔다.)

"중립을 말하는 거야. 수용하는 것. 불안, 비난, 기대가 없는 중립적인 시선, 중립성은 우리가 상대에게 제공하는 자신이지. 주시하고 개방적이고, 얽매이지 않지. 감정의 앙금도 없고. 우린 그렇게 무대에 오르는 거야."

이제 킹슬리 선생은 두 사람에게 눈을 맞추면서 의자에서 일어나라고 지시한다. 노려보거나 비난하거나, 기대하거나 불안을 경험하지 말고, 중립적으로 주시하고 홀가분하게. 그는 몇 분간 두 사람을 잊은 눈치다. 방의 가장자리를 거닐면서 서두르지 않고 말한다. 현재에 있는 게 무슨 뜻인지. 순간의 온전함. 인식…… 자유……. 물론 사람은 느끼고 무엇을 느끼는지 알고, 동시에 감정의 노예가 아닌 주인이 되어야 한다는 것. 감정은 아카이브(기록물 보관소)고 우린 거기에 그림을 그리지만, 아카이브에는 문이나 서랍이 있고, 창고와 색인, 감정의 색인이 있다. 세라는 감정의 아카이브라는 비유를 이해하지 못하지만 개념은 파악한다. 그게 정리되지 않으면 뒤죽박죽된다는 거지.

킹슬리 선생이 두 사람 옆으로 돌아가서 불쑥 말한다.

"데이비드, 세라의 손을 잡아. 세라, 데이비드의 손을 잡아라."

세라의 마비된 시야 안에서 데이비드가 앞으로 나왔다가 멀어지고, 기울어지고 떠다녔다. 빨간 폴로셔츠가 점점 덩어리가 되더니 그를 휘감아버렸지만, 지시에 데이비드는 가차 없이 탁 소리를 내면서 날카롭고 매정하게 의자로 돌아와 시선을 고정한다.

두 사람은 손을 잡는다.

데이비드의 손은 고깃덩이처럼 활기가 없다, 전에 세라에게 그다지도 생기 넘치는 손이었건만.

세라의 손이 거부감 때문에 슬금슬금 기어간다. 베개로 배를 짓뭉개고, 그에 대한 열망을 충족시키지 못하고 쾌감 없이 다리 사이에서 끈적대던 손. 그의 손을 다시 잡았는데 데이비드가 송장 같다.

킹슬리 선생이 지시한다.

"둘이 손을 통해 소통하기 바란다. 말은 금지. 접촉으로만."

데이비드의 손은 계속 꼼짝하지 않는다. 꽉 쥐지도, 쓰다듬지도, 찰싹 때리지도 않는데, 어떻게 손으로 소통을 하지? 사실 데이비드의 손은 이미 그렇게 했다. 세라의 손을 잡지

도 않았다. 서로 손을 잡은 시늉을 하려고 세라의 손은 얼어
붙은 듯 있다. 팔꿈치를 옆구리에 붙이느라 당기는 힘 때문
에 팔목과 팔뚝이 떨린다. 세라가 포기하면 손이 옆으로 툭
떨어질 것이다. 데이비드는 잡아주지 않을 테고.

　킹슬리 선생이 느릿느릿 주변을 돈다. 그가 묻는다.

　"그게 너희가 할 수 있는 최선이냐? 두 손은 서로 알잖아.
손들이 뭘 기억하지? 말할 수 있다면 손들은 우리에게 무슨
말을 해줄 수 있을까? 아니면 우리에게 거짓말을 하겠지.
어쩌면 이미 그러고 있는지도."

　그가 알았을 거라고 세라는 생각한다. 킹슬리는 둘이 제
대로 손을 잡지 않은 것을 안다. 맞닿았지만 건드리지 않는
다는 걸. 식은 죽 먹기인 지시도 실행 못 하니 얼마나 멍청
해 보일까. 세라는 데이비드의 손을 잡고, 꽉 쥐고 소통할
힘이 없다. 두피에 땀이 솟아 머리칼 아래로 번지는 게 느
껴진다. 발아래 바닥이 솟아올라 기우뚱해지기를 반복하고,
원이 아닌 똑같은 부채꼴만 그려진다. 천천히 의자에서 떨
어지면서 열사병 같은 검은 얼룩이 시야를 가린다. 멀리서
데이비드의 얼굴이 허공에 떠 있고 핏기가 돌아 뺨이 불룩
하고 초점 없는 눈이 분노로 번들댄다. 세라는 자신과 분리
된다. 데이비드가 손가락을 짓눌러 가느다란 뼈들이 스파게

티 면처럼 부러질 것 같다. 그가 그러려고 하면. 마침내 세라는 어렴풋이 정신을 차리고 몸을 떨면서 흐느낀다. 시끄러운 소음이 들리지만 시간이 지나서야 어디서 나는 소리인지 안다. 강제로 자해하는 피해자처럼 본의 아니게 첫 절정을 떠올린다. 자기도 모르게 울고 있었고, 그러다 데이비드가 목덜미에 얼굴을 묻고 환희에 젖어 울던 기억이 난다.

킹슬리 선생의 힐난하는 말투가 바뀌고 날카로워졌다. 세라는 진솔한 감정을 드러냈기 때문이다. 손으로 감정을 전달하지 못했을지라도 딱한 녀석. 세라는 최선을 다하고 있다.

"그게 네가 할 수 있는 최선이야?"

킹슬리 선생이 얼굴이 빨개져서 다그친다. 안경을 이마 위로 밀어 올려, 한 뭉텅이 머리가 뻗쳐 전에 없이 헝클어졌다. 그가 말을 잇는다.

"넌 이 여자애 때문에 몇 마일을 걸었지. 땡볕 속을. 엄마가 스포츠클럽에 갔다고 생각하도록 우스꽝스러운 테니스 라켓을 들고. 왜냐하면 넌 그 여자애를 사랑했으니까, 데이비드. 이제 그 아이에게 거짓말하지 말고, 너 자신에게도 거짓말하지 말아라!"

반 아이들의 입이 벌어진다. 이게 연극일 가능성이 있을까? 이들 사이에서 감정 표현은 흔하다. 고백은 흔하다. 날

선 말다툼과 화해는 흔하다. 그런데 이건 당장 정의를 내릴 수 없게 다르다. 몇몇은 운동 경기처럼 소리 질러서 격려하거나 설득하거나 모욕하고 싶은 충동을 느낀다. '그 계집애한테 넘어가면 안 돼!' 콜린은 데이비드에게 그렇게 외치고 싶다. 패미는 세라에게 달려가서 친구의 숙인 머리를 팔로 감싸 안고 싶다. 패미는 세라 뒤에 앉은 데이비드 뒤에 앉았던 적이 있다. 그때 속으로 중얼댔다. '데이비드가 세라의 뒤통수를 보는 것처럼 날 0.5초라도 쳐다봐주는 남자가 있다면 처녀로 죽어서 천국에 갈래. 키스를 받지 않아도 돼.' 샹탈은 '자, 남자답게 굴어, 데이비드. 왜 얼굴이 빨개지고 난리야?'라고 말하고 싶다. 세라의 발레 플랫이라도 핥을 노버트는 그녀의 뺨을 갈기면서 '나를 선택할 수도 있었는데 저 병신 자식을 사랑한 대가가 이거냐'라고 쏘아붙이고 싶다. 시야가 가린 몇 명은 살그머니 의자 위에 무릎을 꿇고 앉거나 일어난다. 마침내 세라는 손을 빼서 얼굴을 가리고, 손가락 사이로 눈물 콧물이 끈적한 투명 실처럼 흘러서 팔에 줄무늬가 생긴다.

"파울!"

콜린이 외치고, 긴장이 풀려 짓궂은 웃음을 터뜨린다.

"잠깐 휴식!"

킹슬리 선생은 학생들의 부적절한 태도가 못마땅해서 외친다. 하지만 그가 세라의 오른쪽 어깨와 데이비드의 어깨에 한 손씩 얹고 몸을 숙여서, 두 사람은 자리를 벗어나지 못한다. 세라는 얼굴에서 손을 내릴 수도, 그럴 의지도 없지만, 그의 입술이 정수리를 스친다.

"잘했다."

킹슬리 선생이 머리에 대고 말한다.

그러더니 그가 데이비드에게 부드럽게 말하는 소리가 들린다.

"네가 우는 걸 보고야 말 거야."

세라는 손가락 사이로 내다본다. 킹슬리는 냉정하게 장담하고 즐거워서 싱긋 웃는다. 그건 시간문제일 뿐이다. 애쓰느라 데이비드의 얼굴이 자주색이 된다. 그가 의자에서 확 일어나 몇 번 더 의자를 넘어뜨리면서 비척비척 방에서 나간다.

"잠시 쉬어라, 얘야. 휴지가 어디 있는지 알지?"

킹슬리 선생이 말하자, 딴청을 피우고 신발 끈을 묶고, 가방을 뒤지면서 남을 구실을 찾던 아이들 모두―연습실에서 나간 데이비드만 빼고―분명히 듣는다.

잠시 쉬어라, 얘야.

"킹슬리 선생한테 그 외에 무슨 말을 한 거야?"

네이비드가 버럭 외친다. 몇 달간 말을 걸지 않고 알은체
조차 하지 않더니, 세라가 조엘과 차를 타러 주차장을 지나
는데 복수의 화신처럼 나타난다.

조엘: (따지듯 나서며) 입 다물어, 데이비드! 세라를 내버
　　　려둬.

데이비드: (실제로 손바닥으로 조엘을 떠밀고, 높은 굽 부
　　　츠를 신은 조엘이 균형을 잃을 뻔하며 비틀댄다) 나
　　　랑 말도 안 할 거지만 음악실 복도에서 섹스는 할
　　　거라고 말했어?

세라: 내가 너랑 말도 안 한다고?

데이비드: (세라를 내려다보면서) 아니면 그가 우리가 섹
　　　스하는 걸 구경한 거야, 그것도 네가 꾸민 거야?

조엘: (다시 균형을 잡고 무섭게 큰 소리로 윽박지르면서)
　　　나쁜 자식…….

세라: (경악해서 말을 못 하지만, 데이비드는 이미 등을 돌
　　　렸다. 에린 오리어리의 소형차가 멈추자 그가 올라
　　　타고 쾅 소리 나게 문을 닫는다. 선글라스를 써서
　　　표정을 알 수 없는 금발 운전사는 데이비드를 태우
　　　고 가버린다.)

세라 엄마: 네 학교 밖 생활은 그가 감 놔라 대추 놔라 할
　　일이 아니야. 너도 그걸 알지, 그렇지?

킹슬리 선생: 시작해라, 세라.

세라와 데이비드는 다시 연습실 앞쪽의 의자에 마주 앉
는다. 아주 살짝 떨어져 앉도록 허락받아서 이제 둘의 무릎
이 맞닿지 않는다. 데이비드는 세라를 보지만 제대로 응시
하지 않는다. 의자에 앉아 한눈을 판다. 세라는 왜 그가 이
러는지가 아니라 어떻게 그러는지 이해되지 않는다. 자신도
그럴 수 있다면 그럴 것이다. 처음으로 데이비드가 인물임
을, 연극에서 성공하리란 걸 안다. 아주 멀리 가고 아주 중
요해져서 내키면 'theater'라고 쓸 수도 있을지 모르지. 또
여기 킹슬리 선생이 있는 CAPA에서 그는 이미 끝났다는 것
도 세라는 안다. 데이비드는 주연을 맡지 못할 것이다. 스타
가 되지 못한다. 카리스마를 발휘하지 못하고, 인정도 칭찬
도 못 받고 학교를 떠날 것이다. 매캐한 연기와 술의 독 기
운, '바보 걸음', 폴로셔츠에 가려져서. 팽개쳐졌을 뿐 아니
라 완전히 무용지물이 되고, 기억력 좋은 몇 명 외에는 모두
잊은 테니스 라켓에 가려져서.

세라가 데이비드에게: 넌 화났어.

킹슬리 선생이 세라에게: 마음 읽기가 아니야. 다시.

세라가 데이비드에게: 넌 권테로워.

킹슬리 선생: (답답해하며) 솔직하게 살아, 세라!

세라가 데이비드에게: 넌 파란 폴로셔츠를 입고 있어.

데이비드가 세라에게: 난 파란 폴로셔츠를 입고 있어.

킹슬리 선생: 경청하는 게 안 들려.

세라가 데이비드에게: 너는 파란 폴로셔츠를 입고 있어.

데이비드가 세라에게: 나는 파란 폴로셔츠를 입고 있어.

세라가 데이비드에게: 너는 파란 폴로셔츠를 입고 있어

킹슬리 선생: 이 순간 여기 있는 건 누구지? 어떤 사람?

데이비드가 세라에게: 나는 파란 폴로셔츠를 입고 있어.

순간이 뭘까? 세라는 생각한다. 자신이 반응해야 하는 '현재'는 어디 있지? 어떻게 반복이 번지는 큰 어둠처럼 모든 순간을 비우지 않을까? 데이비드는 그 어둠 뒤에, 모든 눈에서 안전하게 숨어서 세라에 대한 증오를 키운다. 그런데 이런 생각, 이런 불운한 혼란이 그들이 이 일에 실패하는 그 이유인가? 킹슬리 선생이 다시 재빨리 '무대에서 내려가'라는 치워버리는 제스처를 한 이유일까?

콜린이 줄리에타에게: 네 머리는 곱슬거려.

명백하다. 줄리에타의 상징은 나선형 곱슬머리다. 걸을 때면 머리가 찰랑이며 환한 미소의 연장선이 된다. 줄리에타의 뺨은 솜털이 보송보송하고 늘 발그레하다. 눈은 반짝거린다. 프랑스계인 어머니는 줄리에타에게 사랑스럽게 독특한 발음을 물려주었다. 예를 들면 흔한 흰 소스를 '**마이-오-네흐즈ㅇㅇㅇ**'라고 발음한다. 어머니는 줄리에타에게 기쁨 넘치는 기독교 신앙도 물려주었다. 패미와 달리 줄리에타는 종교를 옹호해야 한다고 느끼지 않는 것 같다. 반 친구들이 하느님이 존재하지 않는다고 말하면, 줄리에타는 짐짓 겸손 떨지 않고 환하게 웃는다. 생각을 나누는 친구들을 사랑한다! 예수님은 그들을 사랑하지만 그들이 그걸 믿을 필요가 없는 것처럼.

줄리에타가 콜린에게 밝은 미소를 던진다. 그가 딱 맞는 말을 했다는 표정이다!

"내 머리는 곱슬거려."

줄리에타가 키득댄다.

"네 머리는 **곱슬**거려."

아이고, 이 친구야. '곱슬'을 찾아보면 바로 네 머리라고!

"내 머리는 곱슬거리지."

아, 그렇지, 콜린. 넌 내 머리에게 곱슬거리지 말라고 설득 못 해. 그거 웃기지 않아?

"네 머리는 곱슬거려."

콜린이 시도한다. 생각해보니 콜린도 숱 많은 곱슬머리를 가졌다. 다른 곳에서는 콜린의 머리도 '곱슬'이라고 할 만하지만, 여기서 그림책에나 나올 줄리에타의 곱슬머리, 동글동글한 공주 머리와 비교 불가다. 머리카락이 봄날의 꽃이 만발한 덩굴 같은 자연의 처녀를 그릴 때 모델로 이상적인 머리! 부스스한 콜린의 머리가 곱슬 축에나 낄까?

"내 머리는 곱슬거려."

줄리에타가 어깨를 으쓱한다. 중요하다. 여기 곱슬머리가 많다.

"네 머리는 곱슬거려."

콜린이 소리보다 어휘가 먼저 나오는 것처럼 불쑥 충동적으로 내뱉는다. 그가 작은 구슬에 대고 보듯 줄리에타를 응시하고, 줄리에타는 그가 바지라도 벗긴 것처럼 얼굴이 새빨개진다. 어이없어 킥킥대는 웃음이 퍼진다. 맙소사, 어떻게 저렇게 했지? 잘하네. 평소 콜린은 조상의 이미지대로 거친 아일랜드 왈패처럼 굴기에 사실은 그가 잘하는 걸 다들 깜빡한다.

조용! 킹슬리 선생이 손가락을 튕기며, 콜린에게 고개를 까딱한다. 다음 단계. 콜린이 여전히 선도한다.

다음 단계는 주관적인 관찰. 주관적인 의견, 감정. 판단. 고백이 나오기 일쑤다. 표면적으로는 더 간단한 객관적인 것, 즉 사실 발언의 반대 개념이다. 대체로 객관적인 것을 추종자(여기서는 두 번째로 말하는, 대응하는 줄리에타)로, 주관적인 것을 선도자(여기서는 먼저 말해서 대화를 주도하는 콜린)로 묘사하는 경향이 있다. 하지만 그들의 이분적 사고가 미성숙해서 그럴 뿐이다.

머뭇대지 않고 콜린이 말한다.

"너는 처녀야."

와!

"이런 병신!"

앤지가 킹슬리 선생이 가끔 쏘아붙이듯 '지퍼를 채우고' 있을 수 없어서 외친다. 보통은 눈빛이나 손가락으로 딱 소리를 내는 것으로 끝내지만. 이제 그가 발끈해서 딱 소리를 내자, 전원이 앉은 채로 불편해서 꿈틀댄다. 일부는 격렬하게 몸을 당기고, 일부는 겁나서 몸을 뒤로 뺀다. 이상하게도 이 공연예술학교에서 냉정한 청중의 태도를 가르친 적이 없다. 개한테 하듯 학생들에게 조용하게 하거나 손가락으로 딱 소리를 낼 뿐이다.

줄리에타는 이미 얼굴 홍조가 최고조에 달했다. 다들 지켜보는 가운데, 후끈한 기운이 잦아들면서 시나브로 평소의 장밋빛 도는 흰 얼굴로 돌아간다. 줄리에타는 시간을 보내면서 여러 친구와 똑같이 궁금하다. '너는 처녀야'가 객관적이라서 킹슬리 선생이 파울이라고 판정한다면…… 그런데 그게 객관적일까? 그건 줄리에타에게 달리지 않았나? 줄리에타가 사실로 확인해주기 전까지 그 말은 주관적─콜린의 조롱─이 아닌가? 하지만 그걸 사실로 확인을 안 해줄 수 없다. 줄리에타가 그 문구를 대명사와 어미만 바꾸어서 반복하는 게 규칙이니까. 그러니 줄리에타의 동의는 무의미하고……. 그러면 그게 발언을 주관적으로 만들까? 그들의 이분적 사고는 미숙하고, 이 어려운 문제가 머리를 뒤죽박죽으로 만든다. 패미는 관자놀이를 움켜쥐더니 눈을 가린다.

하지만 줄리에타는 계속 침묵을 지켜서─침묵은 배우의 가장 유용한 도구로 꼽히니 동원할 자격이 있다─주도권이 넘어오게 한다. 안색이 완전히 되돌아온다. 웃지 않는다. 찡그리거나 불확실한 기미를 보이지 않는다. 당혹감이나 두려움을 내비치지 않는다. 줄리에타는 침착한 태도로 콜린을 응시하고 콜린은 태연함을 되찾으려 하지만, 학생들은 그가 딱딱한 플라스틱 의자에서 궁둥이를 들썩이며 줄리에타에게 얼굴을 살짝 기울인 걸 본다. 줄리에타를 따라 해보지만, 효과가 없다.

"난 처녀야."

줄리에타가 전적으로 자진해서 밝히는 투로 말한다.

"너는 처녀야."

콜린이 말한다. 묘하게 줄리에타의 덫에 걸려 중립적인 말투. 어떤 경멸, 시시덕대는 느낌을 보이면 그의 유치함만 확인될 것이다.

"난 처녀야."

줄리에타가 참을성 있게 반복한다. 참을성에 친절 따위는 섞이지 않는다. 그렇다고 불친절하지도 않다. 콜린이 한 번 이상 들을 필요가 있을 듯한 내용을 인정할 뿐이다.

"너는 처녀야."

콜린이 점점 애처롭게 말한다.

"난 처녀야."

줄리에타가 콜린의 애처로움을 딱해하는 투로 말한다. 그의 생각은 여전히 미숙하다.

학생들은 이제 같은 구절이 반복되는 횟수를 세지 않는다. 가끔 킹슬리 선생이 확실한 이유로 반복을 중단시킨다.

감정 분출과 결심. 힘의 교환. 날씨 변화처럼 임의로 희희낙락에서 슬픔으로, 무심함으로 어조가 이어질 때. 다른 때는 질질 끌며 반복되도록 허용한다. 그러다 말하지 않는 사람에게도 어구가 새로운 변화가 없는 무의미한 소리가 된다.

마침내 킹슬리 선생은 줄리에타와 콜린 사이에 끼어들며 말한다.

"고마워. 잘했어."

반 전체가 꼼짝 않고 앉아 있다. 모두 들뜨고 놀라고, 불편함은 잊는다. 공통적으로 머릿속이 최면 상태와 비슷하다.

줄리에타와 콜린은 한참 의자에 앉아 서로 응시한다. 그러다 콜린이 일어나서 멍청히 진지하게 손을 내민다. 줄리에타가 악수한다.

"네 눈은 파래."

세라가 말한다. 어쩌면 할 수 있는 가장 민감하지 않은 말이다. 밋밋함에서 적대감이 느껴질 정도다.

"내 눈은 파래."

데이비드가 냉담하다고 할 수 없는 완벽하게 중립적인 투로 말한다. '하나, 둘, 셋, 넷'이라고 말하거나 콧노래를 부른 것과 다름없다. 아니, 노래의 특성상 콧노래는 훨씬 더 표현적이겠지.

"네 눈은 파래."

세라는 그를 똑바로 바라보면 생소해 보이는 걸 터득했다. 그러면 그를 보지 않으면서 킹슬리 선생에게 눈을 피한다고 혼나지 않는다.

"내 눈은 파래."

어쩌면 데이비드도 똑같이 하고 있다. 세라를 빤히 보지만 해를 볼 때처럼 보이지 않는다.

"네 눈은 파래."

"내 눈은 파래."

"네 눈은 파래."

몇 주째 같은 상황이다. 다들 벌서고 있다. 둘 다 조금도 물러서지 않으니. 얼굴을 붉히지도, 움찔하지도, 무엇보다 눈물 한 방울도 보이지 않는다. 이것이, 세라를 강하게 해서 심장이 죽고 눈물이 마른다. 어쩌면 실제로 뭔가 얻는다. 적어도 데이비드에게 배운 게 있다. 완전히 수동적인, 유연한 저항. 처음에 그들의 답보 상태에 학급은 반했었다. 이제는 지옥이 따로 없다. 둘이 그렇게 앉는 걸 싫어하는 것보다, 친구들이 그들을 지켜보는 걸 더 질색한다. 둘은 칭찬받지 못한다. 다음 단계로 넘어가라는 허락이 떨어지지 않는다. 다른 학생들과 달리 둘만 짝이 된다.

"내 눈은 파래."

"네 눈은 파래."

"내 눈은 파래."

"그만."

킹슬리 선생이 못마땅해서 손을 움직이며 소리친다. 이제 둘 다 비호감 인물이다. 두 사람은 무의식중에 나란히 일어나 서로 몸을 돌린다.

"아블라스 에스파뇰(스페인어로 말해)."

조엘이 장난기 넘치게 눈을 반짝이며 마누엘에게 말한다. 새롭게 흥미가 생겨서 좌중이 들썩인다. 아무도 조엘의 스페인어를 들어본 적 없고, 마누엘도 마찬가지여서 스페인어 반복 대화는 처음이다. 그게 허용되는지조차 모른다. 진짜 쿨한 조엘! 조엘에 대한 급우들의 평가가 급상승한다.

마누엘이 놀라서 빙긋 웃는다.

"시, 아블로 에스파뇰(좋아, 스페인어로 말해)."

"단어를 덧붙이지 말고."

킹슬리 선생이 지적한다. 마누엘이 살짝 얼굴을 붉힌다.

"아블라아아아아스 에스파**뇨오올올올올올**."

조엘이 줄담배를 피워 치와와 같은 목소리로 과장되게 말한다. 학생들 모두 정신을 차리고 똑바로 앉아 즐거워한다.

마누엘은 조금 더 얼굴을 붉히지만, 조엘의 따뜻함을 느낀다. 이것은 생색이 아니라 공모다.

"아아-**블로우**."

마누엘이 괴상한 콧소리로 울 듯이 말하자, 모두 웃음을 터트린다. 그는 "에으으으으스**파뇨우엘**"이라고 발음해서 '조엘'과 운을 맞춘다!

조엘은 어깨를 들썩이면서 마누엘 쪽으로 가슴을 내밀고 한 발을 공중에 들고 대꾸한다.

"**아아아아아아흐, 블라아아아아아스!**"

조엘이 노래하듯 발음하고 아름답지는 않지만 애쓰느라 얼굴이 발그레하다. 중간 C에서 G까지 다들 마음속으로 같이 노래한다.

"**에으으스판-뇰!**"

조엘이 마무리 짓는다. A, B, 높은 C에서 끝난다…….

"야호!"

앤지가 외치지만 경고를 받지 않는다. 다들 숨죽이고 마누엘을 지켜본다. 마누엘이 노래로 받을까, 그럴까, 과연?

마누엘은 입술을 살짝 내밀고 마주 웃는다. '못된 것, 누군가가 널 혼내줘야겠지만 난 아냐, 난 걸핏하면 웃어대서'라고 말하는 것 같다. 아이들은 이렇게 생기 있고 지적인 마누엘의 얼굴을 본 적이 없다. 그때 마누엘은 감추어둔 다른 비밀을 공개하는 것처럼 예비 동작이나 경고도 없이, 방 안에 소리를 내지른다.

"아, 아-아-아-아-**아으으으-블로으으으**."

그는 당황스럽게 소리를 낸다. 의자에 앉은 아이한테서 어떻게 그런 소리가 터져 나올 수 있을까?

"에, 에-에,에으으으, 에-에 **에으스으으으…파아느으으으…놀올올올올**."

베이스 음조가 또르르 굴러 내린다. 칭찬의 환호가 조엘에게도 똑같이 향하고, 두 사람은 웃음을 터뜨리며 의자에서 벗어난다. 조엘과 마누엘은 파괴자지만 킹슬리 선생은 가장 열렬히 웃고 박수를 보낸다.

○

장차 조엘은 달아날 것이다. 4학년 중간쯤 홀연히 사라진다. 이유, 수단, 소재에 대한 소문이 난무할 것이다. 아버지가 허리띠와 회초리로 때리고 나무에 묶었다, 조엘이 너무 말썽을 부려서 엄마가 아버지와 살게 보냈다. 아버지가 FBI를 동원해 조엘을 찾았다, 그가 문을 부수었다, 조엘이 탬파, 와이키키, 뉴욕에서 목격되었다. 에어로스미스의 '러브 인 언 엘리베이터'의 뮤직비디오에서 조엘이 댄서들 틈에 있었다고 한다. 이런 소문을 확인하려면 더 기다려야 한다.

장차 패미는 우주비행사가 되겠다고 결심할 것이다. 계속 과체중 상태여서 안타깝지만. 패미는 학교로 돌아가 물리학을 배워야 하겠지. 물리학 다음에는 다이어트.

장차 타니콰는 세상에서 가장 눈에 띄는 TV 연기자가 될 것이다. 신임 경찰들이 성장하고 변화해서 노련한 경찰이 되는 과정을 그린 장편 드라마에 경찰 역으로 나온다. 타니콰가 맡은 유머라곤 전혀 없는 여 경관은 (당연히) 끔찍한 과거사를 갖고 있다. 가난, 학대, 수감된 아버지들, 마약 중독자 어머니들, 총에 맞아 죽은 형제들로 얼룩진 과거 때문에 유머 감각이 전혀 없다. 학창 시절 동창들은 밝고 엽기적인 타니콰가 유머가 없는 경관을 연기한다는 걸 믿지 못할 것이다. 다들 타니콰의 숨겨진 유머 감각이 드라마에 반전을 가져오리라는 생각을 버리지 않지만, 몇 년이 가도 그 부분은 나오지 않는다. 잘 부르는 노래나 춤도 마찬가지고. 타니콰의 핵심적인 특징들이 그녀의 배역 속에 나오지 않는다. 그녀는 경찰 역을 수년간 계속하고 부자가 된다.

장차 노버트는 왓어버거(햄버거 체인)의 매니저가 될 것이다. 이것은 노버트에게 건 가장 잔인한 기대였는데, 동창들은 그가 기대를 저버리지 않아 더욱 못마땅해한다. 노버트는 구제 불능일 정도로 그대로다. 어떤 변화에도 고집스레 영향을 받지 않는다.

장차 로조 선생의 예언은 모두 이루어질 것이다. 적어도 그 논의에서 거론된 일들, 상심 같은 것은 아픔이 덜해진다. 속상한 일들의 범위는 넓어질 테지만. 상심은 상당히 사치스러운 고통의 이유로 보일 테지. 또 몸과 지갑도 망가질 테고. 우정도 끝나고. 성인들의 아동 범죄가 일어나고. 설명할 수 없는 작은 친절들도 베풀어지고. 세라가 가장 감동적인 친절을 경험한 것은 어느 여름날이었다. 정신이 없어서 민소매 원피스 지퍼를 잠그지 않고 극장 밖으로 나갔다. 겨드랑이에서 엉덩이까지 쭉 벌어져 브라와 팬티가 보일 수 있는 상태에서 공원까지 걸어갔는데, 모르는 여자가 "애! 잘 지냈니?"라고 외치면서 포옹했다.

안긴 채 어리둥절하는 세라에게 그녀가 귀에 대고 속삭

였다.

"원피스가 열렸어요. 내가 계속 안고 있을 테니 지퍼를 올려요."

세라가 지퍼를 올리자 둘은 떨어져서, 진짜 친구 사이인 듯 작별 인사를 나누고 계속 몸짓을 하면서 멀어졌다. 그러다가 몸을 돌려 반대 방향으로 걸어갔다. 몇 년 만에 처음으로 허구의 상황에서 진솔한 감정을 드러내는 것이 연기임을 되새겼다. 벌써 그 모르는 여인이 그리웠다, 친구인 척했던 그녀가.

장차 데이비드는 너무 변해서, 세라가 십대 중반에 처음 알던 데이비드라고 믿기 힘들 것이다. 어린 데이비드를 가짜로 볼 수밖에 없을 정도로, 그 가벼운 누에고치에서 울룩불룩 묵직하고 단단한 미래의 데이비드가 이미 나타나기 시작한다. 어쩌면 이 어린 데이비드는 속 빈 강정일 뿐이다. 아마도 그들 모두 그렇겠지.

이제 킹슬리 선생은 세라를 사무실로 부르지 않는다. 세라와 데이비드, 혹은 세라와 조엘, 영국 손님들이 오면 어떻게 도와줄지 등등 속내를 터놓는 대화는 없다. 둘 사이에 대

화가 전무하다. 이따금 지나치면서 그가 세라에게 윙크를
한다. 대부분 그는 세라를 지나쳐 앞을 응시한다. 세라는 정
확히 반대로 하려다가 기회를 놓쳤음을, 특혜를 팽개쳤음
을 안다. 어느 금요일 오후, 조엘의 차에 다른 동승자와 함
께 타고 '엠파나다 아웃포스트'로 가는 대신, 썰렁한 연극과
복도로 돌아간다. 금요일에는 리허설이 5시 반이나 돼야 시
작한다. 다음 날 등교하지 않기에 밤 9시까지 끝내야 하는
압박이 덜해서다. 금요일이면 학생들은 '유 토템'에서 식사
를 때우지 않고 시끌벅적하게 무리 지어 걷거나 차에 위태
롭게 몰려 타고 제대로 된 식당으로 간다. 단골 식당들은 그
들을 잘 알고, 일부는 무척 싫어한다. '라 타파티아 타퀘리
아'는 무료 감자튀김을 양동이째 먹어치우는 이들을 애써
봐준다. '엠파나다 아웃포스트'에서는 출입 금지를 간신히
면해서, 모두 흔들리는 야외 데크에 앉아야 음식을 서빙해
준다. '마마스 빅보이'는 그들을 예뻐하고 응석을 받아준다.
한때 평범했던 '빅보이'를 완전히 접수한 게이 남자 종업원
들은 학생들이 노래를 부르면 공짜 파이를 준다. 금요일은
축제 기분이 감돌고 연습 시작은 5시 반이지만, 킹슬리 선생
이 어딘지 몰라도―학생들이 가는 인근 싸구려 식당은 아니
다―식사를 마치고 돌아온 후 6시 가까이 돼서야 시작된다.

썰렁한 복도에 킹슬리 선생의 사무실 문이 닫혀 있다. 그가 안에 있다고 생각할 이유는 없다. 평소 30분 휴식 때는 사무실 책상에 앉아, 무테안경을 코끝에 아슬하게 걸치고 총알 쏘듯 자판을 두드린다. 문이 반쯤 열려 있어도 일에 몰입해서, 긴급하거나 당찬 학생들 외에는 얼씬도 하지 못한다.

세라는 벽에 등을 대고 미끄러져서 무릎을 끌어안고 앉는다. 배고프지 않지만 아마 조엘이 파인애플 엠파나다(남미에서 먹는 스페인식 고기 파이)를 갖다 줄 것이다. 마지막으로 허기를 느낀 게 언제였는지 기억나지 않는다. 허기 대신 주먹으로 횡격막을 누르는 것처럼 날카로운 통증이 자리 잡은 지 오래되었다. 그 느낌에, 횡격막 사이를 돌로 누르는 것 같은 억눌린 슬픔이 익숙하다. 아니면 익숙한 게 아니라 슬픔이 덜해진 걸까? 로조 선생이 예언한 장담을 떠올린다. 충분히 오래 견디면 마법 같은 힘을 얻어서 고통을 느끼지 않으리라는. 세라는 매일 아침 마음의 눈으로 달력에 X표를 한다. 고통을 덜 느낄 날이 하루 가까워진다. 크게 심호흡하고, 찬 바닥에 다리까지 쭉 뻗어 횡격막에 넉넉한 공간이 생기게 한다. 그런데 그러지 못한다. 허파에 공기를 꽉 채울 수가 없다. 이것은 그가 처음으로 학생들에게 가르쳐준 내용이다. 횡격막의 위치와 비교할 수 없는 그것의 중요성, 심지어 뇌보다 중요하다고 했다. 그는 3단계 호흡을 숙지하면 두 가지 일이 벌어진다고 설명했다. 횡격막의 진짜 범위를 이해하게 되고, 그 능력의 진정한 영역을 알게 된다고. 지금까지 학생들은 횡격막의 총 용량의 절반만(혹은 3분의 1만) 사용해왔다. 더 나쁜 것은, 뇌가 몸을 지휘한다고 생각했다는 점이었다. 틀렸다. 횡격막이—다 열어 규칙적으로 유입과 배출을 하면, 우리를 자신과 세계에 맞추어주고 모든 안정적이고 명료한 사고에 맞추어준다—몸과 마음을 이끈다. 물론 몸과 마음은 하나다. 그리고 세라는 횡격막의 통제력을 잃었으니 그것의 소유권을 잃은 셈이다. 돌에게 빼앗겼다.

텅 빈 복도에서 등골에 한기가 드는 바닥에 누워 사지를 쭉 편다. 카펫이나 나무 바닥이면 어떨까? 부드러운 촉감이나 온기가 기억의 본질을 바꾸어놓을까? 변함없이 딱딱하고 차가운 비닐 바닥은 세라에게 언제나 여기서 얻은 배움의 일부로 남을 것이다. 올해 처음으로 진지하게 바닥에 반듯하게 눕는다. 바로 위에 게시판이 있다. 팔다리가 서로 닿거나 옆구리에 닿지 않도록 복도 중앙에 더 가깝게 움직여야 한다. 손바닥을 위로 들고 눈을 감는다. 냉방 장치 때문에 얇은 블라우스만 걸친 몸에 소름이 돋고, 유두가 불쾌하게 단단해지지만 양팔을 가슴 위에 포개지 않는다. 이완에는 훈련이 필요하다. 이상하게도 이렇게 바닥에 누워 있으니 소리가 더 잘 들리는 것 같다. 처음 듣는다 싶은 냉방기 작동음은 다른 부분들로 어우러진 것 같다. 툴툴대는 낮은 곡조 위로 고음의 곡조가 있고, 바닥에 의자를 끄는 소리도 난다. 머리 가까이 킹슬리 선생의 사무실이 있다. 문 뒤에서, 어쩌면 바닥 아래 깊이 묻힌 건물의 관들에서 단조로운 소리와 갑작스레 삐걱대는 소리가 난다.

있는 힘을 다해, 밧줄을 당기듯 입으로 공기를 들이마신다. 누군가가 가슴에 올라탄 것 같다. 예전에 그랬듯이 가슴에 타고 앉은 데이비드. 여름에. 세라는 팔을 뻗어 그의 엉덩이를 움켜잡아 얼굴 위로 당겼었다.

일어나 앉으려고 몸을 비틀다 갑자기 벽에 등을 부딪친다. 킹슬리 선생의 사무실 문이 열린다. 마누엘이 나와서 그를 바라보는 세라를 쳐다본다. 마누엘은 문을 닫는다. 세라는 문설주 옆 벽에 기대고 그래서 사무실 안을 못 본다. 킹슬리 선생이 거기 있는지 확인할 수가 없다.

마누엘은 한마디 말도 없이 몸을 돌려 잰걸음으로 복도 모퉁이로 사라진다.

문이 다시 열릴지 몰라 세라도 일어나서, 마누엘과 반대 방향으로 걸어간다.

작년에 세라는 뱅크스 선생에게 기하학을 배웠다. 뱅크스 선생이 여학생들과 성관계를 했을 뿐 아니라 몇 년 전에는 그중 하나가 임신해서 자퇴했다는 소문이 돈다. 이 여학생의 이름을 아는 사람도, 그녀나 아기를 본 사람도 없었다. 아무도 뱅크스 선생을 싫어하지 않았다. 그는 장신에 상체 근육이 탄탄해서, 칠판에 문제를 쓸 때면 울룩불룩한 팔 근육이 움직였다. 딱 맞는 폴로셔츠의 반팔 소매 아래로 U자를 뒤집어놓은, 두 발에 굽은 허리가 얹힌 형태의 검은 문신이 선명했다. 1년 내내 뱅크스 선생은 세라와 윌리엄을 편애했고, 과시하듯 둘을 시험에서 면제해주었다. 그는 나머지 학생들에게, 둘은 문제를 잘 파악하는데 나머지는 실마리도 못 잡기 때문이라고 설명했다. 뱅크스 선생은 걸핏하면 이런 말을 했다.

"윌리엄은 말이야, 여기 앉아서 내 외부 사업체의 회계 장부를 검사할 거고 난 비밀리에 수고비를 줄 거야. 그런데 너희 맹추들은 아직 원주를 구하는 법도 모르지."

뱅크스 선생은 세라가 샴푸 광고 모델처럼 빗질할 거고, 그게 마음에 든다고 말하곤 했다. 뱅크스 앞에서 세라는 몸을 굽혀 머리카락을 미역 줄기처럼 늘어뜨렸다가 고개를 획 들어 목 아래로 가지런해지게 했다.

뱅크스 선생은 투덜댔다.

"그 동작을 슬로모션으로 해야지. 어서 해봐, 로레알."

연말에 그가 학교 밖에서 점심을 사겠다고 했을 때 세라는 놀라거나 걱정하지 않았다. 그가 건드리지 않으리란 걸 알았다. 뛰어난 육감으로 알았는지, 순진한데 운이 좋아 알았는지 모르겠지만. 세라는 그를 따라 앞쪽 주차장으로 가서 대형 픽업트럭에 탔다. 범퍼에 스티커 두 개가 붙어 있었다. 하나는 '천천히'라고 적혀 있었다. 다른 하나는 '내 다른 차가 내 코에 걸려 있다'라는 문구였다.

"저게 무슨 뜻이에요?"

세라가 물었다.

"내 인생이 코카인 중독에 지배받았다는 뜻."

"그러니까, 선생님이 다른 차를 코카인이랑 바꾸었다는 거예요?"

"먼저 그 차를 돈으로 바꾸어야 했지. 제법 똑똑한 줄 알았는데."

"그 팔에 있는 것은 뭐예요?"

"낙인?"

"그게 낙인이에요?"

"소에 찍는 거랑 비슷하지. 그리스어의 오메가란 글자야.

그것도 모르는 거야? 내가 완전히 속았구나, 세라. 널 천재로 알았건만."

그는 햄버거 노점으로 가는 길에 동전 빨래방―그의 외부 사업체―을 알려주었다. 노점이 있는 구역은 세라가 가본 적 없고, 혼자서는 돌아가는 길을 찾지도 못했을 곳이었다. 세라를 제외하면 모두 흑인이었고, 다들 차 밖에 서서 유산지에 싼 햄버거를 들고 있었다. 노점 계산대에 있는 나이 든 여자가 뱅크스 선생에게 '이 아가씨는 몇 살이야?'라는 뜻으로 손가락을 흔들었다. 그가 그만두라는 제스처를 하자 두 사람은 웃음을 터뜨렸다.

트럭에 타고 돌아가는 길에 세라는 말했다.

"지금까지 먹어본 최고의 햄버거였어요. 감사합니다."

이때는 세라가 음식을 먹고 즐겼던 시기였다.

"별말씀을. 네가 같이 가준 게 고맙지."

뱅크스 선생이 대답했다.

그게 실제 상황 전부였다. 뱅크스 선생과 점심을 먹으러 가는 게 이상하거나 잘못된 일 같지 않았었다. 그가 키스하지 않으리라는, 그럴 가능성이 거의 없다는 예감도 점심 식사를 은밀하게 만들지 않았다. 둘이 몰래 숨어서 그의 트럭으로 가지 않았다. 몰래 숨어서 돌아온 게 아니라, 다른 데서 식사하고 온 사람들 속에 끼어서 들어왔다.

온갖 규칙이 있었지만―단어 부가 없이 반복해서 말하기, 팔을 옆구리에 닿지 않게 펼치고 이완하기, 3단계로 호흡하기―교사와 학생 관계를 규정하는 교칙은 없었다. 교사들과 점심을 먹을 수도 있고 안 될 수도 있다. 울면서 비밀을 털어놓을 수도 있고 안 될 수도 있다. 애매한 규칙들이 생겼다가 사라지고, 특정인들에게 적용되지만 일반적으로나 어떤 시기나 전교생에게 적용되지 않는다. 규범은 본능적으로, 운이 따르는 순진함으로, 운이 따르지 않는 순진함으로 준수된다. 엄마가 '네 학교 밖 생활은 선생이 감 놔라 대추 놔라 할 일이 아니야'라고 말하면서 그걸 아느냐고 물었을 때, 세라는 안다고 대답하면서도 동의하지 않았다. 어쩌면 동의하지 않은 것은 이해하지 못한다는 뜻이었다.

마누엘의 부모는 개막일 저녁에 와서 뒤쪽에서 최대한 좋은 자리에 앉는다. 그러다가 안내원으로 일하는 콜린이 킹슬리 선생의 지시로 마누엘의 부모에게 2열 중앙석으로 가라고 설득한다. 1, 2열에 테이프를 치고 '귀빈석' 표시를 해두었다. 처음에 콜린이 좌석을 옮겨주려 하자, 그들은 예의를 지키면서 어쩔 줄 모른다. 콜린은 백스테이지에서 조엘을 데리고 올 수밖에 없다. 조엘은 의상에 긴급 상황이 생길까 봐 포장용 테이프로 만든 고리와 안전핀들을 몸에 달았다. 조엘은 밖으로 나와 환하게 웃으면서 마누엘의 부모에게 앞좌석이 그들을 위해 마련되었다고 설명한다. 그들은 놀림 받는 줄 아는 듯 마지못해 이동한다. 양친 모두 마누엘에 비해 단신이고, 조각상처럼 엄숙하고 유난히 불편해 보인다. 공연이 끝날 무렵 세라는 조용히 위층으로 가 그렉 벨턴이 조정하는 조명 부스에 들어가 있다. 거기서 턱 밑까지 잔뜩 꽃다발을 안은 킹슬리 선생이 마누엘의 엄마에게 꽃다발 하나를 주자 그녀가 놀라는 광경을 내려다본다. 킹슬리 선생의 남편인 팀까지 나서서 꽃을 나눠준다. 똑같이 윤나는 짧은 머리, 밝은색 셔츠와 비싼 모직 브이넥 스웨터, 칼 주름 잡은 바지, 반들거리는 구두 차림인 두 남자는 대화만 나누어도 마누엘의 부모를 더 초라해 보이게 만든다. 칭찬 일색인 대화일 텐데도. 킹슬리는 안경을 썼고 팀은 콧수염을 길렀고, 마누엘의 부모는 그 차이로 둘을 구분할 수 있을 것이다. 부부도 똑같이 촌스러운 외출복 차림이다.

킹슬리 선생과 팀이 출연진에게 옮겨가자 세라는 안도한다. 출연자들은 그들이 주는 꽃을 당당하게 받는다.

공연은 완전히 성공한다. 애들레이드 역의 에린 오리어리는 사랑스럽고, 멍청한 톰 디크만은 노래는 별로지만 완벽하게 오만한 네이선이다. 마누엘이 목청을 높여 노래하자 관객들은 이전의 목석같은 연기를 싹 잊는다. 그의 연기를 보는 일은 목소리를 듣기 위한 필수적인 고행 같다. 세라는 그렉 벨틴을 비스듬하게 쳐다본다. 주근깨투성이, 숱 많은 적갈색 머리의 그렉 벨틴은 사랑스러운 미남에다 키가 크고 늘씬하다. 작년에 뮤지컬 〈애니씽 고우즈〉에서 아스테어처럼 춤추었다. 그 역시 대리만족을 주는 멋진 공연이어서 모두 우쭐했다. 그렉은 마누엘만큼은 아니라도 노래를 곧잘 하고, 나름의 매력적인 명랑한 분위기로 청아하게 부른다. 패미와 줄리에타는 그렉의 광팬이 되었고, 특히 패미는 그가 있으면 숨도 제대로 못 쉰다. 그렉이 인사라도 하면 패미의 얼굴은 홍당무가 된다. 얼마 전 세라는 점심시간에 킹슬리 선생의 벤츠를 타고 가는 그렉을 봤다. 이제 그는 조명 부스에 앉아 있다.

"왜 올해 오디션을 보지 않았어요?"

세라는 무례하지 않기를 바라면서 묻는다. 다들 궁금하지만 부끄러워 묻지 못한다. 다들 그의 개인적인 위기를 이유로 짐작하지만, 그렉은 거기에 대해 태연하게 잠자코 있다.

그렉은 생각해본 적 없지만 진짜 흥미롭다는 듯이 말을 시작한다.

"음, 무대 밖에서 배워야 할 게 있다는 걸 깨달아서겠지. 여기서 우리가 놓치면 안 될 기회들이 있다는 뜻이야. 이 조명 보드처럼? 브라운 선생님 말로는 2만 4000달러짜리래."

"하지만 선배는 학교에서 손꼽는 가수이자 댄서잖아. 조명 보드는 누구라도 운영할 수 있는데."

"고마워. 아주 친절하네."

그렉이 말한다.

세라가 계속 주장한다.

"진심이야. 선배는 스카이 매스터슨을 완벽하게 연기했을 텐데."

"마누엘이 놀랍던걸."

"그렉이 더 잘했을 거야."

"진짜 고마운 말이네."

그렉이 친절하게 대꾸하면서 말을 막는다.

킹슬리 선생이 팀과 사는 넓고 아름다운 집에서 파티가 열린다. 현재 4학년생들만 2학년 때 와본 적이 있다. 킹슬리 선생이 파티를 주최한 것은 그때가 마지막이었다. 그가 건배에 앞서 말한다.

"이제 왜 타파티아 타퀘리아가 뒷마당을 우리에게 빌려주지 않는지 아는 사람?"

다들 웃음을 터뜨린다. 실내의 대형 뷔페 테이블에 마르티넬리 탄산이 든 사과 주스, 청량음료, 고급 접시에 담긴 각종 쿠키와 스낵이 차려졌다. 하지만 밖에서는 학생들이 차에서 술을 꺼내 마당으로 가져온다. 잭 대니얼스 한 병과 바틀스 앤 제임스(와인 칵테일 상표) 여섯 병이 들어온다. 널찍한 마당은 조경이 되어 있고 미로가 있다. 벽돌 통로와 큰 관목 숲이 있고, 안에서 보이지 않는 앉을 자리들이 있다. 마당에서 소란만 떨지 않으면 킹슬리 선생이 마리화나와 술을 눈감아주리란 걸 다들 안다. 마당에서는 주로 이제 어디로 갈지에 대한 대화가 오간다. 집주인들에게도, 학생들에게도 파티는 즐거운 의무라는 걸 잘 알기 때문이다. 킹슬리와 팀은 시끄러운 파티를 여는 데 관심이 없다. 마찬가지로 뒷마당에 모인 학생들은 이 점잖은 곳에서 떠들썩하게 구는 데 관심이 없다. 한 시간쯤 머물다 안에 들어가 감사 인사를 한 후, 차를 타고 시끌벅적한 장소로 옮길 것이다.

집 안에서는 전혀 다른 집단이 전혀 다른 파티를 벌인다. 여기는 다른 장소로 옮기고 싶은 사람이 없다. 다들 돌아가면서 피아노에 앉아 노래하고, 킹슬리 선생이 브로드웨이 얘기를 해주길 기대한다. 학생들은 그가 그만 가길 바랄 거라는 생각을 애써 외면한다. 하지만 그들 모두 불청객이 되기 훨씬 전에 의기양양하고 지쳐서 떠날 것이다.

집 안과 마당을 오가는 사람들도 있고, 한 곳에 있다가 다른 곳으로 옮겨서 모두와 어울리는 사람들도 있다. 그중 줄리에타, 패미, 타니콰, 앤지, 에린 오리어리, 톰 디크만은 집 안에서 감자칩을 먹고 청량음료를 마시면서 목이 아프도록 노래한다. 팀은 방충 문이 달린 현관에서 진지한 3, 4학년생 몇 명과 모여 음악과 예술에 대해 대화한다. 조엘은 집 안팎을 느긋하게 오간다. 주방에 아이들이 들어차고 계단에 모여 수다를 떤다. 데이비드는 그림자처럼 있어서 세라는 그가 여기 있는지조차 확실히 모르고, 조엘과는 다른 이유로 집 안팎을 쉬지 않고 오가며 어둠 속에서 콜린이 가져온 위스키를 들이키고, 안에 들어가 환한 불빛 아래서 가루가 날리는 오렌지색 도리토스(옥수수 맛이 나는 스낵)를 먹는다. 어디도 편치 않다. 계단에 모여 떠드는 아이들을 지나서 위층으로 가서, 문밖에 학생들이 뻗치고 있지 않은 화장실을 찾는다. 2층 복도에 뉴욕에서 열린 진짜 전문 공연인 〈갓스펠〉, 〈폴리스〉(손드하임의 뮤지컬 제목)의 포스터가 걸려 있다. 복도에 깔린 베이지색 카펫이 소리를 흡수해서, 세라는 소리만 내지 않으면 투명 인간이 될 것처럼 복도를 쭉 들어간다. 여기 복도 끝에 색색의 사진 액자들이 걸려 있다. 킹슬리 선생과 팀이 다양한 실내나 전망 좋은 곳에서 나란히 선 사진들. 가끔 팀이 킹슬리의 어깨에 팔을 두르고, 때로는 킹슬리가 팀의 어깨에 팔을 두르고 있다. 둘은 늘 활기차고 대학생 같은 모습이다. 세라는 궁금하다. 어느 사진이든 두 사람이 연인으로 보이지 않는 이유는 자신의 뿌리 깊은 무의식적 편견 때문일까. 혹은 세라와 상관없이, 제삼자 앞에서 둘이 조심스레 포즈를 취해서일까. 데이비드와 둘이 사진을 찍는다면 어떨까. 둘 다 숨기려던 어떤 분위기를 포착할 수 있다면.

복도 끝에 좁은 작은 계단이 있다. 사다리가 커져 계단이 된 것처럼 카펫이 깔리지 않고 가파르다. 이 계단을 올라가니 벽이 비스듬한 방이 나온다. 세라는 다락으로 꾸민 방인 걸 알아차린다. 아름답게 마감한 방에는 꼬아서 만든 둥근 러그, 침대, 높은 캐비닛이 있다. 캐비닛 문 안쪽에 전신거울이 있고, 그 앞에 마누엘이 셔츠 자락을 만지며 서 있다. 세라가 소리친다.

"너 여기 살아?"

"아니."

마누엘이 손바닥을 허리춤에 댄 채 놀라서 대꾸한다. 그러더니 놀랍게 반격한다.

"왜 여기서 얼쩡대는 거야?"

"얼쩡대? 파티 중이잖아."

"여기 위에서는 파티가 없어."

"그럼 너는 왜 여기 있는데?"

"난 셔츠를 갈아입을 거야, 네가 혼자 있게 해주면."

마누엘이 캐비닛 문을 닫으며 말하지만, 이미 세라가 고급스러운 밝은색 셔츠 몇 장을 본 후다. 마누엘이 학교에 입고 온 셔츠들이다.

"저 옷들을 선생님이 줬어?"

세라가 묻는다.

"내 옷이야."

"왜 네 옷을 선생님 집에 보관하는데?"

"다른 데나 가보지 그래? 음악실 복도라든가? 네가 거기서 대단한 쇼를 한다던데."

세라는 좁고 가파른 계단을 고꾸라질 듯이 내려온다.

뒷문으로 나가려고 주방에 들어가다 패미와 마주친다. 여기서 나가야 한다. 떠나겠다는 결심이 확고해서 다른 생각이 낄 자리가 없다. 걸어갈 것이다. 아파트까지 차로 30분이 넘는 거리라도 상관없다. 밤새도록 걸어 새벽 6시 근무에 맞춰 빵집으로 곧장 가리라. 일곱 시간이면 거기까지 충분히 걸어가겠지.

"우리랑 가자!"

패미가 흥분해서 소리친다. 줄리에타가 같이 있고, 세라가 거절할 새도 없이 두 사람은 신난 악당들처럼 양쪽에서 팔꿈치를 잡아끈다. 마당은 거의 비어 있고, 술 마시고 마리화나를 피우는 애들은 너무 취하기 전에 집주인에게 인사했다. 데이비드는 어디에도 없다, 어쩌면 마당에 나오지도 않았다. 그렉 벨틴이 뒷마당 테라스에서 기다린다. 그가 패미와 줄리에타에게 대화를 청한 참이다. 패미가 헐떡이며 말한다.

"우리가 세라를 데려왔어. 그래도 괜찮지?"

"물론이지."

그렉이 밝게 대답한다. 세라를 데려온 것은 매우 잘한 일이다. 세라가 여기 있는 게 완벽하다. 그렉은 다 같이 손을 잡자고 한다. 너무 이상한가? 세라는 해저의 빛 같은 어두운 테라스를 지나 패미의 즐거운 얼굴을 쳐다본다. 그렉 벨틴 앞에서 패미의 얼굴은 달처럼 빛난다. 다 같이 약간 껄끄러운 테라스 바닥에 둥글게 앉는다. 그렉이 팔을 뻗어 패미의 손을 잡고 다른 손으로 줄리에타의 손을 잡는다. 줄리에타가 두툼한 손으로 세라의 손을 잡자 세라는 뭘 하는지 모르지만 최면에 걸린 것처럼 고분고분 패미에게 손을 뻗는다. 그렉 벨턴은 예수—깔끔하게 머리를 자른, 주근깨가 있는 적갈색 머리의 예수—와 닮았다. 그는 책상다리로 앉아, 그를 흠모한 나머지 청혼하면 행복하게 받아들일(그렉이 아니라 자기들끼리지만 긴 토론을 한 적도 있다) 2학년 처녀들의 손을 잡는다.

"내게는 너희의 우정이 소중해. 너희 같은 친구들을 가진 걸 큰 행운으로 생각해. 그리고 내가 너희를 사랑한다는 걸 알아주면 좋겠어. 또 만약 상황이 달라서…… 너희와 사랑에 빠진다면 어떤 선택을 해야 할지 몰랐을 거야! 하지만 다행히……"

그렉이 감정이 북받쳐 손에 힘을 주자 패미와 줄리에타의 손이 움찔한다. 그가 다시 말을 잇는다.

"다행히 난 게이야. 그러니 선택할 필요가 없지. 그리고 너희 모두 영원히 소중히 여길 수 있지."

"어쩜 좋아!"

패미가 얼른 양손을 입에 올리면서 외친다.

"학교에서 너희에게 처음으로 밝히는 거야."

그렉이 계속 말한다. 이 인기 좋은 졸업반 미남은, 아스테어처럼 춤출 수 있고, 너무나 확실히, 당연히, 다른 가능성은 전혀 없는 게이이건만 그걸 몰랐다니 세라는 믿을 수가 없다. 하지만 한마디로 그때는 열다섯 살이었다고 그 나이의 두 배, 그러다 세 배가 되면 생각하리라. 빤한 것과 감지 못하는 것이 머릿속에 같이 자리 잡는 나이.

줄리에타가 울음을 터뜨린다. 흐느끼며 말한다.

"정말 영광이야. 선배가 우리한테 말해줘서 정말 영광스러워."

"나도 그래."

패미가 열띠게 말한다. 그 순간 패미 역시 이미 알았다는 걸 깨닫고, 그렉이 선사한 신뢰에 감동했다. 이것은 이전에 꿈꾼 것보다 훨씬 더한 친밀감이다.

세 사람은 기쁨 어린 포옹을 한다.

"세라, 세라!"

다들 웃으면서, 세라에게 팔을 뻗으면서 무기력하게 외친다. 하지만 황홀감에 빠져 몸이 말을 듣지 않아, 빠져나가는 세라를 막지 못한다.

그들은 서로 너무 많이 알면서도 아는 게 너무 없다.

그들은 안다. 윌리엄의 어머니는 윌리엄과 두 여동생에

게 치약, 칫솔, 머리빗 등 개인 물품을 여행용 지퍼백에 담아 아침저녁으로 침실 뒤편 욕실에 들고 다니게 한다. 욕실에—윌리엄과 동생들만 사용한다. 어머니는 안방에 달린 욕실을 사용하니까—세면도구가 남아 있으면 그녀는 버린다. 잊고 두고 간 칫솔이나 팽개쳐둔 빗을 규칙을 어긴 벌로 내버린다. 반 친구들은 이런 사실을 알지만, 윌리엄의 어머니 이름이나 아버지가 어디 있는지, 혹은 살아 있기는 한지는 모른다.

그들은 줄리에타의 부모가 다가올 종말에 대비해 밀가루와 쌀을 밀봉한 플라스틱 통에 보관한다는 걸 안다. 하지만 줄리에타가 이 종말론을 믿는지, 종말을 걱정하는지 여부는 모른다. 걱정하는 눈치는 아니다.

그들은 콜린이 아버지에게 구타당하는 것을 안다. 아버지가 '앞이 까매지도록 주먹질'하고 '때려눕히'고 '다음 주까지 상처가 남도록 패는' 걸 알지만, 콜린이 어떤 맞을 짓을 했는지는 모른다. 혹은 콜린이 맞고 분노하거나 속상해하는지 여부는 모른다. 콜린이 폭행당한다는 뜻으로 내뱉는 표현이 스스로 만든 말인지 배운 말인지 친구들은 모른다.

그들은 안다. 적어도 몇 명은, 최소 한 명은 안다. 세라가 음악실 복도에서, 누구라도 목격했을 수 있는 열린 공간에서 데이비드에게 섹스를 허락했다는 걸 안다.

그들은 세라가 주말 아침마다 프랑스 빵집에서 새벽 근무를 하는 줄 모른다. 혼자서 크루아상, 쇼송 오 폼므(사과파이), 뺑 오 쇼콜라(초콜릿이 든 빵), 브리오슈가 담긴 넓은 판을 옮긴다. 판에 살짝 붙은 기름진 페이스트리를 손가락 구멍이 나지 않게 떼어낸다. 진열장을 채운다. 누군지 몰라도 제빵사는 빵을 구워놓고 세라가 도착하기 전에 퇴근한다. 세라는 그가 누군지, 왜 마주치지 않는지 궁금하다. 페이스트리는 아직 따끈하다. 소라 모양의 바삭한 갈색 크루아상을 보면, 어릴 때 본 나무에 걸린 매미 껍데기가 떠오른다. 아버지가 떠나기 전, 나무가 있는 거리에 살던 시절. 이따금 아침 일찍 부모님이 깨기 전, 운동화를 신고 집을 빠져나갔다. 잔디 위에 담요처럼 깔린 하얀 안개가 무릎까지 찼다. 꼭두새벽 잔디밭에서 묘하게 피어오르는, 아이 키만 한 마법 같은 안개 속을 거인처럼 헤치고 나갈 수 있었다. 어떤 계절인지 기억나지 않지만 어느 시기가 되면 나무에서 바삭한 매미 껍데기를 뗄 수 있었고, 그런 적은 없지만 원하면 주먹에 쥐고 짓이길 수도 있었다. 실속 없는 복잡함이 과해 보였을 것이다. 모형 우주선처럼 방과 경첩과 못이 쓸모없이 너무 많아 보였겠지. 당시 기껏해야 여덟 살이었고. 반평생 전이었다. 그때는 아침에 피곤한 적이 없었고, 피곤이 어떤 느낌인지 상상도 못 했다. 꿈처럼 흩어지는 안개 속을 달려 돌아가면, 아버지가 집 현관 밖에 몸을 내밀고 신문을 챙겼다.

이제는 늘 피곤해서 그런 줄도 모르고 지날 정도다. 말이 혀에 걸린다. 눈에 눈물이 고인다. 백일몽이 마음속을 떠다니며 굽이 돈다. 그것은 생각과 비슷한 듯하지만 어쩌면 같지 않을 것이다.

그들은 서로에 대해 너무 많이 알지만 아는 게 너무 없기도 하다. 마누엘은 세라에 대해 알거나 안다고 생각한다. 매춘부도 그보다는 품위 있을걸.

세라는 마누엘에 대해 알거나 안다고 생각한다. 은밀하고 독선적이다. 닫힌 문들, 새 셔츠들.

하지만 마누엘이 어디 사는지 모른다. 집 주소를 모른다. 그런 정보를 어디서 볼 수 있는지 모르겠다. 1학년 때 아파트 단지 안 먼 곳에서 화재경보가 울렸던 아침을 잊고 있었다. 워낙 대단지여서 세라네 간이 차고 앞에서는 연기가 보이지 않았고, TV에서 보고 사이렌이 울린 이유를 알았을 뿐이었다. TV에 상공에서 촬영한 아파트 단지가 나왔고, 불길은 여섯에서 여덟 블록 떨어진 곳에서 솟았다. 먼 곳에서 불이 났지만 교통 체증이 심했고, 엄마가 학교 앞에 내려주었을 때는 지각이었다. 하지만 지각 출입증을 받으러 행정실에 가니 직원들이 '어쩌면 좋니, 괜찮아?'라고 외쳤다. 행정실에서 세라의 주소를 알기 때문이었다. 직원들은 대형 화재 뉴스를 보고 위험에 처한 학생들이 있는지 파악하려고 이미 기록을 살핀 후였다.

그러니 행정실에 거주지 주소가 있지만, 세라는 이 생각을 하지 않는다. 작전을 세우지 않는다. 작전을 세울 기술이 부족할뿐더러 그럴 확고한 의지도 없다.

그럼에도 세라는 피곤한 와중에 예민하다. 어떤 것들이 의식되자 계속 다른 것들을 눈여겨본다. 의상부 작업이 어느 정도 마무리되고, 배우의 의상 교체를 돕는 의상 담당자로 지명되지 않았지만, 여전히 일반적인 의상 업무를 책임진다. 의상 제작실과 분장실이 조타실인 셈이어서 그 구역을 돌면서 정리하고 손본다. 특히 이 공연에 쓴 모자들이 세라의 관심사였다. 모자들에 달린 깃털, 과일, 리본 띠 장식을 점검하고, 필요하면 글루건으로 수선한다. 연습 시작 전이라 아무도 없는 조용한 시간에는 남자 분장실을 점검한다. 출연자들은 페도라를 함부로 다루고 바닥에 던진다. 모자 모양을 매만지고 먼지를 털어 선반에 가지런히 올린다. 마스킹테이프에 모자가 있을 위치를 적어 선반에 붙인다. 남자 출연진은 의상이 빼곡히 걸린 옷걸이 두 개를 공동 사용한다. 출연자가 표기된 종이 판지 분리대가 촘촘한 간격으로 꽂혀 있다. '갬블러 1', '갬블러 2', '구세군 남자', '스카이 매스터슨'. 그들은 의상을 아무렇게나 건다. 두 번째와 마지막 주말 공연이 시작되기 전인 이번 금요일 방과 후, 세라는 다림판 앞에서 소처럼 일할 것이다. '구세군 남자'와 '스카이 매스터슨' 사이에 손을 넣어 납작해진 의상 더미를 분리한다. 여기 있는 연초록색 셔츠는 의상부에서 바다 거품이라고 부르는 색이다. 라벨은 아르마니. 어, 이건 스카이 매스터슨의 의상이 아니다. 세라는 마누엘의 애처로운 속임수에 웃을 뻔한다. 하지만 물론 아무도 그의 셔츠를 눈여겨보지 않는다. 세라와 달리 다른 학생들은 마누엘이 이 셔츠를 학교에서만 입는 것을 알아차리지 못한다. 하교 전에 후줄근한 싸구려 셔츠로 바꿔 입는 줄 모른다. 납작해졌지만 원단이 빳빳하고 새 옷 느낌이 난다. 칼라 안쪽이 거뭇하지 않고, 겨드랑이가 누렇게 변색되지 않았다.

세라는 그 셔츠를 꺼낸다. 다리미 전원을 켜고 뜨거워질 때까지 참고 기다렸다가, 소매용 다림판까지 써가며 성심껏 셔츠를 다린다. 다림질을 마치자 단추가 중앙에 오고 소매가 밑으로 가게 접는다. 세탁소에서 남자 셔츠를 그렇게 접는 걸 봤다. 그런 다음 셔츠를 의상부에 가져가 높은 선반 위, 현재 쓰지 않는 장식품과 단추 상자들 위에 감춘다.

다음 주말까지 같은 종류의 셔츠 두 벌이 같은 위치에 더 나타나고, 세라는 이것들도 똑같이 치운다. 마누엘의 얼굴에서 불편한 기색을 살핀다. 그는 늘 약간 불편해 보인다. 우연히 서로 지나쳐도 마누엘은 눈을 맞추지 않는다. 적대감은 피차일반이라 더 확인할 필요가 없다. 조엘이 마누엘의 의상 담당자라서 둘은 새로 단짝이 되어 연신 웃고 스페인어로 농담을 주고받는다. 조엘이 마누엘의 집을 알 테지만, 세라는 물어볼 엄두를 내지 않는다. 이제 마누엘이 어디 사는지에 관심 없고, 주소를 알고 싶었던 이유조차 기억나지 않는다. 셔츠들을 어떻게 할지 딱히 계획이 없다. 마누엘을 약 올리려고 훔칠 뿐이다. 상대가 마누엘인지 킹슬리 선생인지, 혹은 둘 다인지 몰라도 셔츠를 보면 부아가 치민다. 분노는 강렬하지만 애매하다.

마지막 공연은 평소처럼 오후 2시에 열린다. 일요일 낮 공연은 늘 그렇듯 용두사미의 느낌을 주지만, 무대를 해체

할 시간이 필요하다. 공연이 끝난 후 전원 남아서 몇 시간이 걸리든 세트를 치울 것이다.

마지막 공연에 마누엘의 어머니가 다시 오고, 이번에는 아버지가 동행하지 않는다. 대신 젊은 여성이 같이 온다. 날씬하고 얌전한, 보수적인 정장 바지와 블라우스는 아마 티제이 맥스(다양한 브랜드의 의류, 가재도구 등을 판매하는 체인 할인점)나 싸구려 출근복을 파는 대형 상점에서 구입했을 것이다. 가는 끈이 달린 핸드백은 검은색이다. 어머니보다 머리통 하나는 큰 마누엘과 외모가 비슷하다. 그녀는 어머니에게 바싹 붙어 걷고 이따금 팔을 붙잡는다. 이번에 어머니는 훨씬 편안해 보이고, 젊은 여성은 웃지 않고 조심스럽다. 젊은 여성을 이끄는 사람은 어머니다. 그녀는 눈에 띄게 당당한 태도로 테이프를 두른 귀빈석으로 간다. 그들은 자리를 잡고 앉아 머리를 맞대고 둘이서만 대화한다. 여섯에서 열세 자리를 차지한 가족들이 인사를 나누고 웃고 포옹하고 농담하느라 객석이 시끌벅적하다. 마지막 공연이니. 세라는 게이인 그렉 벨틴과 조명 부스에 있다가 의상부로 돌아가지만, 그곳은 혼란의 도가니다. 의상을 입고 분장을 한 출연진 전원이 의상 감독인 프리드먼 선생에게 몰려들어 선물 공세를 한다. 세라는 1막이 한창 진행될 때까지 기다린다. 오늘 프리드먼 선생은 객석에서 공연을 보기에, 세라는 잔뜩 쌓인 쓰레기 더미를 뒤져 손잡이가 달린 비닐 쇼핑백을 찾는다. 거기 다림질한 셔츠 세 벌을 차곡차곡 담는다. 셔츠에 구김이 안 가게 쇼핑백 바닥을 평편하게 누른다. 오늘은 누구나 뭔가 담긴 봉투를 들고 있다. 주로 킹슬리 선생에게 줄 선물이다. '감사합니다!'라고 말하는 곰 인형이나 초콜릿 박스다. 최근에 킹슬리 선생이 '팀에게 단단히 주의를 받았어. **더 이상 초콜릿은 금지! 칼로리 없이** 감사 인사만 하자고!' 라고 일렀지만 소용없다.

예전 같으면 팀의 주의가 있었대도 세라는 빵집에서 뺑오 쇼콜라를 한 상자 챙겼을 것이다. 킹슬리의 초콜릿 사랑은 유명하니까. 상자에 리본을 두르고, 빵값을 아르바이트비에서 제했겠지. '콘페티: 더 셀러브레이트 스토어'에서 킹슬리에게 줄 카드를 사서, 뭐라고 쓸지 진땀을 흘렸겠고.

이번 공연에는 선물하지 않는다. 그는 알아차리지도 못할 것이다.

공연이 끝나고 박수 세례가 끝나자, 분장을 대충 지운 출연자들은 분장실에서 몰려나와 가족들에게 찬사를 듣고 줄서서 사진을 찍는다. 즉흥적으로 짤막한 앙코르 곡을 부른다. "마음대로 해, 마음대로, 어서, 마음대로 해. **난 당신을**

사아아아랑해!" 그러면 가족들은 마지못해 흩어지고, 출연진은 10분 후 세트를 치우러 무대로 돌아가야 하니, 분장을 마저 지워야 한다. 마누엘은 어머니와 누나일 여성과 대화를 나누고, 남자 분장실로 돌아간다. 그의 비밀스러운 새 셔츠들이 계속 사라지는 곳이 거기다. 세라는 쇼핑백을 들고 극장 중앙 출입문 바깥 로비에 서 있다. 그들이 어디 주차했는지 몰라서 놓칠 뻔하다가, 밖으로 나가는 마누엘의 어머니와 누나를 본다. 그들을 붙잡으려면 뛰어가야 한다.

"실례합니다."

세라가 외친다. 미리 계획했다면 이 말의 스페인어를 배웠을 텐데. 조엘에게 도움받을 수 있었겠지. 하지만 분명히 이럴 계획이 없었다.

"실례합니다. 이건 집에 가져갈 마누엘의 짐이에요."

모녀가 놀라서 세라에게 몸을 돌린다. 세라가 어머니에게 쇼핑백을 내밀자, 그녀는 받을 수밖에 없다.

"마누엘의 짐?"

어머니가 쇼핑백 안을 힐끗 보면서 의심스럽게 묻는다.

"선물이에요, 킹슬리 선생님이 마누엘에게 주는."

세라는 영어로 말하지만, 또박또박 발음한다. 하지만 틀림없이 누나는 영어를 알 것이다.

"마누엘이 그의 남자 친구니까요."

세라가 덧붙여 말하고 얼른 몸을 돌린다.

"뭐라고?"

누나가 앙칼지게 묻는다. 하지만 세라는 잽싸게 복도를 뛰어가 사라진다.

"그리고…… 여러분은 봄 학기 내내 이 감독 노트들을 쓸 겁니다. 질문 있나?"

킹슬리 선생이 묻는다.

"마누엘은 어디 있어요?"

콜린이 묻는다. 〈아가씨와 건달들〉 공연 이후 마누엘이 보이지 않는다. 그때가 크리스마스 전이었다. 한 달 넘게 지났다.

세라는 킹슬리 선생의 얼굴을 찬찬히 살핀다. 자책하는 표정을 찾아내면 좋겠지만. 심란한 표정이 예상된다. 하지만 둘 다 아니다. 아무 표정도 없다.

킹슬리 선생이 부드럽게 말한다.

"마누엘은 집에 일이 있다는군. 곧 우리에게 돌아오면 좋겠어."

하지만 그는 돌아오지 않는다.

"나쁜 년, 알아서 차편을 구해."

조엘이 귀에 대고 말한다.

"아이들이 학교에서 하루 열두 시간, 때때로 열네 시간씩 공부하는 게 제가 보기에는 부적절하네요, 극히 부적절해요……."

"우린 아이들이 아니에요."

세라가 끼어든다.

"물론 우리 학교의 빡빡한 프로그램이 모두에게 맞진 않습니다."

쌀쌀맞은 레이트너 교장이 말한다. 진주로 꾸민 이 여자야말로 부적절한 인물이다. 개막일 밤 교장은 재킷에 생화 코르사주를 꽂고, 새 조명 보드의 리본 커팅 행사에 참석한다. 학교가 상위 10위권에 들자 지역 신문사에서 그녀의 발언을 싣는다. 세라는 교장을 극장 복도에서 본 기억이 없다.

"이 연령대의 프로 입문 전 교육에는 상당한 몰입이 요구됩니다. 하지만 우리 학생들이⋯⋯"

"그의 방식, 그 선생의 방식도 제가 보기에는 부적절해요."

"관습적이지 않을 수 있지요. 킹슬리 선생님은 출중한 분입니다, 관습적이지 않지만 출중한 교사입니다. 학교에 그분이 계시는 것이 저희에게는 믿기 힘든 행운이고요. 그의 방식은 획기적인⋯⋯"

"제가 알기론 성인을 위해 기획된 방식들이죠."

"그분의 수업 방식이 걱정되시면, 짐과 마주 앉아 의논해 보시는 게 훨씬 합리적일 거라 생각합니다만⋯⋯"

"안 돼요!"

세라가 발끈한다.

레이트너 교장이 화답한다.

"세라의 말을 들어볼 시점이겠네요. 세라, 어머니께서 염려하시듯 넌 우리 교육과정이 불편하니? 어떤 식으로든 압박감을 느끼니?"

"아뇨."

"킹슬리 선생님의 수업 방식이 네 또래 학생들에게 부적절하다고 생각하니?"

"아뇨."

"당연히 얘는 아니라고 말하겠죠."

세라의 엄마가 항의한다.

"그래서 저희가 여기 있는 것 아닌가요? 세라의 행복을 보장하기 위해? 세라, 여기 공부가 과도하니? 지나친 압박 하에서 공부해?"

"아뇨. 전혀 아니에요."

아직 3단계 호흡을 못 하고, 여전히 먹지 못하고, 여전히 밤잠을 설치는 세라가 대답한다.

○

"넌 키가 크지."

데이비드가 말해서 세라를 놀라게 한다. 세라와 데이비드, 지금껏 두 사람의 반복 연습은 국제 외교처럼 무의미하고 무거운 분위기를 풍겼다. 최고 수준의 긴장, 지겹게 긴 조건들, 간결하고 무의미한 언사에 권태가 깊이 숨겨진 외교의 장 같다. 가장 현실적인 상황에서 가장 허위의 감정이다. 그런데 지금 예상치 못하게 데이비드의 어조가 바뀐다. 그 말투는 '게임 끝'이라고 선언한다. 날 쳐다봐. 내가 너한테 말하고 있어.

"넌 키가 크지."

데이비드가 반복한다. 객관적인 말을 반복해야 하는 상황이다. 반에서 특이하게 두 사람만 주관적인 반복 단계로 넘어가지 못한다. 노버트조차 주관적인 부문으로 넘어갔는데. 둘은 감정을 처리하지 못하고 쌓아둔다. 상투성에 빠졌다. 둘은 나르시시스트(자기애가 강한 사람)다. 킹슬리 선생은 둘을 그렇게 비난한다. 세라와 데이비드가 무릎을 대고 앉아 있는데도 거기 없는 것처럼 비평한다. 미성숙하고 자기애가 강하고 이러지도 저러지도 못하는 사람들은 듣지도 못하는 것처럼 평가한다. 어찌 보면 세라는 못 듣는다. 이 학교에, 이 학급에, 이 딱딱한 플라스틱 의자에 남을 권리를 위해 싸웠던 세라는 움찔하지 않고 안 들리고 안 보이는 상태로 데이비드의 묘연한 눈을 응시한다. 데이비드가 마주 쳐다보고, 아무도 없는 집에 커튼이 드리워진 것 같다. 오늘 그는 약간 앞으로 앉는다.

"넌 키가 크지."

데이비드가 말한다. 세라의 심장이 갑자기 요동친다. 세라의 키는 평균이다. 데이비드보다 작다. 그가 안으면 세라의 뺨이 그의 가슴팍에 닿는다.

"난 키가 크지."

그의 의도를 오해할까 염려스러운 듯 세라는 조심스럽게

말한다.

"넌 키가 크지."

데이비드가 확인해준다.

이제 방에 두 사람 말고 아무도 없다. 나머지는 가구일 뿐
이다. 킹슬리 선생은 두 사람 앞으로 옮겨와서 관객들의 시
야를 막고 있다. 그가 팔짱을 끼고, 못마땅해서 얇은 입술을
꾹 다문다. 심지어 그도 가구다.

"난 키가 크지."

가벼운 의구심. 좀 바보 같다고 생각하지 않니? 우리가
사랑을 나눌 때 내 얼굴이 네 가슴팍을 짓눌렀어. 고개를 돌
리면 뺨이 네 심장에 묻히는 게 느껴졌다고.

텔레파시가 통한다. 은밀한 미소. 여기 언쟁은 없다. 그런
데도 데이비드는 말한다.

"넌 키가 크지."

"난 키가 크지."

세라가 시도한다.

"잠깐 휴식."

킹슬리 선생이 매몰차게 말한다. 비밀 암호는 진솔한 감
정이 아니다. 세라와 데이비드는 지금 진솔하게 행동하지
않는다. 비밀스러운 처신을 멈추지 못하는 것 같다. 이건 게

임이 아니야, 이건 삶이라고. 둘이 논쟁하지 않고 의자로 돌아가자, 익숙한 비난이 둘의 머리 위로 쏟아진다. 그 수모를 친구들이 아는 것을 두 사람은 안다. 하지만 둘에게 이 상황은 익숙하다. 길가에서 머리에 떨어진 꽃 달린 나무 부스러기처럼 가볍고 친숙하다. 바깥은 3월이고, 더운 남부 도시는 늦봄이다. 주택 주변에 진달래가 들불처럼 핀다. 청개구리가 와글대는 나무들. 데이비드는 드디어 열여섯 살이 되었고, 어머니와 새아버지는 약속대로 차를 사주었다. 데이비드가 세라를 집에 태워다주고, 경직된 분위기라서 서로 말이 없지만 세라는 새 차 냄새 나는 조수석에 앉아 있다. 우화 속 야수의 날개에 걸터앉은 모양새로 앉는다. 야수는 데이비드지만 그 역시나 날개를 타고 간다. 둘은 인정하지 않겠지만 가당찮은 즐거움을 느낀다. 이게 그들이 누렸을 상황이다. 지켜보는 눈이 없는 와중에 도시를 날아가고, 기어박스가 가운데서 보초를 서는 와중에 둘의 팔이 그 협곡을 달군다.

분필로 X표한 문에서 세라는 미소로 감사 인사를 하고, 데이비드도 미소로 작별 인사를 한다. 세라는 몸을 돌려, 차가 달려가는 광경을 보지 않는다. 데이비드는 세라가 멀어지며 작아지는 광경을 보지 않으려고 미러를 보지 않는다. 이제 서글픔은 둘만의 비밀이 되고, 어쩌면 그걸로 족하다.

더 나가면 세세히 살펴야 하고, 처음에는 킹슬리 선생이 부과했지만 다른 데도 널리 있는 정해진 한계들이 위협받는다. 수수께끼 같은 여러 방식도 마찬가지다. 진솔한 감정이 없지 않은 걸 둘 다 알지만 성실성이 의심스러운 처신도 있다. 뭐가 됐든 이것은 진솔하다. 그 부분은 킹슬리 선생이 틀렸다.

○   ○   ○

마침내 영국 손님들이 도착할 무렵, 접대 측조차 그 일을 까맣게 잊고 있었다. 킹슬리 선생이 영국 손님들이 온다고 발표한 지난 9월이 아득하기만 하다. 지난 9월, 마누엘은 아직 미미한 존재였다. 지난 9월, 그렉 벨틴은 모든 성 경험 없는 여학생들의 꿈의 우상이었다. 지난 9월, 오래 기대하면서 쌓인 열정을 안고 반복 수업에 들어갔고, 아직은 그리 못 하지 않아서 킹슬리 선생에게 역대 가장 실망스러운 2학년이라는 악평을 듣지 않았다. 지난 9월, 아직 망신을 당하지 않았고, 그 말을 들은 것은 이번 주였다. 하지만 지금 오래전 계획된 일이 그들의 예전을 일깨우고 새출발할 전망도 제시해주었다. 그들의 다른 모습을 모르는 손님들에게 최고의 모습을 보여줄 작정이었다.

영국 손님들은 본머스시에 있는 고등학교의 극단이었다. 겨우 열대여섯 명이었고, 그런 이유로 손님을 접대하는 영광이 2학년에게 주어졌다. 지난 9월 킹슬리 선생은 그들을 연습실에 소집해, 학생들을 믿고 의자를 뒤집어놓고 앉아서 설명했다.

"그들은 볼테르의 〈캉디드〉(프랑스 작가 볼테르가 1759년에 발표한 철학적인 풍자 소설, 극)를 혀를 내두르게 각색해 공연할 거야. 그리고 유럽 연극사 시간에 배우게 되겠지만, 볼테르는 프랑스 최고의 인기 극작가였지. 자, 누구 영국에 가본 사람 있나?"

자기도 모르게 세라는 데이비드를 쳐다보다가 얼른 눈을 돌렸다. 아직도 세라에게 영국은 데이비드가 보낸 엽서들 속에만 존재했다. 이제 그 빅벤, 피커딜리서커스, 펑크족이 활보하는 카나비 거리(런던 소호 지역의 패션으로 유명한 젊은이들의 거리)가 세라만 놀리는 농담 같았다.

데이비드의 손이, 그리고 데이비드의 손만 올라갔다. 굽힌 팔꿈치가 이 질문에 대답하기 꺼리는 마음을 드러냈다. 세라는 처음 그의 집을 본 때를 기억했다. 1학년 때 졸업반 제프 틸슨의 차 뒷좌석에 친구들과 앉아서 그 집을 봤다. 정기 공연 연습을 끝내고 차 없는 대여섯 명을 제프가 데려다주기로 했다. 이동 거리와 겹치는 동선을 따지면서 누가 학교에서 가장 가까이 사는지 의논했다. 데이비드는 제프에게 다른 애들을 먼저 내려주라고 거듭 말했지만, 결국 그의 집이 가장 가깝다는 게 밝혀졌다. 그는 아름드리 참나무 고목들 속에 저택들이 숨은 유서 깊은 동네에 살았다. 높은 건물에 스패니시 모스가 보기 좋게 덮여 있었다. 데이비드가 맨먼저 내릴 처지가 되자, 차 안에서 "저게 네 집이야?"라는 탄성이 터졌다. 데이비드는 얼굴이 새빨개져서 비좁은 차에서 몸을 빼내다시피 내렸다.

데이비드의 집은 두 동으로 이루어져 있다. 앞쪽의 품위 있는 2층 건물과 뒤쪽의 막 지은 호사스러운 별채. 욕실을 제외하면 별채는 넓은 가족실 하나로, 양 끝에 각각 데이비드의 침대와 동생 크리스의 침대가 있고, 가운데 핀볼 기계, 소파, 스테레오, 텔레비전이 있었다. 어머니는 영국 손님들을 맞을 준비로 2층 침대, 기숙사용 크기의 냉장고, 전자레인지를 더 구비했다. 손님들이 본채에 얼씬대지 않게 하려는 의도인지, 그래도 미안할 필요 없게 하려는 의도인지 아무도 궁금하지 않았다. 원래 필요한 호스트는 여덟 가정이었지만, 데이비드의 집에서 남학생 두 명을 받고 조엘의 집에서 여학생 두 명을 받기로 해서 여섯 가정으로 정해졌다.

다른 남학생 둘은 윌리엄과 콜린의 집에, 다른 여학생 둘은 캐런 워첼과 패미의 집에 머물 예정이었다. 줄리에타는 적극적으로 호스트를 자원했지만, 킹슬리 선생은 무슨 이유인지 캐런 워첼을 대신 선택했고, 줄리에타는 환한 미소로 그것을 받아들였다. 나머지 두 명의 어른은 모두 남성이었고, 킹슬리 선생과 팀의 멋진 주택에 머물기로 했다.

오래전인 9월 세라는 여전히 학급의 중심이어서, 킹슬리 선생이 영국 학생들이 "CAPA와 한판 뜨기 전에" 호스트와 임시 가정에 적응하기 위해 봄방학 기간에 도착한다고 알리자 친구들과 웃었다. 킹슬리는 "어떻게 표현해야 할까? CAPA가 신출내기들에게 겁먹을 수 있지"라고 말했다. 세라는 아직 학급의 중심이어서, 반이 여러 파로 나뉘어 갈등해도 학교 전체가 똘똘 뭉쳐 외부인을 냉대하리란 걸 알고 흐뭇했다. 세라는 아직 학급의 중심이어서 이 안달하는 영국 열등생들을 동정하고, 친절로 그들을 놀라게 하고 감사받는 즐거움을 기대했다. 하지만 이제 세라는 학급에서 주변부로 밀려나 영국인이나 다름없는 처지였다. 반에서 쭉 밀려나 봄방학이 끝나고 개학했을 때, 처음에는 큰 변화가 생긴 것도 몰랐다. 모든 관련 행사에서 빠졌기 때문이었다. 윌리엄의 손님인 사이먼은 예상치 못한 호스트 가정의 궁핍을 피해 호화로운 데이비드네 별채로 옮겼다. 콜린의 손님인 마일스는 나머지 셋에게 소외되자 사이먼을 따라갔고, 콜린이 그를 따라갔다. 데이비드의 원래 손님인 줄리언과 라프는 콜린의 아일랜드 혈통을 조롱해서 콜린이 차별로 오해할 정도였다. 데이비드의 동생 크리스가 알 수 없는 이유로 별채에서 나가자, 사이먼과 마일스는 누가 크리스의 침대를 쓰고 누가 소파를 쓸지를 두고 밤새 싸웠다. 반면 콜린은 군소리 없이 바닥에서 잤다.

한편 여학생들 사이에서는 놀랍게도 조엘의 집이 아닌 캐런 워첼의 집이 본부가 되었다. 캐런의 영국인 손님 라라는 2년 동안의 '신뢰 연습'에서도 밝혀지지 않은 캐런의 신상을 즉시 파악해 떠들어댔다. 캐런의 어머니 엘리는 딸과 달리 예쁘장하고 유쾌했고, 밤늦도록 바틀스 앤 제임스를 마시면서 텔레비전을 시청하고 웃고 떠들었다. 반면 캐런은 방에 틀어박혀서 어머니에게 좀 조용히 해달라고 부탁할 때만 나왔다. 조엘과 두 손님 시어도시아와 릴리는 죽이 맞아서 연습이 끝난 후 밤늦도록 조엘의 마즈다를 타고 45분 거리의 조엘의 집만 빼고 어디든 쏘다녔다. 그러다 캐런의 집에서 자기 시작했고, 이후 남학생들처럼, 패미의 손님인 네 번째 영국 여학생 코라는 외톨이가 되자 항의해서 캐런의 집으로 옮겨갔다. 패미가 따라가려 했지만 불청객인 걸 알아차렸다.

1주일도 안 되어 이렇게 숙소가 재배치된 후 패거리가 더욱 돈독해졌다.

CAPA 등교 첫날 영국 학생들은 리더십 클래스로 수업을 시작했다. 여러 면에서 미국인 또래보다 신체적으로 어려 보였다. 남학생들―사이먼, 마일스, 줄리언, 라프―은 호리호리하고 매끈한 몸매에, 얼굴과 가슴에 털이 나지 않았고, 여학생들―라라, 코라, 시어도시아, 릴리―은 소녀처럼 말라서 엉덩이나 가슴이 없었다. 그런데도 영국 학생들 각자는, 집단으로는 훨씬 성숙해 보였다. 위트 넘치고 지식이 풍부했으며, 그 이면을 알 수가 없었다. 혹시 문화 차이로 설명될 수 있었을까. 혹은 모든 게 영국식 발음이 끌어내는 환상이어서, 2학년생들은 그들의 발음을 어설프게 흉내 냈다. 영국인들이 보이는 인상적인 힘은 억지로 만들지 않아도 확실해 보였다. 데이비드나 조엘, 세라, 누구든 영국인들을 감동하게 만들 줄 알았던 일들은 이제 상상조차 되지 않아 잊는 게 최선이었다.

두 영국 어른은―교사 겸 연출자인 마틴과 주연인 리엄―처음에는 점심시간이 끝나고 나타났다. 방문 학생이 아니라 성인들이어서 수업을 듣지 않았으니까. 다들 블랙박스에 모였을 때, 마틴과 리엄은 킹슬리 선생과 무대 위에 자리 잡았다. 그들도 킹슬리처럼 의자를 거꾸로 놓고 앉았다. 반면 시어도시아, 릴리, 라라, 코라, 라프, 줄리언, 사이먼, 마일스는 나머지 학생들과 계단식 객석에 섞여 앉았다. 킹슬리 선생과 '순회 생활', '그게 그거인 호텔들', '집에 사는 즐거움'에 대해 농담을 주고받는 마틴과 리엄은 '킹슬리'의 이름처럼 '킹'의 옷감으로 마름질한 사람들 같았다. 똑같이 느긋한 척 허세를 부릴 줄 알았고, 보는 사람이 없는 것처럼 행동했지만, 시선을 의식한다는 걸 드러냈다. 마틴, 리엄, 킹슬리는 학생들을 아예 무시하고, 뒤집어진 의자들 속에서 연극계에서 통하는 우스갯소리를 주고받으며 한 무리를 이루었다. 어른들은 동아리를 만들지 않는다고들 하니 클럽이란 이름이 맞으려나. 세라에게 클럽의 존재는 생각의 수면 아래에서 무력하게 따돌림받는 느낌으로 각인되었다. 데이비드에게 클럽의 존재는 거부하고 싶은 화나는 도전으로 각인되었다ㅡ하지만 킹슬리, 마틴, 리엄이 당황하며 그의 환심을 사고 싶어 하길 바랐다. 조엘에게 클럽은 그저 세 남자였고, 그중 둘은 이전에 평가하지 않았던 인물들이었다. 조엘은 얼른 마틴의 나이가 너무 많다는 걸 알고 그를 게이인 킹슬리 선생이 있는 무용지물 쪽으로 분류했다. 대조적으로 리엄은 사정권 안에 있었다. 조엘은 눈이 청진기라도 되듯 그의 혈압을 쟀다. 고온, 빠른 맥박. 전기 연결이 불안정한 램프처럼 에너지가 그의 몸에서 이리저리 흘렀다. 리엄은 넋이 나가도록 독특하고, 얼음 같은 파란 눈은 동화에나 나올 법했지만 조엘에게 소리 없이 절망을 안겼다. 이 잘생긴 남자는 어떤 결핍이나 걸림돌 때문에 섹시하지 않을 터였지만, 조엘은 그게 뭔지 알아낼 관심이 없었다. 리엄도 보내버리고, 조엘은 다시 시어도시아, 릴리와 쪽지를 주고받으며, 화장품 주머니에 든 코카인을 점심시간에 누구와 나누어 쓸지 이야기했다.

그 몇 해 전 리엄은 마틴의 애제자였고, 마틴은 특히 그를 위해 〈캉디드〉를 무대에 올렸다. 이 일은 현재 학생들도 별 불만 없이 받아들이는 듯했다. 리엄은 스물네 살로 6년 전 고등학교를 졸업했다. 아무도 마틴의 정확한 나이를 몰랐다. 세라는 나이를 포함해 리엄에 대해 모르다가, 시간이 지나서 이번 '영국인의 달'에 그에게 직접 들었다. 영국인들이 도착한 후 레이트너 교장은 평소와 달리 모습을 드러냈고, 이것은 그녀가 학교에 가진 야심과 관계있었다. 60미터짜리 무대 위 공중 설치 공간, 붉은 벨벳 좌석 400개, 2만

4000달러짜리 조명 보드를 갖춘 수백만 달러짜리 학교 극장에 순회 무용단, 오케스트라 등 로스앤젤레스와 뉴욕 같은 곳에서 볼 수 있는 공연들을 유치할 작정이었다. 본머스 〈캉디드〉의 연출자와 조숙한 배우들의 미국 데뷔인 반면, CAPA가 이 도시의 공연 무대로 데뷔한다는 사실이 더 중요했다. 〈캉디드〉 초연은 학교 수업이 있는 평일에 CAPA 학생들과 교사들을 위한 공연으로 마련되지만, 대중 공연이 열리는 두 번의 주말에 학교 관계자들이 좌석을 못 차지하게 하려는 대책이었다. 도시에서 발행되는 신문에 사진이 크게 실린 기사가 나간 후, 양일 공연 티켓이 미리 매진되었다. 레이트너 교장이 노력했다는 증거였다.

CAPA '시연회'인 초연이 열릴 즈음, 영국인들의 방문 기간이 절반쯤 지난 시점이다. 그들은 익숙하면서도 낯설어서, 늘 여기 있었던 것 같기도 하고 막 도착한 것 같기도 하다. 얼굴, 목소리, 자세, 걸음걸이는 익숙하다—CAPA 학생 누구나 홀에 꽉 찬 머리 중에서, 넓은 주차장을 지나 조엘의 마즈다로 살그머니 들어가는 아이 중에서, 데이비드의 컨버터블 머스탱으로 뛰어드는 아이 중에서 영국 학생을 골라낼 수 있다. 다른 모든 것은 생경했다. 킹슬리 선생이 적금 넣듯 조금씩 말하게 해서 2학년생들은 서로 사생활을 아는 반면, 영국 친구들에 대해서는 아는 게 너무 없어서, 그런 사실을 의식도 못 할 정도다. 라프가 저택에 사는지, 누추한 공공 주거 시설에 사는지 모른다. 코라가 성 경험이 없다고 소문났는지, 티 내지 않고 속으로 자유분방한지 모른다. 영국 학생들의 의상 코드도 파악이 안 된다. 그런 코드가 있는지 모르겠지만. 〈캉디드〉에서 리엄을 제외한 영국 학생들이 어떤 역을 연기하는지 모르고, 어떤 배역들이 있는지 모른다. 심지어 주연이 뭔지, '캉디드'가 이름인지 물건인지조차 모른다. 다들 이번 학기의 '의상 역사', '셰익스피어의 독백', '아메리칸 송북(노래집)'을 공부하느라 바빠서, 《캉디드》를 읽은 사람이 한 명도 없다. 그들은 제목에 느낌표가 붙어 있다고 상상할지 모른다. 연습을 본 적도 없다. 영국 팀이 연습할 필요가 없다는 건 두말하면 잔소리니까. CAPA 학생들은 세트, 소도구, 의상도 본 적이 없다, 그런 건 아예 없기 때문이다. 영국 팀은 무거운 짐 없이 여행한다.

세라는 만석인 극장에서 악단 속에 숨어 혼자 앉아 있다. 이제 3학년 사이에서도 비호감으로 극장에서 이중으로 추방당한 셈이다. 1년도 지난 브렛과 밤을 보낸 일이 이제 와서 뉴스가 되었다. 둘은 성관계를 하지도 않았다. 세라는 기억 속에서 브렛의 가늘고 털 없는 몸과 만져도 창백하고 차가운 당혹스럽게 늘어진 성기를 떠올린다. 하지만 이런 사실들이 세라의 죄를 감해주지 않는다. 마찬가지로 혼자 섬처럼 지내고, 의리 있는 줄리에타와 패미를 냉대하고, 상복 같은 차림새와 머리로 얼굴을 가리고, 줄담배를 피워도 실제로 추방될 준비가 안 된다. 새롭게 수치심이 타오르고 화형당하는 사람 꼴밖에 되지 않는다.

극장의 조명이 꺼진다. 그렉 벨틴은 마틴에게 받은 조명 큐 리스트를 갖고 있다. 〈캉디드〉 공연에 필요한 기술 담당은 조명 보드 담당 한 명이어서, 그렉 벨틴은 CAPA에서, 아니 미국 전체에서 연습 광경을 본 유일한 사람이다. 사실 연습이 있었다. 그렉 벨틴은 공연을 기대한다. 그렉 자신의 성격과 페르소나(가면, 등장인물), 사회 지위, 역사 경험의 모순이 특히 공연을 더욱 기대하게 만든다.

그렉 벨틴이 첫 번째 큐를 실행하자, 구시대의 보편적인 헐렁한 흰 블라우스와 무릎길이 반바지를 입고 어슬렁대는 리엄이 나타난다. 그 외의 무대는 완벽하게 비어 있다. CAPA는 공들인 세트, 소품, 의상을 동원하기에 캐스팅되지 않은―혹은 한때 캐스팅되었지만 이제는 아닌―학생들이 늘 분주하다. 예를 들면 그렉 벨틴은 한때 차세대 프레드 아스테어였지만 지금은 이름 없는 조명 담당자다. 그는 이 영국 공연의 무덤덤한 담백함을 높이 평가한다. 그렉이 들고 있는 조명 큐 리스트를 제외하면, 오로지 배우들이 공연을 이끈다. 주연 배우와 다양한 인간 역을 맡은 여덟 명의 배우, 동물 배역을 맡은 두 명, 가구 몇 점의 역할. 이 배역들은 실제로 연기하지 않지만 두드러진다. 놀랍게 무심해 보여도 실제로 그렇지 않은 것을 그렉 벨틴은 안다. 그는 틀림없이 정확히 반복되는 것을 보았다. 흔들리는 제스처가 똑같은 거리에 똑같은 힘으로 거듭 반복되면서 애매함이 정확히 유지되어, 관객은 제스처가 표현하는 게 사물인지, 움직임인지, 심지어 세트인지 잘 모른다. 예를 들어 배우들이 자주 기는 자세를 취하는데 이것이 표현하는 게 테이블이나 양인지, 미국 산맥이나 다른 것인지 확실치 않다.

한번은 리엄이 무대에서 어슬렁대자 그렉은 큐에 단단히 집중하게 되었다. 실수할까 봐 관객들에게 주목할 수 없어서 안타까웠다. 조명이 환해졌다 잦아들면서 장면 변화를 알려줄 뿐, 그게 아니면 모르고 지날 터였다. 그런데도, 혹은 그 때문에 끊임없이 내레이션이 쏟아졌다. 코라가 "**오래전 웅장한 저택에 남작이 살았습니다**"라고 크게 말했다. 코라처럼 무릎길이 러플 스커트와 달라붙는 블라우스 차림의 나머지 소녀들과, 리엄처럼 헐렁한 블라우스와 딱 맞는 반바지 차림의 소년들이 공격하는 돌격대처럼 무대를 장악했다. 그들이 집, 남작, 화려한 가재도구, 하인들, 하인들의 여러 폐단을 연기하는 사이, 캉디드 역의 리엄은 이 정신없이 벌어지는 사건의 풍경을 배회했다. 어찌나 호소력 강한 백치 같던지. 그가 무대에서 완전히 아무것도 하지 않는지, 아니면 천재인지 그렉은 판단이 되지 않았다. 세라는 연주석에 혼자 앉아, 무표정한 마일스가 양손을 허리에 걸치고 서서 벽 연기를 하고, 시어도시아가 발끝으로 서서 그 위로 엿보는 연기를 하는 것을 봤다. '벽' 뒤쪽에 릴리는 큰대자로 반듯이 누워 있고, 라프는 네 발로 기운차게 밀고 나왔다. 릴리가 매력적으로 **"어머!"** 하고 비명을 질렀다. **"어머! 어머! 어떻게!"**

코라 대신 내레이터를 맡은 사이먼이 경합하듯 소리를 토해냈다.

"어느 날 그녀는 정원을 거닐다 팡글로스 님*이 과학을 가르치는 광경을 엿봤습니다. 그녀는 자신과 캉디드가 과학도 배워야 한다고 생각했지요!"

---

* 〈캉디드〉에서 캉디드의 스승. 낙천적인 인물로 유명.

시어도시아가 야무지게 치맛단을 허리로 올려붙이고 펄쩍 뛰어 리엄에게 달려들자, 그의 백치 표정이 훨씬 아둔해졌다. 독특한 섬세함이 나머지 출연진과 비교되지만 리엄이 연기를 하는 것이라고 그랙 벨턴은 결론지었다. 세라는 보지 않고도 엉덩이의 움직임을 보았고, 듣지 않고도 비명과 신음을 들었다. 이 무언극의 어떤 부분도 관능적으로 다가오지 않았다. 그저 동물이나 아이 보듯 무덤덤하게 오르가슴을 바라보았다. 킥킥대는지 중얼대는지 애매한 소리가 수면 위로 부는 변덕스러운 바람처럼 객석에 퍼졌다. 앞줄에 킹슬리 선생 옆에 앉아 있던 레이트너 교장이 벌떡 일어나 통로를 지나갔다. 그녀가 나가고 문이 홱 닫혔다.

공연이 단축되었나, 아니면 원래 이렇게 짧았을까? 그 빠른 전개에도—대형 갈고리가 무대에서 끌어내릴 것을 예상이라도 하듯, 〈캉디드〉는 줄달음쳤다—관객들은 점점 더 알아차렸다. 처음으로 제대로 이중적 의미를 경험했고, 대사와 동작의 부조화에 담긴 풍자를 이해하기 시작했다. 그 대목이 홱 지나기 전에 알아차릴 수 있었다. 또 배우들의 동작과 쾌활하고 멍청하기까지 한 표정의 부조화도 있었다. 천치처럼 씩 웃으면서 영국 배우들은—라프, 줄리언, 사이먼, 마일스, 라라, 코라, 시어도시아, 릴리, 당연히 리엄—단

두대, 총, 횃불, 단검, 올가미를 이용해 서로 죽이고 죽임을 당하는 무언극을 펼쳤다. 익사와 성병으로 인한 자연사를 무언극으로 펼쳤다. 강간하고 강간당하고, 합의에 의한 성관계를 무언극으로 표현했다. 무엇보다 강제와 합의에 의한 항문 성교 장면을 보여주었다. 어중간하게 킥킥대고 웅성대고 중얼대던 객석에서 분명하고 대담하게 웃음이 터졌다. 여기저기 웃음이 터지면서 극장 전체에 번질 기세더니, 반전되면서 섬뜩하게 수치감이 다시 일었다. 상황이 아주 우습다가 불쑥 전혀 우습지 않았고, 관객들은 몹시 당황했다. 그게 웃기는 일인가, 이상하게 심각한 일인가? 그렇게 생각하다니 개자식인가? 그런데 왜 여기서 '개자식'이 나와? 얼마나 말도 안 되게 웃기는데! 그게 아니거나.

그렉 벨틴은 마지막 큐를 실행하고 관심을 킹슬리 선생에게 돌렸다. 그는 여전히 앞줄에 앉아 나머지 객석에 무표정한 뒤통수만 보여주었다. 그렉은 뒤통수로는 짐, 아니 킹슬리 선생의 상태가, 표정이 짐작도 되지 않아 실망했다. 이제 자신이 뭘 기대했는지, 또는 어떤 희망을 품었는지 확신이 없었다. 공연은 끝났다. 출연진이 절을 했던가? 막이 오르면서 시작한 게 아니라서 막이 내리면서 끝낼 수 없어서 배우들은 그저 무대에서 내려갈 뿐이었다. 장관에서 놓여나자 관객들은 어떻게 반응할지 의견일치를 보지 못했다. 일부는 놀라서 극장 문으로 달음질쳤다. 밧줄로 묶인 듯이 앉아 있는 관객들도 있었다. 패미처럼 꼼짝 않는 사람들도 패미처럼 상반된 충동에 시달렸다. 충격 때문에 수동적으로 꼼짝 못 했고, 분노 때문에 능동적으로 꼼짝 못 했다. 패미 옆자리의 줄리에타는 앉아 있지 않았다. 줄리에타에게 공연을 보는 것보다 끔찍한 것은 공연 이야기를 하는 것밖에 없었다.

"안−녕!"

빈정거리면서도 진지한 말투로 영국인이 인사했다. 다정함을 보이는 말투일까? 조롱하려는 말투일까?

세라가 고개를 들었다. 엄마의 고물 도요타 코롤라의 보닛에 앉아 있었다. 사람들을 피해 앞쪽 주차장 구석에 주차했는데 지금까지는 성공적이었다. 뒤쪽 주차장에 세웠어도 마찬가지겠지만. 반 아이들이 다 떠나서 평소와 달리 주차장이 썰렁했으니까. 2학년생들은 연습이 없었고, 사실 월말까지 할 일이 없었다. 이번 달에는 공연부가 아니라 제작부의 역할을 배우기로 되어 있었다─홍보하고 프로그램을 인쇄하고, 관객을 좌석으로 안내하고 입장표를 받고. 그런데 〈캉디드〉 공연이 취소되었다.

"안-녕!"이라고 인사한 마틴도, 마틴이 운전하는 차의 조수석에 앉은 리엄도 애석한 기색이 없었다. 마틴은 〈캉디드〉의 연출자 겸 각색자였다. 리엄은 단순히 주인공이 아니라 마틴이 염두에 두고 〈캉디드〉를 선택했던 당사자였다. 그들은 집에서 멀리 떨어진 도시에 있었다. 이 도시의 4월은 고향의 8월 최악의 무더위에 맞먹을 만큼 더웠고, 그들은 점퍼(영국에서는 머리부터 입는 스웨터를 의미)와 트레이너(천이나 가죽 운동화)를 너무 많이 가져왔다고 늘 불평했다. 영국식 단어가 뭔지 모르지만, 티셔츠와 샌들을 많이 가져오지 않았다고 투덜댔다. 또 그들은 손님으로 지내고 있었고, 일부는 점점 푸대접을 받았다. 열흘 사이 6회 공연 예정이었는데 취소되었으니, 빈둥거려야 해서 마틴과 리엄은 화가 날까, 아니면 당황스러울까? 세라는 알 수가 없다는 걸 알았다. 우린 마음을 읽을 수 없고 그저 순간에 정직하게 반응할 수 있을 따름이니까.

"안녕하세요."

세라가 조심스럽게 답한다. 뭐가 뭔지 모르겠다. 마틴이나 리엄에게 말을 건 적도, 그들이 세라에게 말을 건 적도 없다. 그들을 학교에서만 보니까. 두 사람이 호스트인 킹슬리 선생이 운전하는 차 아닌 다른 차에 탄 것도 처음 봤다. 오랜 기다림 끝에 막 운전면허를 땄지만, 그 엄청난 의미는 결국 별것 아니고 아픔이 덜어지지도 않는다. 그래도 세라는 몸과 운전대가 합쳐질 때를 민감하게 의식한다. 마틴이 이 나라에서 운전할 수 있는 면허를 가졌는지 궁금하다. 어쩐지 아니리란 의심이 든다. 마틴이 운전하는 차는 킹슬리 선생의 벤츠가 아니다. 십대가 타는 세련된 털털이로, 세라가 탐내는 컨버터블 '벅'(폭스바겐의 모델인 비틀[딱정벌레]을 의미)이다. 한창 차체를 다시 손보고 있는 차다. 세라는 차에 녹 제거제가 잔뜩 발라졌다고 짐작한다. 2학년생들이 열여섯 살이 되는 올해, 차가—혹은 차가 없는 게—유일한 상징이다. 세라가 아는 차지만 누구 차인지 모르겠다. 최근 주차장에 나타나기 시작한 차인데. 비슷한 시기에 세라는 엄마의 초라한 도요타를 몰고 오기 시작했다. 힘들게 싸워서 운전할 권리를 얻었지만, 친구들이 자신과 이 차를 연결 짓지 않으면 좋겠다. 중요한 건 엄마가 학교에 태워다주지 않는 것이다. 세라가 엄마의 직장에서 학교까지, 학교에서 엄마의 직장까지 운전하는 게 허락된다. 연습이 없는데 아직 주차장에 있는 것도 그 때문이다. 엄마의 근무는 6시가 되어야 끝난다.

"우리 딸딸이로 한 바퀴 돌래?"

마틴이 말하자 리엄은 그러라는 듯 빙긋 웃는다. 세라는 캐런 워첼의 차인 걸 깨닫는다. 캐런은 아버지에게 도움을 받아서 차를 정비 중이다. 캐런은 말없이 멀찍이서 차의 결함을 장점으로 만들어가면서, 자신이 자동차에 대해 안다는 걸 입증한다.

"엄마를 직장에서 태워 와야 해요."

세라가 말한다. 드라이브 제안에 놀라서 거짓말할 엄두가 나지 않는다.

"어머니 직장이 어딘데? 가까워?"

"대학에서 비서로 일하세요."

"우리도 거기 가봤을걸. 어지간한 명소는 다 둘러봤으니까. 저 분수대를 지나서 있지? 우리가 네 차를 따라 거기까지 갈 테니, 넌 어머니에게 차를 넘기고 우리랑 가서 저녁이나 먹자."

그가 설명하니 아주 간단하다—운전 자체처럼. 하나에서 다른 것으로 수월하게 넘어간다. 예를 들어 앞 주차장에 혼자 있는 여자애가 마틴과 리엄의 이상한 표정으로 바뀐다. 세라가 작은 백미러로 그들의 얼굴을 볼 수 있다는 걸

두 사람은 안다. 그 백미러에 캐런 워첼의 차 앞 유리가 겹친다. 세라는 앞장서서 가지들이 뒤엉킨 떡갈나무들 아래로 파운틴 대로를 내려간다. 오후의 태양이 스포트라이트처럼 쏟아져 도요타 코롤라가 이국적인 광채를 뿜는다.

세라는 희망적인 흥분이 솟구치는 이유가 잠시나마 외톨이 신세를 면해서라는 걸 안다. 헤픈 계집애라는 것보다 노버트조차 무시하는 걸레 취급을 잠시 면해서다. 자신에게 이 희망을 내비치지 않을 것이다. 마틴과 리엄에게 알아봐 주어서 비굴하게 고마워하는 것과 똑같으니까. 또 엄마는 고사하고 마틴과 리엄에게도 내색하지 않을 것이다. 엄마에게는 모든 걸 숨기기에, 엄마는 학교에 영국인 방문자들이 있는지도, 그들이 세라를 수모에서 마법같이 빼내어줄 수 있다는 것도 모른다. 본인들은 개의치 않는 것 같지만 영국인들이 수모를 당하기 전, CAPA 2학년생들은 친지들에게 〈캉디드〉 공연 티켓을 팔라는 킹슬리 선생과 교장의 요구에 시달렸다. 세라는 엄마에게 티켓을 팔지 않았다. 엄마가 학교의 존재를 잊는 게 세라가 CAPA 학생으로 남을 수 있는 조건이었다.

엄마가 언짢지 않은 기색으로 말한다.

"일찍 왔네. 페트라의 타자기를 쓸래? 퇴근했거든."

잘 기억나지 않는 중학교 시절, 세라는 오후마다 엄마의 작은 사무실에서 같이 보냈고, 역시 좋지 않은 건 아니었다. 엄마는 점심시간을 2시 반으로 잡아서, 그 틈을 이용해 세라를 학교에서 태워 캠퍼스로 돌아왔다. 세라는 거기서 다른 데서는 누리지 못하는 자유를 허락받았다. 바랭이가 핀 너른 잔디밭과 유명한 늙은 떡갈나무들이 있는 넓은 대학 구내를 누볐다. 서둘러 지나는 백팩을 멘 학생들 틈에 끼어 대학생인 척했다. 캠퍼스 서점에서 아직 읽지 못한 문고판 《북회귀선》을 구입했고, 캠퍼스 식당에 혼자 앉아 닥터페퍼 음료수를 앞에 놓고 그 책을 읽는 체했다. 선택해서 혼자 있는 분위기를 풍겼고, 그러다 이따금 실제로 혼자 있는 게 무척 자랑스러웠다. 하지만 대개는 뜨거운 오후의 더위를 뚫고 엄마 옆에서 빈둥대려고 사무실로 돌아갔다. 남는 의자에 앉아 직원들의 담담한 눈길을 받고, 엄마가 모은 익살맞은 머그잔들을 재배열했다. 세라가 어머니날 선물한 컵들이었다. 오후 나절을 엄마 곁에서 수월하게 보내서, 지금까지는 생각해본 적이 없다. 두 사람이 엄마의 책상 풍경처럼 친숙하게 이상하다는 것을.

"괜찮아요."

세라가 책상에서 자기 사진을 집으면서 대답한다. 가장

마음에 드는 7학년 때 사진이다. 나이보다 조숙해 보이고, 적당히 화장한 얼굴로 드러나지 않게 자신 있는 미소를 짓는다. 헤퍼 보이는 과한 아이라이너나 잡아먹을 듯한 눈빛은 없다. 신경 써서 안 그러려고 했는데도 그 눈빛 때문에 지난 세 번의 학교 사진을 망쳤다. 세라는 사진 속의 무척 예쁘장하고 무척 행복한 열세 살을 못 알아본다. 사진이 상징처럼 되어서일 것이다. 이 사진을 마틴과 리엄에게 보여줄 핑계가 있으면 좋겠다.

"수업이 끝난 후 캐런 워첼과 우연히 마주쳤는데, 자기 집에서 자고 가라고 초대했어요."

거짓말은 늘 준비하지 않은 정도에 정비례해서 성공한다. 이중성이랄까, 더 마음에 들기는 스토리텔링은, 세라에게 유일한 영감의 세계이자 연기할 수 있다는 헛된 믿음의 근간이다.

"캐런 워첼이 누군데?"

"알잖아요, 사우스우즈에 사는 애."

"난 모르는데."

"같은 반이에요. 내가 차를 두고 갈 수 있게 캐런이 여기까지 따라왔어요."

건물의 방문자 주차 공간이 적어서 캐런이 사무실에 같

이 오지 않았다는 얘기는 할 필요가 없다. 올라오면서 이 핑계를 댈까 생각했지만, 지나치게 상세하다 싶어 말하지 않는다. 엄마는 오래전부터 싸우지 않는 쪽을 택했고, 이제 표면적인 문제가 없으면 암묵적으로 허락한다고 합의되었다. 성적이 떨어지지 않을 것, 중독되거나 체포되거나 임신하는 일만 없으면 된다.

"친구가 아침에 학교에 차로 데려가니?"

인사하면서 엄마가 확인하고, 하던 일로 돌아간다. 세라는 가슴이 저리다. 엄마는 딸을 봐서 좋았다. 다른 모녀지간이라면 세라는 책상을 돌아가 엄마의 늘어진 뺨에 입 맞추겠지만, 둘이 함께했던 과거에도 스킨십은 없었다.

세라가 엘리베이터를 타고 내려가니, 방문자 주차장이 부족한데도 마틴과 리엄이 로비에 들어와 장난치고 있다. 유리문으로 맨 앞줄에 주차된 캐런 워첼의 차가 보인다.

"우리가 경비원들을 보내 찾아보려던 참이었지."

마틴의 말에, 세라가 안 그러길 다행이라고 말하면서 놀란 표정을 지었는지 두 사람이 웃는다.

"우리 때문에 겁먹었어?"

리엄이 그러길 바라며 묻는다.

캐런의 차 뒷좌석은 한 사람 자리도 안 되어서 세라는 몸을 비틀면서 들어간다.

마틴이 말한다.

"이제 캐런을 데리러 출발하자고. 고놈의 골칫덩이 본머스 촌놈들도Those Calamitous Bournemouth Yokels."

"반장이 선생님을 쳤죠The Captain Boffed You."

"뚱보 영국놈 셋이 요들송을 부르지Three Corpulent Britons Yodel."

"고뇌하는 요리사들이 마를 강요하죠Troubled Cooks Bludgeon Yams."

"넌 플리트 가(런던의 신문사 밀집 거리)에서 장래가 밝아, 리엄. 이게 네 걸 이기지 못하겠지만 저기 예쁜이 야니가 오네 This Can't Beat Yours but There Comes Bonny Yanni."

"요니가 누구예요?"

"Y-a-n-n-i(야니). 긴 머리를 휘날리는 그리스 친구, 키보드를 연주하고 노래를 부르지."

"그럼 그를 좋아하세요?"

"아, 그렇지. 그 친구는 널 연상시키거든. 이 이쁜 녀석도 너처럼 면도할 필요가 있는데 말이야. 릴리언이 면도하는 방법을 안 가르쳐주던가요, 숨 막히는 어머님의 못 말리는 아드님?"

"성자 같은 어머니는 언급하지 않으시면 고맙겠네요."

"너를 그녀의 마음으로 향하도록 어르고 달래건만."

"그럼 제 아빠가 되실래요?"

리엄이 비좁은 자리에서 괴상하게 몸을 꼬고 거북한 새끼 고양이처럼 마틴의 셔츠를 긁는다. 그가 다시 말한다.

"제 기저귀를 갈아줄 거예요? 응애! 응애!"

"이미 그러고 있지 않나?"

"아이참, 마틴. 제가 이 친구에게 잘 보이려고 노력 중이잖아요, 안 그래요?"

리엄이 나무라면서 고양이 자세를 버리고 똑바로 앉는다.

기어박스 너머로 삼류 비평 같은 재치 있는 응답을 주고받으면서, 마틴은 소형차를 요란하게 골목으로 몬다. 노련한 운전자거나, 아니, 무면허 운전자 같다. 세라는 리엄이 한 말에 신경 쓸 필요가 없다. 그가 말하지 않았으면, 세라는 그들이 잊은 줄 알았을 것이다. 사실 리엄이 잘 보이려는 사람이 세라 자신이라고 확신할 수 없다. 어쩌면 '이 친구'는 캐런이다. 차가 달리자 바람이 불어 뒷좌석의 세라를 밀치고, 회오리 같은 머리칼이 가끔 얼굴을 가려 숨 막히게 한다. 이 공격 속에 숨어 리엄을 찬찬히 살필 수 있다. 아이돌처럼 깎은 듯한 얼굴. 파랗고 반짝이는 눈은 실물인지 의심스러워, 피부 아래 급조하거나 인공적으로 배열한 것만 같다. 세라는 조엘에게 버림받아서―전에는 세라가 조엘을 버리려 했지만―조엘이 리엄을 어떻게 평가하는지 모르고, 만약 알았다면 반발했을 것이다. 하지만 세라 역시 같은 결론에 이른다. 자신에게 똑같은 방식으로 비교하진 않지만, 리엄은 사정권에 든다. 하지만 뭔지 모를 부족함, 외적인 장점―큰 키, 미남, 호리호리한 체격, 반짝이는 눈, 환한 미소, 눈썹 위로 딱 맞게 내려오는 앞머리 등등―과 내면의 진솔함 사이의 묘한 격차를 세라도 감지한다. 겁먹은 알몸의 동물이 양복 입듯 리엄의 몸을 입은, 비굴한 뭔가가 그려진다. 이제 이 동물은 경계해야 하고, 계속 주변 인간들을 감시해야 한다. 그래서 발각되지 않으려면 어떻게 행동해야 하는지 파악한다. 그러면 리엄이 계속 지켜보는 사람은 누구였을까? 마틴.

리엄의 몸을 입은 존재에 대한 환상을 마음에서 억지로 떼어내야 했다. 리엄은 기막힌 미남이었다. 세라는 수학 공식이라도 되는 듯 이 생각을 반복했다.

마틴이 운전대를 휙 비틀자 차는 인도를 덜컹 넘어 작은 주차장으로 들어갔다. 상점 몇 개가 늘어선 작은 쇼핑몰로, 주차장 입구에 세워진 안내판을 보니 테이크아웃 중국음식,

탁송센터, TCBY가 입점해 있다. TCBY가 '전국 최고 요거트 판매점The Country's Best Yogurt'이라는 뜻인지 '이게 요거트일 리 없다This Can't Be Yogurt'인지 세라는 가늠이 되지 않았다. TCBY 앞에 캐런 워첼이 서 있다. 캐런은 청바지와 왼쪽 가슴 위에 TCBY라고 수놓인 황록색 티셔츠 차림이다. 중간 사이즈 팝콘 통만 한 흰 플라스틱 통을 들고 있다. 마틴이 캐런 바로 앞에서 브레이크를 밟고 한 팔을 요란하게 젓는다.

"그대의 차가 그대를 부르네Thine Chariot Beckons You."

"너무 코앞에 댔네요Too Clever By Yards."

리엄이 투덜댔다.

"젊음은 성급할 수 있지Testy Can Be Youth."

마틴이 대답했다.

세라는 한바탕 폭풍우가 일었다 사라지는 캐런의 얼굴을 지켜봤다. 그제야 남자들이 말놀이를 그치고 고개를 들었다.

"안녕."

캐런이 세라를 쳐다보지도 않고 무뚝뚝하게 인사했다. 마틴과 리엄이 차에서 내렸고, 마틴은 캐런에게 절하면서 열쇠를 넘겨주었다. 캐런이 마틴에게 흰 플라스틱 통을 주자, 그는 뚜껑을 벗기고 안을 들여다보고는 말했다.

"이게 요거트일 리는 없지This Can't Be Yogurt."

캐런이 운전해서 마틴은 리엄이 앉았던 조수석에 앉았고, 리엄은 뒷좌석으로 넘어와 세라 옆으로 왔다.

"상황이 어때?"

그가 물었다. 비좁은 공간에서 두 사람의 무릎이 부딪치자, 리엄은 어떤지 보려고 고개를 숙였다.

그가 세라에게 보호하듯 말했다.

"애들이 우리 얘기를 하네."

"뭐라고 말하는데요?"

"나도 모르지. 무릎 언어를 구사하지 않으니."

"그것들이 오빠를 속이려고 떠드는 게 아닌지 어떻게 알죠?"

"개들처럼 말이야? 개들이 무슨 말을 하는 것처럼 '왈왈왈' 짖듯이? 분명히 개들은 우리가 미친 줄 알걸."

"사실 난 무릎들의 대화가 안 들리는데요."

"이게 개 휘파람처럼 고주파거든. 어쩌면 개들은 무릎한테 말을 걸지. 그런데 개들은 무릎이 없지 않나? 있나? 저기요, 마틴! 제가 누구죠?"

리엄이 좁은 뒷좌석에서 무릎을 대고 일어나 바보처럼 혀를 빼물자 바람에 머리칼이 나부꼈다.

"멍멍!"

그가 바람에 대고 소리쳤다. 위로 들린 구두코가 세라의 허벅지를 파고들었다. 싸구려거나 인조 가죽으로 만든 끈 매는 검은 구두였다. 낡고 보잘것없는 구두였지만 그는 엄마가 옷을 다 사주는 남자애처럼 신경 쓰지 않고 신었다. 즐거워서 넋 나간 개처럼 구느라 정신이 팔려서 짖고 침 흘리고, 마틴의 좌석 위로 어깨를 코로 찔렀다. 마틴은 몸을 비틀어 마주 보고서, 가방에서 꺼낸 잡지를 말아 리엄의 '개' 코를 때리면서 막았다.

"못된 개 녀석! 못된 녀석!"

마틴이 소리칠 때 캐런은 말없이 차를 몰았고, 운전석 뒤에 앉은 세라는 백미러로 캐런을 보려고 흘끔댔지만 자기 얼굴만 보였다. 침울한 얼굴을 보자 얼른 시선을 돌리고, 두 남자의 장난질을 미친 듯이 억지로 웃어댔다.

캐런이 '마마스 빅 보이' 주차장에 차를 세우자, 다들 안으로 몰려갔다. 먼저 캐런이 아무에게 눈길도 주지 않고 말도 걸지 않고 들어갔고, 이어 마틴과 리엄이 서로 엎치락뒤치락하며 들어갔다. 그다음 세라가 들어갔다. 두 사람이 찡그리고 놀리는 표정을 짓자, 세라는 그들에게 거울 역할을 하는 느낌이 들었다. 자기 웃음이 아닌 웃음을 웃는 기분이었지만, 내 웃음이 되긴 하겠지만 하고 속으로 중얼댔다. 상처 받아 거만을 떨면서 입술을 꾹 다문 캐런을 흉내 내고 싶지 않았다.

"네 명이요."

직원이 발끝으로 돌면서 맞이하자, 캐런이 말했다.

"이쪽으로 오세요! 의자 좌석으로 갈래요? 부스에 앉지 않고?"

직원이 물었다.

리엄이 말했다.

"나는 부스가 좋은데, 부스 자리요!"

캐런이 먼저 부스로 들어갔다. 마틴이 득점이라도 하듯 몸을 던진 통에 캐런이 떠밀려 부스 벽에 부딪혔다.

"정말 너무 미안해! 다쳤어? 맥박을 재봐야겠네. 내가 얌전히 굴게. 얼음장처럼 차갑게. 여기 의사가 있나? 자격 있는 영양사가 있겠지? 리엄, 불쏘시개 하게 이 냅킨들 좀 뭉쳐, 캐런의 심장이 멎은 것 같으니……."

"그만해요."

캐런이라도 마틴의 열띤 공세를 견디지 못하고 웃으면서 말했다. 하지만 세라가 마틴과 리엄의 장난에 맞장구쳤을 때와 캐런의 경우는 달랐다. 세라는 그대로 흉내 냈지만 캐런은 자기 입장을 견지했다. 이제 캐런에게 세라의 존재는 문제 되지 않았다.

세라는 캐런과 마주 앉았다. 그 옆에 리엄이 마틴과 마주 앉아, 마틴의 조수, 공모자, 어릿광대 역할을 했다.

마틴이 캐런에게 말했다.

"전에 리엄이 치명적인 무대 공포증을 겪은 걸 알아? 내가 이 친구에게 공연 날 여벌 바지를 가져오라고 일러야 했거든?"

"마틴은 내가 차려입고 연기하는 걸 보기 좋아했거든."

리엄이 말했다.

"사고에 대비해서지."

"선생님이 지퍼를 올리다 고추가 끼었을 때 같은 사고요? 걱정하지 말아, 캐런. 고추는 약간 변형됐을 뿐이니까."

"내가 널 약간 변형시키고 말겠다!"

세라도 캐런도 이런 대화에 끼어들 수가 없었고, 남자들이 끼워주려 하지도 않았다. 하지만 캐런은 관심을 마틴에게 쏟아야 했다. 그는 리엄에게 다양한 역을 맡겼듯이 캐런에게 그를 지켜보는 역할을 맡겼다. 세라의 경우는 말 없는 소도구였고, 마틴은 그 점을 두고 가끔 리엄을 나무랄 수 있었다. 마틴이 말했다.

"딱한 세라가 지겨워 죽잖아! 가슴 쫄깃한 계획들을 제쳐두고 왜 우리랑 왔는지 후회하고 있다고."

"엄마를 태우러 가는 일밖에 없었어요."

세라가 입을 열었다.

"어머니한테 헌신적이군, 꼭 리엄 너 같네. 그런데 이런 공통점을 찾아내는 게 나잖아. 서로 좀 알아보지 그래? 내가 일일이 다 해줘야 하는 거야?"

재치일까, 아니면 뭐로 봐야 할까. 예리한 모욕, 당황스러운 암시, 빠른 회전, 가짜 기사도, 코믹한 극단적인 반응. 세라는 늘 자신이 그런 재능을 가졌다고 상상했다. 킹슬리 선생과 둘만의 점심시간을 보내지 않았던가? 하지만 마틴의 대화 기술은—아니면 좌중을 지배하는 끝없이 쏟아내는 에너지랄까—세라를 완전히 능가했다. 세라는 이 상황에서 말이 없고 심지어 멍청해졌다. 적어도 지금은 자신처럼 우물쭈물한 것보다 캐런처럼 수동적인 관람자 역할이 품위 있어 보였다. 그렇게 해보려 했지만, 캐런은 눈을 맞추지 않았다. 세라의 존재를 무시하려 했고, 아무튼 동지로 받아주지 않았다. 그러니 캐런 같은 태도로 마틴과 리엄을 대할 수가 없었다. CAPA에 입학한 후 세라는 대사나 심지어 배역이나 극에 대해 모른 채 무대에 오르는 악몽에 자주 시달렸다. 이 상황에 그런 악몽의 공포감은 없지만 비슷하게 무기력했다.

세라는 말하고 웃고, 클럽 샌드위치 절반을 먹기도 했고, 리엄과 시시덕대기까지 했다—적어도 자신이 옆자리에서 봤다면 그렇게 하는 줄 알았을 터였다. 그들은 '빅 보이'에 5시 무렵 도착했고 이제 7시가 다 되었다.

마틴이 말했다.

"아이구야, 우리가 사야 할 게 있는데. 가자고, 갑시다. 애들에게 뭐라고 말했지, 리엄? 7시 반이야, 8시야?"

"모르겠어요. 7시 넘어서라고만 말한 것 같은데요."

리엄이 대답했다.

"이런 얼간이가 있나. 아니면 넌 몽상가, 아름다운 몽상가일 거야. 우리 모두 네 아름다운 꿈이겠지."

"그런데 선생님은 왜 그렇게 제 악몽이랑 비슷해 보이죠?"

"악몽을 꿔본 적 있어요? 연극에 출연하는데 연습하지 않았고 이게 무슨 연극인지도 모르는 꿈 말이에요."

세라가 끼어들었다. 그런데 가장 경멸적인 짓을 저질렀다, 그들의 억양을 흉내 내려 하다니. 말을 할 힘을 긁어모으느라 자기 목소리를 낼 여력이 없었다.

"그럼! 지긋지긋하게 늘 그러지! 그게 바로 내 최악의 악몽이라고!"

세라가 재미난 수수께끼라도 낸 것처럼 리엄이 큰 소리

로 대답했다.

"또 상당한 공통점이 나왔군. 자, 세라, 네가 리엄을 끌고 가. 너희 둘은 마실 걸 사고, 캐런과 난 스낵을 사도록 하지. 하지만 밤새 그러고 있으면 안 돼. 우린 이미 늦었고, 리엄의 엄청난 백치미 덕에 약속이 7시 반인지 8시인지도 모른다고."

둘만 있게 되자 세라가 리엄에게 물었다.

"어디 가는데요?"

슈퍼마켓의 눈부신 불빛 아래서 덜컹대는 카트를 밀고 가자니, 젊은 커플이 '유모차'를 미는 것 같았다. 마틴이 곁에 없으니 리엄은 조용해졌고, 세라에게 집중하면서 고분고분 대응했다. 세라가 카트를 미는 모습을 홀린 듯 쳐다보기도 했다. 세라가 말하자, 그는 어떻게 할지 확신이 없는 듯 잠깐 궁리하는 눈치였다.

"우리 집."

그가 말했다.

"그러니까…… 킹슬리 선생님 집요?"

"맞아. 짐의 집. 그리고 팀의 집. 팀을 잊으면 안 되지. 팀과 짐, 짐과 팀. 이름의 운이 맞아서 서로 반했을까? 그리고 바지 사이즈도 같고."

리엄이 굽은 치아를 보이며 킬킬댔다. 입만 다물고 있으면 좋으련만.

"그분들이 파티를 여는지 몰랐는데요."

"이게 너희가 좋아하는 라거 맥주야? 이 큰 상자를 사야 할 거야. 마틴은 미국식 대형을 좋아하거든"

세라는 그들이 술을 사는 걸 처음으로 알았다.

"신분증을 갖고 있어요? 18세 이상인 걸 증명하는?"

리엄이 미성년자로 오해받는다는 생각에 다시 킬킬댄다―하지만 그는 명예 고등학생으로 마틴의 일행으로 여기 왔다. 그는 고등학생과 비슷하다고 생각하지 않을까? 하지만 아니라는 걸 세라는 깨달았다. 눈부신 슈퍼마켓 조명 아래에서 그의 피부는 약간 늘어지고 살짝 눈가 주름이 있었다. 아니면 형광등이 아니라 비교 대상인 마틴이 없어서 리엄의 나이가 불쑥 드러나 보인 걸까. 어느 쪽이든 리엄은 세라의 생각이라도 읽은 것처럼 말했다.

"상관없어. 마틴이 계산할 건데, 뭐. 누가 그를 애로 착각하겠어?"

"몇 살인데요?"

물론 세라는 마틴이 연장자인 줄 알지만―교사이니 연장자겠지―몇 살 연상인지 가늠이 되지 않았다. 아는 어른 누구도 그와 비슷해 보이지 않았다.

"마틴이 몇 살이냐고? 마흔 살이지 않나? 노땅 꼰대지."

애정이 담긴 말이었다. 세라는 놀란 기색을 감추려고 카트를 마구 밀어 유턴을 했다. 이제 밀러 하이 라이프와 바틀스 앤 제임스가 담겨서 카트가 묵직했다. 마흔 살이라니 예상보다 많았다. 몇 살일 거라 예상했었는지, 예상과 다른 사실을 알고 난 느낌이 뭔지 잘 모르겠지만.

계산대에서 마틴이 맥주, 와인, 감자칩, 프레첼 값을 치르는 동안 캐런, 세라, 리엄은 모르는 사이인 듯 슬그머니 빠져나갔다. 껄껄 웃는 소리—마틴의 웃음—와 뭐라고 하는지 모를 나긋한 목소리—계산원의 목소리—가 자동문을 지나도록 들렸다. 문이 닫혔다 다시 왈칵 열리며 마틴이 덜컹대는 카트를 밀고 나왔다.

그가 카트를 밀고 주차장을 지나 캐런의 차로 가면서 물었다.

"이 나라 사람들은 다 여자 같은 게이인가? 이렇게 많은 남자 게이는 평생 처음 봤어. 너희 학교 선생, 버거 식당 웨이터, 슈퍼마켓 계산원—"

"동네 때문이에요."

세라가 쏘아붙였다. 마틴의 말투 때문에 경고조로 날카롭게 대꾸했지만, 세라는 말을 내뱉기 무섭게 망설였다. 그러다 다시 명확히 사과하는 투로 말했다.

"여기는 게이 지역이거든요. 게이들만 사는 건 아니고요, 예술가 동네인데 게이가 많이 살아요. 전국에서 네 번째로 큰 게이 지역이에요."

세라는 왠지 모르게 덧붙였다.

"뉴욕, 샌프란시스코, 그리고…… 세 번째는 어딘지 모르겠네요."

"이것 봐, 리엄. 우리 세라가 남자 게이 전문가일세. 어떻게 그런 남자 뒷골목 얘기를 아실까?"

"사촌이 게이예요. 오빠가 전에 이 동네에 살았어요."

세라가 말하지만 아무도 듣지 않았다. 리엄이 마틴의 등 위로 뛰어올라 안경을 벗기더니, 소리치면서 안경을 허공에 흔들어댔다. 마틴이 몸을 홱 돌리자, 리엄은 팽이처럼 마구 팔을 휘저으며 앞 못 보는 걸 강조했다. 캐런은 도움을 받지 못하고 구입한 물건을 폭스바겐의 트렁크에 실었다.

"너희 어머니들은 학교가 미국에서 네 번째 큰 게이 동네에 있는 걸 알았니? 내 안경 조심해, 리엄. 그러다 깨겠다."

"선생님은 아셨나요, 마틴? 아셨겠죠. 그러니까 저한테 엉덩이 헬멧은 필요 없을 거라고 말했죠."

킹슬리 선생의 집으로 가는 내내 계속 그런 식이었다. 폭스바겐 엔진이 덜덜대서 그 소음 사이로 대화가 어려웠지만. 어둑어둑하고 은밀한 킹슬리 선생의 동네에서 엔진 소음은 독일군이 침입하는 소리 같았다. 불빛이 밝은 가로수 길에서 집 앞 골목으로 들어가자 묘하게 해저 세계로 접어든 것 같았다. 그늘 속에 경계 없이 잔디밭이 펼쳐진 조용한 외국 같았다. 잔디밭 위로 떡갈나무와 진달래가 배처럼 떠 있었다. 그 속을 소음기 없는 캐런의 차가 아랑곳없이 달렸고, 세라는 이미 벨벳 같은 잔디밭에 나와 있는 킹슬리 선생의 모습이 그려졌다. 그는 주먹을 엉덩이에 대고, 세라가 가장 겁내는 놀라지 않고 못마땅한 표정으로 그들을 쳐다볼 터였다. 하지만 굽은 도로를 돌아 집이 보였지만 킹슬리 선생은 없고, 보도 연석에 낯익은 차 몇 대만 늘어서 있었다. 한 대는 조엘의 차였다. 한 대는 데이비드의 차. 캐런은 그 차 앞에 주차했다.

캐런은 운전석에서 나와 서서 이날 밤 처음으로 세라를 똑바로 바라봤다. 정겨운 눈길이 아니라 쌀쌀맞게 묻는 눈빛이었다. 세라는 데이비드의 차를 보고 자신이 어떤 반응을 보일지 캐런이 보고 싶어 하는 건 알았다. 움직이지 않는 힘없는 차지만 어떤 영향을 줄 수 있는지.

"안 들어가요?"

캐런이 말했다. 마틴과 리엄이 황급히 보닛 밑 트렁크에서 술과 간식을 꺼내 들고, 집 옆면을 돌아 사라졌다. 거기 데크, 덩굴 시렁, 꼬마전구 장식이 있는 멋진 뒷마당 수풀이 있었다. 세라는 앞을 응시했지만 머릿속으로 데이비드의 차를 볼 수 있었다. 컴컴한 차에서 뱀처럼 엉킨 데이비드와 자신의 유령들이 보였다.

"그와 데이트하거나 그런 거야?"

세라는 캐런의 궁금증을 되돌려주고 잡생각을 지우려고 마틴 이야기를 꺼냈다.

캐런이 차에서 물러서며 차 문을 닫았다. 이제 세라가 내리려면 운전석 레버를 앞으로 밀고 직접 차 문을 열어야 했다. 아니면 지붕이 없으니 문을 넘어서 내리거나. 어느 쪽이든 멍청해 보일 터여서, 계속 차에 앉아 캐런의 냉정한 시선을 마주했다.

캐런이 못마땅하게 웃었다.

"데이트? 우린 그냥 어슬렁대는 거야."

"네 엄마가 네가 영국에서 온 마흔 살인 남자랑 어슬렁대는 걸 픽이나 좋아하시겠네."

캐런에게 마틴의 나이를 언급해 충격을 주고 싶었다. 세라 자신이 리엄에게 충격을 받았던 것처럼.

하지만 캐런은 담담하게 대꾸했다.

"맞아. 그래서 이제 우리 집에서 어슬렁대지 않는 거고."

그 말과 함께 캐런은 몸을 돌려 잔디밭을 가로질렀다.

캐런이 시야에서 사라지자마자 세라는 차 문을 넘어 연석 쪽으로 내려서며, 데이비드의 차를 쳐다보면 눈이라도 멀 듯이 외면했다. 그 차의 보닛 옆에 서 있으니 손바닥을 대볼 수도 있었을 것이다. 데이비드가 차에 있다는 이상한 확신에 사로잡혔다. 팔을 뻗으면 닿을 거리에서 자신을 지켜보리라. 그 때문에 캐런이 냉정하게 쳐다봤고. 그때 세라는 차에 데이비드 혼자가 아니라, 조수석에 여자애가 같이 있을 걸 알아차린다. 영국 여학생 릴리라는 소문이 쫙 돌았다. 데이비드와 릴리는 조용히 앉아, 세라가 데이비드의 차라는 생각에 괴로워하고 쳐다보지도 못하는 꼴을 지켜보리라. 세라는 못마땅해서 입술을 꾹 다물고 그들 앞으로 거침없이 나갔다. 차에 아무도 없었다. 세라는 미리 작정했던 것처럼 차 문을 열고 들어갔다. 데이비드는 차를 잠그지 않았고, 그것은 차에 신경 쓰지 않는다는 뜻이었다. 전에는 깨끗하고 새 차 냄새가 났지만, 이제 함부로 써서 지저분했다. 조수석과 바닥에 책, 쓰레기, 빈 병, 빈 담뱃갑, 똘똘 뭉친

더러운 면 티셔츠가 수북했다. 당겨서 여는 재떨이에 꽁초가 넘쳐나고, 거무튀튀한 지저분한 재 자국이 사방에 있었다. 코드에 매달린 카폰은 불이 켜지는 버튼이 꺼진 상태였다. 최근까지 전화기가 작동되었다는 걸 세라는 알았다. 데이비드가 카폰을 자랑하면서 워낙 여럿에게 번호를 알려서 세라까지 번호를 알았다. 전화기를 금 간 계기반에 세게 팽개쳤던 듯했다. 전에 세라가 탔을 때 차 내부는 남학생이 함부로 쓰는 흔적조차 없었다. 이제 차에는 남자 어른의 좌절이 넘쳐났다. 세라는 좌석 레버에 손을 뻗어 좌석을 끝까지 눕히고 누웠다. 조용한 밤이 시야에서 사라졌고, 사랑했던 소년의 더러운 갑옷 안 속살만 보였다.

가죽 좌석의 박음질한 부분에 얼굴을 대고 주먹을 허벅지 사이로 넣었다. 욕망으로, 혹은 슬픔으로 차가 요동쳐서 밖에서도 차가 요동치는 게 보였을 터였다. 하지만 "세라?" 하고 부르는 리엄의 약간 고음이 쓸쓸하게 메아리쳤다. 그는 집 앞쪽 어딘가에서 캐런의 지붕 내린 차를 볼 터였다. 차는 비었을 테고 데이비드의 차 역시 빈 차로 보였겠지. 리엄이 잔디밭을 지나와서, 세라가 전 남자 친구 차의 조수석에서 주먹을 꽉 쥐고 클리토리스를 누르지나 않는지 확인하진 않겠지. 뿌리째 뽑은 쾌감 같은 오르가슴을 바라면서.

그 마지막일 뿐만 아니라 쾌감의 벌을.

여전히 세라는 얼어붙었고 가슴, 두개골, 사타구니에서 맥이 뛰었다. 외로운 분투의 냄새가 차 안에 퍼졌다. 두려움에 찔끔 나온 오줌이나 왠지 모르게 쭉 흐르는 코피처럼 예기치 않은 창피한 분비물 냄새였다.

리엄은 세라의 이름을 다시 부르지 않았다. 잠잠해졌다. 아마 다시 문이 닫힌 듯 적막이 흘렀다. 차에 달린 시계는 7시 42분이었다. 7시 48분이 되자 세라는 좌석을 원위치로 돌리고, 범죄 현장을 떠나듯 차에서 빠져나왔다.

킹슬리 선생의 집 현관은 잠기지 않았다. 리엄도, 누구도 현관 밖에 나와 있지 않았다. 현관은 테라코타 타일이 깔리고, 연조각(헝겊, 플라스틱 등의 소재로 만든 조각품)이라고 할 사람만한 괴상한 인형이 있었다. 날개 달린 말이 있는 모빌 정유사 간판이 스포트라이트 아래 과시하듯 걸려 있었다. 세라는 얼른 앞쪽 계단을 통해 2층 복도로 올라갔다. 호화로운 카펫이 깔렸고, 벽에는 포스터와 사진이 쭉 붙어 있었다. 욕실에 들어가 문을 잠그고, 손과 얼굴을 씻고 아이라이너와 립스틱을 덧발랐다. 다시 밖으로 나오니 복도 끝에 리엄이 어정쩡하게 서 있었다. 몸이 살짝 앞으로 기운 것 같았고, 양옆으로 떨군 손은 소매가 짧아 팔목이 드러났다. 이 병약한 인상은 세라를 보자 사라졌고, 다시 카리스마 있는 강렬한 눈빛의 미남 청년으로 보였다.

"이거 신비로운 아가씨네!"

"피울 걸 사러 갔다 왔어요."

리엄이 미소 지었지만, 너무 오래 표정이 변하지 않았다. 그는 연기하는 중이고, 연출하고 싶지만 어떻게 할지 모른다는 걸 세라는 알아차렸다. 잘생긴 외모에 이 묘한 구석이 있었다. 흐릿함이랄까 뒤틀림이랄까, 동작보다 늦어서 어떻게 동작이 사라져버렸는지 의아한 것 같았다.

"이 집은 이상하지 않아요?"

세라가 말했다.

그는 시종일관 고마운 눈치였다.

"이 집은 정말 끝내주는 성이지, 그렇잖아! 우리 숨자. 사람들 소리가 들려."

그는 세라의 손을 잡고 가파른 다락 계단으로 끌어당겼다. 반은 생사가 걸린 일인 양 심각했고, 반은 '숨바꼭질'이 방금 주어진 즉흥극인 양 우스꽝스러웠다. 세라가 마누엘을 발견했던 밤에 본 빛나는 멋진 다락방이 지금은 너저분한 게, 마치…… 뭐와 비슷할까? 이 익숙한 너저분함을 알아차리는 데 시간이 걸렸다. 다락방은 방금 빠져나온 데이비드의 차처럼 너저분했다. 널찍한 니스 칠한 바닥, 고급스러운 매력적인 비스듬한 천장, 지붕 창은 어디 가고, 코를 찌르는 냄새가 나는 세탁물 더미, 이리저리 뒹구는 포장 음식 쓰레기, 널브러진 무수한 밀러와 쿠어스 맥주 병정들만 있었다. 리엄은 세라의 손을 잡고, 자기 구역을 지나는 염소처럼 아무 가책 없이 쓰레기 더미 속으로 끌어당겼다. 그러다가 두 사람은 방 끄트머리 창가, 침대 옆에 섰다. 리엄은 손을 놓고, 과장되게 조심스럽게 조용히 창을 열고, 귀에 손을 대고 엿듣는 시늉을 했다. 웅성대는 목소리들이 습한 밤공기를 타고 들렸다. 말소리와 웃음소리가 멀고 나뭇잎에 막혀서 윙윙댔다. 한 무리가 뒷마당의 잘 가꿔진 밀림 속에 숨어 있었다. 높은 다락방에서는 무리의 구성원들, 그 윤곽선, 각자의 말소리가 분간되지 않았다. 창밖에서 검은 깃털 더미처럼 허공에 걸린 관목과 잎사귀가 분간되지 않듯이. 세라가 밖을 내다보니 여기저기 반짝이는 환한 전구들이 보였다. 불빛이 사라졌다가 다시 켜졌다. 나뭇잎 사이를 스치는 바람결 때문인지, 사람들의 움직임 때문인지 알 수 없었다. 그때 데이비드의 목소리가 들렸고, 옆에 리엄이 아니라 데이비드가 있는 것처럼 소리가 선명했다. 데이비드가 낮고 냉소적인 목소리로 재치 있는 농담을 던지자 좌중에 웃음이 터졌다. 그 목소리를 들은 순간 세라의 가슴에 지금 응시하는 검은 깃털들이 들어찬 것 같았다. 덩어리가 짓누르고 무게 없는 아픔과 욕망이 느껴졌다. 거리가 멀어 그의 말을 알아듣지 못했지만, 잠깐 지난 후에야 깨달았다. 그의 음성이 워낙 날카로워서 세라는 그걸 피하려고 할 뻔했다.

리엄이 말했다.

"다들 바깥에 나왔군. 우리 일행 모두랑 데이비드랑."

잠시 후 그가 덧붙여 말했다.

"그 아이가 네 남자 친구였지? 아니면 데이비드가 우릴 속였나?"

세라는 입이 말라서 말이 편안하게 나오지 않았다.

"내 남자 친구가 아니었는데요."

"하지만 널 좋아했지?"

"몰라요."

"당연히 좋아했겠지."

세라는 생각할 새도 없이 내뱉었다.

"왜."

이제 리엄은 세라가 칭찬을 받고 싶다고 생각할 터였다. 사실 왜 데이비드가 나를 사랑했느냐는 뜻이었다. 데이비드에게 '왜 이제 나를 사랑하지 않아?'라고 바보같이 묻는 말이었다. 당연히 리엄은 세라와 대화 중이니 자신에게 한 말로 알았다.

"왜냐하면 네가 사랑스러우니까. 그게 이유지."

그가 멋있게 말했고, 세라의 수면 위로 전율이 찰랑댔다. 그 수면 아래 데이비드가 계속 숨어 있었다, 대답 없는 질문으로.

"그만해요."

세라가 찡그리면서 말했다.

"넌 그래. 정말이야. 사랑스러워. 널 보면 누가 생각나는지 알아?"

그는 마침내 어려운 문제를 푼 것처럼 감탄조로 말을 이었다.

"샤데이.* 그게 누군지 알아?"

"난 그 여자랑 안 닮았어요."

"닮았어."

리엄이 말했다. 그는 스스로 쑥스러워질 때까지 세라를 응시했다. 그가 말을 끊고 열린 창으로 손을 뻗어 담배꽁초가 수북한 접시를 들여놓았다. 그는 온몸을 뒤진 후에 드럼(말아

---

* 나이지리아 태생의 영국 가수. 소울, 펑크, 재즈 등을 통합한 음악으로 유명함.

서 피우는 담배 상표) 갑과 종이를 꺼내서, 침대에 걸터앉았다.

"한 대 피울래?"

"마당에 내려가지 않을 거예요?"

"다른 사람들이랑? 아니, 됐어."

그는 드럼 갑을 내려놓고 세라의 손목을 잡아 옆에 앉혔다. 리엄이 뜨겁게 속삭였다.

"난 너랑 여기 있고 싶은데."

그가 혀를 귀에 밀어 넣자, 세라는 놀란 만큼이나 혐오스러워 숨이 막혔다. 고개를 돌려 입에 그의 혀가 들어가게 하니, 덜 당황스럽지만 쾌감은 훨씬 덜했다. 자신의 씁쓸한 귀지 맛이 느껴져서, 맛을 지우려고 리엄에게 더 힘껏 기댔다. 거칠게 쑤시고 내려치는 그의 혀에 맞추기가 난감했다. 두 혀는 상반되는 강한 목적을 가진 듯이 서로 밀어냈다. 괴롭게 신음하면서 리엄은 뒤엉킨 몸을 비틀어, 울룩불룩한 매트에 세라를 짓눌렀다. 곧 세라의 몸에서 공기가 빠져나갔고, 리엄은 세라의 가슴에 체중을 싣고 거칠게 재킷을 벗으려고 애썼다. 마침내 그는 구속복(정신병자나 죄수에게 입히는 옷)을 벗는 광인처럼 격하게 재킷을 벗었고, 동시에 세라는 폐에 공기를 채우려고 몸부림치느라 끼익, 꽥 소리를 냈다. 이 소리를 듣자 리엄은 손바닥을 짚고 몸을 들더니, 세라의 얼

198

굴을 보며 싱긋 웃었다. 숨을 헐떡이는 소리를 흥분한 신호로 받아들였다.

　하긴 세라는 묘하게 흥분했다. 리엄의 열정적인 몸짓이 난감하고 충격적이었다. 그는 몸부림쳤고, 털이 난 새하얀 팔다리가 이상하게 주름진 발기한 성기 앞에서 무력해 보였다. 성기를 주먹으로 쥐고, 성기 외피를 홱 젖힌 것으로 봐서 세라에게 타는 듯이 분출하려는 듯했다. 세라는 포경 수술을 하지 않은 성기는 본 적이 없고, 상상해본 적조차 없어서 저도 모르게 입이 벌어진 모양이었다. 그게 리엄을 더 자극했다. 하지만 이런 당황하게 하는 신체 외에도 그가 내뱉는 언어에 세라는 경악해 몸을 떨었다. 그는 끊임없이 주절댔다. 알아듣지 못할 내용이었지만, 웅얼대는 투로 봐서 몹시 상스러운 말이었다. 지껄이면서 목소리가 높아졌다 낮아졌고, 말썽꾸러기 아이가 포르노 소설을 찾아내 낭독하는 소리와 비슷했다. 내뱉는 어휘라니! 얌전한 엄마가 통통한 아기의 기저귀를 갈면서 입에 올릴 아이 말치고는 너무 더러웠다. 그는 성기를 고추로 칭했다―"아, 내 고추가 꼭 맞는다……. 꼭 맞아! ……질척한 내 고추가 딱 맞아, 네 질척대는 꽉 조이는 뜨거운 거기……." 이보다 배려할 수 없을 텐데도―그는 몸을 건드리지 않았다. 당기고 쑤시고, 찔러 넣고, 장난감처럼 쥐어짜지도 않았다―세라는 자기도 모르게 거부하거나 경고하는 투로 "아―니, 아―니, 아―냐"라고 중얼댔다. 그리고 혀 비슷한 근육 꽃잎이 핀 살덩어리 꽃 같은 큰 쾌감이 몸 밖으로 밀고 나왔다. 그 엄청난 괴로운 열림에 압도되어, 몸 안팎에서 그의 '고추'도 어떤 신체 부위도 느껴지지 않았다. 마치 리엄이 점으로 줄어서, 세라가 원치 않는 쾌감의 물살에 실려 바다로 쓸려간 것 같았다.

다시 정신을 차리니, 축축한 살덩이에 짓눌려 숨이 막혔다. 브라, 티셔츠, 진 재킷이 겨드랑이에 걸렸고 젖가슴이 드러났다. 청바지와 팬티는 발목까지 밀렸고 무릎이 벌어져 있었다. 여전히 뾰족한 검정 부츠를 신었고, 차고 습한 궁둥이가 분비물 웅덩이에 달라붙은 느낌이었다. 리엄의 어깨 너머로 열린 문이 보였다. 잠그는 건 고사하고 닫지도 않은 상태였다. 세라가 힘껏 밀치자 리엄이 침대 모서리에서 쓰레기 더미로 떨어졌다.

"별로였어?"

그가 말했다.

"문이 열려 있어요!"

아, 세라가 실망한 게 아니라 새침하게 부끄럼을 타는군! 이제 와서 문제가 되지 않았지만 리엄은 걸어가 문을 닫았다. 창문도 여전히 열려 있었다. 몇 분 전만 해도 그 창으로 데이비드의 목소리가 들렸는데. 세라는 이 밤이 자신의 무엇을 들었을지 궁금증을 느끼며 부랴부랴 옷을 입었다. 다시 몸을 휘감고 질척대는 키스와 칭찬을 퍼붓는 리엄의 노력을 세라는 외면했다.

"세상에, 너무 사랑스럽다."

그가 진짜 바보처럼 반복해서 감탄했다. 세라는 리엄이 옷을 입기를, 허연 울퉁불퉁한 가슴과 진홍색 유두를 가리기를 바랐다. 하지만 그는 아주 편안한 듯, 지저분한 시트 더미에 책상다리로 앉아 있었다. 다리 사이로 성기가 시달린 벌레같이 축 늘어졌다.

"아래층에 내려가야 하는 거 아니에요?"

세라가 졸랐다.

"술을 마시고 싶으면 내가 내려가서 맥주를 가져오면 돼."

"그게 아니라…… 누가 올라오면 어떡해요?"

문이 열려 있었던 것. 들키는 무서운 수치심이 잊힌 기억 속에 엄습했다. 마치 충분히 빈둥댔더니 과거가 다시 쓰이고 무서운 일이 생길 것 같았다. 세라는 얼마나 자주 이 짓을, 공개된 곳에서 섹스할까? 그가 옷을 입으면 좋겠는데!

"짐도 여기 없는데, 뭐. 그가 여기 있는 줄 알았어? 오페라 보러 갔어, 팀이랑. 몇 시간 걸릴걸."

"선생님이랑 팀이 집에 없어요?"

"없어!"

리엄이 깔깔댔다.

"하지만 우리가 여기 온 건 알죠?"

"우린 그들의 손님이야! 여기 있으라고 허락받았다고."

마침내 그는 옷을 챙겨 입었고, 맨살이 사라지니 한결 나았다. 셔츠를 반쯤 걸치다가 그가 세라를 다시 끌어당겨, 뜨거운 혀를 열렬하게 목덜미에 밀었다.

리엄이 쉰 목소리로 물었다.

"내가 너 때문에 돌아버린 걸 알아? 널 생각하면서 밤낮 없이 자위한다고. 마틴을 못살게 들들 볶고."

"세상에."

세라가 공허하게 웃으면서 몸을 뺐다. 그가 손을 잡아 막 잠근 바지 속으로 넣으려 했지만, 세라는 교태 부리는 체하면서 빠져나갔다. 얼른 문으로 가서 계단을 내려가 2층 복도로 갔다. 집의 저쪽 끝에서 웅성대는 목소리와 음악 소리가 들렸다. 그 소리를 따라가는데 리엄이 따라와 확실한 마음을 드러내는 눈빛을 던졌다. 데이비드에게 받고 싶던 눈길이었다.

"널 무지 좋아해."

둘이 주방으로 들어갈 때 리엄이 속삭였다. 둘 다 머리가 헝클어지고 후줄근한, 너무 빤한 모습이었다.

거기서 조엘, 시어도시아, 릴리, 라프, 그리고 조엘과 친한지 세라는 미처 몰랐던 인기 있는 3학년생 몇 명이 마리화나를 돌려가며 피웠다. 조엘은 부두에서 멀어져 먼 수평선으로 향하는 배의 갑판에 선 사람처럼 세라를 바라봤다. 조엘의 흔들림 없는 시선에서, 세라는 부두에서 고립된 점이 되었다가 사라지는 건 자신임을 깨달았다.

라프가 리엄에게 말했다.

"저런. 어디 있었어요, 캉디드 님? 공부라도 하셨나요?"

"포르노를 알파벳순으로 정리했지. 할 게 엄청나게 많아서 말이야."

라프가 연기를 내뿜으면서 대꾸했다.

"맙소사. 다들 포르노에 대해 알아? 끝이 없다니까. 마틴한테 들었는데, 펠리니 감독의 〈8과 1/2〉 테이프인 줄 알고 넣었는데, 남자들이 서로 항문에 주먹을 넣는 장면이 나왔다나."

"그으으으만!"

인기 있는 3학년생들이 얼굴이나 입, 귀를 가리면서 비명을 질렀다.

"마틴은 완전 뻥쟁이야, 어떤 테이프를 재생하는지 정확히 알았으면서."

릴리가 말하다가 웃음을 터뜨렸다.

"내 고귀한 이름이 들리는군? 내가 그리웠니, 얘들아?"

마틴이 리엄보다 더 헝클어진 머리로 마당과 이어진 문간에 나타났다.

"선생님이 얼마나 변태인지 말하는 중이에요."

"자, 착하게 굴어야지, 착하게. 제발 마리화나는 바깥으로 갖고 나가."

캐런은 마틴과 오지 않았고, 세라의 눈에는 어디에도 보이지 않았다. 마당으로 나가면서 은밀히 어둠 속을 흘끔대며 캐런이나 데이비드를 찾았다. 맥주병을 쥐어서 손바닥이 차고 축축했다. 리엄이 계속 세라의 등허리에 본드 칠한 것처럼 손바닥을 붙였다. 세라는 그 손길을 벗어나고 싶은 마음이 간절하면서도, 그가 조엘을, 나타날지 모르는 데이비드를 방패처럼 가려줘서 고마웠다. 이 생각이 들자마자 리엄이 마음을 바꿀까 걱정되었고, 겁이 나서 손을 꼭 잡으니 그가 고마워서 손을 마주 쥐었다. 테라스에서 마리화나를 피웠다. 사이먼과 에린 오리어리는 욕망에 빠진 연인들의 절망에 짓눌려 욕망을 해소하는 방향으로 한 걸음도 못 나갔다. 집에 들어가 빈방에 들어가면 그만일 터였다. 방금 세라가 의도치 않게 그랬듯이. 그런데 그들은 이 간단한 해결책을 몰랐다. 손등 관절이 하얗게 질리도록 손을 맞잡았다. 테라스에는 콜린과 코라도 있었다. 코라는 패미의 집에서 지내다 패미를 버리고 캐런의 집으로 옮겼다. 세라는 코라에게 캐런이 어디 있느냐고 묻고 싶었지만, 콜린과 코라는 사이먼과 에린과 달리 남을 의식하지 않고 요란하게 부둥켜안고 키스하고, 몸을 비비고 더듬었다. 라프도 무용과 카트리나에게 팔을 두르고, 리엄과 더러운 농담을 지껄였다. 영국 방문 학생 모두 도착하자마자 짝이 생겼다. 커플들이 다 알려졌고, 이별과 배신의 시간도 있었다―어른인 리엄과 마틴만 연애 놀이에서 면제되어 밖에서 당황했다. 마틴은 학생들을 '발정난 애새끼들'이라고 부르기도 했다. 하지만 이제 리엄은 세라를 선택했다―이 소식이 어둠 속에서 퍼져, 세라의 지위 변화가 감지되었다. 어떻게 변했는지는 아직 가늠할 수 없지만. 그리고 마틴은? 캐런은 아까 '우린 그냥 어슬렁대는 거야'라며 비웃었다. 세라는 줄리에타, 패미, 그렉 벨틴과 이 테라스에 앉았던 때를 기억했다. 그 셋은 기쁨의 원으로 연결되었고, 그들이 손을 뻗어 잡으려

했지만 세라는 거기 있을 수가 없었다. 그들의 감정은 사랑이었고, 그게 너무 단순하고 고지식해서 반사적으로 거부했다. 마음이든 뱃속이든, 어디든 그런 감정이 분석되지 않고 분출되기 때문에 거부했다. 세라는 이제 그런 감정이 없었다. 여기 문어 다리 같은 남자 품 안에 앉아서, 그의 매력을 받아들이라고 계속 자신을 채찍질했다. 귀에 침 범벅을 하고, 가라앉지 않는 욕망을 신음하는 그에게 불편한 책임감 말고는 아무 감정도 없었다.

이제 라프와 카트리나, 사이먼과 에린, 코라와 콜린은 농담이나 마리화나를 그만두고, 입과 혀로 서로를 삼키고 가랑이를 비비고, 단단한 테라스 벽에 팔다리를 부딪치느라 바빴다. 리엄은 세라가 키스를 받고 움찔하자, 목덜미로 내려가 이빨 빠진 굶은 개처럼 파고들었다. 축축한 감촉과 그로 인한 냉기를 빼면 세라의 몸은 무감각했다. 리엄이 낑낑대면서 목의 힘줄에 키스할 때, 세라는 테라스 너머 어둠을 들여다보았다. 그때 데이비드의 옆모습이 휙 지나쳐 멀어졌다. 몇 걸음 거리지만 이제 같은 세상에 있지 않은 것 같았다. 여기 도착한 후 데이비드와 만나려고 육감을 총동원했건만, 이제 손을 뻗으면 잡힐 만큼 가까이서 그가 지나갔다. 세라는 턱을 벌렸지만 소리가 나오지 않았다. 그런데 데이비드가 몸을 돌려 세라에게, 세라가 앉은 테라스 바닥에 시선을 던졌다. 리엄이 세라의 목을 빨면서 감각 없는 젖가슴을 더듬었다. 데이비드는 매몰차게 시선을 거두더니, 세라의 시야에서 사라져 집으로 향했다. 세라는 몸을 빼서 똑바로 앉았다.

"화장실에 가야겠어요."

세라가 말하고 자리를 피했다.

주방 조리대에 병과 비닐봉지가 수북했고, 오디오에서 라디오 방송국 주파수가 맞지 않아 직직 소리가 났다. 누군지 몰라도 지나간 사람이 뿜은 연기가 허공에서 천천히 흩어졌다. 세라가 들여다본 방은 모조리 비어 있었다. 하지만 빈집이 아닌 건 확실했다. 몸이 생기를 되찾았고, 몸에서 물살 같은 감정이 솟아났다. 그 물살은 표면을 건드리다가 조금의 증거만 있어도 떠올라 빛 속으로 둥둥 떠내려갈 것 같았다. 1층 복도를 지나 끝까지 가서, 살짝 열린 문에 손바닥을 대고 밀었다. 마틴과 데이비드가 환희에 젖어, 조용히 찡그린 채 웅크리고 있었다. 상기된 일그러진 얼굴이었다. 세라가 나타나자 둘은 숨을 몰아쉬면서 어렵사리 몸을 폈다.

"젠장, 그걸 치워요."

데이비드가 말했다.

세라가 두 사람을 발견한 방은 침실이었다. 넓고 컴컴한 방에 큰 침대가 있고, 보라색 새틴 침구는 색이 짙어서 검게 보였다. 벽에서 혀처럼 튀어나온 침대에 쿠션이 잔뜩 쌓여 있었다. 크기는 달라도 같은 진보라색 천으로 만든 쿠션 더미가 수확한 가지 더미 같았다. 얼룩말 무늬 갓을 씌운 큰 램프 두 개에서 촛불 하나 정도의 불빛이 새어나왔다. 방의 저쪽은 커튼에 가려 보이지 않았다.

"이게 누구야! 받아."

마틴이 말했고, 세라가 멍하니 고분고분 다가가는데 손에 물체가 잡혔다. 데이비드가 그걸 낚아챘다.

"젠장! 세라가 만지지 못하게 해요."

"장담하는데 아주 깨끗할걸. 그들은 매번 사용한 후 끓일 거야."

마틴이 몸을 흔들며 웃으면서 침대에 털썩 앉아, 협탁 서랍을 뒤지기 시작했다. 그가 다시 말했다.

"세라는 다른 색을 더 좋아하려나? 조금 긴 거나 통통한 것? 더 뾰족한 게 나을까?"

"그게 뭔데?"

마틴이 데이비드에게 다른 물건을 던지자, 세라가 물었다.

"구역질 나게 왜 이래요!"

데이비드는 마틴을 말리려 했지만, 턱없는 바람임이 입증될 뿐이었다. 데이비드는 세라를 보지 않으려 했고, 뭔지 몰라도 물건을 만지지 않고 결벽증 있는 꼬마처럼 피하려 했다. 너무 유난해서 세라는 자극받아 카펫에 떨어진 물건을 집었다.

"정말이지, 내려놓는 게 좋을 거야!"

데이비드가 윽박질렀다.

"이런, 어쩜 좋아. 마틴이 또 장난감 상자에 손댔네."

리엄이 문간에서 들여다보며 말했다.

"뭔지 알고 싶어?"

마틴이 갑자기 진지하게 세라에게 묻더니, 데이비드에게 말했다.

"이봐, 데이비드. 전투 현장을 지킬 필요 없어, 난 안심해도 되거든. 진짜로 그를 좋아했어?"

마지막 질문은 세라를 향했다. 데이비드는 이미 방에서 뛰쳐나갔고, 이번에도 세라를 피한 셈이었다. 마틴이 말을 이었다.

"녀석의 비법을 알고 싶네. 화학물질 같은 걸 내뿜는 게 분명해. 릴리도 미쳐가지고는 영국에 돌아가지 않겠다니 말이지. 여기 남아 평생 데이비드랑 몸을 섞겠다는 거지. 그런데 예쁜 우리 세라는 말야, 데이비드처럼 머리에 피도 안 말라 자위나 해대는 녀석은 고사하고 리엄의 상대로도 너무 성숙하거든. 이리 와서 내 옆에 앉아봐. 너도, 리엄. 얘들아, 둘러앉아."

세라는 홀린 듯이 보라색 침대로 가서 마틴 옆에 앉았다. 데이비드와 릴리밖에 보이지 않았다. 데이비드의 무딘 손가락, 릴리의 누르께한 뾰족한 얼굴과 단호한 입매. 리엄이 침대에 휙 올라와 세라를 무릎에 앉히고, 다리를 침대 밑으로 내리자 발이 바닥에 닿을락 말락 했다.

"미란다와 페르디난드를 축복하는 프로스페로[*]가 된 기분이군."

마틴이 서랍을 뒤지면서 말했다. 그러더니 이어서 세라에게 말했다.

"네가 가진 것과 바꾸자, 세라. 이리 줘."

"먼저 이게 뭔지 말해주시고요."

세라가 마틴이 빼앗지 못하게 몸을 틀면서 대답했다.

"요런 건방진 깍쟁이를 봤나!"

마틴이 말했다.

---

[*] 셰익스피어 작 《템페스트》의 인물. 프로스페로는 미란다의 아버지.

불현듯 세라는 도움 안 되는 진짜 모습을 완전히 숨기면서 완벽하게 연기할 수 있었다. 건방지고 예리하게 마틴을 유혹하고, 고무 물건이 그의 손에 닿지 않게 위로 던졌다 받았다. 리엄의 성기가 발기되어 엉덩이를 찔렀고, 그는 세라를 무릎으로 더 당겼다. 그러는 동안에도 사실 세라는 데이비드와 함께였다. 그는 세라를 피하려고 릴리를 더듬으려 했고 뜻을 못 이룰 터였다. 세라는 이 남자들을 위해 맡은 역할을 연기하지만 그들에게 관심이 없었다. 엉덩이를 찌르는 성기도, 손에 든 물건도, 방도 관심 없고 데이비드에게 몰두했다. 잘 안 될 거라고 그에게 차분히 말했다.

"세라, 그걸 나한테 주고 집에 가거라."

조용해진 방에 킹슬리 선생의 목소리가 퍼졌다. 밑에서 리엄이 일어나자, 세라는 그의 무릎에서 미끄러져 바닥에 섰다. 킹슬리 선생이 앞에 서서 손을 내밀자, 세라는 물건을 주면서 그의 얼굴을 쳐다보았다. 동시에 그의 어깨 너머로 팀의 얼굴도 보였다. 그는 킹슬리 선생의 여린 그림자처럼 문간에 있었다.

"운이 좋았군요! 역사상 가장 짧은 〈라인의 황금〉*이었나

* 바그너의 음악극. 3부로 구성된 대작.

봅니다."

마틴은 크게 말하면 모두 방에서 내보낼 수 있다는 듯이 거슬리게 말했다.

"팀이 몸이 안 좋아서요."

킹슬리가 대꾸하면서, 세라에게 마음을 파고드는 말이 담긴 눈빛을 던졌다. 다 몰라도 넌 똑똑하게 굴었어야지.

"오해가 좀 있었네요."

마틴이 쏘아붙였다. 이건 모르는 게 아니라, 상황을 적대적으로 부인하는 태도임을 세라는 알았다. 마틴의 목소리 외에 집은 적막하기 그지없었다. 거실에서 주파수가 안 맞아 직직대던 라디오 소리도 얼마 전 그쳤다.

마틴이 소리쳤다.

"우리 팀 애들이 날 보러 왔는데, 그 친구들이 아이들을 찾아서 왔거든요. 애들이 붙어 지내니까."

킹슬리 선생이 다시 말했다.

"세라, 집에 돌아가거라."

세라가 방에서 뛰쳐나가는데 팀이 손을 잡았다.

"차편은 있니, 얘야?"

그가 속삭였다.

"네."

세라가 말했다. 혹은 고개를 끄덕였거나 어쩌면 말없이 손을 빼고, 복도를 뛰어내려가 문밖으로 나갔다. 연도에 주차된 차들이 싹 사라졌다. 파티 흔적은 지퍼를 잠근 것처럼 없어졌고, 거리를 뛰어가는 세라의 거친 숨소리와 또각또각 부츠 굽 소리만 남았다. 킹슬리 선생이 벤츠를 몰고 다가와 못마땅하지만 놀라지 않는 눈빛을 던질까 봐 가장 겁났다. 하지만 그러기를 간절히 바랐는지, 그 장면이 지워지지 않았다. 누구도, 킹슬리도, 마틴과 리엄도, 캐런도, 데이비드도, 차에 탄 누구도 어둠 속에서 알몸 같은 세라의 몸을 적당한 공간에 실어주지 않았다. 잃어버린, 전에 없이 연약한 몸뚱이를 달리는 차에 실어주지 않았다. 세라는 보행에 부적당한 거리들을 생전 처음 뛰는 사람처럼 달렸다. 인도가 없고, 표지판이 너무 띄엄띄엄 있거나 아예 없었다. 킹슬리 선생은 꼬불꼬불한 미로가 많은 동네에 살아서, 그의 집이 시야에서 사라지자마자 세라는 길을 잃었다. 곧 너무 숨차고 부츠 소리가 의식되어 계속 뛰지도 못 하고, 겁이 나서 빨리 걸었다. 이 도시에서 보행자는 극빈자와 범행에 실패한 범죄자밖에 없었다. 작고 초라한 엄마 차가 생각났고, 그 친숙함에 갈망과 분노가 솟았다. 자기 차를 가질 수 있다면 무슨 짓이든 하련만. 차만 가질 수 있다면 몸이라도 팔고,

신뢰 연습   213

강도짓도 살인도 할 수 있었다. 빵집 아르바이트 비를 다시 모으기 시작한 후 한 푼도 쓰지 않았다. 1200달러만 모으면 괜찮은 차를 고를 수 있다고 믿었다. 매주 〈오토 트레이더〉(자동차 매매)지를 병적으로 집중해서 읽었다. 오래전에 드림카의 순위를 정했다. 벅. MG(Morris Garage, 모리스 개러지. 스포츠카 제조사), 알파 로메오. 모두 컨버터블이었다. 〈오토 트레이더〉에는 늘 1200달러 언저리의 멋진 소형 외제차가 나왔다. 낙심하고 냉소적인 엄마는 '그런 소형차는 계속 주행하기 어려우니 쓰레기'라고 말했다. 인생 경험이 많은데도 사는 법을 전혀 모르는 사람이었다.

그러다 갑자기 넓고 시끄러운, 불빛이 환한 대로가 나타났고, 멀리 '마마스 빅 보이' 간판이 보였다. 차로 눈 깜짝할 새 도착할 거리였지만, 빨리 걸어도 10분은 걸린 듯했다. 주차장 옆 인도를 내려갈 때, 바랭이가 핀 연석 쪽이 아닌 주차장에 붙어 걸었다. 보행자가 아니라 주차된 차로 가는 사람으로 보이고 싶었지만, 차 몇 대가 지나면서 소음으로 옷을 벗기려는 듯 경적을 울려댔다. 경고였을까, 희롱이었을까? 알 수 없었지만, 뛰는 걸로 보이지 않으면서 최대한 빨리 걸었다. '마마스 빅 보이' 입구 현관에서 동전 주머니를 바닥에 털고 전화 걸 동전을 챙겼다. 손가락이 아니라 핫도 그가 잔뜩 붙은 것처럼 손이 말을 안 들었다. 마침내 데이비드의 카폰에 연결되자, 벨 소리가 몇을까 봐 겁났다. 데이비드는 어디 주차한 후 무릎에 영국 여자애 릴리를 앉혔겠지. 릴리의 금발이 두 사람의 얼굴을 때리고, 릴리의 왼쪽 무릎은 데이비드의 좌석 끝에 닿아 윤활유를 치지 않은 피스톤처럼 삐걱대겠지. 삐걱댈 때마다 수화기가 걸이에서 떨어질 뻔하고. 앞좌석에서 섹스하다가 어느 순간 우연히 전화를 받으면, 세라는 이미 아는 일을 확실히 들을 터였다―그런데 대신 연결이 되지 않는다는 녹음만 들렸다. 데이비드는 메시지를 직접 녹음하는 수고도 하지 않았다. 세라는 전화를 끊었다. 11시도 되지 않았다. '마마스 빅 보이'의 가장 바쁜 시간이 다가왔다. 이미 어딘가 다녀온 사람들과 아직 어딘가 가야 할 사람들이 겹치는 시간이었다. 부스석이 한 자리도 없어서 세라는 카운터에 앉아, 코팅한 두꺼운 메뉴를 내려다보았다.

"또 왔네?"

세 시간 전에 본 웨이터가 커피 주전자들을 양손으로 높이 들고 지나가다가 말했다. 다행히 카운터 자리 담당이 아니라 다시 말을 걸지 않을 터였다. '그 발음이 이상한 남자들은 어디 가고?'라는 질문을 듣지 않아도 되리라. 감자튀

김과 커피 값밖에 없었고, 주문한 음식이 나오자 밍밍한 기름진 감자와 싸한 커피의 대조적인 맛 때문에 입에 구토 전의 침이 고였다. 좌석을 오래 차지하면 안 되는 규정이 있어서, 카운터 석에 한 시간 이상 있을 수 없었다. 그런데 그 시간이나마 채우지 못했다. 얼마 후 화장실에 가서 입을 헹구고 거울로 남의 얼굴 같은 얼굴을 보다가 자리로 돌아오니, 손대지 않은 감자와 커피가 치워지고 다른 사람이 앉아 메뉴를 뒤적였다. 카운터 담당자와 눈을 맞추니, 그는 무시하듯 손을 젓고 고개를 돌렸다.

자정 무렵 데이비드가 전화를 받기만을 간절히 바랐다. 릴리가 그의 무릎에 있어도 상관없었지만, 이번에도 연결이 되지 않았다. 지금쯤 데이비드는 자고 있겠지. 지금쯤 모두 자리라. 엄마는 쓸쓸한 침대에 누웠고, 나타날 것만 같은—충직한 동물처럼 세라와 있으려고— 엄마 차는 간이 차고에 있고. 오페라 극장에서 몸이 안 좋았던 킹슬리 선생의 팀도 잠들고, 리엄도 자겠지. 그가 밀고 들어온 탓에 세라는 아직도 다리 사리가 축축하고 살짝 뻐근했다. 킹슬리 선생과 마틴은 어디 있을까? 둘 사이에 침묵과 경멸로 벽을 치고, 집의 양쪽 끝으로 물러갔을까? 또 캐런은 어디 있을까? 캐런과 밤을 보내야 하나 하는 생각은 이 순간까지 해보지 않았다. 마틴과 리엄이 즉흥적으로 데려왔으니 충동에 책임을 질 거라고 세라는 믿었다. 충동이 아니라 이성적인 계획인 듯 책임질 거라고. CAPA가 방문단에게 숙소를 제공하듯, 두 사람도 세라에게 숙소를 주고 보호해줄 거라고. 호텔방에서 재우고 아침 식사를 사주고, 학교에 제시간에 데려다줄 거라고. 그들은 어른이니까 그렇게 기대했다. 그런데 애초에 따라나선 이유는 그들이 어른답게 굴지 않아서였다. 그러니 그들이 자신을 버린 건지, 세라 자신이 멍청해서 다른 기대를 했는지 알 수 없었다.

전화번호부에 워첼이 다섯 명 있었지만, 익숙한 우편번호는 하나였다. 세라는 그 번호에 전화했고, 늦은 시간인데도 걸걸한 목소리가 전화를 받았다. 화들짝 놀라지 않은 느릿한 말투였다.

"캐런?"

"난 엘리인데. 캐런은 잘 거야. 메시지를 전해줄까?"

세라가 예상 못 했던 상황이었다. 사양하면서 사과했고 간신히 울지 않았지만, 담담한 말소리를 듣자 전화를 끊지 못했다. 세라가 목멘 소리로 위치와 상황을 말하자 엘리 워첼이 말했다.

"세라, 택시가 도착할 때까지 거기 전화기 앞에 그대로 서 있으면 좋겠구나. 오렌지색과 파란색이 섞인 택시에 '메트로 택시'라고 적혀 있을 거야. 시간이 좀 걸리겠지만 분명히 갈 거야. 택시가 널 우리 집에 데려다줄 거고, 내가 안 자고 기다리마. 내게 오지 않고 사라지면 네 어머니랑 경찰에 전화할 거야. 알겠지? 알아들었니?"

"네."

세라가 대답했다.

"술에 취했니, 아가?"

"아뇨."

"약에는?"

"아뇨."

"취했대도 괜찮아. 택시가 도착하기 전에 네가 그 자리를 떠나지 않기만 바랄 뿐이야."

"안 그럴게요."

"안에 들어가 기다리렴. 밖에 혼자 서 있지 말고."

이 대목은 말을 듣지 않았다. 세라는 웨이터들의 눈에 띄지 않게 밖에서 기다렸다. 그들이 쳐다보면서 자기 이야기를 하는 것 같았다. 새벽 1시가 다 되어서 '메트로 택시'라고 쓰인 오렌지색과 파란색이 섞인 택시가 마당으로 들어왔다. 갈색 수염에 갈색 장발인 운전사가 "세라?" 하고 묻더니 타라고 손짓했다. 그는 백미러로 세라의 시선과 마주치자 말했다.

"안녕, 난 리처드야. 엘리가 나를 직접 불렀기 때문에 미터로 운행하지 않아. 친구이거든."

"네."

세라가 말했다. 한 번도 택시에 타보지 않았다. 이 도시에 택시가 있는 줄도 몰랐다. 어릴 때 텔레비전에서 뉴욕 택시 기사를 다룬 프로그램을 봤다. 미터는 요금을 받는 방식과 관계있었다.

택시는 대로를 따라 죽은 잔디, 깨진 유리, 흩어진 쓰레기, 갈라진 아스팔트를 지났다. 세라가 기진맥진 걸었던 온갖 알갱이가 울룩불룩 박힌 도로를 순식간에 통과했다. 택시는 간선도로로 올라서서 밤 속을 바람처럼 달려, 세라네 동네에서 서쪽으로 출구 두 개를 지나 빠져나갔다. 좀 을씨년스러운 목장풍 단층 벽돌집들이 나타났다. 데이비드네와 킹슬리 선생네처럼 부자 동네나, 세라네처럼 가난한 동네나, 그보다 훨씬 가난한 동네에 사는 사람들을 빼면, 세라가 아는 사람들은 다 이런 집에서 살았다. 세라와 엄마도 딱 이런 집에서 살아봤고, 부모가 헤어지기 전이었다. 택시가 컴컴한 집 앞 진입로로 들어서자, 갈색 머리의 부인이 계단에 앉아 있었다. 자그마한 그녀는 프릴 달린 가운 바람으로 담배를 피웠다. 차가 들어가자 그녀가 일어나서 맞이하러 왔다.

"고마워. 한 번 외상이네."

그녀는 대낮인 듯 열린 운전석 창에 팔꿈치를 걸치고 리처드에게 인사했다.

"청구서를 보낼게."

리처드가 대답했고 두 사람 다 웃었다. 세라가 엘리의 맞은편 문으로 내리자 택시는 떠났다.

집에 들어가자 자는 분위기가 흘렀다. 덥고 습하고 퀴퀴했다. 세라는 잠든 사람들의 묵직한 숨소리를 들으면서 엘리를 따라 보풀 많은 거실 카펫 위를 걸었다. VCR의 디지털 시계 불빛으로, 소파에 엎드려 긴 다리와 팔을 바닥에 늘어뜨리고 자는 사람이 리엄인 걸 알았다.

"이리 들어가자."

세라가 어둠 속에서 길을 잃은 듯 꼼짝 않고 서 있자 엘리가 돌아와서 속삭였다. 그들은 어둑어둑한 거실을 벗어나, 방마다 문이 닫힌 캄캄한 복도를 지나 마지막 문으로 갔다. 문 밑 틈으로 황금색 불빛이 새나왔다.

"오늘은 만실이네."

둘이 들어가 문을 닫자 엘리가 말했다. 느릿한 말소리는 어떤 상황이든 끄떡 없다는 듯이 허스키하고 덤덤했다. 세간살이가 빼곡한 방에 둘이 나란히 섰다. 옷가지, 곰 인형, 쿠션이 산처럼 쌓여 아래 가구가 보이지 않을 정도였다. 수술 장식이 달린 램프에서 나오는 희미한 불빛에 액자가 보였다. 지금보다 훨씬 어린, 뺨이 동그란 캐런과 누나와 똑 닮은 통통한 남동생 사진이었다. 선반들에 인형, 잡동사니, 책이 잔뜩 있었다.《별자리 점성술》《완벽한 타로》《영양 풍부한 건강에 좋은 레시피》.

"그게 너한테 맞을 텐데."

엘리는 꽉 차서 열기 힘든 서랍에서 잠옷을 찾으면서 말했다. 그녀가 잠옷을 꺼내자, 가장자리에 주름 장식과 작은 방울 술 장식이 보였다.

"캐런에게 주려고 샀는데 죽어도 안 입으려 하고, 나한테는 너무 커. 난 2사이즈거든. 아, 애야, 무슨 일이니? 남자 문제야? 정말 예쁘구나. 왜 캐런이 네 이야기를 하지 않은지 알겠구나. 샤워하렴, 바디 워시를 써라."

세라는 방울 장식이 달린 잠옷을 들고 작은 욕실에 들어갔다. 양초, 파우더, 크림으로 된 꽃향기 나는 숲에서 우연히 변기, 세면대, 욕조가 버섯 자라듯 커진 것 같았다. 변기에 앉아 샤워 물을 틀어놓고 흐느꼈다. 사랑은 일종의 화학적인 오류였다. 물 온도를 따끈한 정도에서 점점 화상을 입을 만큼 뜨겁게 올렸다. 아주 작은 것까지 리얼을 느끼며―그가 가슴을 대고 부비며 뜨거운 땀을 남겼던 곳, 그의 혀가 귓속을 침 범벅으로 만들고 목덜미를 타고 내려간 자리. 그가 손가락으로 질펀하게 만들어, 잊고 싶은 것을, 아기 말로 '콧물'이라고 부르던 악취 나는 정액을 채운 자리. 세탁하지 않은 침구, 안 보이는 얼룩들, 수치심―빡빡 문질러 하수구로 흘려버렸다. 세제 광고에 나오는 털 많은 작은 벌레들처럼. 온몸이 뜨거운 물과 비누기가 남아 있기를 바랐다. 바디 워시는 찾았지만, 비누칠 수건을 쓰기 싫었다. 엘리가 자주 사용할 게 빤하니 너무 사적인 물건이었다. 그래서 바디 워시를 손바닥에 덜어 최대한 구석구석 발랐다. 손가락으로 두피를 박박 문질러 샴푸를 두 번 했다. 그러고 보니 샤워를 너무 오래 한 것 같았다. 욕실에서 나오니 엘리가 침대에 앉아 있었다. 옆에 있는 쟁반에 작은 단지가 조르르 놓여 있었다. 엘리가 환한 예쁜 미소를 짓자, 세라는 자기도 모르게 마주 웃었다. 엘리의 뺨에 작은 점이 있었다. 늦은 밤인데도 완벽하게 화장한 것 같았다. 그녀가 명랑하게 말했다.

"와, 한결 보기 좋네."

엘리가 매트리스를 탁탁 두드리고 쟁반을 치워 자리를 만들었다. 엘리는 캐런의 엄마는 고사하고 누구의 엄마 같지가 않았다. 세라는 파자마가 더 길면 좋겠다고 생각하면서 조심스럽게 침대에 올라갔다. 집에서는 무릎까지 내려오는 길이의 '97록' 티셔츠를 입고 잤다.

"네가 상심한 걸 알겠네."

엘리가 말했다.

세라는 웃기 시작하다가 자기도 모르게 울었다. 한 손으로 눈을 가리고 우는데, 다른 손에 엘리가 티슈 상자를 쥐여주었다.

"당황해할 것 없단다, 아가. 네가 상심했다면 운이 좋은 거야. 진짜 사랑했다는 뜻이니까. 네 타로점을 보고 싶어 죽겠다만, 넌 이 보충제를 먹자마자 자야 해. 평소에 보충제를 먹니?"

"음, 아뇨. 아닐걸요."

"먹어야 하는데. 우리 몸에 필요하거든. 게다가 네 몸은 더욱 필요하지, 스트레스와 고통에 시달렸으니. 몸이 새로워지게 도와줘야 해. 네가 느끼는 슬픔 대부분은 **육체적이거든**. 그걸 아는 게 진짜 중요하지. 네 보충제를 혼합해서 만들 거고, 내일 약효가 드러나면 네 상태가 어떤지 얘기해보자꾸나. 필요하면 조정해야지. 내가 1주일분을 만들어주고 목록을 적어줄 테니까, 네가 직접 구입하면 되지."

엘리는 말하면서 병을 차례로 열어 갖가지 크기와 색깔의 캡슐과 알약을 꺼냈고, 거기서 죽고 말라비틀어진 것들의 냄새가 났다. 세라는 둥근 나무뿌리 밑에 있는 흙 동굴을 떠올렸다. 어릴 때 읽은 동화에서 그런 굴에서 마법이나 사악한 사건이 벌어졌다. 엘리가 쟁반에 펼친 거무튀튀한 약들은 자갈 더미로 보였다.

엘리가 세라에게 큰 물컵을 주면서 말했다.

"똑바로 앉으렴. 목구멍 안쪽을 완전히 이완시켜. 약이 내려가는 데 도움이 될 거야."

약을 전부 삼키는 일은 길고 욕지기 나는 과정이었다. 금색, 베이지색, 올리브색 가루가 든 캡슐도 있었고, 어떤 알약은 매캐하거나 짠맛이 났고, 분필을 먹은 것처럼 입 안이 말랐다. 허브, 미네랄, 기본 포자, 흙 성분. 세라는 기계적으로 물을 마시고 쟁반에 놓인 약을 혀 안쪽에 올려놓고, 목구멍 근육을 이완시키면서 물로 삼켰다. 그사이 엘리는 지치지 않고 노래하듯 주절댔다.

"늘 캐런에게 말하지. 남자아이와 여자아이, 여자와 남자의 성숙도가 얼마나 다른지. 이건 의학적 사실이야. 너 같은

16세 소녀와 16세 소년을 예로 들면, 신체는 동갑으로 보이겠지만 화학적으로는—감정과 생각을 만드는 것은 화학물질인 걸 기억하렴—16세 소녀와 16세 소년의 수준이 완전히 달라. 감정적으로, 지적으로 소녀가 소년보다 연령이 높지. 그 젤리처럼 생긴 건 피시오일인데 냄새는 고약하다만 뇌를 잘 돌아가게 한단다. 아주 중요하지. 그것만 복용해도 당장 더 차분한 느낌이 들 거야. 사실 남자들은 여자들을 따라잡지 못해. 완전히 똑같아지진 않지. 내 아버지만 봐도 그래, 캐런의 외할아버지. 그 양반은 58세인데 캐런의 남동생 케빈처럼 철이 안 들었지. 사실 케빈이 여성성을 더 많이 가졌지, 우리 모두 양성이니까. 남자와 여자 또는 소년과 소녀라고 말할 때는 단순화해서 말하지만 명확히 나뉘진 않지. 대부분의 여자는 더 여성적이고 대부분의 남자는 더 남성적이긴 해. 우린 남/녀 양성이니까. 아버지는 굉장히 남성적인 남자고, 동물과 아이를 섞어놓은 것 같은 분이야. 케빈은 15세가 되면 할아버지보다 나을 거라고 난 확신해. 그런데 네 남자 친구는, 네게 상처를 준 사람은…… 남성성이 지배적인 사람일 거야. 내가 아는 사람이니? 너희 반 아이? 아니다, 얘야. 아니, 말하지 마. 말해버리면 도움이 될 때도 있지만 악화되는 경우도 있거든. 그만 자거라."

세라는 연속해서 1주일 7일 매일 아침 새벽 6시에 일어 났다. 머리가 숙여져 아마도 턱이 가슴에 닿고, 물컵이 손에서 떨어졌다. 자신의 몸을 엘리가 굴려서 몸 밑에서 침대보와 시트를 빼는 게 느껴졌다. 몇 분 더 침대가 흔들렸고 램프가 계속 켜져 있었지만 세라는 느끼지도 보지도 못했다. 램프가 딸깍하고 꺼지면서 깊은 어둠이 내리는 것도 몰랐고, 침대가 출렁대는 걸 멈추면서, 몸을 감싸 누르는 힘도 못 느꼈다. 엘리가 차분히 속삭였다.

"내가 안아줘도 되겠니, 아가? 가여운 것, 아주 지쳤구나……."

사실 세라는 너무나 지친 나머지 대답하거나 움직이지 못했다. 옆에서 감싸 안아도 움찔하지도 않았다.

신뢰 연습

'캐런'은 로스앤젤레스의 스카이라이트 서점 밖에 서서 작가인 옛 친구를 기다렸다. 고등학교 동창인 작가를. '친구'라고 하면 너무 나간 걸까? 스스로 '캐런'이라고 부르면 너무 수용적인 걸까? '캐런'은 '캐런'의 실명이 아니지만, '캐런'이라는 이름을 보고 그게 누구를 뜻하는지 알았다. '캐런'의 진짜 이름이 무엇인지 '캐런'을 빼면 누구에게 중요할까? 아무에게도 중요하지 않을뿐더러, '캐런'에게 중요하다는 사실은 '캐런'에게 나쁘게 작용하리라. '캐런'의 여러 면이 '캐런'에게 나쁘게 작용하는 것처럼. 그래서 '캐런'은 실명이나 다른 사람의 이름을 밝히라고 주장하지 않을 것이다. 다만 확실히 해두기 위해, 이름을 '캐런'으로 선택한 이유를 알 만하다고 말하고 싶긴 하다. 실제 캐런들에게 미안하지만, '캐런'은 섹시하지 않은 이름이다. 복고적이라기에는 너무 최근 이름이고, 신선함을 느낄 만큼 아주 최근 이름도 아니다. 활기가 없는 이름이다. 수수한 분위기를 풍기지만, '제인'처럼 수수하지는 않다. 제인은 워낙 수수한 느낌이라 '플레인 제인(Plain Jane, 수수한 제인)'이라는 표현도 있지 않은가. 이 표현은 뜻과 다르게 운이 맞고 로맨틱한 수수한 분위기를 풍겨 활기차고, '플레인 제인'이란 어구를 들으면 미소가 지어진다. '캐런'은 짝지어진 어구가 없다. '캐런'은 예쁘거나 똑똑하지 않고, 안경을 벗으면 달라지는 수수함도 없다. '캐런'은 학교 앨범에 항상 있는 흔한 이름이다. 평범한 헤어스타일을 한 얼굴이 기억나지 않는 여학생 이름. 내 이름은 지금도, 전에도 '캐런'이 아니지만, 앞으로 캐런이 될 것이다. 나는 옹졸하지 않다. 보라니까, 인용부호도 벗겼다.

캐런은 로스앤젤레스의 스카이라이트 서점 밖에 서서 옛 친구인 작가를 기다렸다.

그녀는 옹졸하지 않았고 옹졸했던 적이 없었으며, 옹졸할 정도로 냉정하거나 자존심이 센 적도 없었다. 옹졸함은 가진 게 있는 사람들이나 취할 태도니까. 그래도 분명히 해두기 위해 말하고 싶다. 그녀의 이름, 그녀가 묵묵히 받아들인 이 캐런이라는 이름을 선택한 이유만 눈치챌 수 있는 게 아니라고. 나머지도 많이 알아챌 수 있다. 좌변에 있는 것들과 우변에 있는 것들을 선으로 그어, 봉합사 흔적처럼 십자형으로 양변을 잇는 것만큼이나 쉽게. 어릴 때 해봤잖아? 좌변에 그림이 쭉 있고 우변에 단어가 쭉 있지만, 수평으로 짝이 맞는 게 아니라 아래위로 뒤섞여 있어 서로 맞춰야 한다. 어렵지 않다. 나─캐런─혹은 누군가가 알면 양쪽 짝을 맞출 수 있다. 사실, 구조는 너무 단순하다─'진실'을 존중해서일까? 상상력 부족 때문인가? 암호 해독이 너무 쉬워서 더 좋은 걸까, 더 나쁜 걸까? 세라와 데이비드는 쉽게 알 수 있었다. 이름을 바꾸긴 했지만 그나마도 많이 바꾸지 않았다─새 이름들은 어울리고, 성격과 맞아떨어진다. 사실 너무 빤해서 바꿀 필요도 없었다. 변화가 너무 미미해서 바꾼 이름이나 실명이나 다를 게 없었다. 킹슬리 선생 역시 킹슬리 선생임이 빤히 드러나고, 새 이름 역시 어울린다. 그의 성격을 다채롭게 바꾸었다 해도, 뭔가 위장하긴 해도 실제 인물을 위장하지는 못한다. 하지만 캐런은 그 뭔가를 들춰내지 않을 것이다. 경고 없이 폭로하려고 여기 온 게 아니니. 킹슬리 선생과 달리 패미는 실제 인물이 아니라, 캐런의 기독 신앙을 희화해서 표현했다. 줄리에타는 캐런의 기독 신앙을 존중해서 표현한 인물이고. 캐런과 세라의 친분은 부정되고, 조엘과 흡사한 인물과의 우정으로 설정되지만, 사실 세라는 조엘과 진짜 우정을 나누지 않았다. 왜 우정이 깨지는 아픔을 조엘에게 안길까, 왜 그걸 캐런에게서 빼앗을까? 심리적인 이유겠지. 왜 캐런을 비기독교도로 설정한 반면 그녀를 우스운 기독교도 패미로, 존경할 만한 기독교도 줄리에타로 만들까? 예술적인 이유겠지. 이 모든 것은 추측에 불과하다. 캐런은 어릴 때 알다가 소원해졌는데도 나중에 필요해서 멋대로 이용하려고 드는 사람들을 잘 아는 척 으스대는 타입이 아니다. 그것을 비난하는 타입도 아니고. 그건 옹졸한 짓이겠지.

  캐런은 로스앤젤레스의 스카이라이트 서점 밖에 서서 작가인 옛 친구를 기다린다. 캐런은 30세고, 작가인 옛 친구도 동갑이다. 작가인 옛 친구를 둘 다 18세 이후로 못 봤다. 12년간 캐런은 많은 일을 겪었다. 대부분은 치료였고, 나머지는 치료에서 나온 용어로 설명되는 경향이 있다. 이것은 캐런이 잘 아는 경향이고 그것에 대해 유감스럽지는 않다. 적어도 자신의 언어가 어디서 나오는지 안다. 하지만 세라가―예를 들어―지난 12년간 어떻게 지냈는지 물으면 캐런은 예수님 얘기를 피했던 것처럼 신중하게 치료 얘기를 피해 대답할 것이다. 무종교인 사람에게 진지하게 대접받기 위해 그럴 것이다. 캐런은 이 무종교인 사람을 단순히 비호감을 느끼는 게 아니라 혐오하지만, 오랜 수치심이 믿음 위에, 믿음의 필요성 위에—믿음이 있다는 **믿음** 위에—얼룩처럼 퍼지곤 한다. 이제 과거처럼 캐런은 무종교라고 속일 작정이다. 그것만큼은 변하지 않았다. '아, 이런저런 일'이라고 말하리라. 사무장, 개인 조수, 개인 정리 담당자 같은 일이지. 고등학교 시절에는 몰랐겠지만 내가 엄청나게 정리를 잘해. [웃음.] 이건 저주지, 뭐든 더 효율적으로 만들 수 있는 대상으로 보거든. 내 생각에는 그것이 엄마에 대한 반작용이야. [웃음.] 그런데 밥벌이로는 괜찮아. 사람들은 상황 정리를 위해 날 고용해. 나는 고객을 선택하고 일하는 시간을 정할 수 있어. 수입이 쏠쏠해. 여행할 시간도 넉넉하지. 남동생과 나는—네가 기억하는지 모르겠는데 남동생이 한 명 있어—막 베트남과 라오스를 여행하고 왔어. 그래, 멋지더라. 아름다워.

이런 말을 하면서, 이런 말을 한다면 캐런은 슬쩍 즉흥적으로, 부러움을 살 삶의 일면을 전면에 내세운 걸 의식할 것이다. 질투심을 유발하려는 노력과 그 노력을 숨기려는 노력을 의식한 나머지, 세라 역시 의식하지 않는다고 믿기는 어렵겠지. 세라가 그녀의, 캐런의 감정을 이해하지 못하고 있다는 증거는 많지만. '많은ample'의 동의어에는 '손 큰bounteous', '풍부한copious', '결실이 많은plenteous'이 있지만, 이 특정 어휘집을 보면 '방대한voluminous'은 없다. 이 어휘의 동의어로는 '큰big', '대형의huge', '널찍한roomy', '큼직한capacious' 등등과 '많은ample'이 있다. 때로 동의어는 일방으로만 여행한다. 사전을 보면, '방대한voluminous'의 어원은 과거에 '많은 두루마리를 가진'이란 뜻의 라틴어 voluminous에서 나왔고, 이것은 '두루마리'라는 뜻의 라틴어 volumen에서 나왔다. 이것이 다시 방향을 돌려 중세로 넘어와 영어로 volume이 되었고, 글자를 적는 양피지 두루마리라는 뜻이다. 누구라도 이 단어들을 찾아볼 수 있다. 어떤 사람의 언어 능력은 사실 요령, 소질, 재능이 아니다. 그저 어휘집과 사전만 가지고 있으면 되는 것이다. 우리가 키워진—'우리'는 나와 세라를 뜻하고, '키워진'은 우리에게 가장 중요한 개념들은 부모가 아니라 교사들과 친구들에게 얻었다는 뜻이다—방식으로는 재능이 유일한 종교이자, 조롱당하지 않는 믿음의 유일한 토대였다. 재능은 인간에게 새겨진 신성한 것이고, 재능을 가진 사람은 축복받은 것이며, 갖지 않은 사람은 축복받지 못한 것이었다. 어느 쪽이든 재능을 경배했다. 재능의 축복을 받은 사람은 그걸 사용함으로써 경배했고, 재능 낭비야말로 최악의 죄였다. 재능의 축복을 받지 못한 사람은 질투하지 말고 즐거워하는 편이 더 낫지. 캐런과 세라, 너희가 없으면 우리가 정기 공연을 못 한다는 걸 알 거야. 너희 두 의상의 귀재가 의상부를 이끄니 우리가 운이 좋지! 세라는 노래할 때 두꺼비 우는 소리 같은데도 매년 정기 공연 오디션을 봤을까? 그랬다, 봤다. 교회 성가대의 독송을 하는 캐런은 정기 공연 오디션을 봤을까? 그랬다, 봤다. 둘 중 누구라도, 작은 역할이라도, 4년간 한 번이라도 캐스팅되었던 적이 있는가? 아니, 전혀. 그들은 학교에 가장 많은 미스터리한 집단의 영구 회원이었다. 학교에 입학할 만큼 재능은 있지만, 스타가 될 정도의 재능이 없는. 그들은 별이 빛나도록 배경으로서 제 몫을 해야 했다. 그것을 화내지 않고 즐거워해야 했다. 학교 입학이 매년 다시 생기고 깨지는 약속처럼 보였지만 어쩔 수 없었다. 매년 영원한 패배자 같던 사람이 예기치 않게 주연으로 캐스팅되었고, 그게 두 사람에게 희망과 더불어 더 심한 굴욕감을 안겼다. 4학년 졸업반 때 우리가 노버트라고 부를 남학생이 그랬다. 노버트. 그즈음 캐런은 반발심으로 어린 시절에 했던 무용을 다시 시작했다. 발레 대신 현대 무용을 선택했고, 연기는 무시하는 척했다. 열네 살 때 연기를 선택했다. 아직 어린아이들에게나 어울릴 예술을 선택했다. 이제 4학년이 되자, 연극반 전원이 좋은 시간을 보내도록, 너그러운 마음으로 즐겁게 의상부를 거들었다. 물론 그들은 캐런이 대학에서 현대 무용을 전공할 줄 알았겠지. 세라도 비슷한 태도를 취했지만, 종목은 글쓰기였다. '수심에 찬 세라'는 공책에 쓱싹 쓱싹 쓱싹 썼다. 유일한 차이는 세라는 성공했다는 것. 목표를 더 낮게 잡아서, 제대로 된 도구만 있으면 누구라도 날조할 수 있는 재능을 선택했다. 춤을 날조하려고 한다? 가당치 않다. 진정한 예술은 훈련을 요구하고, 춤은 근육을 조각해서 뼈에 붙이는 것을 요구한다. 나는 대학 졸업 후 춤춘 적이 없다. 난 현실주의자이기에 일찌감치 간파했다. 내가 직업 배우가 되지 못할 것처럼, 직업 무용수가 되지 못하리란 것을. 군살 없는 몸매지만 키가 너무 작고 너무 평퍼짐하니까. 수영선수가 되면 좋았겠지만, 아무튼. 아무튼 캐런은 춤추지 않은 지 10년이 지났지만 사람들은 춤추던 시절처럼 그녀를 흘끔댄다. 그녀의 자세를 보고 무용수임을 알아본다. 그만큼 춤이 몸에 익었다. 그만큼 춤에 많은 노력을 기울였다.

자신에게, 단단한 근육과 뼈에 쏟은 힘든 노력. 다른 누구의 것을 가져와서 '많은ample', '손 큰bounteous', '풍부한

copious', '결실이 많은plenteous', '방대한voluminous'으로 보이게 만들지 못한다.

서점에 올 때는 청중석에 앉을 작정이었다. 세라가 나를 보는 상상을 했다. 어쩌면 마이크 앞에 나가거나 이미 낭독을 시작한 후에 나를 본다고 상상했다. 어느 쪽이든 세라가 나를 알아보면, 턴테이블에 음반을 걸었을 때 덜걱대는 것 같은 효과가 목소리에 일어나리라 상상했다. 그녀의 바늘이 뛰었다 다시 내려앉고, 그녀는 계속 해나가는 체하지만 약간의 균열이, 매끄러움에 흠이 생기겠지. 아마 그녀와 나만 눈치채겠지만, 다른 사람이 알 필요는 없다. 솔직히 나는 남들이 눈치 못 채기를 바랐다. 난 군중을 도구 삼아 공적인 순간을 노린 게 아니었다. 아이 또는 학생, 앞으로 CAPA라고 부를 곳에 있던 시절, 우린 친밀한 순간은 쇼의 일환이 아니면 무의미하다고 배웠다. 우리가 서로 좋아하고 미워하고, 질투하고 괴롭히고, 벌주는 방식이 만족스럽게 생생하지 않은 것 같았다. '신뢰 연습' 시간에 킹슬리 선생이 그것들을 무대에 올려서, 드물게 그 순간들을 선택해줘야 의미가 있었다. 세라와 데이비드가 주목을 받아 모두의 부러움을 받은 것은 누가 봐도 확실했다. 사실 그것은 그들의 스타덤이었고, 주연으로 캐스팅되는 것과 종류는 달라도 결국 더 잠재력이 큰 스타덤이었다. CAPA의 정통극 스타가 되려면 폴리애나* 같아야 했다. 치아가 희고 반듯해야 하고, 노래할 줄 알고, 그것을 인생관 전체에 맞출 수 있어야 했다. 소위 개념이나 신념 체계를 알 나이가 아니었는데도. 대부분의 친구들과 달리 나는 종교적인 신념 체계 안에서 양육되었지만, 나조차 그 나이 때는 CAPA에서의 스타덤 또한 신념 체계라는 걸, 다만 인생과 다를 뿐인 걸 인식하지 못했다. 데이비드와 세라의 다른 스타덤은 모든 게 뒤집히는 다른 우주에 대한 실마리를 주었고, 발견과 사랑과 성공 대신 왜곡과 절연과 실패가 따랐다. 그게 그들이 주인공인 쇼였다. 오랜 후에야 킹슬리 선생이 그들에게 시킨 연습들이 일종의 포르노였다는 생각이 떠올랐다. 청중 앞에서 세라를 놀래키지 않기로 결정했다고 말하려고 했다. 그녀가 도덕적으로 유리한 입장이 되는 게 싫었다.

캐런과 세라가 재회하기 전에 하나 더. 세라는 자신과 캐런의 실제 우정을 소설에서 세라와 조엘의 우정으로 치환한다. 또 그 우정의 실제 결말을 학급이 지켜본 '신뢰 연습' 쇼로 둔갑시킨다. 하지만 그게 아니었다. 우리 우정은 개인

---

* 엘리너 포터의 청소년 소설의 주인공. 극단적인 낙천주의자의 대명사가 되었다.

적으로 끝났다. 소멸은 멀리서 일어났고, 소멸의 순간 우리는 아무도 없는 곳에서 대면했다. 내가 휴학 후 처음 등교한 날이었다. 난 3학년 가을과 겨울, 성경 학교(기독교 관련 학습이나 다양한 활동을 하는 교육 기관)에 다녔고 그 초여름 이후 세라를 만난 적이 없었다. 그런 상황이 된 것은 세라가 영국 여행을 승낙하지 않는 엄마와 다투고 멋대로 엄마 차를 몰고 나오면서였다. 정지 신호를 지키지 않았다가 마주 오는 트럭과 추돌해서 차가 박살 났고, 치명상은 아니지만 상당한 중상을 입었다. 세라는 퇴원하자마자 여권을 챙겨서 영국으로 떠나 개학 당일까지 돌아오지 않았다. 여름내 우리 엄마가 세라의 엄마를 슈퍼마켓이나 병원에 태워다줘서 나도 자세한 사정을 알았다. 차가 크게 망가졌지만 세라 엄마는 새로 차를 살 형편이 아니었다. 그녀는 장애자였고, 무슨 이유인지 이 부분은 세라의 책에 언급되지 않는다.

학교로 돌아온 첫날, 난 자리가 부족한 앞쪽 주차장에 주차하려고 일찍 학교에 도착했다. 아는 사람들과 마주치기 싫은데 다들 뒤쪽 주차장을 이용했기 때문이다. 1월이어서 기온이 낮았고, 습도 때문에도 싸늘했다. 차가운 습기가 아지랑이를 만들었고, 그것은 기억 속에서 빛을 흐리게 해서 내가 아닌 다른 사람이 된 느낌을 주었다. 의도가 성공해서 첫날 내내 아는 사람 누구도 만나지 않을 것 같았다. 작은 학교고 매년 같은 학생들이라서, 마주치지 않고 한 시간이나 버틸 수 있을까 싶었지만. 그래도 단 몇 분이나마 아무도 보지 않으면 다를 터였다. 앞쪽 주차장은 교사들의 차가 있었지만 반도 차지 않았다. 흡연 구역인 뜰에 앉아 있을 계획이었다. 그 주변에 구내식당의 유리문이 있으니 숨기에 좋은 자리는 아니어도 최소한 들어오는 사람들을 볼 수 있었다. 숨을 데가 없으니 들어오는 사람들을 보는 게 그나마 최선임을 알았다. 그런데 묵직한 현관문을 밀고 들어가니 세라가 있었다. 나오는 길인 듯했다. 아침 7시 45분이니 시작종이 울리려면 55분 남았다. 다른 사람은 없었고 다른 소리도 나지 않았다. 어른들은 다 교무실이나 자기 교실에 들어가 있었다.

세라는 펑크스타일 차림이었다. 꾸미지 않은 듯 보이고 싶었겠지만―펑크―노력이 확연히 드러났다. 여러 달 동안 돈을 벌려고 빵집에서 일한 노력, 엄마가 겁먹어서 딸이 뭘 하든 통제하지 못하게 만들려고 차를 망가뜨린 노력, 나이 차이가 많은 남자랑 여름을 지내려고 바다를 건넌 노력, 카나비 거리를 누비면서 선택의 의미도 모르면서 적당한 옷을 선택한 노력. 닥터마틴(군화 스타일의 부츠로 유명한 브랜

ㄷ) 부츠, 너덜너덜한 검은 그물 상의, 표백한 올 풀린 청바지. 흰색과 검은색, 빨간색이 섞인 티셔츠에는 폭탄 맞은 머리로 비웃는 남자와 '어이!'라는 문구가 프린트돼 있었다. 세라는 머리가 짧고 눈가에 아이라인을 두껍게 그렸다. 아이라인 안의 눈이 더 커 보이길 바랐겠지만, 마스크를 쓴 것처럼 눈만 쑥 들어가 보였다. 아이 마스크를 쓴 눈으로 나를 보았다. 가장 피하고 싶은 사람이었겠지. 내가 가장 피하고 싶은 사람이 세라였듯이. 그래서 똑같이 생각하고 행동한 덕에 피차의 노력이 헛수고가 되었다. 곧 세라의 눈길에, 자신의 자화상을 망치는 사람에게 느끼는 분노가 떠올랐다.

그 애가 내 눈길에서 뭘 봤는지 모른다. 소설에는 내 눈길이 언급되지 않거나 다른 사람을 통해 묘사된다. 아니면 나오지만 내가 착각해서 알아보지 못했거나. 그럴 가능성이 있다. 세라는 지독한 비난을 봤을 것이다, 그건 순식간에 전달되니까. 우리는 그만큼만 서로 바라보았다. 걸음을 멈추지 않고 같은 문으로 나는 들어가고 세라는 나왔던 것 같다. 우리가 서로에게 느낀 모든 것은 여름을 지나면서 거의 자연스럽게 죽어갔다. 공기를 차단하면 촛불이 슬금슬금 죽다가, 소멸되는 대신 확 타오른 후 갑자기 다른 것으로 변하듯이. 하지만 우리 우정은 끝났다.

캐런은 로스앤젤레스의 스카이라이트 서점 밖에 서서 저자인 옛 친구를 기다렸다. 작가인 옛 친구는 15분 전에 차편으로 서점에 도착해서, 지금 캐런이 서 있는 서점 바깥에 서 있었다. 작가인 옛 친구는 서점 안을 힐끗 보더니, 누군가나 뭔가 기다리는 사람처럼 손목시계를 흘끔댔다. 혹은 누군가나 뭔가 기다리는 척해서 망설임을 숨기려 했을까. 그러더니 누군가 혹은 뭔가가 도착이라도 한 것처럼 그녀는 서점으로 들어갔다. 이러는 사이 캐런은 길 건너 카페에서 지켜보았다. 카페에서 캐런 역시 누군가와 뭔가를 기다렸고, 역시 망설였다. 작가인 옛 친구를 기다렸고, 그녀와 재회가 유발할 감각이 일어나길 기다렸다. 감각은 예리하고 만족스러웠다. 갑자기 흉골에 압박감이 왔다. 흥분, 두려움, 기대, 주저가 섞인 압박감이었지만 특히 흥분과 기대가 컸다. 캐런은 감정들을 분석해서 이름을 붙이는 데 아주 능했다. 여러 해 동안 이 기술을 연습했으니까. 가슴 압박감은 허기와, 행동에 대한 요구와 비슷했다. 비슷한 감각들이 있지만, 행동을 요구하는 게 아니라 행동하지 말라고 경고하는 점이 아주 달랐다. 캐런의 망설임은 이 신호를 기다렸고, 신호를 받자 망설임을 끝내고 일어나서 커피 값을 치렀다. 길 건너 서점으로 갔지만, 들어가기 전에 새로운 망설임이, 청중석에 앉는 것에 대한 망설임이 생겼다. 앞서 말했듯이 낭독회에 가면 청중 속에 앉을 작정이었다. 그런데 서점 앞에 서서 대형 유리창으로, 일찍 도착해 몰려다니면서 서가를 둘러보는 사람들이 보였다. 그러자 청중, 힘 과시, 도덕적 우위 같은 앞서 언급한 것들이 생각났고, 청중석에 앉지 않고 바깥 인도에 있기로 결정했다. 이 자리에 서 있어도 이상해 보이지 않을 터였다. 이 인도는 로스앤젤레스의 거리치고 활기차서, 이 도시가 끔찍이 자랑하는 드문 '걷기 좋은' 지역으로 손꼽혔다. 캐런은 몇 년간 로스앤젤레스에 살다가 몇 해 전에 이사했지만, 남동생이 아직 여기 살았다. 아직도 매년 두어 번 방문했고 아직도 여기가 고향처럼 느껴졌다. 캐런은 전에 이 서점을 돌아봤지만 아무것도 사지 않았다. 통유리창에 편히 기대서 눈가에 손을 쌍안경처럼 대고 서점 안을 살폈다. 해가 지는 중이어서 강한 빛이 카페쪽 거리에서 쏟아져 스카이라이트 서점 앞쪽의 불투명한 부분을 황금빛으로 물들였다. 반면 유리창은 눈부신 거울로 변해 큼직한 금빛 사각형들을 서점 안에 쏟아냈다. 콘크리트 바닥에 여기저기 예술적인 각도로 세워져 미로 비슷하게 연출된 서가들이 빛에 휩싸였다. 캐런이 창에 얼굴을 바싹 대도 안에서는 검은 형체로만 보였다. 기대하지 않은 장점이었다. 미로 같은 서가 너머 낭독회가 열리는 장소가 보였다. 접이의자 몇 줄 앞에 강연대가 있었다. 일부 참석자들이 의자에 앉기 시작한 반면, 나머지는 계속 돌아다녔다. 이미 찾은 책들을 들고 있는 시무룩한 이들도 있고, 벽에 걸린 안내판을 멀뚱멀뚱 보는 이들도 있었다. 작은 안내판에는 아래 서가에 꽂힌 책들의 장르가 적혀 있었다. 예술. 유머. 에세이. 참고 도서. 소설. 안내판에 적힌 어휘들은 체계적이었고, 그것은 서점에 온 이들이 각 어휘의 의미에 동의한다는 걸 암시했다. 전날, LA에 도착해 캐런은 드러그 스토어에 가서, 통로마다 진열된 물품을 나타내는 안내판들 속에 있었다. '헤어 제품', '기침과 감기', '화장품' 사이에 '개인 용품'이라는 안내판이 있었다. '개인 용품'은 드러그 스토어에서 특정 물품을 분류하는 방식이었다. '예술', '유머', '에세이', '참고 도서', '소설'은 서점에서 특정 서적을 분류한 방식이었고, '소설 작가'는 캐런의 옛 친구인 저자가 자신을 분류한 방식이다. 분류는 정의 내리는 방식인 반면, 사전에 따르면 정의는 어휘의 정확한 의미를 언급하는 것이다. 사전에, 소설은 상상한 사건들과 인물들을 묘사하는 산문 형태의 문학이라고 나온다. 사실과 반대인 발명이나 날조인 것이다. 사전에, 상상은 상상 속에만 존재한다고 나온다. 논리는, 상상 속에만 존재하는 것은 현실이나 실제 속에 존재하지 않는다고 말한다. 어휘집에 현실과 실제가 같은 말로 나온다.

　마주 선 건물들 아래로 해가 넘어간 후, 서점 내부가 더 밝게 보이고 캐런은 유리에 바싹 서지 않아도 강연대와 의자들을 볼 수 있었다. 이제 가로등에 기대서서, 안에서 밖이 안 보이는 것을 재확인했다. 마침내 서점에서는 머리가 얼굴을 가린 창백한 마른 남자가 강연대 앞에 다가가 짧게 말한 후 시야에서 사라졌다. 그러자 세라가 강연대에 섰다. 역시 얼굴을 가린 머리칼은 고급 가구처럼 매끄럽고 짙은 색이었다. 고등학교 시절 캐런과 세라는 머릿결을 가꾸는 것을 제외한 모든 짓을 머리에 했다. 표백, 면도, 파마, 염색. 자신을 파괴하는 게 내 몸임을 증명할 최고의 방법인 줄 아는 여자애들처럼 굴었다. 세라는 값비싼 자기 관리 역시 그게 자기 몸임을 증명하는 걸 배운 듯했다. 옆으로 넘긴 머리가 약간 짧은 것은 우연일 리 없었다. 그녀가 무심하게 오른손으로 오른 귀 뒤로 넘길 때마다 머리는 흘러내렸다. 그녀가 넘기자 머리는 흘러내려 얼굴을 가렸다. 그녀는 넘겼고 머리는 흘러내렸다. 세라의 낭독을 듣는 청중들도 그 습관을 의식하는지 캐런은 궁금했다. 아니면 목소리 때문에 몸짓이 덜 눈에 띨까?

시간이 지나자 유리를 통해 박수 소리가 희미하게 들렸다. 그러더니 질문이 이어졌다. 세라는 강연대 쪽으로 기울였던 머리를 바로 들고, 청중을 똑바로 바라봤다. 그러자 머리가 계속 한쪽에 있어서 뒤로 넘길 필요가 없었다. 세라는 집중해서 듣고 고개를 끄덕이며 말했고, 몇 차례 미소를 지었다. 수줍음과 짐짓 겸손한 체하는 태도는 줄어들고 더 느긋하고 지적으로 보였다. 늘 최고 장점으로 꼽혔던 미소 역시 머릿결처럼 한결 좋아진 듯했다. 세라의 얼굴은, 특별한 표정을 짓지 않으면 딴생각을 하거나, 걱정하거나 화나 보였다. 어떤 생각이 머릿속을 휘젓는지 남들은 짐작하지 못했다. 그런데도 무슨 생각을 하는지 알 수 있을 것 같은 때가 많았다. 적대적인 생각들인 듯했다. 과거 고등학교 시절, 몇몇 예민하고 성미 급한 교사들은 세라에게 그런 표정을 지우라고 늘 말했다. 그러면 세라는 화들짝 놀라고 마음 상한 눈치였고—눈이 커지고 눈물 고인 듯 반짝였다—그러면 사람들은 '그 표정'에 아무 뜻도 없는지, 적대적인 생각이 아니라 아무 생각이 없는지 의아했다. 세라가 미소 지으면, 무슨 생각을 하는가에 대한 불확실성이 싹 가셨다. 하지만 세라는 자주 웃지 않거나 적어도 미소가 익숙하지 않았다.

두 번째 박수를 친 후 사람들은 자리에서 일어나 다시 몰려다니기 시작했다. 파리한 마른 남자가 세라를 하얀 보가 씌워진 테이블로 안내했다. 그 위에 책들이 반듯하게 쌓여 있었다. 세라는 의자에 앉는 평범한 일을 하는 데 시선을 받는 게 부끄러워서, 누가 보지 않는 것처럼 굴려고 애쓰면서 앉았다. 그런데 그 태도가 더 연기하는―머리를 연신 넘길 때와 똑같이 겸손함을 연기하는―것으로 보이게 했다. 누군가가 세라에게 사인펜을 건넸고, 책에 사인 받고 싶은 사람들이 테이블 앞에 줄지어 섰다. 그녀와 만날 순간을 기다리며 줄선 사람들에 가려 세라가 보이지 않았다. 여러분은 이즈음 내 마음이 다시 변한다고 듣고 싶겠지만, 사실 난 청중석에 앉지 않기로 결정한 이후 어떻게 접근할지 결정하지 못했다. 그녀가 서점에 들어갈 때와 똑같이 떠날 테니 인도에서 만날 거라고 생각했던 것 같다. 마침내 해가 완전히 져서 밤이 되었고, 감상적인 오렌지색 가로등 불빛은 인도에 은밀한, 어쩌면 지나치게 은밀한 분위기를 자아냈다. 난 청중석에 앉지 않았다. 나 자신의 만족을 위해 청중을 의식하지 않았지만, 이 줄은 의미가 달랐다. 개인에게 개별적인 만남을 보장했지만, 공개적인 만남의 규칙이 있었다. 모두 미소 짓고 아무도 달아나지 않는다 같은. 이런 생각들이

긴 망설임을 낳았고, 그사이 서점에 있던 사람들 모두, 줄서기를 주저했던 이들이나 그 전에 책을 구입한 사람들도 줄지어 섰다. 그래서 캐런이 서점에 들어가서 줄에 섰을 때는 맨 끝이었다. 컴컴한 바깥에 있다가 실내에 들어오니 환해서 순간적으로 앞이 안 보이자, 들어오기로 한 결정이 실수로 느껴졌다. 가장 단순한 감각 경험이, 예를 들어 어둠 속에서 한 시간을 보낸 후 무척 밝은 곳에 들어갈 때 앞이 안 보이면 엉뚱한 생각이 들고—내가 실수했네—이것은 감정으로—불안감—이어지며 생각을 더 부추긴다. 캐런은 사실 소설이나 스카이라이트 서점에 있는 종류의 책들을 읽지 않지만, 늘 읽고 선호하는 몇 가지 주제에 대해서는 전문 지식이 있다. 좋아하는 저자가 쓴 책을 읽으면, 감정 상태를 프리즘을 통과하듯 명확히 분석할 수 있게 되었다. 그 프리즘은 감정들을 단순히 보이게 하지 않고 모든 요소로 부수었다. 일단 그럴 수 있으면 타인들을 맹인으로 취급하게 된다. 무종교인 체했던 이전 경험은 자신을 과대평가하지 않는 데 도움이 된다. 본질로 이해하는 방식으로 분류하고, 같은 부류를 모아두는 게 도움이 되고 그걸 할 수 있는 게 캐런의 일 처리 능력의 비결이다. 오로지 세라에게 관심 있는 사람들과 줄지어 기다렸다. 사람들이 서로 눈길도 맞추지 않는 이유는, 세라의 책을 읽으면서 맺은 그녀와의 특별한 관계를 독점한다고 믿고 싶어서였다. 거기서 기다리는 동안, 캐런은 가져온 세라의 책을 꺼낼 시간이 충분했다. 아직도 131쪽에 책갈피가 꽂혀 있고, 캐런의 생각에는 결말이 다가온 부분이었다. 독자들도 알게 되겠지만, 엄마가 찾아왔을 때 문을 닫았던 캐런이니, 책 표지 역시 닫을 수 있었다. 엄마가 등장하지만 캐런은 가장 눈에 띄게 몰아낸 책이 아닌가.

줄이 조금씩 앞으로 이동하자, 젊은 서점 직원이 뒤로 다가왔다. 그녀는 사람들에게 포스트잇 메모지 한 장과 필요하면 펜을 나눠주었다.

"세라에게 본인 이름으로 사인 받고 싶으시면, 포스트잇에 **이름**을 정확하게 적어서 사인 받고 싶은 **페이지에 끼워주세요**. 대개 제목이 있는 페이지를 선택하십니다. 성 없이 이름만 사인을 받고 싶으시면 **이름만 적어주세요**. 다른 사람 이름으로 사인 받고 싶으시면 **그 이름을 적어주세요**. 생일이나 다른 경우에 줄 책이라면 **생일**이나 그 경우를 메모지에 적어주세요. 감사합니다! 펜이 필요하신 분이 있으신가요? 없으시네요, 메모지를 갖고 계세요. 사인 받을 페이지에 메모지를 끼우세요. 그러면 작가님이 거기를 펼치실 수 있습니다. 각자 선택에 달렸지만 대개 제목이 있는 페이지를 선호하십니다. 누구 펜이 필요하신 분? 와, 우리 손님들은 정말 척척이시네요!"

시간을 절약할 방식이 줄 선 사람들 모두에게 반복해서 설명되는 동안, 캐런은 서류 가방에서 포스트잇 뭉치와 펜을 꺼내, 포스트잇 한 장에 '캐런'이라고 적어 제목 페이지 가장자리에 붙였다. 맞다, 난 포스트잇에 인용부호를 썼다. 세라가 사인할 때 인용부호를 써주길 바랐다.

"내 포스트잇을 가져왔어요."

캐런이 '에밀리'라는 명찰을 단 직원에게 말했다. 세라에게 사인 한 번당 30초씩 아껴주는 에밀리의 불굴의 노력은, 직원의 시간은 하찮게 여겨지는 것을 여실히 보여주었다.

"어머나, 양장본을 갖고 계시네요."

에밀리가 말했다. 캐런이 줄의 맨 끝이어서 포스트잇이나 체계적으로 사인 받는 방식을 설명할 사람이 더 없었다. 줄이 굼벵이 기듯 흰 테이블에 다가가는 사이, 에밀리는 캐런과 노닥거렸다. 캐런이 그렇게 만든 게 아니었다.

"양장본 디자인이 마음에 들어요."

에밀리는 캐런이 디자인이라도 한 듯이 말했다.

직원은 명확히 해두고 싶어서 덧붙였다.

"물론 문고판 디자인도 아주 좋지만요. 안팎으로 멋진 책이죠. 벌써 읽으셨어요?"

"그랬죠."

캐런은 질문을 대략적으로 해석하고 죄책감 없이 대답했다. 하지만 그 정도로 쉽게 넘어가지 않을 듯했다. 에밀리는 캐런의 대답을 일일이 파고들었다. 캐런과 책의 특별한 관계를 직감하는 눈치였다. 아니면 이 역시 캐런의 오해거나.

"아주 면밀하게."

캐런이 덧붙였다. 여직원은 알지 못할 일의 무의미한 반쪽 진실을 보충하고 싶어서 한 말이었다. 그러고 나서 캐런은 남을, 심지어 모르는 사람도 이유 없이 비위 맞추려고 하는 오랜 문제에 대해 생각했다. 늘 이 문제를 지난 일로 만들어―인정하고 기록해서―정리하고 싶었지만, 이제껏 뜻대로 되지 않았다.

"어머, 와! 진짜 팬이시네요!"

에밀리가 만족해서 감탄했다.

"어머나."

지금까지 백색소음처럼 듣기 좋고 인위적이고 모호했던 세라의 음성이 갑자기 낮은 중얼거림으로 변했다. 심드렁하게 노래하다가 트림이라도 한 것처럼. 줄의 끝에서 두 번째 사람이 몸을 돌리자 커튼이 열리듯 캐런이 드러났다. 캐런이 기다리던 순간이었지만, 서점 종업원 에밀리의 방해로 놓치고 말았다. 아니, 그 광경을 보는 걸 놓쳤다. 듣기는 했다. 하지만 캐런은 눈으로 보길 원했다. 세라가 공포의 순간에 노출되는 걸 보길 바랐는데. 대신 세라는 얼른 흰 테이블 뒤에서 일어나 보기 드문 눈부신 미소를 지었다. '눈부신'이라고 하면 극도로 인상적이거나 아름답거나 기교가 넘치는 것을 뜻한다. 일시적인 시각장애를 유발할 만큼 환하다는 뜻이기도 하다. 영어 단어 '눈부신dazzle'은 동사 '아찔하게 하다daze'를 반복한 어휘고, 누군가가 적절히 생각하거나 반응하지 못하게 만든다는 뜻이다. 고등학교 시절, 우리가 킹슬리라고 부르는 교사는 15세인 우리에게 〈시카고〉 공연의 오디션 곡으로 '래즐 대즐(Razzle Dazzle, 야단법석)'이라는 곡을 지정했다. 노래할 줄 모르는 세라는 오디션에서 수모를 겪었고, 노래할 줄 아는 캐런은 곡을 분석했지만 캐스팅에 요구되는 다른 자질이 부족했다. '래즐 대즐'은 살인을 저지르고도 빠져나가는 내용의 냉소적인 곡이다. 세라가 흰 테이블 뒤에서 일어나며, 본 적 없는 눈부신 미소를 지었다. 캐런이 물러설 새도 없이, 테이블을 사이에 두고 세라는 한 팔로 캐런의 어깨를 감싸 당겨서 포옹했다. 에밀리라는 직원이 꺄악 하는 소리를 냈다.

"손님이 작가님의 옛 친구인 걸 눈치챘어야 했는데!"

균형 감각이 뛰어난 전직 무용수인데도 캐런은 어색한 포옹을 하다가 발을 헛디딜 뻔했다. 그러라고 포옹하는 거 다 싫겠지만. 캐런은 발을 헛디딜 뻔하면서 제대로 생각하거나 반응하지 못할 뻔했다. 자신이 불리하다고 느낄 뻔했다. 하지만 그건 오해였다.

나는 떠날 사람 축에 드는 걸 늘 알았다. 재능이든 단순한 의지든 뭔가가 날 고향에서 멀리 데려갈 터였다. 졸업 후 고향을 떠나는지 여부가 CAPA의 또 다른 순위 선정 방식이었다. 스타들은 떠난다고 다들 예상했다. 뒤에서 얼쩡댄 아이들은 고향에 남는다고 다들 예상했고. 사실 세라는 예외였다. 세라는 배우로 형편없고, 가수로는 더 형편없고, 무용수로는 존재 자체가 없었지만 떠날 거라고 우린 예측할 수 있었다. 연기 같은 자기 파괴적인 습관과 너덜대는 펑크 차림으로, 거부당해 낙심한 척했다. 4학년 때 세라가 브라운 대학 입학 허가서를 흔들면서 소리치며 극장 복도를 달음질할 때, 아무도 놀라지 않았다. 내가 카네기멜론 대학에 합격했을 때는 다들 충격을 받았다. 하지만 나는 어떻게든 빠져 나갈 줄 안 반면, 떠날 줄 알았던 스타 여럿은 결국 귀향했다. 내가 바닥을 기면서 '마이 페어 레이디'의 구두를 신길 때, 자기만의 꿈에 젖어 활짝 웃던 멜라니. 내가 다시 주워서 다림질한다는 걸 알기에 분장실 바닥에 '뮤직 맨' 셔츠를 팽개치던 루카스. 그들은 멀리 나갈수록 더 얼른 출발점으로 되돌아왔다.

  카네기멜론 대학에서 난 스타 무용수는 아니었지만, 무용을 포기한 후 고향으로 달려가지 않고 반대 방향으로 향했다. 아무튼, 뉴욕에 입성한 즈음, 앞서 뉴욕대와 심지어 줄리아드 음악원에 진학한 동창들은 막 뉴욕을 떠나는 중이었다. '너무 힘들어, 너무 돈이 많이 들어, 너무 외로워'라는 핑계였지만, 난 뉴욕을 쉽고 싸고 친구를 사귈 곳으로 기대하지 않았다. 난 스타였던 적이 없으니 스타 대접은 기대하지 않았다. 뉴욕에서 잘 지냈다. 직장을 구했고 혼자 살 거처도 마련했다. 어느 날 아파트 문을 여니 인조 모피 코트를 걸친 엄마가 서 있었다. 추운 뉴욕에서 남부처럼 따뜻이 지내라고 어떤 남자가 사준 코트는 발목까지 치렁치렁 내려왔다. 엄마는 어떤 남자를 홀려 뉴욕에 왔고, 못된 계집애가 영리함을 으스대듯 생긋 웃었다. 현관 앞의 매트에서 폴짝

폴짝 뛰기까지 했다. 난 곧장 뉴욕을 떠나 남동생이 공부 중인 LA로 이사했다. 엄마가 뉴욕 남자한테서 벗어나 LA 남자를 홀리기까지 3년 걸렸다. 엄마가 따라올 즈음 내게 예기치 않은 변화가 생겼다. 고향에 돌아가고 싶었다. 난 그곳을 사랑하고 그리웠다. 애당초 고향을 떠나고 싶은 이유는 엄마가 거기 살기 때문이었는데 이제 그녀는 거기 없었다. 그래서 엄마에게 다시 쫓아오면 어떻게 될지 단단히 일러두고, 동생에게도 똑같이 하라고 말했지만 동생은 그러지 못했다. 엄마는 늘 동생을 제쳐두고 방치해서 키웠고, 그로 인해 동생은 엄마가 독인 것도 모르고 오히려 그리워했다. 엄마와 남동생은 여전히 LA에 살고, 나는 우리 셋이 여전히 고향으로 여기는 도시에 산다. 내가 만나러 가면 동생은 엄마한테 내 방문을 알리지 않는다. 동생이 나를 만나러 올 때도 엄마한테 말하지 않는다. 출장 가는 척한다. 동생이 이 상황을 속상해해서 나도 속상하지만, 엄마와 내가 만나면 속상함보다 더한 일이 벌어질 것이다. 엄마와 동생 모두 그것을 안다.

귀향 후 종종 여기서 데이비드라고 불러온 사람과 마주쳤다. 그의 귀향은 멜라니보다 늦고 나보다는 빨랐다. 데이비드는 2년 전 고향에 돌아왔다. 그는 극단을 설립해, 생각해낼 수 있는 가장 어둡고 복잡한 연극들을 제작했다. 고등학교 시절 음악을 들으러 다녔던 곳, 녹슨 냉동 창고, 버려진 창고, 초라한 댄스 클럽 같은 장소에서 공연했다. 데이비드는 노스웨스턴 대학에서 연기 부문에 낙제하고 전공을 희곡으로 바꾸었지만, 집필을 시작만 하고 끝내지 못해서 낙제했다. 그러다 전공을 연출로 바꾼 후 실력을 발휘했다. 그가 연출하는 연극들은 어둡고 복잡하고, 불편한 장소에서 공연되는데도 사람들이 보러 왔다. 우리가 킹슬리 선생으로 부르는 사람은 단골 관객이 되었고 정기 후원자가 되더니, 극단이 엉망인 부분을 정리해 비영리 단체의 지위와 보조금을 신청할 무렵에는 자문 위원이 되었다. 극단 기금 마련 행사에서 레드와인 같은 걸 마시는 킹슬리와, 노동자 계층이 마시는 싸구려 캔 맥주를 든 데이비드가 대화할 때면 북적대는 방에 둘만 있는 것처럼 몰두했다. 데이비드가 현재 공연 중인 어둡고 복잡한 연극을 논하는 두 사람은 소위 '엘리트 예술 형제회' 회원이었다.

학창 시절 킹슬리 선생은 이 '엘리트 예술 형제회'를 설명할 때는 스타덤 개념을 설명할 때와 다른 방식을 취했다. 그는 가르치려 했던 모든 것을 통해서, 우리가 부응하지 못한 모든 방식으로 스타덤 개념을 설명했다. 스타덤, 재능을 갈

고닦아 우리가 하는 모든 노력을 합쳐서 세상에 풀어놓는 다는 개념. 하지만 '엘리트 예술 형제회'가 스타덤을 만든다는 설명은 해주지 않았다. 킹슬리 선생은 분명히 그 회원이었다. 이제 데이비드도 분명히 그 회원이었다. 이상하고 우습기도 했다. 멀리서 보면 이것은 신이 준 '순리'가 아닌 회원과 규칙으로 구성된 협회였다. 극단이 엉망인 부분을 정리해 비영리 단체의 지위와 보조금을 신청할 때, 캐런은 '엉망인 부분'을 정리해주면서도 인정이나 수고비를 바라지 않았다. 데이비드의 성공에 기여해서 행복했다. 성공한 동창은 극소수였고, 스타덤에 오른 경우는 없다시피 했다. 하지만 그중에서 냉소적인 데이비드가 야망을 펼치려고 고향 한복판에 자리 잡았다. 이제 연극 전공생들은 CAPA를 졸업하면 데이비드의 극단에 오디션을 보러 달려갔고, 킹슬리 선생은 데이비드를 '초빙 예술가'로 고용해 연출 특강을 맡겼다. 캐런은 저녁과 주말 시간을 극단 '사무'와 '회계'에 기부했다. 그녀가 개입하기 전에 큰 골치였던 미납 세금 문제도 해결했다. 데이비드는 고마워서 캐런에게 기금 마련 행사에 참석해야 한다고 고집했고, 거기서 킹슬리 선생에게 끌고 갔다. 킹슬리 선생은 환하게 웃고 고개를 끄덕이며 그녀와 대화했다. 캐런을 못 알아보는 걸 숨기려는 노력은 실패했지만.

캐런은 공연을 그만둔 데 만족한다고 데이비드에게 말했다. 그가 만족하듯 그녀도 만족한다고. 하지만 그는 빚진 지인들에게 재능을 칭찬하는 것을 유일한 변제 수단으로 삼는 데 이골이 나서, 캐런의 말을 순순히 받아들이지 않았다. 그가 말했다.

"무슨 소리. 넌 카네기멜론에 입학했잖아. 나와 달리 노래할 줄 알고. 그놈의 탭댄스도 출 줄 알아."

"난 탭댄서로는 젬병이야."

사실이었다. 앞서 말했듯이 체격 조건 때문에 탭댄스를 추면 무언가 부족해 보인다. 발레리나처럼 탭댄서도 비쩍 마른 체격이어야 한다. 그러니 수영선수 같은 체격은 현대무용에만 어울린다.

"잘난 체하네, '난 탭댄서로는 젬병이야'라는 말은 탭댄서나 할 수 있지. 넌 뛰어났어. 우리 모두 '래즐 대즐'을 불렀던 걸 기억하지? 넌 끝내줬지."

"그는 날 캐스팅하지 않았어."

"그는 나도 캐스팅한 적 없어."

"그런데 이제 넌 연출자고 난 네 회계원이야. 다 제자리를 찾은 거야. 나한테 보수를 못 준다고 해서, 발굴되지 않은 스타라고 추켜세울 필요 없어."

"넌 무대에서 어두운 에너지를 발산했어……. 눈 굴리지 마! 똑똑히 기억나거든. 넌 멍청하게 허연 이를 보이며 웃지 않았지."

"그만하셔."

"연출가 입장에서 볼 때, 우리 반이 재능이 그렇게 부족했다는 게 어이없어. 물론 우리 재능이 과대평가됐지만 그걸 감안해도 부족함이 있었어. 오랜 기간 우리 학교에서, 세계적인 유명인은 역사상 딱 한 명 배출됐는데, 그나마 학교에 다닌 기간이 3주 미만이니 동문이라고 주장할 수도 없지. 평생 경력 중 한두 차례 선셋 대로 광고판에 등장한 동문이 몇 명 있고. 어디 보자, 10년에 두엇 그런 동문이 배출돼. 그리고 연기로 밥벌이하는 사람들이 있고. 차고 나오진 못해도 이따금 TV에 나오지. 그 경우는 2년에 한 명꼴로 나올 거야. 그다음은 최소한 직업 배우가 돼야 했는데 더럽게 운 나쁜 사람들이 있지. 매년 그런 부류가 나오고 난 작품에 그들을 캐스팅해. 나한테 좋은 일이지. 하지만 우리 반은 마지막 부류에 드는 사람조차 한 명도 없어. 널 제외하면."

"지금 날 더럽게 운 나쁜 부류에 넣는 거야? 차라리 재능 없는 부류에 들고 싶은데."

"다음 주에 오디션을 보러 와. 젠장, 못할 게 뭐람?"

난 어이없는 웃음을 터뜨리거나 찡그려서 '너 참 어처구니없구나, 아니면 내가 어처구니없거나. 어느 쪽이든 한 귀로 흘리련다'라는 의중을 전했을 것이다. 천천히 스툴 의자에서 일어나 내 음료값을 계산하고 작별 인사를 했을 테고. 고등학교 시절 같은 연극과였지만 데이비드와 나는 친하지 않았다. 둘 다 세라와 인연이 있었지만, 세라는 다리가 아니라 쐐기였다. 하지만 이제 둘 다 고향에 돌아와 사니 이런 대화를 자주 나눴다. 데이비드는 과거에 집착하고, 일정한 부분만 그런 게 아니었다. 사실 누구나 과거사에 집착한다. 예전 그대로인 과거로 돌아가거나, 과거로 돌아가 바꾸고 싶기도 하다. 어느 쪽이든 과거의 일부에 집착하는 것은 꽤 흔하다. 데이비드는 극단적인 성향을 띠었다. 과거 전체에 집착했다. 과거는 그가 추방된 나라 같았고, 그 흔적인 나까지도 그의 마음을 사로잡았다. 데이비드는 이른 나이에 화양연화는 이미 지났다고 결정한 듯했다. 현재 극단 일은 과거와 잇는 끈이라는 이유 하나로 관심을 가졌다. 나한테 관심을 갖는 이유는 단지 내가 과거와 잇는 끈이어서였다. 나는 그에게 과거에 대해, 심지어 그때는 무관심했지만 지금은 관심이 가는 일들에 대해 이야기할 기회를 주었다. 그래서 그는 내가 했던 이런저런 일을 언급하거나 인정 받지 못한 내 재능에 대해 말했다. 그게 그에게 가장 소중한 것, 간접적이라도 과거로 가는 문을 열어주니까. 데이비드는 과거와 관계있으면 누구와도 그랬을 것이다. 사실 그랬다. 난 그가 귀향한 그때 사람들과 똑같은 대화를 나누는 걸 자주 들었다.

이런 예전 이야기가 오가는 곳은 늘 '더 바'라는 술집이었다. 정식 상호가 있는데도 '더 바'였다―다들 그렇게 불렀다. 그 도시에는 술집이 많았고 그러니 이 편안하지만 평범한 바가 '더 바'가 된 뚜렷한 이유는 없었다. 우리 학창 시절에도 있었지만 드나들었던 곳은 아니었다. 그때도 지금처럼 다정하고 퇴근 후 한잔할 만한 분위기였다. 다만 이 분위기가 당시에는 너무 밋밋해 보였지만, 지금은 적당히 밋밋해 보이는 게 달랐다. 데이비드는 적어도 이런 식으로 과거와 선을 그었다. 그가 앉아 과거를 얘기하는 '더 바'는 전에 다니던 술집이 아니었다.

데이비드와 달리 나는 '더 바'에서 별로 시간을 보내지 않았다. 정확히 말하면 데이비드와 별로 시간을 보내지 않았다. 자원봉사로 하는 보조금 신청서 작성, 미납 세금 처리, 이따금 킹슬리 선생이 나를 못 알아보는 갈라 행사 참석은 두어 달에 한 번꼴이라 내 삶의 미미한 부분이었다. 내 시간의 대부분은 수고비를 지불하는 고객들의 일을 처리하거나 내가 산 집을 손봤다. 또 치료를 받으러 갔고, 치료사 교육을 받기 시작했다. 난 술을 마시지 않았다. 과음한 적이 없었다. 인생에서 견딜 수 없는 일들과 필요치 않은 일들을 지운 시기가 있었는데, 음주는 필요치 않은 일에 들었다. 거의 매일 밤 동생에게 전화해 안부를 확인했고, 그와 통화하면서 저녁을 먹을 때도 많았다. 가끔 영화를 봤다. 독서를 많이 했다. 주로 역사책과 자기계발서를 읽었다. 늘 혼자 있는 게 좋았다.

하지만 어떤 밤, 사람들 속에 있고 싶으면 '더 바'로 차를 몰았고 보통은 책을 들고 갔다. 늘 데이비드가 거기 있어서 읽을 기회가 없었지만. 늘 둘이 처리할 사무가, 주로 내가 돕는 조직상 업무가 있어서, 그는 같이 마시던 사람에게서 관심을 돌려야 했다. 데이비드는 늘 술친구가 있었고, 때로 소그룹과 어울렸다. 보통은 데이비드에게 반한 여자가 있어서, 나중에 시험이라도 볼 것처럼 그에게 관심을 집중했다. 평소 연극계 인사들, 그보다 광범위한 예술계 인사들, 그보다 광범위한 주당들이 데이비드 주위에서 맴돌았다. 데이비드는 '더 바'의 바에 혼자 앉아 있을 때도 세상의 중심이었다. 이따금 그는 어떤 '상태'에 빠져서, 철퇴라도 휘두르듯 사람들을 얼씬 못 하게 만들었다. 그가 밀어내도 사람들은 멀찌감치 구석에서 계속 주시하면서, 다시 다가가 관심을 받을 방법을 강구하려고 안달했다. 어린 시절 데이비드는 서툰 카리스마의 소유자였다. 자신이 매력 있는 걸 알았지만, 어떤 식으로인지, 왜 그런지 몰랐다. 10년 넘게 자신을 학대해 외모가 망가졌고, 지치거나 취하면 얼굴이 벽에 팽개친 찰흙덩이처럼 변했다. 하지만 외모와 확연히 구분되는 카리스마는 더 강해졌다. 그 느낌은 데이비드와 따로 노는 듯했다. 물리적인 데이비드는 바에 비스듬히 앉아 술잔을 들여다보지만, 그의 카리스마는 실내를 활보하면서 사람들을 밀어내거나 끌어당겼다. 캐런은 성실한 무급 직원으로쓸모 있고, 과거와의 연결 고리라는 위상 덕에 늘 가까이 당겨지는 사람이었다.

그런데 오늘 밤—1월 말 어느 날, 캐런이 세라와 스카이라이트 서점에서 재회하기 몇 달 전—데이비드는 침울하게 바에 혼자 앉아 있다. 캐런은 진 재킷 단추를 목까지 채우고 술 달린 머플러를 목에 휘휘 감고, 장갑을 끼고 모자를 귀까지 눌러쓰고 바에 들어선다. 이 도시에서는 추운 날씨고 캐런은 몹시 춥다. 인정하기 싫지만 뉴욕에서 추위에 적응하지 못해서 엄마처럼 한파에 끙끙댔다. 엄마는 발목을 덮는 인조 모피 코트를 걸쳤다는 점이 달랐지만. 밖에서 얼어붙은 문고리를 당길 때, 큰 유리창으로 실내는 안 보이고 조명 등 불빛만 보인다. 평소 인도에서 '더 바'의 바에 앉은 손님들이 보이지만, 오늘 밤은 유리창에 서리가 잔뜩 끼었다. 안에 들어서자마자 맨 오른쪽 스툴 의자에 앉은 데이비드를 보고도 놀라지 않는다. 평소 그가 즐겨 앉는 자리다. 데이비드는 연습이 없으면 때로 오후 3, 4시부터 새벽 2, 3시까지 거기서 죽친다. 그가 캐런을 얼른 못 알아본다. 모자와 머플러 때문이겠지. 그녀가 그것들을 벗고 바에 다가서서 코카콜라를 주문하자, 데이비드가 그녀를 보고 중얼댄다.

"이런 망할. 방금 네 생각을 했는데. 마틴을 기억해?"

캐런은 흥미로운 좋은 질문이라고 생각한다. 그녀가 선호하는 질문들처럼 아주 간단하고 빨라서, 처음에는 그걸 묻는 데이비드가 바보 같다. 마틴을 기억하느냐고? 그런데 질문의 다층적인 요소들이 벗겨지기 시작한다. 정확히 어떤 방식으로 기억하는가? 사전을 보면 '기억하다'는 '사물을 마음에 떠올리는 것, 잊은 것을 상기하는 것'이란 뜻이다. 음, 캐런은 마틴을 잊은 적이 없으니 이런 의미로는 그를 기억하지 않는다. 또 사전은 '기억'은 머릿속에 간직된 것이라고 말한다. 혼란 구덩이에 빠져 '기억'을 올려다보지 않게 여기에 체크 표시를 해두자. 그렇다, 그녀는 이것을 기억 속에 간직한다. 또 이 특정한 의미에서 '누군가를 마음속에 간직하다'―그렇다―'누군가에게 선물하다'―'선물'에 따라 그렇게 말할 수 있겠다―'누군가에게 안부를 전하다'―최근은 아니고―'사람이나 사물을 기리다'라는 뜻도 있다. 기리다, 뭔가 기념하면서 기억하는 것. 이 의미가 갑자기 무척 호소력 있다. 이게 캐런의 마음에 자리 잡는다. 많은 것들이 그러듯이. 데이비드에게는 나름의 문제들이 있고, 그중 하나가 자초한 모든 상황에 비해 너무 똑똑한 것이다―직업 생활, 성생활, 가장 많은 시간을 할애하는 술꾼 생활을 하기에는 과하게 똑똑하다. 그러니 '기억하다'의 의미에 대한 이 간단한 강의를 좋아할지 모르겠지만, 캐런은 그것을 꺼려하며 이렇게만 말한다.

"그럼, 마틴을 기억하지."

"이걸 살펴봐."

데이비드가 신문 기사 오린 것을 바에 올려놓는다. 1997년 10월 4일자 〈본 쿠리어-텔레그래프〉지, 「우수 교사, 혐의 중 해직」. 제목 밑에 짧은 2단 기사와 짧은 1단 흑백 사진이 있다. 사진 속 남자는 족제비 같은 좁은 얼굴에 옅은 색 머리가 눈과 귀를 덮고, 치간이 좁다. 10년 전에도 촌스러운 큰 안경을 쓰고, 재킷과 넥타이는 잘 맞지 않은 걸 보니 빌린 옷이다. 컬러 사진이 아닌데도 피부가 너무 창백하고 치아가 누런 걸 알 수 있다. 인물사진답게 실제보다 오래전에 찍은 사진으로 보인다─학교 앨범에 실린 사진, 교무실 벽에 걸린 '우리 교사진' 사진이라고 캐런은 짐작한다. 촬영한 날이 아니라, 수십 년 전 촬영장 배경 막에 먼지가 앉기 시작한 날 찍은 사진 같다. 물론 사진 속 인물은 여기서 마틴이라고 부를 남자다. 꼭 닮았지만 캐런이 기억하는 마틴과 전혀 다르다. 날짜가 나온 사진을 보면서도, 그녀가 알던 마틴보다 젊을 때인지 더 나이 들어선지 가늠이 되지 않는다. 사진 속 마틴과, 캐런이 '기억 속에 간직한' 마틴은 같은 모습인 동시에 완전히 다른 모습이다. 이제 캐런은 둘이 구분조차 되지 않는다. 마틴과 똑같이 생긴 기묘하고, 알아보기 힘든 사진을 멍하니 내려다보자니 의구심이 생긴다. 그녀가 마틴을 기억하고 있을까, 아니면 꾸며냈을까. 너무 오래 사진을 들여다보자 데이비드가 묻는다.

"다 봤어?"

캐런은 기사를 다 읽었느냐는 말인 걸 못 알아듣는다. 기사는 아직 시작도 안 했다.

"다 봤어."

캐런은 그의 질문과 다른 의미로 대답한다. 데이비드가 신문 쪼가리를 집어서 치운다. 손을 떠는 것 같다. 힘든 눈치다. 신문을 치우고 새 담배에 불을 당긴다. 그는 완전히 기겁했고, 이것은 평소 보이는 담담한 태도의 이면이다. 그는 담담한 태도로 약한 심성을 감추려 한다. 데이비드 모르게 캐런은 그 담담함의 옷을 빌린다. 도서관에 가서 기사를 찾아볼 심산이다. 〈본 쿠리어-텔레그래프〉란 신문 이름을 신중하게 기억한다, '기억 속에 간직'한다. 지금 기사를 상세히 읽고 싶지만 나중에 상세히 읽어야 한다. 하지만 지금 상세히 읽지 않더라도 기본 내용은 안다. 이미 파악했다.

"신문은 어디서 났어?"

캐런이 묻는다.

"짐한테서."

데이비드가 대답한다. 킹슬리 선생이란 뜻이다. 데이비드는 기겁한 나머지, 우리가 킹슬리 선생으로 부르는 사람을 친근하게 '짐'이라고 부르는 것은 '엘리트 형제회'에서만 어울린다는 사실조차 기억 못 한다. 데이비드가 다시 말한다.

"하지만 먼저 이 편지를 마틴에게 받았지."

데이비드가 다급히 바텐더에게 손짓한다. 이 대목을 설명하려면 마음을 다잡아야 하기에, 캐런의 변화를 눈치도 못 챘다. 마틴에게 편지를 받았다는 말에 캐런의 충격을 받지 않는 담담함의 옷이 벗겨진 걸 모른다. 데이비드는 그녀가 다시 재빨리 그 옷을 입는 걸 보지 못하고, 그래서 고백을 들을 기회를 놓친다. 그녀는 고향에 돌아오자, 안 그러겠다고 맹세했건만 결국 살던 집에 찾아가 문을 두드렸다. 마음 한구석이 미쳤는지, 오래전에 기다렸던 영국에서 온 편지가 와 있을 것 같아서였다. 다행히 집에 사람이 없었고 다시는 찾아가지 않았다.

캐런과 달리 데이비드는 마틴의 연락을 기대하지 않고 지냈다. 14년 전 그 두 달간 데이비드는 마틴과 긴 시간을 보내지 않았다. 마틴과 일행이 떠난 후 서로 연락한 적이 없었다. 하지만 편지를 보면 마틴은 데이비드의 성공 소식을 아는 듯했다. 어쩌면 데이비드에 대해 듣고 아는 사람인 게 기억났겠지. 데이비드를 기억하다가 무슨 이유에서든 그의 근황을 찾아보고 성공했는지 알아보기로 했거나. 극단 사서함으로 온 편지로는 경위를 알 수 없었다.

"편지를 갖고 있어?"

데이비드가 마틴이 보낸 편지 얘기를 장황하게 늘어놓자, 캐런이 말을 끊으며 과하게 날카롭게 묻는다. 그녀는 데이비드의 설명을 듣기보다 편지를 손에 들고 직접 읽고 싶다. 하지만 물론 데이비드는 이미 편지를 어디 뒀는지 잊었다. 캐런이 짜증스럽게 반응하자 그는 그건 문제가 안 된다는 걸 상기시킨다. 데이비드는 편지 내용을 완벽하게 외운다. 고등학교 시절 데이비드는 몬티 파이튼의 긴 풍자 대사와 밥 딜런의 노래 가사를 암기해서 반 아이들을 놀라게 했다. 늘 대사를 완벽하게 암기하고 그것으로 인생을 단편적으로 이해했다. 이것은 심리적이거나 신경학적 현상이고, 캐런이 언젠가 상담사가 되면 관련 용어를 알게 될 것이다.

데이비드가 말한다.

"마틴은 극단 작업들을 일일이 축하했어. 아주 좋게 말해 줬어. 리뷰들을 찾아보나 봐. 그러더니 이렇게 말했어. '자네가 고향으로 부르는 그 고지식한 촌구석에서 누군가가 분위기를 쇄신할 때도 됐지. 〈캉디드〉가 그러지 못해서 아쉬웠지만, 그게 자네라니 기쁘군! 잘난 도덕군자들을 한 방 먹여 눈을 번쩍 뜨게 해주라고.' 그러더니 이렇게 말하더라고. '아마 내가 도덕군자들에게서 곤란을 겪는다는 소식을 들었겠지. 늘 있는 일이지—저들은 공격할 부도덕성을 못 찾으면 만들어내고, 또 그게 통한다니까.' 그러더니 마침내 짬을 내 희곡을 탈고해서 무대에 올리려고 각색하고, 연출과 주연 모두 맡으려 했는데, '이 마녀사냥이 시작됐고, 가장 원통한 것은 그 마녀가 나라는 점이지!'라고 썼더라고. 그러더니 나한테 그 희곡을 공연하겠냐고 물었지. 그가 취소해야 했던 연극을."

데이비드는 처음에 '도덕적 문제'와 '마녀사냥'이 무슨 뜻인지 이해 못 했고, 며칠간 공연 프로젝트를 챙기고 창작하고 숙취에서 회복하느라 편지를 잊었다. 그러다 모임 자리에서 킹슬리 선생을 보자, 마틴의 근황을 아느냐고 물었다. 킹슬리 선생은 얼굴을 찡그렸다―수녀가 거론조차 못할 만큼 사악한 죄를 대하는 표정이었다. 데이비드는 '더 바'에 캐런과 앉아, 신문 기사가―캐런이 계속 보고 싶지만 그렇다고 인정하지 않을―담긴 봉투에 손을 얹고 찡그린다. 그 표정을 보자 캐런은 그가 연기할 줄 몰라서 연기에 실패한 게 아니라고 생각한다. 적어도 그는 표정을 지을 줄 안다. 취했지만―또는 만취했기 때문에―수녀 연기를 척척 해낸다. 고개를 떨구고 무게 때문에―거론조차 못할 만큼 사악한 죄의 무게―푹 숙인다. 킹슬리 선생은 그 얘기 하기를 거부했다. 그는 찡그렸고, 이틀 후―오늘―데이비드의 사무실에 오린 기사를 두고 갔다. 그런데 킹슬리 선생이 거론하기 거부한 사악한 자들이 누굴까? 마틴? 아니면 마틴을 고발한 사람들?

캐런은 분방하지 않고 유머 감각이 없다고 알려졌지만—
사실, 금욕주의 독신자면서 재미없다는 평을 듣는다—데이
비드와 잔 적이 없다고 종종 특정한 공공장소에서 말한다.
캐런이 우연히 '더 바'에 있는데, 데이비드의 광범위한 지
인, 즉 주당 그룹의 일원도 거기 있다고 하자. 캐런은 그를
모르고 공통점이 없어서 만나고 싶지도 않다. 매번 이런 상
황이 되면 데이비드는 자기도 잘 모르는 이 주당을 캐런에
게 소개하겠다고 고집한다. 늘 캐런을 '세상에서 가장 오래
된 친구', '누구보다 오래된 사이', '내 뼛속까지 아는 사람'
이라고 과장되게 설명한다. 그때마다 캐런은 빈정댄다. '이
바에서 그와 자지 않은 여자는 나 하나'라거나 '그가 자지
않고 1주 넘게 아는 여자는 나 하나'. 가장 강렬한 인상을
주었던 말은 '이 도시/나라/메트로폴리탄 지역에서 그와 자
지 않은 유일한 여자는 나 하나죠'. 그녀가 이 말을 할 때마
다 데이비드는 찡그린다. 여자들이—캐런만 빼고—거부할
수 없는 남자라는 명성이 억울하거나 불쾌한 듯이. 캐런은
데이비드와 성적 매력의 관계가 이해되지 않는다. 그의 의
도와 무관하게 카리스마가 멋대로 세상을 떠도는 것과 비
슷하다. 또 캐런 역시 그 말을 할 때마다 찡그리지만, 사실

충동적인 발언이고 의도 없이 내뱉은 게 후회되기 때문이다. 못 먹는 감 찔러나 보는 식으로, 데이비드와 자고 싶어 그런다고 보일 수도 있다. 그게 아닌데. 아니면 못된 성격이거나 다른 여자들에게 우월감을 갖는 것으로 보일 수도 있다. 어떻게 보이든 그런 말을 할 필요가 없다. 그런데도 늘 말하고 늘 찌푸린다. 데이비드도 늘 캐런에게 그 말을 할 빌미를 주고 늘 찌푸린다. 왜 그럴까? 그들을 그렇게 몰아가는 게 뭘까?

데이비드가 기사를 보여준 밤 전까지 캐런은 그가 사람들에게 소개하는 게 과거에 집착해서라고 짐작했을 것이다. 또 그녀가 늘 그렇게 대꾸하는 이유는 그의 과거 집착이 짜증나서라고 말했을 테고. 하지만 신문 기사가 등장한 밤, 캐런은 모든 얘기가 과거와 무관하지 않은지 의아했다. 섹스를 제외한 그가 꺼내는 모든 말이. 섹스를 언급하는 사람은 항상 그녀였다. 어쩌면 그의 성생활과 무관하다는 캐런의 주장은, 실은 그의 성생활에 불만이 있다는 의미였다. 다들 그를 인기 TV 드라마 주인공처럼 대하고, 캐런은 그 프로를 끌 수도 없이 수십 년간 볼 수밖에 없는 게 싫었다.

그날 밤 '더 바'에서 마틴의 '마녀사냥'을 얘기할 때, 캐런은 데이비드가 마틴을 범죄자로 보지 않는다고 느꼈다. 오히려 그는 여자들이 마틴에 대해 거짓말을 한다고 생각하며 발끈한 듯했다. 오랜 시간이 흐른 후 마틴은 데이비드에게 롤 모델이자 영혼의 동지요, 일하는 연극 예술인의 모범이었다. 학교에서 보고 14년이 지났는데 마틴은 여전히 학교에 근무했다. 여전히 늘 상을 타고, 늘 해고 위기에 처하는 전형적인 불경한 교사였다. 여전히 학생들에게 '내 인생에 가장 큰 영향을 미친 인물'이나 '학교에서 애들과 소통되는 유일한 인물' 등 과장된 평을 들었다. 마틴은 오래전 제자들을 데리고 CAPA만 아니라 전 세계를 돌면서, 그들이 상상도 못한 기회들을 제공했고 시야를 넓혀주었으며, 자기 자신을 믿으라는 것 등을 가르쳤다. 이 모든 정보가 기사에 나왔고, 데이비드는 기사를 밝혀지지 않은 현실의 한 가지 해석이 아닌, 누군가의 인생을 비추는 창으로만 보는 듯했다. 잘 모르는 사람의 과거가 마법처럼 데이비드 자신의 과거를 건드렸다―달리 말해 마틴은 신성한 인물이었다. 데이비드가 늘 〈캉디드〉 공연 취소를 위선의―혹은 마틴의 말을 빌면 그가 고향이라고 부르는 이 '촌구석'의 '고지식함'―증거로 보는 걸 캐런은 알았다. 〈캉디드〉 공연 취소가 베케트, 노스웨스턴 대학과 함께 지금 그가 자신을 보는 관점에 일조했다고 짐작했다. 연극계의 이단아, 유료 관객을 혼란스럽게 하는 당당한 인물. 마틴이 그 길을 깔았으니, 데이비드의 눈에 기사는 세상이 미쳤다는 증거였다. 그 세상에서 복수에 찬 거짓말은 보상을 받고 진실을 말하는 교사이자 예술가는 파멸했다.

마침내 캐런이 물었다.

"그가 제자들이랑 잤다는 걸 안 믿어?"

이 순간 캐런은 아직 걸치고 있는 충격을 받지 않는 옷을 찢을 말밖에 할 수 없다는 걸 알았다. 그 옷이 갈갈이 찢기지 않을 다른 말을 할 수가 없었다. 이런 순간에는 질문하는 게 상책이었다. 유도심문은 아니겠지만 캐런의 질문에 그런 분위기가 있긴 했다. 바 안에 그런 분위기가 흘렀다. 나는 스툴 의자에 그대로 앉아 있으려고 애썼다. 데이비드의 오랜 다정한 친구로 남으려고 애썼다.

"난 마틴이 제자들이랑 잤다고 믿어. 그 애들이 그와 잤다고 믿어. 애들이 다 알고 하는 짓이라고. 우린 무슨 짓을 하는지 알았어. 우리가 어땠는지 기억나지?"

"우린 어렸어."

캐런은 조심스레 대할 대상이 데이비드인 양 조심스레 대꾸했다. 대화로 상처받을 사람은 그가 아닌데도. 하지만 그녀가 조심했는데도 데이비드는 발끈했다. 그가 경멸하듯 웃음을 터뜨리고는 쏘아붙였다.

"우린 절대 어리지 않았어."

예리한 독자라면 마누엘이 어떻게 됐는지 궁금할 것이다. 캐런이 그의 운명도 우리에게 알려주려나? 나도 이게 궁금했다. 세라의 책을 읽고 스카이라이트 서점에서 보기 전, 내 책꽂이로 가서 고등학교 앨범들을 꺼냈다. 맞아요, 독자 여러분, 그 앨범들을 보관했지요. 그 앨범들은 소중했다. 제목은 '스포트라이트!' 느낌표가 있었다. 빳빳하고 번들거리는 책장을 조심스럽게 넘겼다. 면지에 친구들이 써준 문구가 별로 없었다. 예상과 다른 내용은 없었다. 아무도 색 사인펜으로 이 앨범 주인이 '상냥한 아이', '진짜 착해!'라고 쓰지 않고 '멋진 미래'라고만 적었다. 페이지를 넘겨, 이제는 볼 수 없는 헤어스타일로 인민복 상의를 입고 옆으로 보는 데이비드의 사진을 지나친다. 행정실 직원들 사진을 보니 뭉클하다. 친엄마보다 나를 잘 보살펴준 사람들이었다. 무용과와 음악과(기악부와 성악부)를 지나, '겨울 발레와 재즈 앙상블 맨해튼을 강타!' 페이지를 지난다. 여기서 주인공은 연극과다. 마지막에 나올 뿐 아니라 지면 대부분을 차지한다. 4년에 걸친 네 개 연극반 전체 학생들을 살펴보자. '마누엘'의 유전자에 다른 반의 염색체도 담겼을 가능성이 농후하다. 우린 마누엘의 운명을 그의 다양한 신원에서 찾고 있다. 왜냐하면 난 마누엘이 없다고 주장하지는 않겠지만, 어떤 마누엘은 없었다고 장담하니까. 명확한 신원은 적어도 세 가지다.

첫 번째 마누엘은 연극반이었고 서류상 '히스패닉'으로 이렇다 할 재능이 부족했다. 춤은 C의 연기 실력 정도였고, 나무에 못 박는 솜씨는 C의 노래 실력 정도였다. 모자에 풀로 깃털도 못 붙였다. 그는 거기서 뭘 했을까? 이건 내가 풀 수수께끼가 아니지만, 이유가 뭐든 그대로 남았다. C는 4년 내내 우리 반이었다. 들어올 때처럼 나갈 때도 눈에 띄지 않았다. 두각을 나타내지도, 일찍 사라지지도 않았다. 학창 시절에는 여자 친구나 남자 친구가 없었지만, 마지막으로 소식을 들었을 때 그는 결혼했고 사업을 시작했으며 자녀가 둘이고 잘 지낸다고 했다.

두 번째 마누엘은 성악부 학생이었고 역시 서류상 '히스패닉'이었다. 오페라 팬이라면 그의 이름을 알 만하다. 그는 학교 최고의 성공담 주인공으로 꼽히고, 오디션에서 놀라웠던 마누엘의 목소리처럼 그의 목소리는 천사 반열에 든다.

학창 시절에는 게이라고 밝히지 않았지만 게이가 맞다. 하지만 P의 재능이 발굴된 것은 우리 학교가 아니라 훨씬 전인 유년기였다. 또 그는 킹슬리 선생의 제자가―혹은 그 이상이―아니었다. P는 성악부의 자랑이었고 13세 때부터 계속 전문 오페라 무대에 서서, 학교 공연은 오디션조차 보지 않았다. 이스트만 음대에 진학했고 빛나는 커리어를 쌓았다. 뉴욕에 살 때 오페라 〈나비 부인〉에 샤플레스로 출연한 그를 본 적이 있다. 공연이 끝난 후 무대 출입구에서 눈빛을 반짝이며 꽃을 안고 기다리는 팬들 속에 끼어 그를 기다릴까 고민했다. 하지만 난 알은척할 자격이 없었다. 나야 그를 알지만 그는 날 모를 테니. 기다리지 않기로 하고 집에 돌아갔다.

세 번째 마누엘은 사람이 아니라 관찰한 대상이다. 킹슬리 선생과 맺은 특별한 관계가 이 인물의 두드러진 특징이 아닐까? 이 관계가 세라를 분노하게 해서, 그녀가 형언 못할 상처를, 기묘한 보복을 가한 게 아닐까?

예리한 독자라면 또 궁금하겠지. 캐런이 세라의 기묘한 보복에 대해 뭘 알았을까? 나 역시 궁금했다. 내가 보고도 이해 못 했던 게 있을까? 내가 알고도 잊은 게 있을까? 첫 번째 질문의 답은 의심된다. 두 번째 질문의 답은, 가능성 없다. 난 아무것도 잊지 않는다. 그런데 세라가 소설에서 조명, 세트, 배경막을 내 기억 그대로 재구성했기에, 난 낯설 게 느껴지는 행위를 읽으면서 내 착각으로 여겼다. 세라는 나를 완전히 그 시절의 의상부로 데려갔다. 옷걸이에 빼곡히 걸린 옷들을 구분하려고 끼운 얇은 종이 판지. 다리미와 다림판, 바닥에 뒹구는 모자들. 그렇다, 똑같다. 전부, 다 그랬다. 그래서 행위가 낯설어도 사실일 거라고, 내가 유의하지 않았을 뿐이라고 믿었다. 그런데 아니, 연극반에서 설명 없이 사라진 사람은 없었다—나밖에. 또 여기서 킹슬리 선생으로 부르는 인물과 무척 특별한, 어쩌면 너무 특별한, 세라에게 복수의 갈증을 일으킬 만큼 특별한 관계를 맺은 사람은 없었다—세라밖에.

하지만 여러분은 그 아주 특별한 관계를 이미 다 안다. 그렇지 않나?

상담사가 쓴 용어 중 '투사'*와 '억제력'이 유독 마음에 들었다. 이 용어들은 치료의 맥락에서는 무척 구체적이고, 삶의 맥락에서는 무척 광범위하기 때문이다. 투사. 심리 치료와 무관한 사람도 '투사'가 질타하는 면이 있지만 창의적이라는 데 동의할 것이다. 사물이나 사람을 거기 두고, 사실은

---

* 자신의 관심이나 욕망을 타인의 것으로 지각하거나, 자신의 심리 경험을 실제로 지각하는 현상.

나의 감정을 그 사람의 감정으로 보는 것이다. 억제력은 창의력과 정반대이지만 파괴가 아니라 창작을 해체하는 것이다. 생각하지 않기, 느끼지 않기, 하지 않기. 투사 아니면 억제력. 있기 아니면 없기. 노골적인 거짓말 아니면 말로 표현되지 않은 순전한 사실. 마누엘은 없거나 아니면 여럿이었다. 세라는 그런 일을 하지 않았거나 모든 일을, 그녀가 남들에게 씌운 일까지 했다. 캐런은 아무것도 몰랐거나, 지금 형태의 이야기만 빼고 모든 걸 알았다. 세라가 이 이야기를 하는 목적은, 숨겨진 진실을 드러내거나, 그럴 듯한 거짓 아래로 진실을 숨기는 것이다. 실제 상황을 꿈이라는 논리로 못 알아보게 휘저어서.

세라는 이야기가 자신을 좋거나 나쁜 사람으로 부각시킨다고 생각할까? 한쪽에서 보면 이기적이고 해로운 나쁜 년이다. 다른 쪽에서 보면 그녀는 자신이 누군가를 구제한다고 상상할 것이다.

하지만 세라의 이야기가 진실인가 허구인가, 진실이나 허구에 대한 그녀의 동기가 순수한가, 오염되었나는 우리가 결정하거나 고심할 바가 아니다. 이야기가 옆으로 빠져서 미안하다.

'더 바'에서 데이비드와 만나고 얼마 후, 캐런은 공립 도서관 본관에 가서 〈본 쿠리어-텔레그래프〉지를 찾아봤다. 기사를 읽은 후 마틴이 유죄일 거라는 내 믿음이 정당했음을 알았다. 마틴이 결백하다는 데이비드의 믿음 역시 정당하다고 이해되어 이상했다. 지역의 논란을 이용해 '문화 전쟁'을 다룬 기사였다. 본에 있는 좋은 평가를 받는 고등학교에서 마틴은 연극 프로그램으로 매년 교사상을 받았지만, '지도자로서 부적절한 행위'에 연루됐다는 소문도 막아내야 했다. 이제껏 어떤 소문도 증명되지 않았다. 소문을 받아들이는 태도는 예술 교육의 유용성을 보는 관점에 따라 다른 듯했다. 연극 프로그램을 시간 낭비로 보는 보수적인 학부모들은 조사를 요구했고, 예술 옹호자인 교장이 성범죄자를 보호한다고 비난했다. 예술 지원이 사면초가에 몰렸다고 보는 진보적인 학부모들은 마틴을 옹호하고 마녀사냥을 멈추라고 요구했다. 안타깝게도 '마녀'가 바로 마틴이었다. 어느쪽이 옳은지 분간하는 난제를 악화시킨 건 학생들이었다. 그들은 늘 발언하지 않으려 했지만 드물게 입을 열면 서로 의견이 달랐다. 결국 전해에 16세인 연극반 여학생이 마틴과 사랑해서 합의된 성관계를 맺었고 임신했다고 부모에게 털어놓았다. 마틴은 교사 역할 외의 행위 일체를 부인했다.

여학생의 부모는 변호사들을 고용해, 마틴에게 친부 검사를 받으라고 요구했다. 마틴은 거부했고 해고당했다―그런데 학생이 주장을 철회해서 범법 행위로 고발되지 않았다. 기사를 보면 19세기 말 이후 영국에서 성관계 허용 연령은 16세지만, 18세 이상이면서 교사 같은 책임 있는 지위의 사람이 18세 이하와 성행위에 연루되는 것은 직권남용에 해당된다. 학교는 아마도 사전 조치 미흡을 반성하면서 마틴에게 성폭력을 당했다고 추정되는 다른 피해자들을 수소문했다. 기사는 지나치게 비판하는 투를 피하려고, 마틴의 연극계 동료의 말을 인용하면서 마무리했다.

'여기 가르치는 일에 인생을 바친 놀랍도록 재능 있는 사람이 있습니다. 그런데 그는 이런 일을 당합니다. 오로지 소문을 근거로 직장에서 해고되고 명성이 망가집니다. 그러니 왜 재능 있는 사람들이 가르치지 않으려고 하는지 알 만하지요.'

기사를 읽고 얼마 후 캐런은 마틴의 희곡 대본을 입수했다. 그가 마녀사냥을 당하기 전까지 제작해서 주연과 연출을 맡으려던 작품이었다. 그녀는 신문 기사와 똑같은 관심을 가지고 대본을 읽었다. 데이비드가 대본을 주었다. 마틴 소식에 흥분하고 충격 받은 후 모욕을 느끼고 분개했던 그는, 마침내 냉소를 되찾고 진격했다. 냉소적인 진격은, 바에서 흥분하고 충격 받을 때와 정반대 양상을 취했다. '더 바'는 앉아서 술을 마시고 세상이 '미쳐 돌아간다'고 호통치기 좋은 곳이었다. 냉소적인 진격은 데이비드의 극장 무대에서 펼쳐졌다. 바에서 충격에 빠졌다가 무대로 진격하는 전개는, 평소 데이비드가 반복하는 일이어서 늘 그런 식으로 돌아갔다. 먼저 시무룩하게 충격에 시달렸다. 그러다 어떤 시점이 지나면 괴로움으로 충전이라도 된 듯 진격해서 사람들에게 충격을 주어 괴롭게 했다. 그러면 지쳤거나 양심의 가책이거나, 둘 다 때문에─진격 기간에는 늘 사람들을 공격해 당황하게 만들었다─데이비드는 다시 충격을 느끼고 소극적으로 시달렸다. 헹구기, 쥐어짜기, 반복. 내가 실제로 심리 치료사가 되고 데이비드가 치료비가 있다면 그를 치료해보고 싶다. 그는 내게 흥미를 일으킨다. 그는 모든 사람에게 흥미를 일으키고 누구도 비교 불가다. 언젠가 '더 바'에서 취한 평론가가 데이비드가 여자들한테 인기 있는 이유가 워낙 예측 불가여서라고 떠드는 소리를 들었다. 하지만 그건 만취한 사람의 견해였다. 데이비드는 완전히 예측할 수 있다. 반은 침체에 빠지고 반은 격하게 활동적이다. 반은 고통에 시달리고 반은 고통을 유발한다. 이게 교과서에 나오는 양극성 장애 같은 질환인지 판단은 정신건강 전문가에게 맡기겠다. 하지만 우리 목적을 위해 독자들이 알아야 하는 것은, 마틴이 받은 처우와 관련해 데이비드의 냉소적 성질(sardonicism)―실제 있는 단어니 찾아보길―은 마틴의 연극을 상연하는 진격으로 이어졌다. 바닥 매트에 떨어져서 밟히거나, 차 안이나 이불보 속이나 커피 메이커 아래 있는 마틴의 편지를 찾아냈다. 그는 어리석고 미친 세상을 맹렬히 비난하고, 연극 대본을 요청하는 편지를 마틴에게 보냈다. 마틴이 이 편지를 받고 고마워했을 건 확실하다. 그래서 오래 격조했던 두 '엘리트 예술 형제회' 회원들은 대서양 너머 서신 왕래를 시작했다.

캐런이 극단 사무실에 간 날 대본이 우편으로 도착했다. 그녀가 그 대본을 예의주시하고 접근했다는 것은 쉽게 짐작될 것이다. 데이비드와 마틴의 진행 상황 전부를 그렇게 파악했다. 데이비드의 충격이 진격으로 발전, 데이비드의 편지 되찾기 등등. 캐런은 그에게 꼭 필요한 인물이 되는 손쉬운 방법으로 그의 근황을 파악했다. 데이비드는 늘 행정적인 도움이 필요했고, 언제든 도와주는 이유를 묻지 않고 냉큼 도움을 받아들였다. 내가 보기에 그는 자존감이 낮았지만 아주 중요한 일을 한다고 철석같이 믿었다. 이게 '엘리트 예술 형제회' 회원들의 독특한 특징이다. 데이비드 역시 쉽사리 그들과 이 믿음—중요한 일을 한다는 믿음—을 공유했다. 몇 시간을 프로젝트에 기여하겠다고 제안해도, 데이비드에게 그러고 싶은 이유가 뭐냐는 질문을 받을 위험은 없었다. 그즈음 그는 안타깝게도 소방 설비 문제로 사무실을 이전했고, 캐런은 서류들을 점검해서 정리하는 방식을 갖춰주겠다고 제안했다. 몇 년 전 그녀가 직접 만들었지만 아무도 계속 쓰지 않는 정리 방식이 있었다. 이런 식으로 데이비드와 마틴의 서신 교환에 대해 계속 파악했고, 느긋하게 마틴의 희곡을 읽었다. 편지에는 놀랄 사항이 없었지만, 대본에는 적어도 캐런에게는 놀라운 점이 있었다.

첫 번째 놀라운 점은 대본이 훌륭하다는 사실이었다. 최소한 그녀의 눈에는 뛰어났다. 그녀가 희곡 전문가입네 하고 나설 입장은 아니었다. 하지만 대본을 금방 읽었다. 그게 좋은 희곡이라는 신호 같았다. 희곡은 놀랍지만 묘하게 익숙했다. 그게 두 번째 놀란 점이었다. 희곡에 나오는 사건들이 직접 겪은 일인 듯 아주 친숙했다—하지만 전생에서, 그녀가 모르고 산 생애에서 겪은 일 같아서 희곡이 꿈 같았다. 온통 뒤죽박죽인데 냄새나 얼룩처럼 뭔가를 상기시켰다.

연극의 배경은 어느 술집이었다. 술집 가득 영국인들이

영국 술을 마시고, 영국식 발음으로 말하는데 '더 바'라고 해도 손색이 없었다. 똑같은 매일 밤의 정경이 펼쳐졌다. 술집 주인이자 바텐더인 '닥'(Doc, '선생'이라는 뜻이 있다)—마틴이 연기하려던 인물—은 과묵한 타입이었다. 막이 열리면 손님들이, 과음해서 죽은 지인에 대해 얘기하면서 자살로 봐야 할지를 두고 입씨름한다. 손님들은 닥을 대화에 끌어들이려 하지만 그는 끼지 않으려 한다. 그때 한 여자가 들어온다. 적선을 받으려는 것 같다. 지저분하고 남잔지 여잔지 구분 안 되고—관객은 머슴애로 알기도 할 것이다—작고 여리하다. 그런데도 여자의 등장은 닥을 짜증나게 한다. 처음으로 그가 두어 단어 이상 말한다. 여자에게 고함치고 발로 차서 내쫓는다. 손님들은 마음이 불편하지만 점차 원래 분위기를 되찾고 설전이 다시 시작된다. 장면이 끝난다.

이후 닥과 손님들이 다양한 사회 병폐와 도덕적 난제를 보여주는 장면들이 많이 나온다. 독창적이지는 않지만 잘 표현된다. 캐런은 몰입해서 읽지만, 포스트잇을 꺼낼 필요까지는 못 느꼈다. 난 여기서 거의 마지막 장면으로 건너뛰겠다.

문을 닫아서 바가 어둡고 텅 비었다. 시계가 새벽 4시를 가리킨다. 하지만 열쇠 돌아가는 소리가 나고 닥이 들어온다. 그리고 놀랍게도 그 여자와 함께다. 전에 둘은 만나기만

하면 으르렁대던 사이로, 가게 주인과 거리의 매춘부로 보였다. 그런데 그 이상임이 분명하다. 등장인물 소개에 둘 다 나이가 나오지 않는다. 닥은 '한창때가 지남. 인생을 다르게 살았다면 덜 구부정하고 덜 찌푸린 상이었을 것이다'라고 설명된다. 여자는 '아무리 오래 살아도 계속 집 없는 애로 보일 것'이라고 나온다. 지저분한 청바지와 티셔츠 차림의 여자는 소년과 구분이 안 되지만, 그게 열 살, 스무 살, 서른 살로 만들까? 여자는 바에 앉고 닥은 바 뒤로 가서 문을 들락거리고, 우린 심란한 뒷방을 엿본다. 온통 너덜대는 비닐 장판, 알전구, 간이침대. 닥의 숙소임이 분명하다. 닥이 음식 접시를 앞에 놓아주자 여자는 먹는다. 둘은 하던 얘기를 이어서 하는 것 같다. 관객은 아까 닥이 여자에게 고함친 데는 힐난이 아닌 걱정이 숨어 있었음을 깨달을 것이다. 여자는 닥이 자신에게 화난 거라고 말한다. 닥은 '우리 모두 나름대로 선택하지'라고 말한다. 여자는 '그런가요?'라고 말하고, 닥은 대답한다. '선택할 수 있을 때는 그렇게 하지만, 난 그럴 수 없다는 걸 알잖아.' 여자는 자기가 닥 대신 선택해줄 수 없다고 말한다, 아무도 남의 선택을 해줄 수 없다고. 여기서 닥은 '무너진다. 육체적으로든, 도덕적으로든, 둘 다든'. (지문 인용) 추측을 할 순간이지만, 왜일까? 닥이 여자에게 말한다. '모르겠니? 내가 너한테 보답하려고 하는 걸 모르겠어?' 여자가 '늘 그렇듯 이기적이네요'라고 말한다. 닥이 '제발 날 위해 이 일을 해줘'라고 말한다. 연출 설명이 나오지 않지만, 여자는 식사를 마치고 일어나는 것 같다. 닥이 바 뒤에서 돌아 나오거나 여자가 앞에서 돌아 들어가는 게 확실하다. 닥이 '여자를 잡아 격하게 포옹한다'(지문 인용)라고 적힌 걸 보면. 닥은 여자의 아버지일까, 아니면 애인? 아니면 둘 다? 연극은 이런 캐런의 질문에 답하지 않는다.

닥과 여자는 뒷방으로 가고, 문이 쾅 닫힌다.

안 보이는 데서 총성이 퍼진다.

여자는 뒷방에서 나와서 퇴장한다.

하지만 연극은 끝나지 않는다. 마지막으로 조명이 켜진다. 추도식이다. 바에 검은 휘장이 드리워졌고, 닥의 사진 액자와 시든 꽃이 담긴 화병이 있다. 같은 손님들이, 똑같이 싸구려 재킷과 넥타이 차림으로 둘러앉아 술을 마시면서 대화한다. 첫 장면과 똑같지만 이제 논쟁 주제는 닥의 자살이다. 닥이 왜 그런 일을 했는지를 두고 각기 다른 의견을 내고, 각자 삶의 의미에 대해 잘난 체하며 떠든다. 갑자기 침묵. 여자가 들어와 있다. 교회에 어울리는, 전보다 나은 차림새. 중고품이고 몸에 맞지 않지만. 행색이 달라지고 조문하려는 의사를 보이는데도 손님들은 여자를 다그친다. '여기서 나가, 창녀 계집!', '꺼져, 더러운 년아' 등 온갖 말을 퍼붓는다. 여자가 대꾸하는 대사가 없지만, 나가지도 않는 것 같다. 여자가 거기 서 있는 데서 극이 끝나는 듯하다. 여자가 들어온다, 모욕을 받으며 괴롭힘당한다. 그리고……

끝

그 외에 다른 문장은 없다.

하지만 그 단어를 읽으면서, 마틴이 그 단어를 쓰면서 선명하게 그렸을 끝이 선명하게 그려졌다. 마틴은 극작가일 뿐 아니라 연출자였다. 독자가 보기에 빠진 부분은 사실 연출자와 배우들의 몫으로 남겨둔 부분이었다. 캐런은 한때 배우 지망생이었다. 그런 공백을 메꾸는 법을 기억한다.

무아지경에 빠져 대본을 읽다 보니 시간이 얼마나 지났는지 몰랐다. 셰익스피어 희곡을 연극 상연 시간과 같은 시간에 읽는다면, 어떤 희곡이든 두 시간 내로 독파 가능하다는 킹슬리 선생의 말이 기억났다. 격려할 의도였겠지만 실제로는 비관적이고 기죽이는 조언이었다. 킹슬리 선생은 꾸준히 그런 조언을 했다. 캐런이 장담컨대 그는 셰익스피어 희곡을 두 시간 내에, 아니 평생 셰익스피어 희곡을 통독해본 적도 없을 터였다. 그래도 이후 그 조언이 뇌리에 남았다. 대부분, 특히 이 경우에 희곡을 통독하는 시간과 공연 시간이 비슷해야 한다는 개념은 오류인 듯했다. 캐런이 순식간에 대본을 읽은 것 같아도, 백 장이 넘는 분량이었고, 무대 위에서 시간이 흐르는 침묵뿐 아니라 보이지 않는 침묵들이 곳곳에 넘쳐났다. 몇 분 혹은 몇 시간에 걸친 무대 위 침묵이 있겠지만, 의미 있는 침묵, 사실 설명 거부도 있었다. 캐런은 이 거부를 도전으로 느꼈다. 감정들을 느끼고 이름 붙이기까지 시간이 걸렸지만, 감정의 이름을 알아냈다. 도전. 무척 개인적인 도전. 캐런이 연극을 마틴이 보낸 메시지라는 의미에서 개인적인 도전으로 느꼈다는 게 아니다. 그가 약속했던 편지가 뒤늦게 왔다고 받아들인 게 아니었다. 캐런은 제정신이다. 램프 갓의 말을 듣거나 달걀에서 메시지를 읽지 않는다. 그녀가 연극의 침묵에 들어가 그 의미를 입으로 말하는 강력한 도전을 자신에게서, 자신에게 느꼈다는 말이다.

○

　명사와 동사, 이중으로 쓰이는 단어가 많다. present(선물)/present(선사하다). insult(모욕)/insult(모욕하다). object(사물)/

object(반대하다). permit(승낙)/permit(승낙하다). 영어에 능숙하지 않은 출장자를 위해 추린 이런 어휘 목록이 내 게시판에 붙어 있다. 어휘 활용뿐 아니라 어휘마다 강세 변화가 똑같이 이루어진다는 사실을 보여주려 한다. 강세가 첫 음절에서 두 번째 음절로 가면 의미도 사물에서 행위로 옮겨간다. 'I have a PREsent to preSENT to you.(너에게 줄 선물이 있다)', 'The stapler is an OBject to which I hope you won't obJECT.(그 스테이플러는 네가 반대하지 않기 바라는 사물이다)', 'This PERmit perMITS me to fire you.(이 승인은 내가 너를 해고하는 걸 허용한다)'. 이 예문들은 내가 짓는다. 단조로운 시 같아서 마음에 들고, '규칙'이 그 어휘들에만 적용되고 이외에는 쓸모없어서 마음에 든다. '오디션audition'도 명사와 동사 둘 다로 쓰이지만, 명사와 동사의 발음이 같다. 문자 그대로 '청력'이나 '듣기'라는 뜻으로도 쓰이고, '오디션을 받다, 하다'라는 뜻으로, 내 사전의 '동사' 부문 첫 순환 정의*로 등재되어 있다. 동사형은 대개 어근(audire: 듣다)에 따르고, 동작은 듣는 사람에게 속한다. 데이비드는 배역을 위해 배우들을 오디션 한다―그는 '그들의 대사를 듣는다.' 하지만 배우들은

---

* '오디션'의 정의에 '오디션'이 쓰이는 것처럼 그 어휘가 단어의 정의에 쓰이는 경우.

제대로 교육받지 않은 병적인 에고이스트들이지만 권력을 이해한다. 순환 동사 정의―오디션: 오디션을 보다―가 가장 유명한 동사가 된 이유다. 나는 이번 주말에 오디션을 볼 거야, 난 그 역으로 오디션을 봤어, 난 그 사람 앞에서 오디션을 봤어 등등. '오디션'은 주체와 객체, 행위를 하는 것과 행위를 받는 것 사이의 갈등을 극대화한다.

난 배우들을 혐오하고 배우가 되는 것을 거부했다. 그 성향이 대본을 읽은 후의 다짐을 복잡하게 만들었다. 나 아닌 누구도 그 여자 역을 못 하게 할 거라는 다짐. 배우가 되지 않고, 확실히 배우처럼 연기할 필요 없이 연기하고 싶었다. 하지만 난 배우 못지않게, 자신이 잘하니 배역을 달라고 요구하는 사람들도 혐오했다. 그래서 오디션 당일까지 데이비드에게 오디션 장소에 갈 거라거나 배역을 달라고 말하지 않았다. 한 대목을 고르지 않았고, 연습하지도 않았다. 오디션 받는 걸 받아들이지 않았고, 오디션을 보지 않는 걸 받아들이지도 않았다.

오디션 당일 아침, 독백 부분을 인쇄했지만 암기하지 않았다. 쳐다보지도 않았다. 차를 몰고 데이비드가 극장으로 사용하는 클럽으로 가서 차에 앉아, 오디션이 거의 끝날 시간까지 기다렸다―스케줄 작성을 도와서 끝나는 시간을 알았다. 평소 늘 필요한 역할은 오디션 때도 마찬가지였다. 데이비드는 내게 오디션을 보라고 권하지 않았다. 오래전 취해서 내 재능이 뛰어났다고 말한 걸 잊었다. 차에 앉아 있자니 내가 뭘 할지 모르는 게 놀라웠다. 나 자신을 오디션 해보려고 했다. 집중해서 들었고 아무것도 들리지 않았다. 그러다가 큐 사인이라도 받은 듯이, 끝났다고 느껴지자 차에서 내려 얼른 안으로 들어갔다. 어리고 아담한 예쁜 배우가 데이비드와 대화 중이었다. 그가 이 여배우를 방금 오디션했거나, 아니면 주체성을 포기하고 그녀가 오디션을 보도록 허락했다. 약간 상기된 얼굴 표정으로 알 수 있었다. 캐런은 오디션이 데이비드를 불안하게 하는 걸 알았다. 마치 뭔가 증명해야 하는 사람이 그인 것 같았다. 아마도 캐런은 그걸 알기에 대담해졌다. 의자를 당겨서 여배우와 대화를 나누는 그와 마주 보고 앉았다. 배우는 더듬대면서 미소 짓고는, 마침내 가방을 가지러 갔고, 조연출자는 서류판을 당겨서 캐런이 인쇄해준 명단을 오만하게 뒤적였다.

"잠시 시간을 주시면 연출자님이 마무리하실 겁니다."

조연출자가 말했지만 캐런은 무시하고 데이비드에게 주목했다.

"넌 내가 이걸 할 수 있다고 생각하지 않아." 그녀가 말했다.

"뭐를 해?" 데이비드가 물었다.

"넌 내가 이걸 할 수 있다고 생각하지 않아."

캐런이 다시 똑같이 말했다. 데이비드가 알아차렸다.

"난 네가 이걸 할 수 있다고 생각하지 않아."

데이비드가 말했다.

"넌 내가 이걸 할 수 있다고 생각하지 않아."

캐런이 말했다.

"난 네가 이걸 할 수 있다고 생각하지 않아."

데이비드가 말했다.

"넌 내가 이걸 할 수 있다고 생각하지 않아."

캐런이 말했다.

"난 네가 이걸 할 수 있다고 생각하지 않아."

데이비드가 말했다.

"넌 내가 이걸 할 수 있다고 생각하지 않아."

"난 네가 이걸 할 수 있다고 생각하지 않아."

"넌 내가 이걸 할 수 있다고 생각하지 않아."

캐런이 단언했다. 네가 빌어먹게도 듣지 않으니까 넌 오디션을 하는 게 아니야. 넌 청력이 아예 없다고.

"난 네가 이걸 할 수 있다고 생각하지 않는다고?"

데이비드가 발끈하며 말했다.

"넌 내가 이걸 할 수 있다고 생각하지 않아!"

"난 네가 이걸 할 수 있다고 생각하지 않는다니까?"

"넌 내가 이걸 할 수 있다고 생각하지 않아!"

"대체 무슨 일입니까?" 조연출자가 외쳤다.

"시끄러워, 저스틴! 나는 네가 이걸 할 수 있다고 생각하지 않아!"

"넌 내가 이걸 할 수 있다고 생각하지 않아?"

전에 킹슬리 선생은 말했다. '반복의 목적은 맥락을 통제하는 거지. 사람들은 울고 소리치고, 서로의 사타구니를 움켜잡고 옷을 찢어…… 같은 문구를 반복하면서…….'

캐런과 데이비드는 서로의 사타구니를 움켜잡거나 옷을 찢지 않았다. 점점 목소리가 고조되었다. 캐런은 조금 울었다. 고향에 돌아와 딱 한 번이었다. REpeat(반복)/rePEAT(반복하다)는 캐런의 명사/동사 목록에 없었지만, 거기 있어야 마땅했다. 똑같은 방식이니까. 행동, 사건, 반복된 다른 일, 이미 한 말을 되풀이하기. '넌 내가 이걸 할 수 있다고 생각하지 않아'를 반복하는 것은 '내가 다시 하고 싶은 일들이 있어'를 뜻하기도 한다.

앞에서 데이비드가 내 관심을 끌었다고 말했다. 세라가 아니라. 세라는 나를 사로잡았다. 이 어휘를 가볍게 쓰는 게 아니다. 두 단어가 비슷하되 정도의 차이만 있는 게 아님을 염두에 두기를. 사전을 보면, 어떤 사람에게 관심을 갖는 것은 '주목하거나 신경 쓰거나 호기심을 갖는다'고 느끼는 것이다. 우린 호기심의 대상으로 삼은 사람들을 속단하거나 비난하지 않는다. 그들을 겁내고 질색하지 않는다. 내 상담사는 상담 중에 툭하면 '호기심을 유지하라'고 채근했고, 성공진 않았지만 시도하게 만든 것은 좋았다. 호기심은 좋은 감정이니까.

데이비드에게 호기심을 갖고 관심을 두면서, 내가 그를 믿고 선택했다고 느꼈다. 대조적으로, 세라에게 사로잡힌 것은 일종의 노예 노릇이었다. '사로잡다'라는 영어 단어 obsess는 라틴어 obsidere의 과거분사인 obsessus에서 유래한다. ob-(맞서거나 앞에서를 뜻함) + sedere(앉다) = '마주 앉아'(문자 그대로) = '차지하다, 교제하다, 포위하다'(비유적). 사로잡혔다라고 말할 때, 사물이나 타인에게 시달리고 조종당하고 붙들린다는 뜻이다. 우린 휘둘리고 포위된다. 우리가 선택하지 못한다. 내가 세라에게 사로잡혔다는 것은 그녀가 나를 휘어잡아, 내가 온전하고 자신을 책임진다고 느끼는 데 필요한 기제를 빼앗겼다는 뜻이다. 하지만 세라에게 물었다면, 그녀는 내게 아무 짓도 안 했노라고 대답할 것이다. 그게 우리가 사로잡히는 사람들의 행태다. 그들은 우리를 사로잡았다. 이건 우리가 목적어인 타동사지만, 그들은 이런 줄 알면 화들짝 놀란다.

그러니 사로잡힘은 누가 만들어낼까? 난 다른 일들은 세라를 비난했지만, 이 부분은 그녀를 탓하지 않았다. 우리 둘다 비난하지 않았다. 사로잡힘은 귀신인 줄도 모르는 사람에게 우연히 귀신 씌우는 것이다. 나는 세라가 내 귀신인 걸 알았지만, 그녀는 내 존재 자체도 잊었다.

캐런과 작가인 그녀의 옛 친구 세라는 스카이라이트 서점에서 나와 비싸고 세련된 멕시칸 레스토랑으로 갔다. 술탄의 카라반처럼 커다란 흰 리넨으로 장식된 곳이었다. 술탄이 멕시칸 음식을 먹었는지 모르겠지만. 여행자들은 로스앤젤레스에 비가 안 내린다는 사실을 이런 업소를 통해 강하게 인식한다. 야자수 화분, 흰 장의자, 술잔과 스테이크용나이프가 반짝대는 직원 작업대 위로 저녁 하늘이 오렌지빛으로 물들고 별 한두 개가 희미하게 빛났다. 머리 위에서격자형으로 교차한 두꺼운 철사들에 꼬마전구와 종이 장식을 씌운 램프들이 걸렸다. 커다란 흰 린넨 천은, 밤공기를 나누어 '사적인' 식사 구역을 만들려는 의도로 걸어둔 듯했다. 그 결과 술에 취하지 않은 사람은 줄에 걸린 큰 빨래에 둘러싸였다고 느꼈다. 캐런은 세라의 초조한 기색을 알아챌 수 있었다. 캐런의 예비 상담사다운 자상한 '경청하는 얼굴'도 세라의 긴장을 풀어주지 못했다. 세라의 다이키리(럼주, 레몬즙, 설탕으로 만든 칵테일)가 거의 바닥나자, 세라가 말하는 사이 캐런은 웨이터에게 다이키리와 자신이 마시는 음료를 한 잔씩 더 달라고 손짓했다. 그녀는 잔디 깎는 기계에 붙은 풀 같은 색의 무알콜 라임에이드를 마셨다. 사람들, 특히 독자들에게 비음주자가 별나 보일 테니 옆으로 새서 이 말을 하고 싶다. 내 경험상 애주가는 상대가 비음주자인 걸 알아도 술을 안 마시지 않는다. 오히려 더 마신다. 비음주자는 애주가를 불편하게 만든다. 주당들은 말짱한 사람 앞에서 취할까 겁내면서도 딱 그 상황을 만들고 만다.

"내 이야기는 충분히 했으니 너는 어때?"

순회 홍보 중 겪은 예기치 않은 일들을 길게 늘어놓은 후 세라가 말했다. 그보다 더 예상치 못한 상황은, 소설 등장인물이 실제로 나타나 세라의 기억을 백지로 만든 일일 터였다. 세라가 다시 물었다.

"지난 12년 동안 뭘 하면서 지냈어?"

"뭐, 이런저런 일들."

캐런이 말했다. 예의 없이 참 빨리도 묻고 진정성도 없는 질문이란 내색을 감추려고 미소 지었다. 그녀가 대답을 이어갔다.

"주로 사무장, 개인 조수, 개인 정리 담당자 같은 일이지. 고등학교 시절에는 몰랐겠지만 내가 엄청나게 정리를 잘해."

둘이 동시에 웃음을 터뜨렸다. 상상한 대로 캐런은 최근 남동생과 베트남 여행을 다녀왔다는 말로, 은근히 자유롭고 넉넉한 삶을 내비쳤다.

"아, 네 남동생! 어떻게 지내? 무슨 일을 해?"

세라는 그의 존재가 기억났다는 사실이 기뻐서 소리쳤다.

캐런은 모르는 사람 아무에게나 말하듯 질문에 대답했다. 특별한 내용 없이 예상되는 것들, 누구나 비슷한 면들을 읊었다. 독신이고 여기 LA에 살고 법무법인에서 일한다고. 남동생은 캐런과 얼굴이 닮았지만, 잘 보이지 않는 닮은 점들도 있었다. 세라가 이런 드러나지 않는 점들을 아는 체조차 못하리란 걸 캐런은 알았다. 그 시절, 동생은 가시권 밖에 있었기에 이제 세라는 그림 속에 그를 끼워 맞추려 했고, 이름을 알면 캐런이 감동할 줄 아는 듯했다.

"케빈, 케빈, 케빈이지, 세상에나."

세라는 캐런의 동생 이름이 기본 상식이라도 되는 듯이 되뇌었다. 그녀가 말을 이었다.

"기억나……. 이럴 수가! 면도날 모양 목걸이를 **쿨**한 줄 알고 걸고 다녔어. 그걸 기억하니?"

캐런이 그걸 기억하느냐고? 캐런은 남매의 어릴 적 풍경을 시시콜콜 기억하는데, 당시 면도날 목걸이는 중요한 지표가 아니었을까? 그래도 캐런은 고개를 끄덕이고 싱긋 웃는다. 세라와 보조를 맞춰 '케빈 추억 노선'을 달리는 것처럼, 그들의 머리 위에서 면도날 목걸이가 태양처럼 돌면서 반짝이는 듯이.

과거라는 집에는 방이 몇 개인가? 그들의 고향 도시는 집값이 쌌다. 가난뱅이의 집도 싸구려로 지었을 뿐이지 널찍했다. 세라 모녀가 사는 아파트, 캐런 남매와 엄마가 사는 주택은 초라했다. 물벌레 떼와 곰팡이가 잔뜩 있고, 수도꼭지와 문고리는 떨어지고, 창문과 문은 열리지 않거나 꽉 닫히지 않았다. 그래도 비좁지 않아서, 늘 널찍하고 눅눅한 공간을 세간살이로 다 채우지 못했다. 캐런과 케빈은 부모의 이혼 전후 모두 각자 방이 있었다. 넓은 방의 낮은 천장은 얼룩지고, 보풀이 주저앉은 카펫은 더러웠다. 접이식 옷장 문은 레일에서 빠지고. 알루미늄 창틀은 뻑뻑하고 끽끽

댔고, 이상하게 허옇게 녹슬어서 염분기 같은 게 묻어났다. 그런 방은 하나로 충분하지 둘이면 죽음이었다. 유년기 내내 캐런과 케빈은 계속 서로의 방에서 살았다. 자기 방을 거부했고, 머리로는 아니어도 몸으로는 알았다. 한 방에 두 몸이면 방을 이기지만, 한 방에 한 몸이면 진다는 것을. 그래서 상대의 방에 살그머니 들어갔다―'살그머니'는 유년기 내내 남매의 한 방 기거를 직간접적으로 반대하는 사람들 때문이었다. 이혼 전에는 아버지와 할머니가 그런 견해를 견지했다. 이혼 후에는 한동안 엄마가 사귄 애인이 그렇게 주장했다. 고등학교 시절 이런 의견을 밝힌 사람은 세라였다―세라는 캐런이 동생과 자주 같은 방을 쓰는 줄 몰랐으므로 의식해서 한 말은 아니었다. 방 네 칸에 식구 셋인 집에서 남동생과 같은 방을 쓰는 걸 알면 세라가 이상히 여겼겠지. 그래서 남매는 세라에게 이상해 보이지 않으려고 각자 방으로 물러갔다. 세라 같은 과분한 친구를 겁먹게 하지 않으려는 누나의 결심에 케빈이 동조하는 걸 캐런은 알았다. 케빈이―캐런과 세라가 만난 당시 열두 살로 아직 헐렁한 청바지를 입고, 창백하고 땅딸한 아이였다. 쭈뼛대고 못나게 숫기 없고―더 단호하게 결심했다. 케빈은 문틀 뒤에서 세라를 빤히 쳐다봤다. 용돈을 모아 쇼핑몰의 대마 가게에서 우스운 면도날 목걸이를 산 것도 세라의 환심을 살 목적이었을 것이다.

그러니 맞다. 세라가 본 캐런의 어린 시절에 케빈은 거의 존재하지 않는 반면, 남매가 본 어린 시절에는 세라가 빛났다. 세라는 케빈을 기억하고 스스로 감동한 반면, 캐런은 케빈이 세라를 잊었을 가능성이 없는 걸 알았다. LA 여행을 준비하면서, 이날 순회 홍보 행사를 여는 세라와 만날 거라고 케빈에게 말하지 않았다. 케빈이 따라오려고 할 게 빤했다. 누나가 공들여 분석한 세라에 대한 관점에 자신의 관점으로 도전할 터였다. 그의 관점은 어려서 반한 상태 그대로 남아 있었다. 하지만 적어도 케빈은 세라에 대한 관점을 가졌지만, 세라는 그에 대한 관점 따위 없었다. 그저 취해서 예기치 않게 이름이 기억난 것뿐이었다.

"케빈! 이럴 수가. 그러니까 LA로 둘이 같이 이사했구나? 정말 잘됐네. 두 사람이 아주 친했던 게 기억나."

그랬다, 두 사람이 친했던 건 맞지만, 아니, 그녀는 기억나지 않았다. 세라는 그런 걸 기억하지 못했다. 캐런은 세라의 석 잔째 칵테일을 주문하면서 다시 미소 지었다.

"둘 다 한동안 여기 살았고 난 이곳 생활을 매우 즐겼어. 그런데 지금은 집으로 돌아갔어."

세라가 이해하기까지 시간이 걸렸다.

"우리 고향?"

"즐거운 나의 집."

"네가 거기 산다고?"

세라의 들뜬 고음이 한 옥타브쯤 낮아졌다. 마침내 자신을 잊었고, 캐런이 똑똑히 기억하는 그 안다는—염려하는 게 아니라 아는—냉소적인 분위기를 되찾았다. 세라는 늘 아는 것 같았다. 상대가 아니라 상대가 알고 싶은 것을. 이제 그녀는 고향을 바로 옆 테이블에 엎어져 있는 지저분한 과카몰리(으깬 아보카도에 토마토 등을 넣은 멕시칸 소스) 그릇들처럼 보는 듯했다.

"네가 거기 살 거란 상상은 해본 적 없는데. 차라리 내가 거기 산다고 상상하고 싶어. 내가 거기 산다고 상상한 적도 없긴 해. 거기 사는 건 어때?"

"좋아. 우리가 어릴 때 살던 곳이 아니야. 그곳이 아직 있긴 해도 거기서 시간을 별로 보내지 않는다는 뜻이야."

"난 거기 사는 게 징그럽게 싫었어. 항상 권력이 없다고 느꼈지."

"우린 어렸어. 권력이 있을 때가 아닌걸."

"네겐 권력이 있었지. 그 차가 있었잖아."

세라가 고등학교 시절 캐런의 털털이를 기억했다! 이게 세라의 책에서 캐런의 마음을 사로잡은 것 중 하나였다, 캐런의 차에 대한 불만. 캐런이 세라에게 분노가 아닌 호기심을 간직한 것도 그 때문이었다. 캐런이 프로이트 식으로 나갔다면, 길티 플레저(죄책감을 느끼면서도 어떤 것을 좋아하는 심리)가 있다고 결론지었겠지. 더불어 페니스 선망(음경 선망인가? 캐런의 프로이트 지식은 허접하다, 전공이 무용인 걸 기억하길). 아버지 선망도 있어서 캐런의 차는 인생에서 아버지 역할을 표현했다. 정도는 미미했지만 세라의 인생에 아버지가 미친 영향보다는 컸다. 세라는 아버지를 본 적이 없고 어디 사는지 모를 정도였으니까. 여기서 '아버지'란 어떤 형태든 남성의 보살핌을 의미한다는 점이 이해될 것이다. 예컨대 우리가 킹슬리 선생으로 부르는 남자와 세라의 특별한 우정, 그리고 그 우정의 묘연한 끝. 다른 예를 들자면, 데이비드의 차를 두고 세라가 한 일. 그가 전화를 받지 않은 것, 차 조수석이 엉망이었던 것. 데이비드가 차에 없어서 세라가 자위로 오르가슴을 느낀 것. 차의 모든 것은, 데이비드가 여느 십대를 넘어서서―그래야 하는 듯이―세라를 지키겠다는 약속을 깬 걸 나타냈다. 왜 데이비드가 세라를 책임질까? 그들의 인생에 있는 어른들은 어쩌고? 때맞춰 세라가 말했다.

"누구, 아직도 보는 사람이 있니?"

그 '누구'가 데이비드를 뜻한다는 걸 캐런은 알았고, 의도한 상황이 되어 만족스러웠다. 딱 시간 맞춰 기차가 도착한 것 같았다.

"데이비드랑 자주 만나. 사실 우린 어떤 일을 같이 진행하고 있어."

캐런이 파악한 주당들의 특징 하나는, 취기가 눈 쌓이듯 꾸준히 오르지 않는다는 점이다. 취기에는 혼란과 또렷한 정신의 계곡과 봉우리가 있다. 혼란이 꾸준히 심해지고 또렷한 정신이 꾸준히 뿌옇게 변하긴 하지만 봉우리에 도착하는 순간이 계속 있다. 이때 취객은 볼 수 있다고 생각한다. 취하지 않았다고 확신한다. 데이비드가 화제로 떠오르자 세라가 그랬다. 이제 들뜬 고음이 아니었고, 신나는 척 연기하지 않고, 뼛속까지 나긋나긋해졌다. 스스로 만든 요새 안에서 흔들림 없이 안전하다고 느꼈겠지. 자아도취가 호기심과 부딪치는 걸 볼 수 있다면, 내면과 외면의 충돌을 볼 수 있다면 난 그걸 세라에게서 봤다. 데이비드에 대해 얘기하고 싶은 욕구와 내게서 새로운 데이비드에 대해 알아내고 싶은 욕구가 만나는 걸 봤다. 아까는 자신에 몰두했다.

이제 데이비드 때문에 자신을 옆으로 치웠다.

"그 애 얘기 좀 해봐."

세라가 말했다.

치료에서 내 앞에 놓인 난관 중에 하나는 뛰어난 기억력
이다. 평생 완벽한 기억력을 갖고 살았다. 사람들이 눈치챘
고, 그것을 가장 잘 아는 사람은 엄마였다. 내가 아주 어릴
때 엄마는 내 기억력을 과시했다. 쇼핑 목록 대신 나를 이용
하는 가벼운 방식이었다. 네댓 살인 나와 쇼핑 카트에 앉은
통통한 케빈을 상상해보길. 나는 진열대 사이를 누비면서,
티스푼에 이르기까지 주방에 부족한 품목을 줄줄 읊었다.
우유랑 빵이 떨어졌어요, 달걀이 세 개 남았어요, 냉동실에
냉동 닭가슴살이 있어요, 베이킹소다 통이 비었어요, 크래
커가 딱 한 줄 남았어요. 엄마는 주변에 사람들이 있으면 설
탕 그릇에 설탕이 얼마나 있냐고, 양상추 상태가 어떠냐고
물었다. 늘 남의 칭찬을 기대했고, 좋은 소리를 들으면 신이
나서 떠들기 시작했다. "정말이라니까요~. 딸아이는 내가
언제 카펫을 청소했는지까지 기억한다니까요." [칭찬조의
웃음.] "정말이라니까요~. 아이스크림을 사준다고 약속한

걸 애가 잊지 않으니 환장할 노릇이죠, 작년 여름 일인데!" [더 큰 칭찬의 웃음.] 엄마가 남편이나 나중에 생긴 애인들과 싸울 때는 좀 심각하게 날 이용했다. "나한테 그 말을 하고 싶은 게 확실해요? 캐런이 듣고 있다고요." "캐런, 폴이 뭘 하겠다고 약속했는지 기억을 일깨워줘라." 하지만 내 나이가 많아지면서 엄마는 내 기억력 자랑을 중단했다. 과장해서 뽐내거나 그 기억으로 적수를 공략하는 짓을 관뒀다. 대신 기억력을 무시하기 시작했다. 엄마가 하려는 주장의 증거였던 내 기억력은 기이하게도 내 주장의 걸림돌이 됐다. 내가 어떤 사건을 기억하더라도 그것을 이해하지는 못한다는 식이었다. 치약이 몇 그램이나 남았는지 따위의 소소한 것들이 머리에 꽉 찬 사람이라면 상황이 어떤 의미인지 모를 거라는 식이었다. 엄마는 처음에 내 기억을 활용하다가 이제 모욕했지만, 내가 다다른 결론은 변하지 않았다. 기억은 내 가장 깊은 자아였고 난 그걸 지켜야 했다.

심리 치료는 기억의 재편과 비슷해 보일 수 있다. 사연을 부수고 새 이야기를 써서 인생을 구제하는 걸로 보일 수 있다. 치료가 지저분한 장갑을 벗기지 않을 것처럼 보일 수도 있다. 기껏해야 치료는 완벽한 기억력의 소유자에게 거북한 수치심을 요구하고, 최악의 경우 내게 엄마를 상기시킬 수 있다―치료는 감정적 진실(사실에 입각한 진실과 대조되는, 자신의 감정에 입각한 진실)을 원하는 반면, 내 엄마는 남의 감정이나 진실로부터 비명을 지르며 달아난다는 게 다르다. 세라도 내가 늘 예상했듯이 똑같았을까? 세라의 기억력이 평균 이하라는 사실을 난 고등학교 시절 이후 쭉 알았다. 늘 각종 물건을 잊었다. 가방, 재킷, 립스틱 할 것 없이 손에서 빠져나가는 순간 어디 뒀는지 잊었다. 어떤 과제가 있는지, 과제를 했는지 잊었다. 왜 누구랑 다퉜는지, 무슨 말을 했는지 잊었다. 건망증의 결과는―아니면 이유?―과거를 개작하는 '상상력 풍부한 재능'이었겠지만, 그것은 그녀가 남의 감정적 진실을 어느 정도 인지했다는 뜻일까? 그녀가 내 감정적 진실을 잊었다면―애초에 그걸 알았다는 가정 아래―이제 그녀는 더 경계할까? 혹은 엄마처럼 단순히 나한테 자신의 감정적 진실을 빌려주고 격발을 무시하려 들까?

캐런은 후자로 생각했을 터였다―혹은 후자로 생각한다고 생각했을 것이다. 하지만 세라가 넉 잔째 다이키리를 마실 때 캐런은 변화를 감지했다. 단순히 혈중알코올농도 탓은 아니었다. 서점에서 캐런을 보자 충격 받고 겁먹은 기색이 역력했던 세라는―그 순간 우연이든 아니든 상황의 감정적 진실을 완벽하게 소화했고, 캐런은 그걸 경멸했다―

이제 캐런이 연출한 상황을 의심 없이 신뢰하는 아기처럼 받아들였다. 둘이 사이가 나빴던 적이 없다는 듯이 굴었다. 그들은 늘 친구였다. 계속 서로 사랑하다가 서로 멀어졌을 뿐이었다. 또 캐런은 자신이 늘 알았다는 걸 깨달았다. 세라가 카리스마 있고 예쁘고, 아는 것과는 다른, '아는 것처럼 보여'도 근본적으로 잘 잊는 걸 알고 있었다. 불안정하고 본능을 불신하고, 칭찬과 인정에 안달하는 걸 알았다. 또 세라가 기회가 생기면, 더 기분 좋은 감정적 부추김을 받으면, 캐런의 감정적 진실을 무시하리란 것도 알고 있었음을 깨달았다. 또 세라의 이 약점에 자신이 의존했던 걸 알아차렸다. 계획 없이 스카이라이트 서점에 오는 일을 두고 자신을 비하하며 불안했지만, 실은 내내 계획이 있었음을 인정했다.

"네가 오디션에 나타났을 때 그의 표정을 못 봐서 정말 아쉽네."

세라가 열띠게 말했다. 이즈음 그녀는 마틴의 신작과—마틴의 마녀사냥은 제외—데이비드의 작품 제작—데이비드의 진격 부분은 제외—에 대해 들었다. 오디션을 보라는 데이비드의 선심성 제안을 받아들이는 뻔뻔하고 웃기는 캐런의 결정에 대해서도 들었다. 캐런은 데이비드가 꼼꼼하게 매력을 지불 수단으로 삼는다는 얘기로 그녀를 웃겼다. 아,

그래, 세라는 역력히 기억했다. 데이비드는 그만이 재능을 알아본다고 느끼는 면이 있지. 밤공기가 찬데도 세라는 화끈거렸다. 술기운 때문이었지만 데이비드의 기억과 그 이야기를 나누는 기쁨이 더 큰 이유였다. 캐런과 나눈 우정을 새로 즐겁게 믿는 와중에도 캐런이 재능 있다고 주장하는 걸 잊지 않았다. 세라가 말했다.

"데이비드가 옳다는 뜻이야, 넌 잘해. 하지만 네 말 역시 옳아―데이비드가 멋지고 응원하는 척하기 좋아해서 오디션을 보라고 말한 거지. 그렇기 때문에 네가 간 게 마음에 들어. 그래서 어떻게 됐어?"

캐런은 우스꽝스러운 놀란 표정을 지었다. 이미 말하지 않았나?

"붙었지."

세라는 비명을 지르면서 양팔을 위로 올렸다.

"결국 데이비드는 내 재능이 발견되지 않았다는 헛소리를 한 죄로 날 캐스팅할 수밖에 없었겠지."

캐런이 말했다. 거짓 겸손이었다. 여자―희곡에서 유일한 여성 배역―에 대해 '아무리 오래 살아도 집 없는 애로 보일 것'이라는 대목을 기억하기를. 소년으로 착각될 정도로 왜소하다는 걸 기억하기를. 캐런은 자그마하고 몸매가 훌륭하지만, 열 살 이후 '집 없는 애'로 보인 적도, 사내애로 오해받은 적도 없었다. 캐런이 데이비드의 기억에서 오디션 상황을 싹 지운 예쁘장한 어린 여배우, 집 없는 애로 보일 사람은 바로 그녀였다. 하지만 데이비드는 결국 연민이 아닌 죄책감 때문에 캐런을 캐스팅하고 자신도 놀랐다. 캐런의 신체 조건이 배역과 맞지 않는다는 건 더 나은 점이 있다는 증거였다.

"너랑 마틴 사이에 뭔가 있지 않았어?"

'더 바'에서 데이비드가 자신도 놀랐지만 배역을 주겠다고 말한 후에 물었다. 캐런은 눈을 내리깔았다. 예상치 않은—예상했다—질문이고 악취미라는 듯이. 데이비드가 다시 말했다.

"알았어. 하지만 부탁 좀 들어줘. 연습 시작 전에 마틴과 연락하지 말아. 그의 표정을 보고 싶거든. 여자가 처음 닥의 바에 들어오는 순간, 우리가 그 표정을 이용할 수도 있을 거야."

"그러면 그 사람이 닥이야?"

캐런이 흔연스럽게 확인했다.

"당연하지. 마틴에게 닥 역을 맡지 않으면 이 작품을 무대에 올리지 않겠다고 말했어. 널 보는 마틴의 표정을 보고 싶어 돌아가시겠네."

"나도 그래."

캐런이 말했다.

노천 멕시칸 레스토랑에서 캐런은 이런 세부 사항까지는 말하지 않았다. 마틴의 캐스팅 사실도 알려주지 않았다. 하지만 세라가 물었다.

"마틴이 공연을 보러 올 가능성이 있을까?"

"데이비드는 그럴 거라고 확신하는 눈치야."

캐런은 그렇게 대답했고, 세라가 처음에는 유혹을 견디다가 굴복하는 광경을 지켜보았다.

"마틴이 영국에서 올 수 있다면 나야말로 뉴욕에서 갈 수 있지. 그래야 해. 데이비드의 공연을 한 편도 본 적 없으니."

캐런이 놀랐다.

"정말 그러고 싶어? 개막이 3주도 안 남았는데."

"정말이야."

세라가 대답했다. 그녀의 난데없는 등장에 어리둥절한 데이비드를 보기라도 한 것처럼 세라의 얼굴이 빛났다. 그녀가 말했다.

"이 냅킨에 날짜를 써줘. 호텔에 돌아가면 항공편을 예약할게."

"그런데 진심이야?"

캐런이 물었다.

"당연히 진심이지! 안 갈 수가 있나. 데이비드의 공연인데? 네가 출연하는?"

"왜냐하면…… 네가 진심이라면……."

"뭔데?"

"아냐, 미친 생각이야."

"말해봐!"

"방금 이 미친 생각이 났어……. 화내지 말아. 그냥, 의상 담당이던 게 기억나지? 그래서 말인데, 내 배역은 의상이 딱 한 번 바뀌거든. 빨리 갈아입을 필요도 없어."

세라가 한 손으로 입을 눌러 비명을 막으려 했다. 그러다 말을 하기 위해 손을 내려야 했다.

"내가 네 의상 담당이 될게! 네 옷을 갈아입힐게!"

지금도 어머니들이 다림질을 하나? 아니면 이렇게 말해야 할까? 지금도 사람들이 다림질을 하나? 하지만 예전에 다림질은 사람들이 아니라 어머니들이 했다. 심지어 캐런의 엄마도 목가에 러플 달린 가운과 침실용 웨지 굽 슬리퍼 차림으로 다림질을 했다. 은색 커버를 고무줄로 단단히 여민 다림판이 늘 X자 다리 위에 펼쳐져 있었다. 캐런은 다림판 아래 바닥에 누워, 기저귀 고무줄을 찼던 기억을 떠올렸다. 오래지 않은 과거였다. 다림판 밑에 누워 매끈한 은색 천을 조인 고무줄을 봤을 때가 두세 살 무렵일 것이다. 케빈은 아기라서 놀이 울에서 뛰거나 요람에서 낮잠을 잔다. 아직 아버지가 집에 살고 엄마는 그의 셔츠를 다림질한다. 저녁 요리를 하기 전에 팬에 기름을 스프레이하듯 셔츠에 통 다림풀을 스프레이한다. 하지만 요리할 때보다 풀이 다리미에 닿아 뜨거워질 때 캐런은 더 배고파진다. 다리미가 풀 뿌린 눅눅한 천에 내려와, 칙칙대고 쉭쉭대면서 흡족하게 먹고 있는 것 같다. 허드렛일을 세상에 다시없는 로맨틱한 일처럼 하는 엄마가 캐런이 기대하는 어머니상이다. 캐런이 늘 찾으려고 애쓰는 엄마다. 캐런은 CAPA 의상부에서 스프레이 다림풀을 다시 발견했고, 그 소리와 냄새 때문에 의상을 준비하고 배우의 옷을 입힌 모든 공연이 만족스러웠다. 뜨거운 다림풀은 최면을 걸었다. 잃어버린 유년기의 안정감을 상기시켰다. 그리고 캐런과 세라를 하나로 묶어, 조화를 이루며 의상을 다리게 했다. 둘이 의상실에서 보낸 오후 나절이, 당시 캐런에게 어릴 때의 향수를 준 그 시간이 이제 오래된 유년의 기억이 되었다. 향수nostalgia는 '과거에 대한 감상적인 그리움이나 애틋한 감정'이다. 그리스어 '노스토스

(nostos, 집에 돌아오다)'와 '알고스(algos, 아픔)'에서 나온 단어다.

처음 다녀간 후 오랜 세월이 지나 마틴이 다시 돌아왔다. 데이비드가 공항으로 마중 나갔고, 엉망인 그의 아파트에 마틴을 묵게 할 예정이었다. 캐런은 그게 '엘리트 예술 형제회'의 요식 행위인 걸 알았지만, 킹슬리 선생의 손님방에 머물렀던 마틴이 데이비드가 내준 소파 베드에 만족할지 염려했다. 마틴이 도착하기 전에 그녀가 청소업체를 고용해 아파트를 소독하고 청소했다. 꼭 필요한 도우미 역할에 데이비드는 평소처럼 쩔쩔매며 감사했다. 캐런은 마틴의 항공편을 예약하고, 주 정부에 '방문 예술가' 보조금 신청 서류를 준비했다. 연극 제작과 관련해 언론 홍보문을 작성하고 극단 웹사이트를 업데이트했다. 이런 과정을 거치면서 캐런은 '방문 예술가'가 스캔들을 안고 도착한다는 사실을 함구했다. 극단 관계자 누구에게도 스캔들을 알리지 않았다. 캐런이 알기에 데이비드, 캐런 자신, 킹슬리 선생 외에 아는 사람이 없었다. 범죄 혐의들은 마틴이 10년도 더 전에 방문했던 이 미국 도시까지 쫓아오지 않았다. 그럴 필요가 없다고 캐런은 생각했다. 작가가 부사에 탐닉해 '차분히serenely' 라고 쓰고 싶을 테니까. 그랬다, 캐런은 마틴의 도착을 준비하면서 그에 대해 차분히 생각하는 느낌에 빠졌다. serene 은 '차분한, 안정된, 평온한'을 뜻하고, 자주 잔잔한 바다를 표현한다. 잔잔했는지 아닌지 우린 알 수 없지만 마틴은 바다를 건넜다. 공항에서 데이비드를 만나면 변한 외모에 충격을 받았을 것이다. 서른 살인 데이비드는 쉰 살 언저리로 보일 수도 있었다. 대머리인 데다 눈썹, 턱, 어깨가 중력 작용을 유난히 받는 듯이 처졌다. 자주 면도하지 않아서 점점 수염이 덥수룩해졌고, 줄담배를 피우는 술꾼처럼 안색이 나빴다. 밖에 있을 때라곤 차에 타거나 내릴 때뿐인 사람 같았다. 데이비드를 보면서 마틴은 만난 지 생각보다 오래된 줄 알았으리라. 캐런을 보고도 똑같이 느낄까? 그가 캐런을 알아볼까?

연극이 공연될 장소는, 예전 창고 건물로 현재 앞쪽 절반은 술 마시는 바이고, 뒤쪽 절반은 '공연 공간'이었다. 극장임을 알리듯 엉성한 계단식 객석과 천장에서 드리워진 쇠사슬에 파이프들이 매달려 있었다. 거기 각종 중고 무대 조명 기구가 낡은 배선과 쭈글쭈글한 접합제로 연결되었다. 폐업한 극장에서 건진 좀먹은 검은 커튼들이 먼지 자욱한

창고를 공간들의 미로로 만들었다. 공간들의 끝이 이어지지만 그 지점을 알 수가 없었다. 사람들은 화장실을 찾거나 출구를 찾으려다가 길을 잃었다. 출입구로 보이는 검은 커튼에 휘감겨서 도와달라고 외쳐야 빠져나갈 수 있는 경우도 많았다. 바는 말굽 모양의 큰 나무 널로, 좌석이 거의 없었다. 무슨 이유인지 달랑 몇 개뿐인 스툴 의자에 술꾼들은 구부정하게 앉아 말도 없이 죽치고 있었다. 그 외에 집 정리 세일에서 샀을 안락의자와 소파들이 콘크리트 바닥에 여기저기 있었다. 첫 대본 연습일 밤, 마틴이 와서 온전히 하루를 보낸 첫날, 캐런은 일찍 도착해 가구를 둥글게 배치하고 재떨이들을 모았다. 바텐더에게 부탁해 물병과 물잔까지 챙겼다. 맞다, 그녀는 초조했다. 더 이상 차분하지 않았다. 하지만 예상과 통제가 가능한 불안이었다. 이유가 명확했고 금방 끝날 터였다. 인생이 언제 누구와 재회시킬지, 둘이 옛일을 얼마나 비슷하게 기억할지 아무도 모른다. 처음 만났을 때 캐런은 자기 나이가 많다고 느꼈지만 사실은 너무 어렸다. 그때와 달리 이제 그 일이 마틴에게 별일 아닐 수 있음을 이해할 나이가 되었다. 재회가―캐런을 단순히 건드린 게 아니라 망가뜨린 이 사람에게는―아무 감흥이 없을지도 몰랐다. 그가 캐런을 못 알아볼 수도 있었다. 알아본대도 다르게 기억할지 모르고. 똑같이 기억해도 둘의 지난 관계를 전혀 기억하지 못할 수도 있었다. 하지만 캐런은 어려움 없이 상황을 가늠해서 태도를 조절할 수 있었다.

다른 배우 네 명이 먼저 와서 캐런과 어색하게 대화를 이어갔다. 다들 25세 이하였고, 배우 서열에서 캐런이 어떤 위치인지 몰라 신경 썼다. 캐런은 그걸 설명할 만큼 마음이 쓰이지 않았다. 자면서 그들과 대화할 수도 있었다. 이 이야기와 연극과 관련해 이들은 그녀에게 완전히 주변인이었다. 여기서 배우들이 언급되는 이유는 데이비드가 지각해서다. 데이비드는 배우들에게 7시 반에 모이게 하고, 그와 마틴은 7시에 도착할 거라고 캐런에게 말해두었다. 마틴과 캐런의 재회를 방해 없이 관찰하고 싶어서였다. 하지만 데이비드는 평소처럼 별생각 없이 지각했다. 그는 쑥스러워 어슬렁대는 걸음걸이로 먼지 자욱한 어두운 공간에 들어섰다. 해 질 녘 같은 어둑한 상황에도 감독인 역할을 의식하는 걸음걸이였다. 일을 벌이는—이 경우는 마틴과 캐런의 재회—짜릿한 즐거움과 불안. 결과는 불편하거나 즐겁겠지만, 어느 쪽이든 그는 일을 벌였고 그 결과를 연극에 반영해 더 많은 일이 벌어지게 할 터였다. 이것이 데이비드의 전형적인 자기중심적이며 과히 틀리지는 않는 관점이었다. 이 순간이 자신과 관계있다는 관점, 이것이 캐런에게도 득이 됐다. 덕분에 그녀가 보이지 않았으니까.

"자, 자, 자, 누가 미합중국에 귀환하셨는지 보라고."

데이비드가 말했다. 이상하게 왜소한 마틴이 양손을 주머니에 찌르고 어깨를 과장되게 들썩이면서 들어왔다. 눈과 입으로 히죽대며 웃었고 입가에 담배를 물고 있었다. 데이비드가 배우들을 보자 소리쳤다.

"대체 여기서 뭣들 하는 거야?"

"배우들에게 7시 반에 모이라고 했으면서. 지금 15분 전 8시야."

캐런이 말했다.

"혹시 캐런?"

마틴이 반가운 기색을 격하게 드러내면서 물었다. 그는 입에서 담배를 뺐다. 걸음을 멈추었지만, 다른 부분이 그녀 쪽으로 기우는 듯했고 씩 웃는 표정이 유독 그랬다. 하지만 눈빛은 달랐다. 그 자리에서 번뜩대고 흔들렸다. 겁에 질려 눈치보다 재빨리 '열정'을 선택했다. 데이비드는 배우들을 쳐다보느라 이 순간을 완전히 놓쳤다.

"맞아요." 캐런이 생긋 웃었다.

"눈 돌아가게 멋있네!" 마틴이 말했다.

"감사합니다."

캐런은 이 찬사를 극도로 품위 있고 고상하게 받아들였다. 〈명작극장〉(TV 영화 시리즈)에서 영국 왕족으로 나온 여배우의 연기가 그랬다. 엄마는 〈명작극장〉의 열성 팬이었다. 자신이 세련되지만 현실에서는 차림새 때문에 무시 받는다고 느끼는 사람처럼 그 프로그램을 노예처럼 숭배했다. 오랜 세월 캐런은 엄마의 노예 같은 숭배를 경멸하면서도 계속 시청했고, 속으로 엄마를 벌레 취급했다. 그러다 어느 밤 어떤 편에서 여배우의 영국 왕족 연기를 봤다. 남자가 뭔가 칭찬하자, 그를 코 아래로 보면서 인색하게 '감사합니다'라고 말했다. 마치 코를 고정한 것처럼 말했다. 또 남자에게 큰 선물을 주는데 그에게 인사를 받으면 민망할 거라는 태도였다. 그녀의 대사에서 아주 복잡 미묘한 증오가 우러났고, 당시 대학생이던 캐런은 마틴을 떠올렸다. 정말 그랬다. 그의 영국적인 이질감을 떠올리면서, 혹시 그녀가 이해하지 못한 부분이 있었는지 궁금했다. 그런데 이제 여기서 그에게 새침하게 '감사합니다'라고 말하고 반응을 살피다니. 그녀는 뭘 봤을까? 그의 눈길이 탁구 경기처럼 이리저리 옮겨 갔다. 마틴은 출구를 찾기 어려운 걸 아는 눈치였다. 캐런의 초조감은 부글부글 끓는 것에서 차고 뻣뻣하고 반들거리는 것으로 변했다. 새로 생긴 것을 자신감이라고 해도 될 것 같다. 자신감confidence은 '믿음이 충만하다'라는 뜻의 라틴어 confidere에서 나온 어휘다. 다들 알겠지만 자신감 있는 사람들은 자신감을 일으키는 경향이 있다. 마틴의 눈길은 이리저리 움직였다. 그가 경계할 만했다―결국 '스캔들을 안고' 여기 왔으니까. 하지만 본능을 짓뭉개고 자신감을 마련할 토대를 장악하고 싶을 만도 했다. 물론 마틴은 정상화하고 싶었다. 어떤 범죄자가 안 그럴까. 캐런의 아찔한 '감사합니다'는 빤한 경멸감이 넘쳐나서 어쩐지 추파로 보였고, 알다시피 그녀는 미소 지었다. 캐런은 마틴이 이걸 파악해 족제비/탕아의 능글맞은 웃음으로 응수하는 걸 알았다. 한 박자 늦은 데이비드까지도 둘 사이에 '전율frisson'이 감돈다고 생각하고 만족했다. frisson은 '떨림이나 스릴'을 뜻하는 프랑스어로 1960년대 후반 이전에는 미국에서 별로 쓰이지 않았다. 그러다 성 혁명이 일자 사람들은 '전율'이 필요하거나 필요하기를 바랐다. 낮에도 속옷 바람이던 캐런의 엄마는 이 어휘를 즐겨 썼다.

마틴은 여전히 미소 짓는 캐런의 양볼에 뽀뽀하면서, 계속 데이비드를 나무랐다.

"젠장, 캐런을 만날 거라고 말해주지 않다니!"

"제가 배역을 맡는다는 말은 하던가요?"

이 말을 듣고 마틴은 열광적이다 못해 천장을 뚫을 듯한 반응을 보여야 했다. 하지만 (그의 불안한 자신감이) 사실은 캐런이 추파를 던진다고, 사실은 '다 괜찮다'고 믿게 만들었다. 캐런은 걱정하고 의심했지만 마틴도 똑같이 아는 것을 알 수 있었다.

똑같이 아닌 체하며 자리에 앉아 이야기를 나누었다. 그들이 지난 12년 동안 어떻게 지냈는지 하릴없이 거짓으로 둘러대는 사이, 젊은 배우들은 공손히 물병과 맥주 피처들을 채웠다.

그러다 다들 자리에 앉아 대본을 낭독했다.

나중에 데이비드가 말했다.

"1막에서 닥은 거의 말을 안 하지만 관객은 그에 대한 의견을 가져야 합니다. 그게 폭발해야 하지요."

"내 배역이니 얼마든지 그놈의 대사를 더 넣을 수 있는데 말이지."

마틴이 말하자 젊은 배우들이 웃음을 터뜨렸다.

데이비드가 닥의 파괴적 요소에 대해 더 이야기하려는데 마틴이 끼어들어 "그는 한심한 놈 아닌가?"라는 말을 던졌다. 복잡한 인물상을 칭찬받고 싶은 욕구를 우스운 자기 비하를 통한 거짓 겸손으로 숨겼다. 감탄하고 있는 젊은 배우들과 데이비드에게 욕망을 들키지 않으려는 빈틈없는 위장술이었다. 이것은 거장의 감정을 요리한 라자냐였고, 다들 그것을 먹어치우고 마틴에게 그가 원하는 더 큰 웃음을 선사했다. 그의 인물이 '한심한 놈'이 아니며 에브리맨(15세기 영국 도덕극의 제목이자 주인공 이름) 같고 어쩌면 예수 같은 인물이라는 주장도 곁들여서.

마틴의 수위 높은 헛소리를 분석하면서 캐런은 그가 명석하다고 생각한 과거가 덜 부끄러워졌다. 더해서 그녀가 한마디 말도 없이 거기 앉아 있다는 걸 누군가가 알아차리기까지 얼마나 걸릴지 예상하는 재미도 있었다. 하지만 모두 맥주를 마셨고 그녀는 마시지 않았으니 시간 감각도 달랐다. 캐런이 끼어들었다.

"우리가 1막에서 총을 봐야 한다고 생각해요. 체호프의 말처럼 말이에요. 2막에서 총소리를 들으려면, 1막에서 총을 봐야 해요."

"사실 체호프는 우리가 1막에서 총을 보면, 2막에는 총을 쏴야 한다고 말했지. 하지만 결국 같은 얘기지. 멋진 지적이야, 캐런."

"저는 문제 해결을 위해, 닥이 어떤 시점에서, 말하자면 바 아래를 뒤져서 바에 총을 딱 올려놓는 게 상상되거든요."

배우 하나가 말하자 다른 배우가 거들었다.

"바 업주들은 다 권총을 갖고 있으니까."

"그게 정말이야? 망할 놈의 미국은 그렇군. 영국에서는 아닌데."

마틴이 말했다.

"망할 놈의 미국에 잘 오셨습니다."

"여자가 처음 등장할 때 닥이 총을 꺼내서, '꺼져!'라는 식으로 바를 딱 치거나 하면요?"

"그거 마음에 드네. 소도구 총이 필요하겠지만 아무튼 진짜 총도 필요하겠지. 녹음한 총성은 김새거든."

데이비드가 말했다.

"내가 처리할게." 캐런이 말했다.

젊은 네 배우는 이따가 있을 밴드 공연을 보려고 남았고 데이비드와 마틴, 캐런은 황량한 거리로 나왔다. 콘크리트 바닥의 갈라진 틈으로 잡초가 자라고, 아직 바 겸 공연장으로 바뀌지 않은 빈 창고들이 있었다. 몇 블록 떨어진 곳에 철도 선로가 있고 철도와 역행하는 방향에 동네가 자리 잡았다. 철도 방향으로 황무지를 몇 킬로미터 지나면 신호등이 작동하는 작은 도심을 볼 수 있다. 주차 공간밖에 없는 지역이라 아무 데나 세워도 되는데, 데이비드는 한적한 거리에 캐런의 차 바로 뒤에 주차했다. 그래서 각자 차로 나란히 걸어갔다. 카폰이 달린 데이비드의 스포츠카는 없어진지 오래였다. 현재 차량의 운전석 쪽 창은 검정 쓰레기봉투가 붙어 있었다. 캐런이 탐내던 지붕 없는 차 역시 옛날 일이었다. 캐런은 실용적인 말끔한 차를 운전했고, 데이비드가 그녀의 차를 알아보는 것은 자주 봐서였다. 초라한 인도와 황량한 도로가 보이지 않는 지평선까지 뻗었다. 머리 위로 무한한 어둠이 펼쳐졌다. 철도와 반대 방향인 이곳은, 포근한 담요 같은 이 도시 밤하늘의 붉은 기를 가릴 빛 공해 따위는 없었다. 데이비드가 캐런의 뒤에 주차한 것은 동행의 제스처였다. 무리 동물이 해 질 녘 어둠과 추위를 덜 느끼려고 나란히 걷는 것과 비슷했다. 각자 차 문을 열면서 캐런은 데이비드가 내색하지는 않지만 판단에 확신이 없는지 궁금했다. 바로 며칠 전 밤 그는 이렇게 말했다.

"그가 학생들과 장난을 했더라도, 그게 무슨 큰 범죄는 아니야. 우리 기준이 너무 엄격해서, 안전띠를 매지 않으면 운전도 못 하고, 정부가 허용하지 않으면 섹스도 못 하나? 그들 모두 합의했다는 걸 우린 알아."

"우리가 어떻게 알아?"

캐런은 '말싸움을 하려는 게 아니라 그저 궁금해서'라는 투로 물었다.

"마틴은 학생들이 알았다고 말해. 좋을 대로 생각해, 하지만 지금까지 아무도 내게 그를 믿으면 안 될 그럴듯한 이유를 제시하지 않았어. 몇 년이나 10년이 지난 지금에 와서야 그들은 합의하지 않았다고 말하지. 왜 그럴까?"

"모르겠어. 그게 그들이 거짓말한다고 증명하지는 않아."

"저기, 너는 어때? 마틴과 무슨 일이 있었던 너는 무력한 피해자가 아니었어. 넌 마틴에게 차 열쇠를 줬지. 그는 네 집으로 들어갔어."

"다 사실이야." 캐런이 말했다.

"넌 무력한 피해자가 아니었어."

데이비드가 강조했다. 마틴에 대해 말할 때면 그의 목소리가 묘하게 격해졌다. 그는 말을 이었다.

"넌 거기서 나올 수도 있었어―그를 내쫓을 수도 있었고! 킹슬리 선생이 그를 내쫓았는데 네가 그를 받아줬지. 당시에 무기력한 사람이 있었다면 마틴이었지."

"너랑 입씨름하지 않을래."

캐런이 말했다. 그랬다, 그녀는 무력한 피해자는 아니었다. 데이비드가 판단할 사안은 아니지만 맞는 말이긴 했다.

그런데 그날 저녁, 그는 뭔가 증명하고 싶었고, 이날 저녁, 차 문을 열 때 마틴은 죽어라 담배를 빨면서 오싹한 풍경을 감탄하는 체했다. 캐런은 데이비드가 그걸 증명할 자신이 없다는 것을 느꼈다. 그리고 데이비드는 자신이 없으면 안심될 때까지 편치 않을 터였다.

"더 바에 올래?"

데이비드가 물었다. 그는 진심을 철저히 감추지 못했다.

"음료수 값이 너무 비싸. 집에 갈래."

캐런이 말했다.

"오라고, 캐런. 서로 얘기도 제대로 못 나눴잖아."

마틴이 말했다. 그는 진심이 아닌 걸 철저히 감추지 못했다. 그녀가 그냥 가기를 바라는 의중이 빤히 보여서, 캐런은 그를 괴롭히기 위해서라도 동행할 뻔했다. 하지만 그러지 않았다.

○

아버지는 목수였다. 본인의 표현을 빌자면 '예수님처럼'. 또 예수님처럼 다른 손재주가 많았다. 전기, 배관. 집짓기에 필요한 기술은 뭐든 통달했다. 아버지는 엄마와 헤어진 후에도 주말이면 집에 와서 크고 작은 일을 해주었다. 지붕 널 교체, 물받이 청소, 천장 선풍기 전선 점검, 변기 뚫기. 엄마는 그 정도도 직접 하지 못했다. 엄마가 연이은 애인들 중 첫 번째인 론을 사귀자 아버지는 우리 집 출입을 중단했다. 그렇다고 론이 고칠 줄 아는 것도 아니었다. 손봐야 할 것들은 어깨너머로 배운 내가 고쳤지만, 집의 노후를 감당하지 못했다. 고등학교에 다닐 무렵, 집은 야생 상태가 되었다. 마당에 잡초가 허리께까지 자랐고 참나무는 도랑에 뿌리를 뻗었다. 마당이 집을 잡아먹은 바로 그때, 아버지네 집은 마당을 잡아먹었다. 그는 데크를 설치하고 부엌을 확장했고, 차 두 대용 차고를 TV 룸으로 개조했다. 또 대형 간이 차고를 만들어 차도에 지붕을 덮었다. 나는 털털이를 몰고 가서 아버지와 차를 수리했다. 그는 차 정비에 대해 모르는 게 없었다. 엔진 장치, 차체 작업, 내부에 설치할 가죽 시트까지 구해두었다. 우리는 별로 대화가 없어서, 생각이나 감정을 나누지 않았다. 아버지와 나는—이건 내 이야기고, 아버지의 이야기는 어떻게 펼쳐질지 누가 알까—너무 닮아서 가까워질 수가 없다. 둘 다 극도로 능력 있고, 둘 다 혼자 내버려두기를 바라고, 둘 다 엄마에게 약하고 그런 자신을 미워한다. 다시 말하거니와 누가 아버지에게 부녀 관계가 어떤지 물으면, 그는 전혀 다르게 답할 것이다. 아무 대답도 안 할 가능성이 더 크지만.

내가 어릴 때 아버지는 목수 일과 잡역으로 가족을 부양했지만, 일찌감치 오페라 무대를 짓고 조명 공사를 시작해 무대 노동자 조합에 가입했다. 그 일을 해서 케빈과 나를 먹이고 입혔고, 조합 일과 우리에게 필요한 것들을 감당할 수 있었다. 그때도 지금처럼 일하지 않고 이혼 수당을 애인들에게 퍼주는 엄마에게도 도리를 다했다. 그는 록 콘서트, 영화 촬영장, 조명이 쓰이는 곳은 어디서나 일했지만, 가장 꾸준한 수입원은 오페라, 시내 극장, 공원의 여름 무대였다― 하나같이 데이비드가 경멸하는 어중간하고 눈에 띄는 무대들이었다. 우리 학교에서 가장 부유하게 자란 데이비드는 그런 장소들을 극히 혐오해서, 자칭 부자들의 문화적 허영심을 충족시키는 곳이라고 비평했다. 한편 가난하게 자라 대학 구경도 못 한 아버지는, 데이비드의 선동적인 연극에 대해 알았다면 비난했을 것이다. 알 리 만무했지만. 아버지는 조합 소속 소품 담당자들을 다 알았다. 그래서 그에게 데이비드의 작품에 공포탄을 쏠 총이 필요하다고 말했다. 그는 씩씩대는 소리를 냈고, 조소하는 소리였다.

"작품이 뭔데? 〈마르크스주의자 혁명〉? 신문의 예술면에서 그 애 인터뷰를 볼 때마다, 부자들을 비난하면서도 그 돈을 받는 건 괜찮은가 보더구나. 다른 사람들처럼 그에게도 천사들이 있지."

아버지는 기독교인이지만, 여기서 '천사'는 하느님의 사자가 아니었다. 데이비드가 계속 연극을 제작하도록 후원하는 부자들을 의미했다.

"네, 그게 수수께끼예요. 아무튼 리치가 도와줄 수 있을 거라고 생각했어요."

리치는 소품 감독인 아버지 친구였다.

"소품 총이야? 아니면 블랭크 건*?"

"블랭크 건이요. 발사돼야 해요."

"소품 총이랑 괜찮은 음향효과를 쓰면 되겠네."

"아빠, 제가 연출자가 아니라서요."

"나라면 블랭크 건을 다루는 자를 못 믿겠다. 이 소품 담당이 누구냐? 그들이 무슨 짓을 할지 네가 어떻게 아니?"

"제가 소품 담당이에요. 그리고 제가 뭘 해야 하는지 정도는 알고 있고요."

"총알이 없어도 위험하긴 마찬가지야. 여전히 약포랑 화

* 약포에 추진체는 있지만 실탄을 넣지 않는 총.

약은 있으니까. 나사로 고정된 게 아니라고. 브루스 리의 아들이 그렇게 죽었다."

"그 총에는 점화장치가 장착되어 있었죠."

"소품 담당들이 멍청이들이었으니까. 네가 뭘 하는지 제대로 알아야 해."

"알아요, 아빠."

"넌 잘 알겠지. 내가 걱정하는 건 멍청이들이야."

"흠, 사람들이 못 건드리게 할게요."

내가 말했다.

난 리치에게 소품 총과 블랭크 건, 둘 다 받기로 결정했다—안전을 위해 그러기로 합의했다. 헛갈리지 않도록 다른 모델로 구하기까지 했다. 소품 총은 콜트 복제품으로 나무 손잡이였다. 여느 소품 총처럼 작동되지 않는 실물 같은 장난감이었다. 블랭크 건은 전체가 까만 베레타였다. 이 총은 드레스 리허설(의상까지 갖추고 실시하는 총연습) 이전에는 가져가지도 않았다. 연습 때는 소품 총을 사용했고, 무대 밖에 두었다. 관객이 소리만 듣고 보지는 못하는 장면에서 마틴과 나는 연기를 했다. 그는 의자에 앉고, 나는 총을 들고 옆에 섰다. 총구를 내려 옆으로 향하게 했다. 난 안전을 위해 무대 뒤의 동선을 정하자고 제안했다. 데이비드는 이런 세심함을 좋아했고. 진정성은 어떻게든 전달된다고 믿었다. 닳은 의자에 주저앉고, 옆에 자리 잡은 여자는 발을 벌려 균형을 잡았다.

마틴 옆에 선 그녀는 늘 같은 곳을, 두상에서 귀가 뻗어나간 부분을 응시했다. 두상과 귀의 이음매가 좀 헐렁해 보였다. 그녀가 손톱의 누르께한 홈까지 완벽히 기억했던 원래의 마틴은 사라졌다. 대본 연습을 하던 밤, 그가 데이비드 옆에 앉아 수그렸을 때 순간적으로 두 마틴이 겹쳐지며 빛났다. 서로 다르지 않고 비슷했지만, 과거부터 현재까지 세월이 드러났다. 정말 이상한 것은 현재 마틴과 과거 마틴이 살짝만 다르다는 점이었다. 현재 캐런과 과거 캐런은 전혀 달랐고, 현재 데이비드와 과거 데이비드의 격차는 충격적이었다. 두 마틴의 미미한 차이, 전문가나 알아볼 차이가 이상해 보였다. 과거에 마틴을 전혀 몰랐다는 생각이 들 만큼 이상했다. 이미 증명하기 힘든 원래 마틴이 현재 마틴에 흡수되어서, 기억력이 뛰어난 캐런까지도 그를 되살려낼 수가 없었다.

그리고 모든 게, 모두가 마틴이 마틴을 대신하게 거들고 나섰다. 다들 미소 짓고 맞장구쳤고, 〈본 쿠리어-텔레그래프〉지에 보도된 스캔들이 사실일 리 없다고 말하는 어리석음을 범하지 않았다. 예전에 마틴을 집에서 쫓아냈던 킹슬리 선생은 연습에 와서 만면에 미소를 띠고 마틴과 악수했다. 누구라도 기회를 얻으면 그러겠지만 마틴은 정상적으로 굴고 즐거워했다. 나 역시 그를 한심한 패배자나 외로운 과거 인물이 아닌 정상인으로 만드는 데 참여하고 시류에 편승하면서 흐뭇했다고 인정하겠다. 기분이 좋았고 좋은 느낌이 들게 내버려뒀다. 난 연습을 즐겼다―연습하느라 마틴 생각을 안 하니 좋았다. 마틴과 대사를 맞추고, 마틴의 '격한 포옹'을 받고, 연습 후 '더 바'에서 마틴을 비롯해 배우들과 어울리면서 마침내 몇 년 만에 처음으로 그를 생각하지 않았다. 드디어 그가 내 머리에서 나가 저쪽으로 가서 앉았다. 족제비 같은 능글맞은 웃음, 누런 손끝, 튀어나온 무릎, 텁수룩한 머리. 거기 앉아 있는 마틴이 보였지만, 그의 실체는 날 괴롭히지 않았다.

　지난해, 세라의 책이 처음 출간되자 데이비드는 조증에 걸린 전도사처럼 굴었다. 마치 그가 저자인 것 같았다. 더 정확히 말하면, 조숙한 데다 아버지의 단점은 안 닮고 장점만 닮은 아들이 있는데, 천재성을 물려받은 이 아이가 쓴 책

같았다. 데이비드는 먼저 CAPA가 정기 공연 제작을 발표할 때, 대형 현수막에 책을 홍보하게 했다. 책이 담긴 유리 진열장을 정문 안쪽에 설치했고, 제작 중인 학교 웹사이트에도 홍보했다. 세라의 CAPA 묘사를 보면 헛수고인 줄 알았으련만. 누군가는 부정적인 묘사로 봤을 테지만, 눈가림이라고 할 사람들도 있었다. 여기선 그 차이를 파고들지 않겠지만, CAPA 행정실은 출간 작가 배출 소식에 들떠서 책을 읽지도 않고 마음대로 결정했다. 그러니 데이비드는 뜻을 이루었다. 다음으로 〈트립〉과 〈이그재미너〉지에 서평뿐 아니라 1면에 대문짝만한 기사가 실리게 했다. 운전석 창에 검정 쓰레기봉투를 붙인 차를 몰고 다니는 그였지만, 오랫동안 두 언론사의 예술 담당 기자들을 동원할 만한 관계를 유지한 면밀한 홍보 전략가였다. 세라가 프리랜서 홍보 업무를 맡겼나 싶겠지만, 사실 데이비드와 세라는 고등학교 졸업 후 본 적도 없었다. 세라와 캐런이 고등학교 졸업 후 만나지 않은 것처럼. 캐런과 데이비드가 고등학교 졸업 후 못 만나다 캐런이 귀향하니 그곳에 데이비드가 있었듯이. 처음에 캐런은 데이비드를 통해 세라의 소설 발간 소식을 접했다. 그는 백팩에서 책을 꺼내더니, 능글맞게 웃으면서—입술을 꾹 다물고, 골탕 먹이는 기쁨을 감추려고 찡그렸지만 실패했다―쑥 밀었다. 주장을 내세울 때마다 짓는 표정. 데이비드는 세라의 책에 대해 뭘 주장하려 할까? 그녀의 글쓰기 '재능'을 미리 알아봤거나 격려했다고 생각할까? 소설 속 가공의 그에게 할애된 지면이, 분량이 더 많을 법한 다른 인물들보다 훨씬 많을 정도로 세라에게 중요한 인물이라서? 캐런은 후자로 짐작했지만, 나중에 어느 날 밤 연습이 끝난 후 그에게 책을 안 읽었다는 말을 듣고 아연실색했다. 책이 출판된 지 꼬박 1년이 지났고, 캐런이 문고판 순회 홍보 행사에서 세라를 놀래키기 불과 며칠 전이었다. 캐런이 놀라자 데이비드는 놀란 듯했다. 그는 새삼스럽다는 투로 상기시켰다.

"난 책을 안 읽잖아. 그저 대본을 읽고 신문만 보지."

"하지만 그 책을 무척 자랑스러워하고 흥분했으면서. 책을 홍보하라고 사람들을, 뭐랄까, 닦달했으면서."

"당연히 그랬지. 세라의 책이니까. 세라가 아닌 너여도 똑같이 그럴 거야, 네가 뭐든 큰 야망을 이룰 때마다."

"난 큰 야망 같은 거 없어."

"웃기시네. 난 널 오디션에 불러냈어!"

평소처럼 데이비드는 대화를 자신의 성과로 몰고 갔다. 자기만족이 불안정감, 자기혐오와 공존했다. 처음에 캐런은 그가 세라의 책을 안 읽은 게 불안정감과 자기혐오 때문으로 짐작했다. 수치스러운 폭로를 발견할 걱정이 자기중심적인 호기심을 압도했으리라. 책에 CAPA 시절이 나오니 그가 언급될 게 뻔했다. 그런데 알고 보니 그는 자의식이 강한 사람이라면 겁먹을 수치스러운 폭로가 나오지 않는 줄도 몰랐다. 세라는 데이비드에게 그런 수모를 받지 않게 해주었고, 캐런은 그 이유를 추측하려 들지 않을 것이다. 폭로가 있었대도 데이비드는 거부하기보다 자기 이미지에 사로잡히리란 걸 캐런은 알고도 남았다.

"네가 거기 어떻게 나오는지 알고 싶지 않아? 세라가 널 어떻게 그리는지 보고 싶지 않아?"

캐런이 물었다.

"그건 내가 아냐. 소설인걸."

"내가 '웃기시네'라고 말할 차례네. 소설은 진실이 아니라는 말은 거짓말이야."

"그러니까 넌 책을 읽었나 보네."

캐런이 절반만 읽었다는 사실은 이 대화에서 중요하지 않았다. 자제력 강한 캐런이 자제에 실패한 반면 충동적인 데이비드는 성공했다는 게 핵심이었다. 그녀가 쏘아붙였다.

"당연히 읽었지. 네가 읽지 않았다는 게 내겐 여전히 충격

인걸."

"그러면 너는 책에서 어떻게 나오는데? 너는 어떻게 묘사되었어?"

여러분이 놀라겠지만, 캐런은 즉시 답하지 않았다. 그녀는 놀랐다. 오랫동안 감정에 이름을 붙이고, 사전의 정의 사다리를 타고 내려가 단어의 어원의 흙투성이 무덤으로 들어가며 살았다. 그런데 데이비드에게 대답할 한 마디가 언뜻 떠오르지 않았다.

"불완전하게."

침묵이 길어져 데이비드가 질문한 걸 잊을 즈음, 캐런이 대꾸했다. 그는 캐런이 재치 있다는 듯 과하게 즐거워하며 웃어댔다.

그날 밤 카라반 같은 멕시칸 레스토랑에서 캐런은 데이비드의 열렬한 책 홍보 소식을 전했다. 의도하지 않은 일이었다. 이미 말했듯이 그날 캐런은 정확히 뭘 할지 모른 채 스카이라이트 서점에 도착했다. 재회에 고무되어 분위기에 맞추리란 것만 알았다. 그런데 뭘 할지는 몰라도, 하지는 않겠다고 확신한 일들이 있었다. 데이비드의 열광적인 책 홍보 이야기는 안 할 작정이었다. 그러면 극적인 인생 전환을 했다는 세라의 믿음이 굳건해질 테니까. 그런데 세라가 의상 담당을 맡기로 하자마자 캐런은 말했다.

"네가 작품에 참여하는 게 데이비드에게 큰 의미가 될 거야. 네 책이 나왔을 때 그가 얼마나 흥분했다고. 꼭 자기 자식이 책을 낸 것 같았다니까. CAPA에서 대형 현수막에 홍보 문구를 넣게 했어."

"그가 그랬어?"

세라가 속이 불편한 표정으로 물었다. 홍보 여행 중 겪은 어처구니없는 사건 목록에 오를 일이었다. 소설의 배경인 장소가 실제 존재한다는, 원치 않는 증거였다.

"호평 받은 CAPA 동문의 작품을 **읽으세요**. 전 서점에서 판매 중! 맞아, 데이비드가 고군분투했지. 그가 말하지 않았어? 편지를 썼을 줄 알았는데."

"난 전혀 몰랐어. 아니, 그에게서 소식을 못 들었어. 듣고 싶었는데."

자신 없는 말투였다.

"네가 편지를 보낼 수도 있었을 텐데."

세라는 아이처럼 찡그렸다. 분명히 취해서, 불안과 이상한 쾌감에 뺨이 달아올랐다. 데이비드의 소식을 듣기가 겁났지만, 그가 보인 성의에 대해 더 듣고 싶었다.

"겁나서."

세라는 데이비드에게 편지를 쓰는 일에 대해 어린 여자애처럼 중얼댔다.

캐런은 바보 같은 소리라는 표정을 지었다.

"왜?"

"책 때문에 화낼까 봐."

어떤 부분이 그럴 수 있었을까? 데이비드가 감정 상하지 않게 내용을 고치고 뺀 것 같던데. 하지만 캐런은 이 말을 하지 않았고, 그가 책을 읽지도 않았다는 것은 더욱 함구했다.

"농담해? 그가 가공의 인물이 된 걸 얼마나 으스대는데."

"그러면 그가 마음에 들어했어?"

"아주 좋아했지. 못마땅한 게 있다면 자기 얘기가 더 많지 않은 거지."

세라가 웃었다. 이제 이 화제를 피하지 않았다.

"그럼 넌 어때?"

"나?"

"그 책을 읽고 네가 이상하게 느낄까 봐 염려했어. 너무 친숙해서."

"그걸 걱정했어? 정말 그랬어?"

캐런이 놀란 투로 물었다.

"그랬지. 지금도 그래. 바로 지금도 걱정돼."

세라가 다시 초조한 웃음을 터뜨렸다.

"음, 그다지 친숙하게 느껴지지 않았어. 내 말은, 네가 변화를 많이 주었던데. 그렇다고 할 만하지 않나? 내가 책 속의 나를 인정할지 걱정된다면 난 인정하지 않았어."

여기서 캐런은 일부 사실을 빼고 거짓말을 했을까? 문자 그대로 말했을 뿐이다. 세라의 책 속의 나를 쉽게 인정했다고 말했다. 나를 '알아봤다'고 인정했다. '객관성을 확인해 준다'고 인정한 게 아니었다. '받아들인다'고 인정하지 않았다.

그럴 줄 알았지만 세라는 '인정'의 의미를 알아듣지 못했다. 세라의 얼굴에 안도감이 번졌다. 그녀가 말했다.

"내가 얼마나 안심되는지 말로 표현 못 해."

한편 여학생들 사이에서 놀랍게도 조엘의 집이 아닌 캐런 워첼의 집이 본부가 되었다. CAPA 전교생, 영국 학생 전원, 심지어 마틴과 리엄도 이름만 나오는데 캐런만 혼자 성이 붙는 것에 유의하길. 독일 음식 이름 같은 흉한 발음이다. 소설에서 이 점이 그녀를 낯설고 겉도는, 파티에 초대받지 못한 느낌을 준다. 하지만 '워첼'을 빼면 대부분 사실이다. 세라가 쓴 대부분의 내용처럼 몇 가지 빠트린 거짓말이 있고. 엄마가 방임적인 태도를 취했을 뿐 아니라 무척 공들여서 집을 숙소로 만들었다는 사실은 캐런 말고 아무에게도 중요하지 않다. 엄마는 캐런이 지정받은 게스트부터 시작했다. 성가시니 이름을 바꾸지 않고 '라라'라고 부르겠다. 엄마는 비밀이야기, 담배, 밤새 TV 시청으로 라라를 캐런한테서 떼어냈다. 다른 영국 여학생들이 찾아오기 시작하자, 우리가 엘리라고 부를─어울리는 이름이다─엄마는 계속 냉장고에 와인 음료와 쿠키 반죽을 채워 뒷바라지했다. 엘리는 사랑과 섹스에 대해 조언해주고 화장품, 헤어 액세서리, 옷을 빌려주었다. 별자리 운세를 설명해주고. 타로점도 봐주고. 곧 캐런의 방은 밤마다 파자마 파티장이 되었다. 여기서 주빈은 엄마고 캐런은 불청객이었다. 캐런은 케빈의 방에 가서 잤고, 여자애들은 그걸 조롱하고 경멸했다. 그래서 캐런은 방과 후 아르바이트 시간을 늘렸고, 아침에 일찍 알람을 설정해서 집에서 빠져나왔다. 영국 여자애들이 차편이 필요할 때마다 캐런은 거기 없었다.

엘리는 아침에 출근길에 아이들을 학교에 태워다주었지만, 직장 때문에 방과 후에 데리러 갈 수가 없었다. 여러 사람이─데이비드, 영국 여학생들이 사귀기 시작한 3, 4학년생들, 엘리가 꼬인 비열한 택시 운전사까지. 그는 잠자리를 바라면서 그녀에게 수없이 인심을 썼다―방과 후 여자애들을 학교에서 그들이 원하는 곳에 데려갔고, 밤에 거기서 캐런의 집으로 데려왔다. 다들 차편이 골칫거리였고, 캐런에게 화냈다. 캐런이 그렇게 과민한 나쁜 년만 아니었어도 그들이 가야 할 곳에 태워다줬을 텐데.

이런 상황에서 어느 날 아르바이트가 끝날 즈음 캐런은 창고에서 나오다가, 형광등이 켜진 진열장 끝에 서 있는 마틴을 발견했다. 너무 놀라고 당황스러웠다. 학교에서 마틴을 자주 봤지만 말을 건 적이 없었다. 캐런은 주변인이어서 눈에 띄지 않았다. 오후에 여기서 텁텁한 와플 콘에 똥 같은 요거트를 짠다는 걸 마틴이 알다니 깜짝 놀랐다. 지난해 열다섯 살 생일 직후, 캐런은 교회 문 닫은 시간 이후에 남아 남자애와 관계를 맺다가 그의 사타구니가 허벅지에 강하게 문질러져 맨살이 까졌다. 그 후 어떤 여자애가 엉뚱한 곳에서 '카펫 찰과상'을 입었다고 놀렸다. 그게 캐런의 성 경험이었다. 창고에서 나와 마틴을 봤을 때 우연히 들렀다고 짐작했다. 그가 프로즌 요거트를 좋아한다고 추측했다. 마틴이 만나러 왔다고 말하자, 캐런은 충격을 받고 문자 그대로 입을 헤벌렸을 것이다. 하지만 그 순간 모든 게 명확해졌다.

그가 말했다.

"여학생들이 나한테 말을 해달라고 보채서. 네가 차를 태워주지 않는다며."

그가 만나러 왔다는 어리둥절한 기쁨에 얼굴을 붉히다 말고, 피가 거꾸로 솟고 분한 모멸감에 얼굴이 빨개졌다.

하지만 그때 마틴이 피의 방향을 바꾸었다.

"애들에게 닥치라고 말했지. 네가 무슨 그 애들의 운전수도 아니고. 이렇게 말했어. '원래 지정받은 집에서 버티지도 못하는 주제에 차를 안 태워준다고 화내면 안 되지.'"

"그렇게 말하셨다고요?"

캐런이 감탄했다.

"이번 여행에 애들을 데려오지 않을 뻔했는데. 이렇게 염치없는 손님들일 줄 알았나. 그러니까 이게 너희 나라 최고의 요거트구나? 맛 좀 볼까?"

마틴은 그런 식으로 여자애들을 밀어내고 캐런 편에 섰다. 캐런은 그에게 프로즌 요거트 콘을 주었다. 아르바이트를 시작하고 첫 몇 주간 요거트만 먹고 살았지만 이제 냄새만 맡아도 역했다. 그가 돈을 내려고 하자 캐런은 손을 저었다. 이때 동료가 앞치마를 두르면서 카운터로 나왔다. 캐런의 근무가 끝났다.

"여기 어떻게 오셨어요?"

나란히 밖으로 나오면서 캐런이 물었다. 마틴은 이미 콘을 먹어치웠다. 작은 쇼핑몰의 허물어질 것 같은 주차장에 달랑 캐런의 차와 동료의 차만 있었다.

"걸어 왔지."

마틴이 어깨를 으쓱했다.

"걸어 왔다고요? 걸어 다니는 사람이 어디 있다고."

"여기 있지. 오래 걸리기도 했어. 돌아갈 때는 걷지 않으면 좋겠는데."

"그러면 이제 제가 선생님의 운전기사가 될게요."

마틴은 개구쟁이처럼 씩 웃었다.

"그 말을 들으니 묘책이 떠오르는군. 내가 애들에게 말할게. 넌 나를 태워다줘야 해서 그들을 태워주지 못한다고. 그러면 애들이 너한테 화내지 못할 거야."

"애들이 화내도 저는 상관없어요."

캐런이 거짓말을 했다.

"하지만 난 상관있거든."

건너뛰어서. 캐런 역시 위트 있는 줄 아는 이 위트 있는 남자의 관심을 받아서 캐런이 위트 있게 되는 상상을 해보자. 정말 위트가 생겼다! 적어도 마틴과 있을 때는 자신이 위트 있다고 믿는다. 매일 몇 시간씩 차를 타고 돌아다닌다. 복수심 많은 여자애들, 한 방 먹은 엄마를 피하는 것은, 둘이 한 팀이 된 것만으로 이길 수밖에 없는 게임이다. 캐런은 마틴에게 이 도시에서 특별하다 싶은 장소들을 구경시킨다. 캐런은 순진하게도 모든 장소가 기업 단지 안에 있다는 걸 눈치채지 못하지만, 마틴은 내버려둔다. 이곳은 인공미밖에 없는 고장이다. 콘크리트를 부어 만든 다리 아래 인공 '연못'이 있고, 물속에서 으스스한 초록색 스포트라이트가 빛나는데도 마법처럼 오리들이 감전사하지 않는다. 산울타리와 연못들 사이에 본부를 둔 다국적 기업 이름의 토피어리(어떤 형상이나 글자 모양으로 가지치기한 나무)가 바짝 깎아 앉기 좋은 풀밭에 컴컴한 그늘을 드리운다. 머리 위로, 회사의 탑 꼭대기에서 횃불이 밤새 원을 그리며 돌아간다. 1000~2000킬로미터 내에 해안이 있어 선박들에게 경고해야 하는 것도 아닌데. 마틴의 몸 아래서 캐런의 몸은 전과 다르게 살아난다. 교회에서 남자애가 청바지 속의 발기한 성기를 허벅지에 문지르던 때와 다르다. 이불 속에서 《가시나무새》(콜린 매컬로의 1977년 작 베스트셀러 소설)의 야한 장면을 읽으면서 자위하던 때와 다르다. 어쩌면 그게 마틴이든, 이름 모를 요거트 가게 동료였든 다르지 않았을 것이다. 모름지기 첫사랑은 온갖 일을 겪더라도 생각과 짝을 짓는다. 회상이 보여주듯 마틴은 말라빠지고 냄새나고, 재 같은 맛이 나는 사내였다. 누런 손톱, 누런 치아, 누런 흰자위. 캐런의 손이 끌려 들어간 그의 팬티 안에서 진득거리고 차가운 게 커졌다. 어두운 토피어리 그늘 속에서도 마틴의 성기는 건강미라곤 없이 파리하고 축축했다. 하지만 이건 사랑, 알아봐 달라는 얼빠진 아우성이었다. 수문을 연 사람이 연상이라는―캐런이 아는 것보다 훨씬 연상―게 문제가 될까? 그가 거짓말쟁이인 게 대수인가? 마틴은 유경험자고 캐런은 무경험자인 게 중요할까? 그가 수문을 연 후, 수문이라는 은유를 계속 쓰자면 캐런의 '호수, 강, 저수지 등등'이 다시는 채워지지 않은 것은? 캐런도 이 생각을 해봤다. 알고 보니 그녀에게 무심했던 훨씬 연상인 사람에게 요령을 배웠다고 해서 자신이 특별한 피해자가 아닌 걸 안다. 이게 흔해빠진 일인 걸 안다. 그런 이야기를 다룬 모든 소설이나 연극이나 영화만 봐도 그렇다. 캐런은 그를 원했다. 무지하고 경험 없던 당시에 그를 잘생기고 안목이 넓고, 성실하고 믿음직하다고 생각했다. 지식과 경험을 갖춘 지금, 그가 못나고 편협했다는 걸 안다. 불성실하고 믿음직하지 않았고, 심지어 잔인했다. 자신이 그를 원했다는 사실은 그대로다. 그를 원했다는 것은 캐런이 선택했다는 뜻이다. 이 대목에서 자신이 피해자가 아니라는 걸 잘 안다. 그런 이유로 입을 꾹 다물고 고민을 혼자 떠안았다. 마틴의 '마녀사냥'에는 피해 자라고 주장하는 여자들이 있지만, 그들이 딱히 뭐가 다를 까? 그들을 대하는 캐런의 태도는 복잡다단하다. 데이비드 에게는 변호해주지만 속으로는 그들을 경멸한다. 그릇된 판 단을 해놓고 이제 와서 남 탓으로 돌리는 이 젊은 여성들을.

세라의 소설에서 캐런과 세라는 서로 잘 모른다. 세라가 캐런의 차에 타고, 캐런의 집에 오고, 캐런의 엄마와 한 침 대를 쓰는 게 모두 우연이다. 우정의 도리로 보면 세라는 캐 런에게 신세 진 게 없다. 둘은 친구가 아니니까. 하지만 현 실에서는 이미 드러났듯이 이런 상황이 아니었다. 둘은 친 구였다. 세라는 캐런의 단짝인 반면, 세라에게 차 있는 친구 는 캐런 하나였다. 그게 세라가 우정을 유지한 이유라는 뜻 은 아니지만. 소설에서 캐런은 세라가 리엄과 어울리는 걸 훼방으로 보고 싫어한다. 이 부분은 심리적으로 사실일 가 능성이 크다. 여자애들은 복잡하다. 애증이 얽히기 마련이 다. 자기와 다른 상황에 질투심으로 반응하기 일쑤다. 그 다 른 상황이, 자기는 갖지 않은 걸 친구가 가졌고, 그걸 애초 에 원하지 않았더라도 그렇다. 세라가 리엄과 사귀기 시작하자―사실은 소설에 나온 것보다 훨씬 단순하고 불가피하게 진행되었다. 세라와 캐런이 늘 붙어 다녔고 마틴과 리엄도 늘 붙어 다녀서, 캐런이 마틴과 있으면 세라도 리엄과 있을 수밖에 없었다―캐런은 속상했다. 언뜻 봐도 리엄은 마틴보다 훨씬 미남이었다. 또 세라에게는 늘 이런저런 은밀한 일이 있지만, 캐런은 아니었다. 하지만 속상함은 사라졌다. 무엇보다 리엄의 외모는 소설에 나오는 것처럼 준수하지 않았다. 눈이 예쁘고 골격이 특이한 건 사실이었다. 하지만 다들 그렇지만 치열이 고르지 않았고 목젖이 너무 돌출됐다. 소설에 묘사된 것처럼 아주 야릇한 분위기를 풍겼다. 리엄의 야릇한 분위기는 세라의 묘사를 다시 찾아보기를. 이 대목에서 그녀는 틀림없이, 숨김없이 피력한다. 사실 더 특별하고 조숙한 밀애가 무산되는 바람에 리엄을 반발/대타로 삼았다고 인정한다. 그래서 캐런은 밀애의 주인공 역할이 빨리 끝나 속상했다. 하지만 속상함은 그저 사라진 게 아니라, 단짝끼리 더블데이트하는 더 큰 즐거움으로 지워졌다. 캐런은 기꺼이 정도가 아니라 행복하게 마틴, 세라, 리엄을 태우고 다녔다. 그리고 리엄과 기업 단지 안 토피어리 그늘로 들어가는 세라를 지켜봤다.

기업 단지에서 마지막 밤을 보내고 집으로 돌아올 때, 캐런은 옷에 풀물이 들고 눈물이 흘러 앞이 안 보인다. 아침에, 여기서 레이트너로 불리는 교장은 조회를 열어 '바다 건너 와 예술을 공유해줘서' 고맙다고 인사하려던 계획을 무산시킬 것이다. 결국 영국 손님들은 떠날 것이다. 킹슬리 선생은 그들을 택시 세 대에 태워 공항으로 보내면서, 입술이 하얘지도록 꾹 다물고 미소 짓지만 손을 흔들지 않을 테고. 이별 전날 밤, 킹슬리 선생의 집 앞에 주차한 차에서 마틴은 캐런의 머리를 품에 안고 니코틴으로 얼룩진 손으로 머리칼을 매만지면서 속삭인다.

"아, 내 귀염둥이."

이 로맨틱한 한마디가 캐런의 성생활에 지표로 남는다. 다음 날 캐런과 세라는 슬픔에 젖어 학교를 빼먹는다. 대신 시내 여권 발급소에 간다. 두 사람은 16세여서 여권 발급에 '부모 동의'가 '요구'되지만, 맥주를 살 때 보이는 증명서보다 훨씬 쉽게 위조할 수 있다. 정부가 취하는 '좋은 게 좋다' 식 태도가 얼마나 이상한지. 엄마는 캐런의 계획을 정확히 모르면서 들뜬다. 그녀의 흥분 때문에 캐런은 기분이 잡칠 지경이다. 세라의 엄마는 들뜬 것과 정반대지만, 우린 이 부분을 앞에서 봤다. 세라는 직접 항공료를 지불하고, 캐런의 엄마는 아버지에게 여행을 비밀에 부치라면서 여비를 보태

준다. 출발까지 6주, 학기가 끝나는 대로 떠날 예정이다. 그 무렵 세라는 리엄에게 이틀에 한 번꼴로 편지를 받는다. 얼뜨기의 편지처럼 열정적이고 어리석은 내용 일색이다. 꼬불꼬불한 글씨로 몇 장에 걸쳐, 차가 산울타리에 박혔는데 앞문이 가지에 막혀서 운전자가 뒷문으로 기어 나온 얘기가 시시콜콜 적혀 있다. 그런 사고 얘기가 아니면 세라가 얼마나 예쁜지, 리엄이 재회를 얼마나 애타게 기다리는지 적혀 있다. 새 편지가 올 때마다 리엄에 대한 세라의 관심이 사그라드는 걸 캐런은 알아챈다. 처음에는 마틴 얘기가 나올까 싶어 캐런도 편지를 읽었지만 이제 대충 훑어본다. 한편 캐런은 아주 이따금 익살스러운 마틴의 엽서를 받는다. 그는 캐런의 편지들을 받긴 해도 제대로 읽지 않는 것 같다. '안녕, 캐런! 테이프 고마워. 곡이 아주 다양하네. 미합중국 쪽은 다 안녕하신가?'

출발일이 다가오자 세라는 캐런의 집에서 지낸다. 엄마가 쫓아냈다고 둘러대지만 캐런은 의심한다. 세라 엄마의 장애를 고려할 때 세라가 그냥 나왔다는 편이 더 설득력 있다. 세라의 엄마는 계속 전화를 걸고 엘리는 수화기를 안방에 가져가 문을 닫는다. 하지만 무슨 말이 오가는지 들을 필요도 없다. 엘리는 같은 어른으로서, 고집불통인 딸들에 대해

공감을 표하고, 세라를 돌려보내겠다고 약속한다. 그리고
전화를 끊자마자 다시 전화를 받을 때까지 세라 엄마를 까
맣게 잊는다. 엘리는 짐 꾸리기를 돕는 것 외에는 아무 관심
도 없다. 안내원으로 일하는 부동산 중개소에 병가를 내고,
두 아이를 데리고 쇼핑하러 가서 필요한 물건을 사게 한다.
그중 하나는 쓸 만한 스카프. 둘 다 머리띠로도 쓰고 목에도
맬 아주 예쁜 실크 스카프가 필요하다. 캐런은 예쁜 스카프
를 매본 적이 없다. 또 영국은 쌀쌀하니 귀엽고 가벼운 재킷
이 필요하지. 여기랑 달라. 영국 아이들이 엉뚱한 옷을 가져
왔던 걸 기억하지? 하지만 엘리가 말하는 귀엽고 가벼운 재
킷은 캐런의 너덜너덜한 진 재킷이 아니라, 소매를 말면 밤
색 실크 안감이 나오는 세라의 블레이저(캐주얼 재킷)이다. 세
라는 엘리가 좋아하는 빈티지 스타일로 옷을 입는다. 엘리
와 세라는 몇 시간이고 세라의 옷을 입어보고, 다른 옷들을
함께 배열하고 어떻게 맞추면 어울릴지 결정한다. 블레이
저, 할아버지 카디건, 체크무늬 킬트(스코틀랜드에서 주로 입는 모
직 스커트), '육해군 군수품점'에서 산 펑키한 카키색 바지. 얘
들아, 각자 가방 하나씩만. 세련된 여행자는 짐이 가볍거든.
엘리는 해외에 나가본 적이 없다. 비행기도 타보지 않았을
수도 있다. 그녀가 실크 스카프나 가벼운 짐에 대해 어디서

배웠는지 캐런은 모른다. 캐런은 비행기 여행이 처음이다. 세라는 부모가 이혼한 직후, 아버지와 연락이 두절되기 전에 몇 번 비행기를 타고 그를 만나러 갔다.

"너 혼자서?"

엘리가 감탄한다.

"알아서 스튜어디스와 함께 타도록 해주거든요. 비행은 기억도 안 나요."

"유경험자랑 여행하다니, 네가 복 터졌네."

엘리가 딸에게 말한다.

공항에서 세라는 마음에 새겨둔 여행 경험자의 모습을 과시한다. 캐런에게 지겹게 설명해댄다. 탑승권을 잃어버리면 안 된다느니, 런던에 착륙하기 전에는 짐을 못 꺼내니 화장품을 기내 수하물에 담아야 한다느니. 돌아보면, 세라도 똑같이 불안했을 수 있다고 캐런은 인정한다. 세라의 불안감은 친구에게 잘난 체하면서 이래라저래라 하는 걸로 나타났을 것이다. 사실 영어를 못하는 사람도 공항에서 상황을 파악할 수 있을 정도였다. 또 비행기 탑승 후에는, 캐런 자신도 엽서들로만 아는 런던에 대해 떠들어댔다.

"카나비 거리는 모든 펑크족이 몰리는 곳이야. '하드 록 카페'가 있고 진짜 멋진 피커딜리서커스도 있지. 난 빅벤은 별로야―그냥 시계지, 뭐."

리엄과 마틴이 히스로로―'히스로'는 공항 이름이지만 누구나 '히스로 공항'이 아닌 '히스로'라고만 부른다고, 경험 많은 세라가 경험 없는 캐런에게 설명했다―마중 나와서, 다 같이 유스호스텔에 투숙할 예정이었다. 세라조차 그게 뭔지 잘 몰랐지만. 일단 런던 구경을 마치면 기차를 타고 마틴과 리엄이 사는 본머스로 갈 터였다. 그 후에 어떻게 될지는 애매했다.

캐런은 창가 좌석에 앉아 유리창에 얼굴을 댄다. 유리가 얼음장처럼 차서, 눈에 눈물이 고인다. 상상도 못한 새까만 하늘을 본다. 고향의 밤하늘은 늘 흐릿한데. 비행기가 이륙하면서 진동과 굉음이 일어나자, 과하게 운항되는 것 같아 조바심 난다. 세라에게 위로를 구하지 않을 작정이다. 만족감을 주지 않을 것이다. 세라는 담배를 피우고, 워크맨으로 음악을 들으면서 책을 읽는 척한다. 세월이 흘러 두 사람을 내려다보니, 세라가 나이가 세 배는 많은 여인처럼 과시하듯 한 손에 책을, 다른 손에 담배를 든 모습이며, 캐런이 창에 기대서 이마가 빨갛게 된 줄도 모르고 엄지를 깨무는 모습을 보니 마음이 짠하다. 유령 스튜어디스가 통로 위를 떠다니듯, 나는 두 십대 소녀를 내려다본다. 리엄을 사랑하지 않는 세라와 마틴의 사랑을 못 받는 캐런을. 연민에 가까운 애틋함이 차오른다. 또한 서글프기도 하다. 하지만 그 순간 캐런은 겁나면서도 눈을 떼지 못하고 어둠 속을 응시하면서, 세라가 밉기만 하다. 출발일이 되도록 마틴에게 아무 소식도 못 들어서다. 익살스러운 엽서조차 못 받아서. 마틴은 캐런이 가는 걸 모를 리 없다. 상세히 적어서 한 번 이상 보낸 데다, 간다는 걸 리엄이 안다. 마틴은 리엄이 아는 건 다 알고, 세라는 리엄과 보내는 일정을 캐런이 마틴과 보내는 일정으로 취급한다, 그렇지 않나? 캐런은 그렇게 믿는다, 세라가 그럴 테니까. 세라는 그렇게 믿는다, 캐런이 그럴 테니까. 캐런은 세라에게 그렇게 믿지 않을 이유를 주지 않았다. 마틴이 소식이 없다고 말한 적이 없다. 캐런은 세라가 상황을 오해하게 놔두다가 이제야 겁나고 난감하다. 둘의 우정도 엇나가고, 이 순간 둘의 가장 큰 위험 요소가 된다. 사실 몇 주째 이런 상황이었지만 캐런은 엄마가 엇나간 느낌을 만든다고 믿고 싶었다. 그런데 이제 엘리가 빠졌는데도 계속 엇나간 분위기다. 한 시간 비행 후 캐런은 설명 없이 세라의 무릎을 타 넘고, 공중전화 부스만 한 화장실에 들어가, 재떨이만 한 세면대에 토한다. 캐런은 거울에 비친 푸르스름한 잿빛 얼굴을 노려본다. 토사물을 닦는 데 종이 타월 한

통을 다 쓴다. 토사물 묻은 휴지를 변기에 버리고 핸들을 누르고 나서 빨려드는 소리가 나자 혼비백산한다. 비행기 구멍을 열고 토사물을 바다에 떨어뜨리다니. 회상은 아홉 시간 비행을 간략하게 만들기도 하고, 온갖 파멸의 전조를 과장하기도 한다. 비행 중인 열여섯 살 캐런이 무슨 일이 벌어질지 정말 알았을까? 정말 캐런과 세라는 나란히 앉아 냉랭한 침묵 속에서 우정이 끝난 걸 감지했을까? 생각은 감정을 낳고 감정은 생각을 낳았지만, 한편으로는 많이 키득댔다. 담배를 피우면서 일기장에 긁적이고 워크맨으로 음악을 같이 들었다. 우린 어떤 일을 알고 나서야 그것을 알고 있었다는 걸 안다. 작은 둥근 창으로 밤이 휙휙 지났고 동쪽에서 불 같은 선이 나타나자, 세라는 캐런에게 달라붙었고 거친 파마 머리가 캐런의 뺨을 스쳤다. 두 사람은 빛이 너무 강해서 더 보지 못할 때까지 일출을 구경했다. 마지막 한 시간은 차분히 화장하면서 보냈다.

'히스로'에 도착해 줄을 서서 여권에 도장을 받았다―무탈하게 다 해냈다는 전율이 밀려왔다. 오늘까지도 캐런은 생생히 느낄 수 있다. 방금 엄마의 삶보다 큰 삶을 이루어냈다는 깨달음. 뒤처지는 것만 피할 수 있으면, 계속 나아갈 수만 있으면 늘 영원토록 그만큼 앞서리라. 긴 레일 뒤에서 놀라운 인파가 고함을 지르고 손을 흔들었다. 그리고 리엄이 있었다. 가끔 무대 조명 아래나 사진, TV에 나오는 것 같은 잘생김은 없었다. 대신 생선 배 같은 허연 피부, 여드름, 거미처럼 흐느적대는 팔다리, 목구멍에서 발기한 것처럼 돌출된 목젖이 눈에 띄었다. 그는 미친 듯이 좌우를 쳐다보면서 '**세라**'라고 적힌 네모난 종이판을 흔들었다. 그 이름의 주인을 보자 그는 세라가 온 게 믿기지 않는 듯 놀라서 몸이 얼고 입이 벌어졌다. 꼭 사탕을 얻은 꼬마 같았다. 그의 기쁨은 자연스럽고 순수했다. 또 캐런이 알던 재치 있는 치료사의 말마따나 독심술 기계는 출시 전이지만, 캐런은 그 순간 세라의 마음을 안다는 데 돈을 걸고 싶었다. 세라는 리엄이 눈과 골격은 멋져도 못난 촌뜨기라는 생각에 사로잡혔다. 또 그를 낭만적인 이상형이라고 믿으려 했지만 너무 못 미친다고, 그의 혀가 입에 들어오는 게 끔찍하다고 생각했다. 그러느라 자신을 보고 리엄이 짓는 순수한 기쁜 표정을 보지도 못했다. 그건 무척 안타깝다. 누군가가 그런 표정을 지어주는 경험을 하는 사람은 극소수니까.

처음에 우왕좌왕하다가 레일에 난 출구로 나가 인파를 뚫고 리엄에게 갔다. 마틴이 나오지 않았는지는 아직 확실하지 않았다. 주차하는 중이거나 커피를 사러 갔거나, 화장실에 다녀오는 중일 가능성이 있었다. 리엄이 세라의 허리를 끌어안고 폴짝폴짝 뛰자 둘의 몸이 마구 부딪쳤다. 그러다가 리엄이 입에 혀를 넣자 세라가 팔을 뻗어 밀어냈다.

"잠깐, 잠깐만! 어디 좀 보고!"

세라는 그의 혀가 싫은 게 아니라 얼굴을 잘 보고 싶은 듯이 말했다. 그 순간 리엄이 캐런을 보았다. 처음 본 것 같았다. 그가 말했다.

"아이고, 캐런! 왔네! 마틴이 큰 역을 맡았다고 편지를 보낸 줄 알았는데? 하계 레퍼토리 배역을 따서……"

세라가 나섰다.

"마틴이 여기 없다는 거예요? 대체 무슨 말이야?"

캐런은 계획에 없던 말을 해버렸다.

"나한테 말했어. 배역을 따려고 한다고 말했다는 뜻이야. 배역을 따냈다는 편지는 우리 집으로 가는 중이겠지."

캐런은 어리둥절해서 쳐다보는 리엄의 눈길을 의식했다. 마틴이 배역을 딴 것은 분명하다, 만약 그런 배역이 있기는 했다면. 한참 전에 말이다. 하지만 리엄은 아둔해서 캐런의 거짓말을 눈치채지 못했다. 캐런보다도 훨씬 멍청한 위인이었다.

리엄이 들떠서 말했다.

"아무튼 와주니 진짜 좋은걸! 우리 모두 즐거운 시간을 보낼 거야."

"그런데 마틴은 어디 있어요? 캐런이 그가 있는 곳으로 가면 안 되나?"

"마틴은 순회공연 중이야, 세라. 나도 순회공연에 못 따라가거든!"

"정말 그가 너한테 순회공연을 한다고 말했어? 어떻게 나한테 말하지 않은 거야? 네가 여기까지 왔는데 마틴은 여기 있지도 않다니?"

리엄이 끼어들어 말했다.

"캐런이 같이 지내도 엄마가 뭐라 하시지 않을 거야."

"엄마요?"

세라가 반문했다.

다들 그 순간의 일차적인 감정 상태를 다른 감정으로 위장한 걸 보면 흥미로웠다. 리엄과 재회가 싫은 세라는 마틴에게 격노했다. 리엄은 세라를 향한 열망을 캐런을 염려하는 것으로 포장했다. 또 늘 예상했고 또 예상치 못한 캐런의 참기 힘든 굴욕감은 무덤덤함과 무심함으로 위장되었다.

"난 그래도 영국 구경을 하고 싶어. 그러니까 요란 좀 그만 떨어. 난 화장실에 가야겠어."

캐런은 세라에게 날카롭게 쏘아붙였다.

화장실에서 캐런은 또 토했지만, 비행기에서 속이 울렁거려서 먹지 않아 역한 투명 액체만 나왔다. 개별 칸에 들어가지도 못해서 사람들의 따가운 눈초리를 받았다. 캐런은 자신을 피해 가는 여행객들의 발소리를 들으면서, 세면대 위에서 씨근대며 토하고 찬물로 얼굴을 씻었다. 마틴이 어떻게 알았을까? 그게 늘 궁금하다. 분명히 성격상 결함이 있지만, 캐런의 마음에 그는 기묘하고 심술 사나우며 모든 것을 다 아는 조커-신으로 남아 있다. 마침내 캐런은 화장실에서 나왔다. 눈에 소금을 뿌린 것 같았다. 계속 배가 주먹질 당하는 느낌이었다.

캐런은 세라, 리엄과 유스호스텔로 갔고, 감방 같은 데서 벽에 면한 아래층 침대에 누웠다. 누가 훔치면 눈치채도록 가방을 발치에 놓고, 열에 달뜬 것처럼 잤다. 그사이 세라와 리엄은 둘이 할 일을 하고 모험을 했고, 세라의 마음속에 있는 엽서 사진들을 찾아다녔다. 나중에 세라는 트래펄가 광장, 카디프(영국 웨일스의 도시)에서 본 U2, 소시지와 으깬 감자를 언급할 터였다. 그리고 세라는 리엄과 본머스 집에 가서 그의 어머니를 만날 터였다. 어머니는 BBC 방송을 시청했고 토스트에 마마이트(영국에서 아침 식사 때 토스트에 발라먹는 스프레드)를 바르고, 리엄을 왕처럼, 세라를 왕비처럼 떠받들었다. 그녀는 세라가 아직 고등학생인 걸 모르는 눈치였고, 나중에 세라는 리엄이 어른이 된 후 계속 실업수당으로 살면서 만족한다는 걸 알았고, 그와 헤어져 혼자 런던에 돌아가 다시 호스텔에서 살았다. 나이트클럽에서 칵테일 웨이트리스로 일했고 나중에 거기서 만난 남자를 따라 기차를 타고 카디프에 가서 U2 공연에 갔다. 공연장에서 플로어 석을 차지하려고 모두 뛸 때 그를 놓쳤고, 나중에 세라는 캐런에게 화려한 여왕의 실루엣이 그려진 색색의 우표를 붙인 편지로 소식을 전하다가 중단했다. 캐런이 답장을 보내지 않아서였다. 캐런은 이 편지들을 읽지 않다가 몇 년 후에야 읽었지만 지금도 왜 읽었는지 모른다. 런던에서 캐런은 감옥 같은 호스텔 객실에 누워 있다가, 복도 아래에 'WC'라고 적힌 문을 열고 들어가 무릎을 꿇고 변기에 토했다. 호스텔 사무실의 칙칙한 비닐 의자에 앉아, 로봇 같은 독일인 관리인에게 국제 전화 거는 법을 배웠다. 2층 침대, 화장실, 전화. 그게 런던이었다.

캐런과 엘리가 이 여행을 비밀로 했지만 아버지는 캐런의 전화를 받고도 놀라지 않았다. 딸이 아프고 빈털터리로 혼자인 줄 알면서도 허둥대지 않았다. 런던의 호스텔 의자에 앉아 전화기로 들은 담담하지만 냉정하지 않은 목소리는 캐런의 진짜 어른 인생의 출발점이다. 이런 것들이 점으로 표시될 수 있다면. 그럴 수 있으면 좋겠다. 지난 일을 명확히 구분하는 게 도움이 된다는 걸 안다. 당시 왜 엄마가 아니라 아버지에게 전화하기로 결정했는지 설명할 수는 없지만, 진짜 어른 인생이 이렇게 시작됐다. 아이러니하게도 이것은 더는 결정하지 말자는, 더 나은 판단을 찾자는, 그런 것이 있다고 인정하자는 결정이었다. 자신이 아이라는 걸 인식했고, 엄마와 달리 아버지가 아이로 봐준다는 걸 기억하면서 진짜 어른 인생이 시작됐다. 아버지에게 전화한 것은 그의 방식에 맡긴다는 뜻이었지만, 적어도 그에겐 방식이 있었다. 적어도 방식이 있고 그걸 고수하려는 의지가 있었다. 캐런은 자신을 아버지 손에 맡겼다. 미국으로 돌아가는 내내 아무것도 기억하지 않았다. 아무것도 마음에 담지 않고 아무것도 생각해내지 않았다. 이제 전문 여행가처럼 처신했다. 완전히 텅 빈 마음으로 여행했다. 아버지가 공항에서 기다렸다. 단추를 채운 작업복 셔츠 안의 배, 사타구니 앞에 모은 털북숭이 큰 손. 가끔 엘리는 그를 경멸조로 '촌놈'이라고 불렀지만, 아버지는 상황을 처리할 줄 알았다. 그 첫날 밤 그는 캐런에게 아무 말 하지 않고 작고 심란한 방에서 재웠다. 캐런과 케빈이 드물게 방문할 경우를 위해 준비해둔 방에는 다른 장식 없이 남매의 사진 액자들만 있었다. 한 해만 빼고 (케빈이 1학년, 캐런이 3학년 때 엘리가 사진 신청을 잊어서) 매년 학교에서 찍은 사진이 벽에 줄줄이 걸려 있었다. 벽의 나무 패널, 그가 못질해서 고정한 바닥에 깔린 보풀 많은 깔개. 군용 스타일 침구가 매트리스 밑에 단단히 끼워져서 캐런은 겨우 비집고 들어갔다. 침구의 세제 냄새가 너무 독해서 두통 때문에 잘 수 없었다. 전에는 이런 게 아무렇지 않았건만. 다음 날 의사에게 갔다. 집에 돌아와 아버지는 이혼 전 남매가 아주 어릴 때처럼 캐런의 알궁둥이를 허리띠로 때렸다. 전부 캐런이 예상하고 바라던 바였다. 그 후 아버지는 캐런을 다시 침대에 눕게 했고, 접이의자를 가져와 앉아, 캐런이 울음을 그칠 때까지 주먹만 내려다보았다. 마침내 그가 입을 열었다.

"어느 놈이냐."

"영국에서 방문했던 사람이요."

"그놈도 알아?"

"아뇨."

"거기 가서도 놈을 찾지 못했고?"

"네."

"찾아볼 방도가 더 있니?"

"아뇨."

이 모든 것은 형식에 불과했다. 캐런 못지않게 아버지도 그 남자를 상대하고 싶지 않았다.

"여기서 차로 한 시간 거리에 있는 곳이야. 학년 수준에 맞춰 수업을 듣게 해준다더라. 당연히 교회도 있고. 하느님 중심인 기관이야. 그쪽에서 전부 처리해줄 거야. 입양도."

"알았어요."

캐런이 말했다.

"고급스럽지는 않지만 안전하고 정갈한 곳이야. 호텔에 가는 것도 아니고."

"알아요."

캐런이 말했다.

"싸지 않지만 싸도 안 되겠지. 아기들을 위해서. 휴가 가는 게 아니다."

"알아들었어요. 죄송해요."

캐런이 말했다. 진심이었다.

이상한 노릇이지만 하느님과 결별하기에 딱 좋은 곳이었다. 언젠가부터 캐런은 자기도 모르게 신을 믿지 않게 되었다. 하느님 얘기를 해도 닥치라는 힐난을 듣지 않는 곳에서 지내니 편안하고 정감 어린 구석이 있었다. '아기의 장래를 위해 하느님의 뜻을 구하는 무조건적인 사랑을 보여줘서 정말 고마워, 캐런.' 수학 교사부터 사회복지사, 관리인까지 기회 있을 때마다 그런 말을 했다. 낙태하지 않은 것을 에둘러 칭찬하는 말인 줄 알지만, 감사 인사와 칭찬을 들을 때마다 흐뭇했다. 늘 '신의 선물'이란 말을 들으니 정말 그런 것 같았다. 아버지 말처럼 '고급스러운' 곳은 아니었지만, 사실 캐런이 살았던 어떤 집보다 호텔과 비슷했다. 생화 꽃병들이 있고 위로를 주는 성가가 흘렀고, 있는지도 몰랐던 야채와 과일을 먹었다. 예를 들어 처음으로 키위를 먹은 곳도 여기였다. 세월이 지나서야—실은 최근에—그 시설에서 융숭하게 대접받은 이유를 알았다. 그곳은 '건강상 문제없는 백인 기독교도 아기'를 키우는 농장이고, 현재 입양 시장에서 그런 아기는 너무 귀하고 수요가 무척 많다. 당시 그것을 알았다고 해도 그곳 생활을 똑같이 즐겼을 것이다.

크리스마스가 지나고 꼭 한 달 후 캐런은 아기를 낳았다. 산부인과 의사부터 사회복지사까지 캐런이 똑똑해서 그날 출산한 것처럼 칭찬했다. 여아였다. 원래 출산 느낌은 마음에 담거나 돌이켜 생각하지 못한다. 다만 물고기를 놓치듯 마지막에 빠져나가는 감각을 기억할 수 있을 뿐. 캐런은 씻겨서 담요에 싼, 따뜻하고 보송한 아기를 안았다. 아기 냄새를 맡으면서 '이 냄새가 기억나지 않을 거야'라고 생각했고, 그 말대로 그 냄새를 기억 못 했다. 늘 닿을 듯 말 듯 닿지 않았다, 꿈처럼. 나중에 기도 의식에서 캐런은 생명을 택하는 이타적인 기독 정신으로 더 칭송받았다. 아기는 함께할 '영원한 가족'에게 보내졌다.

2주 후 캐런은 CAPA로 돌아왔다. 고물차를 몰고, 공간이 부족한 앞쪽 주차장에 주차하려고 일찍 학교에 도착했다. 아는 사람들과 마주치기 싫은데 다들 뒤쪽 주차장에 주차했기 때문이다. 공기가 차고 습했고, 차가운 습기가 아지랑이를 만들었고, 그것은 기억 속에서 빛을 흐리게 해서 자신을 가려 다른 사람이 된 느낌을 주었다. 마치 실제로 성공해서 첫날 내내 아는 사람 누구도 만나지 않을 것 같았다. 하지만 작은 학교고 매년 같은 학생들이라서, 아무도 마주치지 않고 한 시간도 버틸 수가 없었다. 하지만 단 몇 분이라도 아무도 보지 않으면 다를 터였다. 앞쪽 주차장은 교사들의 차가 있었지만 반도 차지 않았다. 흡연 구역인 뜰에 앉아 있을 계획이었다. 거기 구내식당의 유리문이 있으니 숨기에 좋은 자리는 아니어도 최소한 들어오는 사람들을 볼 수 있었다. 숨을 데가 없으니 들어오는 사람들을 보는 게 할 수 있는 최선임을 알았다. 그런데 묵직한 현관문을 밀고 들어가니 세라가 있었다. 캐런과 세라는 필요한 만큼만 서로 쳐다보았다. 둘 다 멈춰 서지 않고, 같은 문을 지나 캐런은 들어가고 세라는 나갔다.

   마틴의 대본상 여자는 급히 옷을 갈아입지 않는다. 여러분이 기억한다면, 마지막 직전 장에서 여자와 닥은 무대에서 나가 뒷방으로 간다. 우리가 전에 열린 문으로 봐서 닥의 누추한 거처임을 아는 방이다. 닥과 여자는 들어가서 문을 닫고 소강상태가 흐르다 총성이 울리면서 조명이 꺼진다. 그러다 조명이 다시 켜지면서 닥의 단골들이 바에 둘러앉아 그를 추모하고, 그들이 몇 마디 대사를 한 후에야 여자가 상복 차림으로 등장한다. 무대는 급히 바뀐다. 암전 속에서 단골손님 역 배우들은 자기 위치로 가고, 무대 담당자는 바 위에 닥의 영정 사진, 시든 꽃, 검은 휘장 등을 설치한다. 여자의 경우 닥과 뒷방 문에 있다가 재등장할 때까지 의상을 갈아입을 시간이 아주 넉넉하다. 그러니 세라에게 그 순간에 기운을 북돋워주는 의상 담당자가 되어달라는 요청은 어이없는 결례였다. 캐런은 의상 담당자가 필요하지 않았고, 세라는 누가 말해주지 않아도 그걸 알았다. 하지만 스카이라이트 서점에서 만난 후, 세라가 캐런의 불필요한 스태프 자리를 제안받고 옛 경험을 살리고 감상적인 임무를 하러 오기까지 몇 주의 시간이 있었다. 그사이 연이어 무대에 생긴 변화를 보면 캐런을 초능력자라고 믿을 것이다. 먼저 무대 감독은 뒷방 문에 창을 내고 롤러 블라인드를 드리웠다. 닥과 여자가 방에 들어가 문을 닫으면, 스포트라이트가 블라인드에 둘의 그림자를 비추고, 총성이 울릴 때 실루엣이 보이게 된다. 다음으로 데이비드는 다시 조명이 들어올 때 여자가 이미 무대 위에 있기를 바랐다. 단골들은 못 봐도 관객 눈에는 흐릿하게 보여서, 여자가 조명 안으로 들어서면 단골들은 그녀가 대화를 들은 걸 알 터였다. 조명이 꺼질 때까지 캐런은 옷을 갈아입지 못하고 다시 조명이 켜지면 상복을 입고 있어야 한다는 뜻이었다. 급히 갈아입어야 했다.

데이비드가 말했다.

"옷을 입혀줄 사람이 필요하겠는데."

캐런은 야간 연습이 끝나기를 기다렸다가 '더 바'에서 데이비드에게 세라 이야기를 했다.

"세라가 온다고?"

데이비드가 소리쳤다.

"지난달에 LA에서 둘이 만났어. 우린 세라가 공연을 도와 주면 재미있겠다고 생각했지."

캐런이 엉성하게 거짓말을 했다. 데이비드는 좀 과하게 똑바로 앉아서, 코 밑을 내려다보며 담배를 입가에 물었다. 그는 열여덟 살 때도 발끈하면 위태롭게 멋있지 않았던가. 그걸 잊지 말라고 상기시키듯 그의 눈이 빛났다.

"세라는 한 번도 내 공연을 본 적이 없는데."

"그게 이유지. 이번 공연은 봐야 하고, 어떻게든 돕겠다고 생각하더라고."

캐런은 계속 임기응변으로 둘러대면서도 이런 상황이 싫었다. 세라의 체면을 살려주고 데이비드를 달래려고 말을 지어내야 했다. 새삼 세라와 데이비드의 숨 막히는 자존심 싸움이 떠올랐다. 둘은 13년 가까이 연락이 끊어진 마당에도 자기들이 무슨 대단한 드라마라도 찍는 줄 안다.

"왜 이번 작품인데? 네가 출연해서?"

"그건 아니고. 그저 네 작품 하나를 볼 때가 됐다고 느꼈을 뿐이지. 내가 출연하는 것은 부차적인 흥밋거리고."

"언제 세라와 다시 연락됐어? 내 기억으론 고등학교 졸업 무렵 둘이 말도 안 섞었는데."

"그땐 고등학생들이었고."

캐런이 말을 막듯 대꾸했다.

어쩌면 캐런이 세라와 데이비드를 똑같은 나르시시스트로 보는 것은 불공평했다. 각자 상대의 옛 이미지에 매달려, 불행한 십대 연인한테서 잃어버린 자신을, 되찾고 싶은 자신을 본다는 시각은 불공평했다. 답답함, 분노, 경멸 중 한 가지 감정이 든다는 이유로 캐런이 둘을 이렇게 보는 것은 불친절했다. 캐런은 남들의 해소되지 않은 감정을 챙길 여유가 없었다. 자신의 인색함을 감당할 여유가 없어서였다. 공감하고 싶은데 그러지 못해 괴롭다. 건강한 거리 두기가 최선이지만 그조차 못할 때가 많다. 너무 공감이 안 되어서, 데이비드와 세라를 쳐다볼 수도 없다. 드디어 첫 총연습이 열리는 오늘 밤, 데이비드는 고물차에서 내리고 세라는 캐런의 차에서 내려, 바 겸 공연장 밖의 끊어진 인도에서 마주 본다. 캐런은 공항에 마중 나가서 세라가 다 하게 내버려 두었다―흥분해서 씩 웃고 서슴없이 포옹하고, 쉼 없이 재잘대고 감탄하고. 캐런은 개입하지 않고 세라의 지칠 줄 모르는 노력들을 냉정하게 분석했다. 하지만 깨진 아스팔트를 사이에 두고 세라와 데이비드가 마주 서자, 캐런은 자기도 모르게 시선을 돌렸다. 그 순간 둘 사이에 스친 감정이 가슴 뭉클했다. 그걸 목격하자니 창피했다.

그 순간이 지나고, 데이비드는 몸이 불어도 예전처럼 성큼성큼 걸어 세라에게 다가가 가슴에 안았다. 과하게 호탕하고 싹싹하게 구는 포옹을 받자, 세라는 유머러스하게 숨이 넘어가도록 웃었다. 그녀가 말했다.

"조심해! 너무 꽉 안지 말아. 임신 중이야."

그러자 데이비드는 불에 덴 것처럼 물러났다.

세라가 캐런에게 말했다.

"LA에서 널 만난 직후에 알았어. 다음 날 숙취가 심했는데, 평소보다 오래 가더라고."

"거기 데려가도 될지 물어보려던 참인데 대답을 들었네. 안에 바가 있거든."

데이비드가 말했다.

"아! 물이나 주스를 마시면 되지."

"그래! 알았어."

데이비드가 대답하고 몸을 돌렸다. 그는 세라가 음료수를 여기로 가져오라고 주문이라도 한 것처럼, 성큼성큼 길을 건너 건물로 들어갔다.

"축하해."

둘이 안으로 들어갈 때 캐런이 말했다.

"겨우 8주야. 아무 말도 안 하려고 했는데 불쑥 튀어나왔네. 더 나쁜 말을 내뱉을까 봐 걱정했어."

"뭐라고 했어도 데이비드는 널 용서했을 거야. 살면서 그런 꼴을 숱하게 당했거든."

캐런이 말했다.

건물 안 어디서도 데이비드가 보이지 않았다. 캐런은 환하게 빛나는 세라를 호들갑 떠는 마틴에게 맡기고, 검은 커튼들의 미로를 지나 창고 안쪽의 어두운 구역으로 갔다. 뒷문으로 나가면 예전 물품 하역장이 나왔다. 데이비드는 거기서 벽을 등지고 앉아, 담배를 피우며 부츠 코를 내려다보았다.

"괜찮아?"

캐런이 물었다.

"아니. 사실 안 괜찮아."

데이비드가 말했다.

캐런은 데이비드 옆에 앉았다. 원래는 그럴 의도가 아니었다. 데이비드를 혼자 두고 안에 들어가려고 했다. 너무 심각하게 생각하지 말라고 속으로 중얼대면서 양팔로 데이비드를 안았다. 그녀의 손길에 데이비드는 무겁게 무너지더니, 덫에 걸린 동물같이 포효하면서 몸을 휙 젖혔다. 그의 온몸이 들썩이고 요동쳐서 매달리기가 어려웠다. 캐런은 멈추고 싶었지만 몇 번이나 자신을 나무라야 했다. 결국 그가 자진해서 분노를 떨치고 캐런을 밀어내고 주머니에서 담배를 꺼냈다. 담배에 불을 붙이기 전에 낡은 티셔츠 자락으로 대충 얼굴을 훔쳤다.

그가 일어나면서 말했다.

"망할 놈의 연습을 해야지."

세라는 4열에 혼자 앉아 1막을 지켜봤고, 데이비드는 연습을 이끌었다. 하지만 캐런은 여전한 그것을 목도했다. 그 긴장, 두 사람 사이에 긴장의 끈이 팽팽해서 조심하지 않으면 걸려 넘어질 것 같았다. 캐런은 어떻게 아직도 이게 신경에 거슬리는지 의아했다. 그녀가 배제되기 때문일까? 그게 남의 상황보다 더 중요하다고 주장해서? 데이비드는 계속 움직였다. 관람석에서 조명 보드로, 무대에 오르거나 맨 끝자리에 앉아 시선을 확인했다. 계속 담배 연기를 흩날리고 바닥에 둔 맥주를 쏟았지만, 어디서 움직이든 세라에게 시선을 주지 않았다. 그러니 끈을 아주 팽팽히 유지하려고 뒤통수든 어깨 끝이든 필요한 곳에 눈이 달린 게 분명했다. 그 끈은 방 안을 조각조각 내고, 연습을 엉망으로 만들었다. 큐를 놓치고 대사를 실수하고, 기술 결함이 발생했지만 캐런, 세라, 데이비드를 제외하면 아무도 이유를 몰랐다. 일단

2막이 시작되자 세라는 캐런의 의상 시중을 들려고 백스테이지로 사라졌다. 그러자 데이비드의 마지막 집중력이 흩어지면서, 맥주를 넉 잔에서 여섯 잔쯤 마신 그는 몽유병 환자처럼 휘청휘청 걸었다.

"데이비드, 데이비드? 그게 원하신 큐입니까?"

무대 감독이 물었다.

"데이비드, 데이비드? 어떤 곡을 말한 거죠?"

음향 감독이 말했다.

"데이비드, 데이비드? 닥이 블라인드를 내리나요?"

무대 감독이 말했다.

캐런은 처음으로 장전된 블랭크 건을 가져왔고, 실루엣을 보이면서 발포하는 부분을 재수정해야 한다는 걸 깨달았다. 손가락을 방아쇠에서 저만치 떼고 베레타 총구를 내린 채 무대에서 내려가 눈을 가늘게 뜨고 조명을 보았다.

"데이비드!"

그녀가 외쳤고, 리더십 부재로 다들 밀려다니느라 혼란스러운 장내가 일순 차분해졌다.

"어랏, 쏘지 말아요."

누군가가 말하자 다들 웃음을 터뜨렸다.

"마틴의 머리와 총 사이에 공간이 더 필요해. 일단 내 자리에 서서 좌우를 쳐다보며 그림자 위치가 제대로 되는지 살펴볼게."

"블랭크 건인 줄 알았는데."

"그건 맞는데 그래도 화약이 담긴 약실이 들어 있거든. 그게 총성을 내고 충격파를 만드니까. 그러니 만지작대면서 머리통에 대거나 다른 사람한테 겨누지 말아요. 난 마틴에게 안전한 각도로 겨눌 테지만, 그림자는 내가 겨누는 걸로 보여야 하니까. 그런 그림이 나오는지 말해줘."

"하나 물어봐도 될지 모르겠는데, 혹시 내가 위험한가?"

마틴이 무대로 나와 유머러스하게 질문을 던졌다.

누군가가 말했다.

"캐런의 성미만 건드리지 말아요!"

유머는 없지만 책임감 있는 총기 책임자로서, 캐런은 이 말을 무시했다.

"총 안에 발사체는 없지만, 블랭크 건을 다루는 가장 안전한 방법은 진짜 총기로 취급하는 거예요. 난 무대 왼쪽을 향해 발사해요. 그러니까 장면이 진행되는 동안 아무도 무대 왼쪽에 있지 마세요. 누구도 거기 있을 필요가 없어요. 의상부는 무대 오른쪽이에요, 소품부도 무대 오른쪽. 배우 전원은 마지막 입장을 무대 오른쪽에서 하세요. 알겠죠? 아무도 무대 왼쪽에 얼씬하지 말아요."

"잘 들으라고!"

데이비드가 말했다.

바의 뒷방이 열린 문으로 잘 보이고, 데이비드의 요구도 있어서 무대 감독은 방에 작은 선반을 설치했다. 누래진 문고판 몇 권, 담배가 수북한 재떨이, 중소 업체 서류가 삐죽 튀어나온 너절한 마닐라 서류철, 낡은 선이 달린 전기풍로, 깡통 수프 몇 개, 침상 끝에 걸린, 발가락에 큰 구멍이 난 거뭇한 양말. 앞줄에서도 잘 안 보이는 흔들거리는 탁자의 서랍에는 반쯤 쓴 성냥갑, 잘근잘근 씹은 연필, 동전 뭉치가 들어 있다. 너덜대는 오래된 〈플레이보이〉, 휴대용 바느질 꾸러미도. 서랍을 열었을 때 캐런의 마음을 찌른 것은 바느질 꾸러미였다. 긁힌 자국 난 플라스틱 상자에 외롭고 사랑 못 받는 그녀의 신세가 담긴 것 같았다.

마틴이 닥의 테이블 앞, 닥의 의자에 앉았다. 캐런은 옆에 섰다. 파이프에 매달린 조명 기구들이 그들에게 뜨거운 빛을 쏟고, 닫힌 창의 블라인드에 그림자를 드리웠다. 캐런은 방아쇠울에 손가락을 가볍게 걸고 총을 겨누었다. 그녀는 마틴의 오른쪽에 서 있었다. 마틴은 정면을 보고 앉았다. 총소리가 나면 그는 옆으로, 왼쪽으로 쓰러질 터였다. 데이비드는 캐런에게 몇 센티미터 이쪽저쪽으로, 팔의 각도를 위아래로 움직이라고 소리쳤다. 캐런은 팔을 오래 뻗어서 팔이 떨리고 쑤셨다. 그녀가 팔이 떨어지겠다고 소리치자 마침내 데이비드는 제대로 됐다고 말했다. 무대 담당자가 옆쪽에서 나와 의자 다리, 마틴의 발, 캐런의 발 주변에 테이프를 붙이고, 세트의 벽 안쪽에 테이프를 X자로 붙였다. 그사이 캐런은 총구를 내렸다. 캐런, 마틴, 의자가 정해진 위치를 지켰고, 그녀는 X표를 바라보았다. 극장 어디서 보든 그림자가 줄지어 생겨야 했다.

"해봅시다!"

데이비드가 소리치자, 캐런은 베레타를 다시 탁자에 올려놓고 어깨를 문지르면서 다시 무대로 올라갔다. 객석 앞을 지날 때 세라가 손을 잡았다. 캐런이 묻는 표정으로 바라보자 세라가 속삭였다.

"정말 잘하네."

"이번에는 진짜로 쏴."

데이비드가 말했다.

"누가 앞쪽 바에 가서 우리가 블랭크 건을 발사할 거라고 알려야 할 텐데."

캐런이 말했다.

다들 맞는 말이라고 입을 모았다. 누군가가 갔다.

잠시 소강상태가 되자 누군가가 말했다.

"여기가 아무도 소리를 듣지 못하는 외진 구석이라 다행이네요."

다른 사람이 받아쳤다.

"외진 구석에서는…… 아무도 블랭크 건 소리를 못 듣지."

또 다른 사람이 말했다.

"우주에서는…… 아무도 아재 개그를 못 듣지."

그때 다시 준비를 마치고 시작했다. 캐런은 이 장면을 하면서 처음으로 마음속에 공포가 쌓이는 기분을 느꼈다. 흉곽이 터질 것만 같았다. 입은 목구멍 깊은 곳에서 대사를 하는데도 그녀의 귀에 들리지 않았다. 다음 대사가 뭔지도 몰랐다. 이런 악몽을 꾼 적이 있었다. 대사를 다 말한 것이 분명했다. 마틴(닥)이 '그녀를 격하게 포옹한' 걸 보면. 둘이 수없이 포옹해봤지만, 캐런은 수척하고 늙고, 애쓰느라 열나고 힘이 들어간 그의 몸을 느꼈다. 그녀의 몸은 사방이 곤두서고 출렁대는 느낌이었다.

그러다가 둘이 문으로 사라졌고, 캐런은 그 여자처럼 문틀 안에서 멈추었다. 본 공연 때 관객들은 그녀의 얼굴에 폭풍 구름처럼 일어나는 각오를 볼 수 있을 터였다. 데이비드는 몇 주 전에 폭풍 구름 이야기를 꺼냈다. 관객들이 여자가 결심했다는 걸 알면 좋겠다고 말했다. 어떤 결정인지는 모르겠지만. 캐런은 그 말을 들으면서, 데이비드가 은유적으로 생각한다는 걸 되새겼다. 원래 그는 남이 쓴 대본을 연출하는 게 아니라, 직접 희곡을 써서 연출하고 싶었다. 다시 캐런은 안에서 공포감이 솟구쳐 흉곽을 압박하는 느낌을 받았고, 문틀에 서서 폭풍 구름 같은 결심을 전달했는지 아닌지 몰랐다. 문을 닫아서 창문 블라인드 겸 스크린이 제자리에 놓였는지 아닌지 몰랐다. 테이프를 붙인 자리에 서서 팔을 적당한 높이와 각도로 올리고 X표를 멍하니 바라봤는지 아닌지 몰랐다. 몸 밖 어디에서 방아쇠를 당기자 힘에 밀렸고, 진짜 총성보다 훨씬 크고 겁나는 소리가 났다. 마틴이 감자 부대처럼 의자에서 넘어졌고, 조명이 꺼졌다. 총이 캐런의 손에서 미끄러져 바닥에 떨어졌다.

마틴이 바닥에서 일어나면서 말했다.

"맙소사! 그 총을 떨어뜨린 거야?"

캐런은 총이 바닥에 부딪힌 것처럼 몸 안에서 부딪힌 느낌이었다.

"네, 미안해요."

그녀가 바닥에서 총을 휙 집어 들면서 말했고 조명등이

다시 켜졌다.

"얼른 갈아입고 다시 해봅시다!"

데이비드가 외쳤다. 이 말은, 이 장면은 완벽하니 그대로 진행해서 마무리하자는 뜻이었다.

"다시 쏘려면 재장전해야 해. 한 번에 공포탄을 한 발씩 장전하거든. 안전을 위해서."

다들 소품 테이블에 둘러서서 캐런을 지켜봤다. 그녀는 탄창을 열고 약실이 비었는지 확인한 후 새 탄약을 넣고, 탄창을 눌러 제자리로 돌려놓았다. 전에도 여러 번 해봤고 자신 있게 할 수 있는 일이지만, 손이 떨리고 말을 안 들어서 다들 예의주시하는 게 꺼려졌다. 뇌수술을 하는 것도 아닌데. 사람들과 자신의 주의를 분산시키기 위해 리치처럼 각 단계를 설명했다.

"매번 발사한 후에는 탄창이 비었는지 반드시 확인해야 해요. 기본 안전 수칙이죠. 발사할 준비가 되기 전에는 손가락을 방아쇠 근처에도, 방아쇠울 근처에도 두면 안 돼요. 총을 누구에게도 겨누면 안 돼요, 장전되지 않았더라도. 절대 방아쇠를 누르면 안 돼요, 장전되지 않았더라도. 우리 상황에서는 나 외에 아무도 블랭크 건을 건드리지 않는 게 가장 안전하죠. 내가 공연에 가져오고 갖고 갈 거예요. 내가 소품 테이블 위에 가져다 두고 치울 거고, 내가 장전하고 처리할 거예요. 다른 사람은 건드리면 안 돼요, 도와주려는 의사가 있더라도. 사고가 그렇게 일어나거든요."

그러고 나서 마틴, 캐런, 총 모두 제자리로 돌아갔다. 캐런은 다시 여자가 되어 닥이 된 마틴과 무대에 섰고 조명이 쏟아졌다. 그들은 다시 대사를 했다. 다시 격하게 포옹했다. 문으로 들어가다 폭풍 구름, 문이 닫히고, 위치를 찾고 총을 들고. 마틴이 손으로 귀를 막았다.

무대 밖에서 데이비드가 소리쳤다.

"그거 뭡니까? 왜 그러는 거예요? 우리가 볼 수 있다고요. 죽음을 기다려야 하는 거 아닙니까?"

"귀청 떨어지겠네. 내가 귀머거리가 되면 좋겠나?"

캐런이 나섰다.

"맞는 말이야. 우린 한 번 해봤고 내가 어떤 느낌인지 아니까, 나머지 연습에서는 다시 '빵' 소리로 하자고. 아니면 다들 귀먹게 생겼어."

데이비드는 못마땅했다. 무대에 올라가서 세트 문을 열고 두 배우에게 찡그렸다.

"안전 전문가는 캐런이니까. 내가 보기엔 연습 과정에서 발포에 익숙해지는 게 좋을 텐데. 공연에서 완벽하게 되어야 하니."

"난 발포에 익숙해. 완벽하게 진행될 거야. 각도가 맞고, 반동이 느껴졌어. 연습 때마다 발포하는 건 안전하지 않아."

"전에는 그렇게 생각하지 않았잖아."

"전체적으로 생각해보지 못했으니까."

"흠, 총을 쥔 사람은 캐런이니까."

"그럼 잠시 쉬어, 그사이 난 다시 탄환을 뺄게."

"작작 좀 해!"

데이비드가 말했다.

이후 순조로운 의상 교체가 훨씬 중요해졌다. 캐런은 오래전 고등학교 시절에 신속히 의상 교체를 했던 기억이 났다. 멜라니의 지퍼를 내릴 때의 냉랭한 접촉. 드레스를 발아래로 끌어내리고 멜라니가 드레스에서 나오는 사이, 캐런은 도넛처럼 만 새 드레스를 머리와 팔 위로 내렸다. 캐런이 바닥에 엎드려 멜라니의 발을 하나씩 새 구두에 넣는 사이, 멜라니는 단추를 잠갔다. 전부 어둠 속에서 숨 가쁘게 진행됐다. 일이라서 섹시하지 않았다. 남의 몸과 옷을 싫은 인형 다루듯 거칠게 다루는 일은 흥분이나 이상한 느낌을 자아낼 법하지 않았다. 하지만 이것은 섹시하고 흥분되고 이상한 일이었다. 아니면 그 시절 그들의 감정이 너무 속박받아서 캐런만 그렇게 느꼈거나. 학생들은 정해진 방식으로 느끼지 않으면 난처해졌고, 금지된 방식으로 느껴도 난처해졌다. 그런데 이제 어둠 속에서 캐런의 몸을 만지는 사람은 세라였다. 그녀는 청바지를 내려주고 바닥에 평편하게 해서 캐런이 얼른 빠져나오게 했다. 캐런에게 타이트한 원피스를 입히고, 손바닥을 등에 대서 살이 물리지 않게 지퍼를 올렸다. 구두, 가방. 세라는 캐런이 립스틱을 바르도록 불이 켜지는 콤팩트를 열어준다. 잠시 후 집 없는 아이 같은 여자가 무대에 재등장할 때 립스틱은 더 날렵하고 단단해 보이게 만든다. 60초 만에 캐런은 정해진 자리로 뛰어오른다. 첫 시도에서 제대로 해낸다. 캐런의 심박이 정상이 될 시간 여유까지 있다.

급히 의상을 교체하는 사이 다른 변화가 생겼다. 너무 급격히, 말없이 일어났다. 둘이 일을 해내서였을까, 그 일을 잘 해서였을까, 아니면 생각할 겨를 없이 민첩하게 서로 몸이 닿아서였을까. 아무튼 캐런과 세라 사이에 냉기류가 사라진다. 마치 캐런이 켜놓고 잊은 백색소음 기계를 누군가가 끈 것처럼. 데이비드가 메모하는 동안, 세라는 백스테이지에서 나와 캐런 옆 의자에 주저앉는다. 캐런과 마주 앉아 떠들거나 포위하지 않고, 거기 앉아 있기만 한다. 피곤하고 늘 그을린 피부 아래로 약간 푸르스름하다. 캐런은 세라에게 집착하던 기억을 떠올리려 하지만 감정이 되살아나지 않는다. 그게 없으니 팔다리가 없는 것 같다. 가뿐한데 가슴이 가벼워진 게 아니라, 가뿐함이 풀려나서 허공을 둥둥 떠다니는 것 같다. '마침내'라고 캐런의 마음 속 치료사가 말한다. 실제 상담사보다 훨씬 가성비 좋은 치료사다. '마침내 세라 속에서 기어 다니며 그녀가 좋은 친구가 아닌 이유를 찾는 짓을 끝냈군요.'

"아기를 가져서 흥분돼?"

마침내 연습이 끝나자 캐런이 세라에게 묻는다. 다들 떠들고 치고받고, 담배를 피우고 술을 홀짝이며 떠난다.

"모르겠어. 하나쯤은 있어야 한다고 느꼈어."

세라가 대답한다.

"하나쯤은 있어야 한다고 느낀 거야? 아니면 하나는 있어야 한다고 생각한 거야? 생각은 가짜인 경우가 많거든. 감정은 언제나 현실이지. 진실은 아니지만 현실이야."

세라는 잠깐 생각에 잠겼다가 말한다.

"하나는 있어야 한다고 생각했어. 사실 나도 내 감정을 모르겠어."

"나도 하나 있었어."

캐런이 말한다. 이제 둘은 밖으로 나와, '더 바'로 가려고 캐런의 차로 향한다. 거기서 세라는 오직 데이비드에게 관심이 있으면서도 캐런에게 관심이 있는 척할 테고, 데이비드는 오직 세라에게 관심이 있으면서도 모두에게 관심이 있는 척할 것이다. 그 때문에 캐런이 비밀을 흘린 걸까? 데이비드와 세라의 고리를 파고들어 관심이 자신에게 쏠리게 하려고?

아니. 말이 나오게 내버려둔 것뿐이다. '왜 지금?'이냐고 묻지 말기를. '왜 지금까지 그 많은 순간에 하지 그랬어?'라고 묻기를.

둘 사이에 차가 있다. 세라는 차 지붕 너머로 못 들은 것처럼 캐런을 쳐다본다. 사람들이 들은 내용이 아니라, 자신의 반응을 중시할 때 그렇게 시간을 벌지 않던가. 그들에게 '당신의 반응은 중요하지 않고 실은 원하지도 않는다'라고 어떻게 말할까?

"제발 아무 말 말아."

캐런이 말한다. 자기 귀에도 야멸차게 들리고 세라는 더 놀란다. 그러라지, 뭐. 캐런은 불편한 입장을—선의를 입증할 수도, 불편함과 죄책감이 없다고 반증할 수도 없다—버거워하는 세라를 지켜본다. 그들은 차 너머로 오래 쳐다보고 마침내 배우들, 마틴, 데이비드, 기술 스태프들이 왁자지껄하게 보도로 나온다. 그와 함께 그 순간이 물러간다. 중단되면서 끝난 것도 아니다. 그래서 캐런은 만족스럽다. 라틴어 conclaudere에서 유래한 '완전히 닫히다'라는 식으로 끝나는 것은 없으니. 아무것도 그렇게 끝나지 않는다.

나는 늘 개막일 밤이 좋았다. 어릴 때, 부모님이 헤어지기 전 나는 엄마, 케빈과 공원 노천극장에서 열리는 개막 야간 공연에 가곤 했다. 담요 위에 앉아 땅콩버터 샌드위치를 먹으면서, 아버지가 만든 장치가 무대에 나올 때마다 흥분해서 환호성을 질렀다. 공중 설치대에서 기본 장치가 들어오거나 무대 윙에서 세트가 밀려올 때, 조명이 켜질 때도 아버지의 작업이면 우린 주연이 입장한 것처럼 손뼉을 쳤다. 배우들이나 스토리에는 관심이 없었다. 공연 전체가 아버지가 우리에게 보낸 암호 메시지 같았다. 다들 석양이 물든 하늘 아래서 잔디밭에 담요를 깔고 피크닉 바구니를 펼치고 공연을 보는 언덕에서 그 메시지는 우리의 위상을, 우리의 특별한 위치를 확인해주었다.

그 이후 똑같은 은밀한 메시지를, 누가 됐든 메시지 발신

384

자에게 내가 가장 중요한 인물이라는 확인을 받기 위해 두리번댔다. 난 누구나 그런 메시지를 탐색한다고 믿는다. 다만 어떤 이들은 어려서 그 메시지를 받기 때문에 의식하지 못할 뿐. 그들은 누가 메시지를 보내는지 궁금하지 않다. 자신의 중요성이 내면에 단단히 자리 잡았다. 하지만 나는 여태 그러지 못했고 앞으로도 그럴 것 같다. 자기에게 난 구멍을 의식할 만한 나이가 되면 이미 그 구멍을 메우기에는 늦다.

바 겸 공연장의 여자 분장실은 알전구만 달랑 달린 경비원의 골방이었다. 여자 출연자는 나뿐이라 혼자 분장실을 사용했다. 그런데도 문을 열고 불을 켰을 때 꽃병이 보이자, 카드를 보기 전까진 내 것인 줄 몰랐다. 이 고장에서 나고 자랐지만 나는 친구가 없었다. 아는 사람들은 다 연극 관계자였다. 아버지에게 데이비드의 공연에 소품 감독으로 참여한다고 알리면서도 무대에서 연기한다는 말은 하지 않았다. 아버지가 공연을 보러 오는 게 싫었으니까. 관객석에 아는 사람이 있으면, 자신이 연기하는 중임이 의식될 것이다. 내가 연기 중이라는 걸 알고 싶지 않았다.

꽃다발에 '사랑스러운 캐런에게 행운아인 주연이. 파이팅, 마틴'이라는 쪽지가 있었다. 쪽지를 읽으면서 마틴이 잊지 않았다는 걸 알았다. 지난 몇 주간 지내면서 난 그가 둘 사이의 일을 다 잊었다고 믿었다. 하지만 아닌 걸 알았고, 그가 잊은 것보다 이게 더 용납되지 않았다.

사실 꽃다발은 예뻤다. 캐런은 꽃에 얼굴을 묻고 눈을 감았다. TV와 영화에서 여배우들은 이 어색한 동작을 하지만 그녀는 그럴 기회가 없었다. 그러다가 의상을 입었다. 부랑자답게 너저분한 청바지와 후드 티를 입고, 분장을 했다. 허기지고 핼쑥해 보이도록 잿빛이 도는 파우더를 많이 발랐다. 그런데 허기진 게 아니라 배부른 기분이었다. 그녀는 이미 연기하고 있었다. 다른 사람들을 보기 싫어서 골방에 최대한 오래 머물렀다. 혼자 연기할 수 있으면 좋을 것 같았다.

누군가가 문을 노크했다. 세라였다. 세라가 좁은 문으로 들어와 문을 닫았다. 1분간 의상 담당으로 참여한 개막 공연을 위해 잔뜩 꾸민 모습이었다. 고등학교 시절과 똑같이, 꾸미지 않은 듯 보이도록 공들여 치장했다. 무릎이 쭉 찢어진 일자형 청바지, 오토바이 부츠, 영화 〈플래시댄스〉에 나오는 것처럼 목이 늘어져 한쪽 브래지어 끈이 드러나는 맨투맨 티, 보헤미안 스타일의 큰 링 귀고리. 어슷하게 옆 가르마를 타서 머리가 얼굴에 쏟아졌다. 어쩌면 1980년대를 기리는 차림새였다. 세라는 얼굴 골격이 또렷해져서 더 예빠졌을 뿐 고등학교 때와 똑같았다. 캐런은 데이비드가 그녀를 보지 않기를 바랐다. 휴식 시간 전에 만취해서 조명 부스에서 나가떨어졌기를 바랐다.

"킹슬리 선생이 무료 초대권 명단에 있어!"

세라가 발끈해서 소리쳤다. 그녀가 소설에 그에 대해 쓰는 체했으니 그가 존재하면 안 된다는 투였다.

"늘 데이비드의 공연에 오셔. 둘이 친한 사이야."

"어떻게 그게 가능해? 데이비드는 어떻게 그 사람이랑 말을 하지? '네가 우는 걸 보고야 말 거야'—그 말 기억해?"

"그가 데이비드에게 한 말이야, 너한테가 아니라."

"그렇다고 화가 덜 나는 건 아냐."

"선생은 데이비드가 자기감정에 접하게 도와주려고 했고, 어쩌면 효과가 있었어. 데이비드는 연출자가 되었고, 아주 잘하고 일을 사랑해. 그가 킹슬리 선생을 멘토라고 부르는 걸 들은 적이 있어."

"나는 네가 쿨 에이드를 마시는 사람이 될 줄은 꿈에도 몰랐어.*"

---

* 1978년 미국 사이비 종파 '인민사원' 신도 900명이 쿨 에이드 주스에 독극물을 타 마시고 집단 자살한 사건 이후, 맹목적인 믿음을 뜻할 때 '쿨 에이드를 마신다'라고 표현함.

"쿨 에이드가 뭐?"

캐런이 대꾸했다. 소위 '킹슬리 선생' 얘기가 나오면 세라 못지않게 캐런도 멍청하게 굴 수 있었다.

세라가 캐런을 쳐다봤다.

"킹슬리 선생은 네가 겪은 일의 일익을 담당했어."

세라가 말했다. 캐런이 과거사를 흘려버렸으니 혼날 만하다는 투였다.

"난 그가 네가 겪은 일의 일익을 담당한 줄 알았는데."

잠깐 멈칫한 후 세라가 대꾸했다.

"네가 무슨 말을 하는지 모르겠다."

"네가 고친 대목을 내가 정말 동조할 걸로 기대했어? 데이비드는 좀 다르지. 애초에 그런 줄 몰랐고 여전히 모르니까. 하지만 웃기지 마. '잠깐 쉬어라, 얘야'라니. 그거 재미있네, 그렇게 기억해서 나비넥타이까지 둘렀으니."

"네가 무슨 얘기를 하는지 통 모르겠어."

세라가 반복해서 말했다. 그녀는 기분대로 처신할 수 없었다. 대조적으로 캐런은 잘 하리란 걸 알았다. 느낄 수 있었다. 오늘 밤은 그녀의 개막일이었다.

"5분 남았습니다!"

누군가가 밖에서 골방 겸 분장실 문을 마구 두드리면서

소리쳤다.

"네 자리로 가."

캐런이 몸을 돌려 세라를 외면했다.

무대 윙에서 공연을 보는 것은 가장 안전한 기분을 준다. 성장 배경 때문에 캐런이 자주 언급하는 극장에서 보낸 유년기 때문인가 싶겠지만, 누구라도 윙에 숨어 비스듬히 무대를 보면 안정감을 느낄 수 있다. 배우들과 관객이 만드는 울타리 밖에서 보면 그렇다. 그 울타리의 온기는 윙에 있는 나를 따스하게 하지만 내게 어떤 요구도 하지 않는다. 캐런은 1막 말미의 입장이 무척 마음에 들었다. 덕분에 오랫동안 윙에서 관람할 수 있었다. 그런데 오늘 밤 같은 몸과 마음이 분리된 자유는 처음 느꼈다. 무대에 오를 준비를 마쳤고 그때까지 순수한 호기심을 가진 존재로서 어두운 미지에 빛을 비추었다. 몇 주간 연습하면서 마틴이 이 극의 작가라는 사실을 의도적으로 무시했다. 하지만 이제 극은 마틴의 목소리로 말을 걸었고 캐런은 그를 이해했다. 무대에서 배우들은 친구가 왜 자살했는지 모르겠다고 했다. 입씨름을 벌이는 다른 이들은 '왜 아니겠어?'라고 반문했다. 버티거나 파괴하는 것은 그 '자신'이었다. 왜 관습이나 가당치 않은 법이 우리가 '자신'을 처리하는 방식을 간섭할까?

왜냐하면 이 세상에서 누구도 혼자가 아니니까. 우린 서로 상처를 주지.

왜 나 자신이 하는 선택이 타인에게 상처를 준다는 거야?

선택할 때는 타인을 위해 선택하는 거거든. 우린 겹친다고. 엉켜 있지. 상처 주지 않을 도리가 없어.

헛소리 작작 해! 나랑 얽힌 사람은 자신의 선택으로 그런 거야. 나 스스로 총을 쏘면 그들에게 좋은 경고를 한 거지.

뭘 경고했는데?

나는 그들이 아니었다는 단순한 사실.

세상은 나와 나 아닌 것이라고 캐런의 심리 치료사는 말했다. 배우기 어려운 교훈이다. 캐런은 마음속에서 치료사의 말소리 위로 큐 사인을 듣고 무대에 올라 조명 안으로 들어갔다. 그녀의 몸은 객석 관객들뿐 아니라 무대 위 배우들에게 충격을 일으킨 도화선이었다. 그녀는 해냈다. 허공에서 틱틱 소리가 났고, 호기심이 스스로 답하는 느낌이었다. 공연 중 객석의 자아들이 겹쳐지며 허공에 충격을 전할 때 생길 수 있는 감전이 일어났다. 그 막이 끝났고 백스테이지에서 캐런은 소음 없는 유리 돔 아래 있는 것처럼 블랭크 건을 장전해 자리에 두었다. 세라는 화려하게 백스테이지로 와서, 손가락 동작을 하고 입을 달싹거리면서 열성과 흥분을 표현했다. 하지만 그녀가 무슨 말을 하든 캐런은 듣지 않기로 했다. 의상 담당자와 대화할 필요가 없었다. 휴식 시간이 끝나자 조명이 꺼졌고, 다음 막이 시작되면서 다시 켜졌다. 캐런이 등장할 때까지 여러 장면이 나타났다 사라졌고, 마침내 그녀는 여자의 눈으로 서서 닥을 응시했다. 캐런은 두 사람을 묶는 상처를 이해했고, 마틴이 그것을 이해하는 걸 알았다. 마틴(닥)이 '그녀를 격하게 포옹했다.'

　문으로 멍하니 내다보자 관객은 그녀의 폭풍 구름 낀 얼굴에 움츠렸다. 문이 닫혔고 마틴은 의자에 앉고, 캐런은 정해진 자리에 섰다. 뜨거운 조명이 내린 블라인드에 그들의 그림자를 드리웠다. 그림자놀이. 캐런이 총을 들고 바라보면서 발사했다. 마틴은 목이 졸리는 듯한 비명과 고함을 지르면서 의자에서 떨어졌고, 허벅지와 양손으로 사타구니를 꼭 잡았다. 그는 바닥에 쓰러지자 계속 악쓰면서 몸부림쳤다. 캐런은 약실을 열고 탄창을 들여다보더니, 약실을 제자리로 돌리고 다시 조준해 발포했다. 이제 세라가 무대에 올라와, 세트 뒤쪽 닥의 '방'에 그들과 함께 있었다. 그녀가 고함을 쳤다.

　"오 이런! 의사! 의사가 필요해요—"

　평소 중얼대는 쉰 목소리가 이제 째지는 고음이 된 반면,

마틴의 평소 걸쭉한, 늘어지는 목소리는 낮은 신음으로 변했다. 극장에서 의자 미는 소리, 발소리, 옥신각신하는 소리가 났고, 데이비드는 세트 문을 열어젖히고 그들을 보더니 소리를 지르며 달려나갔다.

"네가 쓴 글에서 속이 뒤집히는 것은……"

캐런은 마틴 곁에 무릎을 꿇고 소리치는 세라에게 말하려 했다. 마치 세라는 지문에 한 번 나오는데 격에 안 맞는 일을 하는 것 같았다. 캐런이 말을 이었다.

"……네가 마치 일어난 일처럼 쓰면서 진짜 사실은 쏙 뺀 점이야. 왜 그랬던 거야? 네가 누구를 보호하고 있다고 생각한 거야?"

"아, 맙소사……."

마틴은 바닥에서 태아처럼 몸을 말고 절규했다. 태아가 바퀴처럼 구르는 것 같았다. 그가 고통스럽게 몸부림치면서 제자리에서 빙글빙글 돌았다.

"마틴에게 무슨 짓을 한 거야?"

세라가 소리쳤다. 평소처럼 상대의 말을 듣지 않았다.

"당신은 죽지 않을 거야. 예전 같지 않을 뿐이지."

캐런이 마틴을 안심시켰다.

신뢰 연습

간 것을 후회하는 걸로 끝났어요.

그렇다니 속상하네요. 이유를 말할 수 있겠어요?

북적댔어요. 로비에 동시 중계해야 했어요. 그런데도 아예 건물에 들어오지 못한 사람들도 있었어요. 난 들어갔어요. 아주 일찌감치 도착했거든요. 너무 초조했고, 무슨 말을 할지만 생각했어요. 그런데 이 군중에 휩싸였어요. 4000~5000명은 모였을 거예요.

압도되는 감정을 느낄 만도 했네요.

그 사람은 마음 쓰이지 않았어요. 관객들 때문에 거기 갔으니까. 다만 얼마나 많이 모일지 몰랐죠. 나중에 바보가 된 기분이 들더라고요. 그 군중 속에서 누굴 볼 수 있을 줄 알았다니. 혹은 누가 나를 볼 수 있을 줄 알았다니.

가는 걸 불안해했는데 갔다는 사실이 중요하지요. 바라던 결과를 얻지 못했더라도.

내가 뭘 바랐는지 모르겠어요. 뭘 바랐는지 말한 건 알지만, 내가 진심이었을까요? 그게 이루어질까 봐 겁났어요. 그러다 거기 갔고 가망이 없는 걸 알았죠. 그래서 내가 정말 그걸 바랐는지 의아했어요. 내가 실제로 바라기나 하고 실망했다고 주장하는 것인지 하고요.

왜 그럴 거라고 생각하세요?

내가 뭔가 하고 있다고 자신에게 말하려고.

당신은 뭔가 하고 있어요. 여러 일을 해왔고 다 어려운 일들이었어요.

고마워요. 오늘은 이 정도로 해야겠네요.

오늘은 이 정도로 하고 싶으세요?

네. 고마워요. 실은 금방 어디 가야 해서요. 들어줘서 고마워요.

당연하죠. 얼마든지요.

클레어는 노트북 컴퓨터를 닫았다. 그 순간 자신이 무례했다는 바보 같은 기분이 밀려왔다. 남의 면전에서 문을 닫은 것과 다른데도. 다시 컴퓨터를 열면 팁과 평점 표시를 알리는 창이 있을 터였다. 그저 그 생각으로 그 단계를 완료하고자 다시 컴퓨터를 열었다. 무슨 이유에서든 팁과 평점을 주는 시간도 기록될 것 같았다. 평소처럼 '30퍼센트'와 '별 다섯 개'를 클릭했지만, 만족도와 정반대였다. 저비용 옵션이 대개 그렇듯 이 상담도 효과가 없었다.

다시 노트북 컴퓨터를 닫았다. 그러다 화면이 잠기지 않도록 얼른 다시 열고, 다음 상담 시간을 묻는 창을 닫고, 학교의 페이스북 페이지를 열었다. 그날 오후 법석 떨며 환호하는 군중을 훑어보면서, 점점 왜소해지고 땅을 딛고 있기 힘들어지고, 밟혀진 채, 심지어 좌석에 끼어 앉아 있지도 못할 것 같은 느낌은 똑같았다. 이제 비디오 화면의 구석구석을 살피면서 아무것도 못 보는 느낌이었다. '일시 정지'를 누르고, 정지된 인물들을 살폈지만 아무것도 볼 수 없는 것 같았다.

거의 3년 전에 방문한 건물이 아니었다. 지을 때는 현대식이었을 촌스러운 요소들이 가미된 땅딸한 흉한 건물은 그녀가 문을 열고 들어간 날에도 이미 한물간 꼬락서니였다. 바닥은 이미 갈라져서 대대적으로 보수된 상태였다. 당시 클레어는 몰랐다. 로비에 '미래의 우리 학교!' 모형이 있었을지도 모른다. 아니, 전시되었는데 그녀의 눈에 띄지 않았다. 건물이 사라지리란 것을, 거기 사람들도 사라지리란 것을, 기회를 잃을 거라는 걸 깨닫지 못했다. 거의 3년 전 그날 '미래의 우리 학교!' 모형이 있는 줄 모르고 거기서 나온 그날, 클레어는 그것이 마지막 기회인 줄 꿈에도 몰랐다. 괜찮다고, 오늘은 운이 따르지 않았지만 어딘가 들어섰다고 여겼다. 우뚝 멈췄지만 어딘가 들어서긴 했다. 다른 날 더 멀리 나가겠지. 계속 한 번에 조금씩 나가다 보면 마침내 거기, 목표 지점에 도착하리라. 건물 자체가 사라질 수 있을 줄은 상상도 못 했다. 그 안에 누렇게 변한 서류나, 서랍이 삐걱대는 서류함이나 옛 직원의 마음속에 그녀가 찾는 답이 있으련만. 흉물스러운 회색 돌들은 무너져 폐기물 통에 담겨서, 굴 양식장의 인공 암초가 되었다.

헌정 행사가 열리는 새 건물은 크고 밝고 멋스러웠다. 엉성한 차양을 제외하면 벙커 같던 이전 건물과 정반대였다. 신축 건물은 인공 언덕까지 이어졌고, 단지 안에 만든 언덕에는 그라마 풀(볏과 식물) 밭이 광활해 보이도록 조성되었다. 정면 같은 건물 일부는 정상적인 지층에서 시작해서 대성당처럼 높은 반면에, 옆면 같은 부분들은 낮고 절반이 지하에 묻혀 유리로 덮였다. 거기서 나가면 작은 인공 그라마 풀밭이 구불구불한 계단까지 이어지면서 야외 원형극장을 이루었다. 새 건물은 핀란드 같은 북유럽 파라다이스에 있는, 친환경 건축물 인증을 받은 에코 리조트와 비슷했다. 클레어는 건물을 보고 흉곽과 폐가 눌리며 숨을 못 쉬었다. 이런 건물이 고등학교라니, 그녀의 부족함 없었던 어린 시절이 조롱받는 기분이었다. 겨우 10년 전에 고등학교를 졸업했지만, 지난 세기에 졸업한 느낌이었다. 학생들을 무시하거나, 학생들을 보는 방식을 무시했던 시절에. 새 건물은 자부심을 뽑냈고, 클레어가 이미 자기 회의에 빠져 거북하지 않았다면 경멸감으로 거북했을 터였다.

이 행사를 기대하면서 시간과 돈을 쏟았지만 계획보다는, 그저 여기 오면 무슨 일인가 생기리란 희망만 있었다. 누군가가―클레어 아닌―무슨 말인가 해주거나 뭔가 해주거나, 누군가가 되어주겠지. 그러면 클레어는 무슨 말을 하고 행동을 하고 누가 될지 알리라. 이걸 희망이라 부를 수 있다면 이 희망은 원래가 수동적이고 불확실했다. 평소처럼 인터넷 상담 사이트의 '들어주는 사람'은 '변화의 조건'을 만들려는 '용감하고 단호한' 행동을 했다는 칭찬으로 클레어가 피하려는 노력들을 무색하게 만들었다. 변화의 조건을 만들기 위한 미미한 방법들마저도 학교에 도착하자마자 접었다. 큰 도움이 안 되겠지만 최소한 출발점은 되리라 기대한 행정실은 닫혀 있었다. 영화 관객과 비슷할 거라고―200명 정도가 앉아 있어서, 의심을 사지 않고 찬찬히 살펴볼 수 있을 만한―예상한 관중은 알고 보니 수천 명이 밀려드는, 머리나 꼬리 없는 변신하는 괴물이었다. 설상가상으로 그녀의 목표가 불명확했다. 본능이나 마법에 끌려 찾아오긴 했지만 이제 어떻게 하지? 클레어는 대학에 갓 입학해서 한번 어머니에게 이 이야기를 꺼냈던 일을 떠올렸다. 예상대로 어머니는 꾸짖거나 울지 않았다. 하지만 가까운 사이라서 클레어는 어머니가 감추어도 슬픈 떨림을 알아차렸다.

"네가 알고 싶을 거고 그래야 한다는 걸 늘 알았지. 아빠랑 내가 너한테 전부가 될 수 없지."

어머니는 애써 단호한 목소리로 말했다.

"두 분은 제 전부예요."

클레어는 얘기를 꺼낸 사람이 어머니인 것처럼 쏘아붙였다. 클레어는 이 일을 크게 생각하지 않아서, 당시 생각을 지울 기회가 생겨 다행스러웠다. 그 순간 부모님이 전부라는 건 확실하고 안심되는 사실이었다. 그들이 워낙 애지중지하고, 너무 애쓰고 딸 중심으로 생활해서, 클레어로서는 뭔가 더 바랄 이유를 찾지 못했다―그 뭔가는 강력하고 독특하고 애매해서, 시간당 비용을 지불하는 '들어주는 사람'에게도 얘기하기가 난감했다. '찾기'. 성배 찾기. 클레어가 오래 상상했지만 여전히 볼 수도, 묘사할 수도 없었다. 누가 '찾기'를 감행할까, 그들은 클레어를 보면서 정확히 뭘 볼까. 그것은 '찾기'가 일어나야만 클레어가 알 수 있는 주요 사항들이었다. 하지만 어떤 느낌일지는 확실했다. 누군가가 알아봐주었다는, 자신이 찾는 대상이라는, 누군가가 그리워한 인물이라는 아득한 충격을 느끼겠지.

대신 클레어는 이 악몽 같은 광장공포증에 붙들려서, '들어주는 사람'이 주장하듯 용감해서가 아니라 빠져나갈 수가 없어서 서성댔다. 군중은 꽥꽥대고 포옹하고 소리치는 사람들로 이루어진 빙하처럼 신음했고, 그녀는 떠밀려서 좌석에 앉았다. 옆자리의 남자가—40세나 35세, 아니면 50세? 클레어는 연상이나 연하인 사람의 나이는 통 짐작할 수 없었다—그녀를 동문으로 예상하고 말을 걸었다. 진짜 대단하지 않냐고. 하지만 믿을 수 없지 않냐고. 누가 참석한다고 들었느냐고. 결국 조명이 꺼지고 천장에서 스크린이 내려오면서 남자는 입을 다물었다. 흰 스크린에 **로버트 로드**, 1938~2013년이라는 검은 글자가 나타났다.

상태가 나쁜 비디오들과 사진들을 가지고 단점을 장점으로 만든 고품격 헌정 영상이 상영되었다. 색상이 불안정해지고 해상도가 떨어질수록 참석자들이 감정을 소리로 표현했다. 1980년대 초반 무렵, 뿌연 흑백 사진 속 인물들은 성별, 인종, 나이가 구분되지 않는 반면, 이따금 나오는 컬러 이미지는 견디기 힘들게 애잔한 느낌을 자아냈다. 마치 로버트 로드뿐 아니라, 그의 제자들에게 비추던 특별한 햇살과 그들이 숨 쉬던 공기도 사멸한 것 같았다. 모두 너무 젊고 예쁘고 기뻤다. 어쩌면 다음 이미지로 넘어가기 전에 가능성을 찾으려는 클레어의 초조감 때문에 그렇게 보일 수도 있었다. 처음에 군중은 어떤 이미지들에 박수 세례와 환호를 보냈지만, 곧 모든 이미지를 알아보고 박수 치고 환호했다. 결국 계속 목이 터져라 고함지르고 손바닥이 무감각해질 정도로 손뼉을 쳐야 할 것 같았다. 클레어도 남들처럼 놀라고 매혹당한 듯 보였을 것이다. 이런 줄 전혀 몰랐다. 로버트 로드가 무용복이나 괴상한 무대 의상을 입거나 대본에 몰두한 학생들 사이를 걷는 사진이 계속 등장했다. 하지만 로버트는 생각에 잠겨 수염을 쓰다듬거나 이마 꼭대기에서 안경을 내려 쓰고 있었다. 의자에 앉아 몸을 뒤로 밀거나, 댄스 스텝을 보여주거나, 입술을 가늘고 길게 o 모양으로 벌렸다. 사진들 속에서 그는 젊었다가 덜 젊고, 그러다 나이 들고 늙고, 마침내 콧구멍에서 입까지 깊은 주름이 팬 노인이었다. 하지만 클레어가 뚫어져라 보는 것은 그가 아니었다. 눈알이 빠지게 쳐다보는 것은, 계속 변하는 로버트 로드를 에워싼 학생 무리였다. 오래전 어렸던 옛 인물 하나하나의 마음을 보려고 했다. 어처구니없는 생각이지만 이 비디오를 다신 못 볼 것 같았다. 이 기회가 너무 후딱 지나가서 눈이라도 깜빡하면 그 장면을 놓칠 것만 같았다. 물론 노트북 컴퓨터로 비디오를 몇 차례나 돌려봤지만 처음에 본 것 이상으로 찾아낸 게 없었다. 다시 조명이 켜지고 끝없는 감사 인사와 라이브 공연이 시작됐다. 어느 연사도 그녀에게 경각심을 일으키지 않았지만, 오기 전에 이미 수천 명 중 한 명이라면 연사가 아닌 청중일 거라고 본능적으로 느꼈다. 그 사람이 수천 명 중에 있을까라는 확고한 의심과 확고한 확신 사이를 오갔다. 이 행사는 과거 안을 멀리 넓고 깊이 저인망으로 끌어올린 그물이었다—지금 여기가 아니면 언제 어디서 찾을까? 클레어는 둘러보면서, 군중 속의 모든 얼굴을 훑으려 했다. 하지만 워낙 대규모 청중이어서 얼굴들이 구분조차 되지 않았다. 별개의 실낱은 보이지도 않는 삶의 카펫이었다. 로비에 몰려서 방송을 보는 인파는 포함되지도 않았다.

마침내 현재의 교장이 두 번째로 무대에 올랐다. 날씬하고 세련된 여교장은 달라붙는 민소매 검정 원피스 차림이었다.

"소중한 동문 여러분은 이 아름다운 건물에 밥(로버트의 애칭)의 비전이 많이 담겼다는 걸 아실 겁니다. 밥은 '루이스 가족 재단'뿐 아니라 건축가들, 디자이너들과 작업하면서 모든 단계를 직접 관리했습니다. 따라서 우리 학교의 이 놀라운 새 시대가 열리는 즈음에 그를 잃어서 우리 모두 힘듭니다.”

연설의 어느 부분에서 기류가 반전되었고, 클레어는 환호나 칭찬인 줄 알았던 소음이 실은 야유였음을 깨달았다. 교장은 놀라지 않은 듯 벌건 얼굴을 마이크 가까이 대서 소리가 울려 야유 소리를 줄게 했다.

“루이스 가족 재단의 유산을 둘러싼, 또 지명권을 둘러싼 대화가 우리 공동체를 소중한 방식으로 개입하게 했습니다. 토론과 반대는 차별이 없는 공동체들의 특징입니다.”

“밥이라면 이런 헛소리를 늘어놓지 않았을 겁니다!”

어떤 남자의 목소리가 터져 나오자, 클레어뿐 아니라 다들 빽빽이 들어찬 웅장한 공간을 둘러보며 야유한 사람을 찾으려 했다.

교장은 마이크에 대고 단호하게 소리쳤다.

“또 밥의 사망이 전망을 밝게 한다고 말할 순 없지만, 저는 학교 행정처와 루이스 가족 재단만 아니라 전체 공동체를 대표해서 말씀드리겠습니다. 루이스 가문의 제안에 따라, 우리 학교의 새 이름이 원래 예정된 루이스 예술학교가 아닌 로버트 로드 예술학교로 정해져서 얼마나 기쁜지 모르겠습니다.”

인정하는 반응이 소란스럽게 이어지는 와중에 클레어는

옆 사람이 몸을 숙이고 뭐라고 말하는지 들을 수가 없었다. 뜨거운 입김만 귓가에 느껴졌다.

"밥이었다면 그 개수작을 경멸했을 거요. 정치적인 들러리로 이용되다니. 안 그래요?"

클레어는 고개를 힘껏 끄덕였고, 빙하 같은 군중이 천천히 방향을 바꾸는 사이에도 계속 고개를 끄덕였다. 먼저 떠밀려서 옆 남자와 멀어졌다. 이제 보니 적어도 스무 살은 많은데도 그는 전화번호를 알아내려고 애쓰는 것 같았다. 이후 떠밀려서 로비로 나가 그의 이름이 붙여질 교회 같은 공간을 지났다. 천장에서 늘어진 줄에 그의 대형 사진들이 걸려 있었다. 마침내 인파에 떠밀려 문들을 지났고, 거기서 멈추려 했더라도 인파의 힘이 멈추지 않았다. 그들은 계속 보도를 지나 주차장으로 밀려갔다. 결국 클레어는 주차장 맨끝에 있었고 행사장에서 완전히 벗어났다.

그녀는 약 3년 전 6월 어느 날 구교사를 방문했다. 날짜를 신중하게 선택했다. 학교에 다녀본 사람이라면 알겠지만, 6월은 다들 시간을 죽이며 한가하게 보내는 기간이다. 미리 약속을 정하려고 전화했다. 프로그램 관련해 질문이 있다고 말했고, 행정 직원이 지원할 학생인지 학부모인지 물었을 때도 똑같이 대답했다. 언론사 기자이신가요? 로드 교장 선생님의 지인이신가요? 교장 선생님은 몹시 바쁘신데요.

"프로그램 관련해서 질문이 있는데요."

클레어는 반복해서 대꾸했다. 같은 문장을 반복한 것은 용기 때문이 아니라, 긴장한 나머지 같은 말만 나왔기 때문이었다. 행정 직원이 너무 오래 대기하게 해서, 연결이 끊겨 다시 벨이 울렸다. 전화를 받은 다른 직원은 클레어가 지금 전화한 게 아니란 사실도 모르는 듯했고, 다시 15분이나 기다리게 했다.

"아, 물론이지요. 그러세요."

두 번째 목소리가 말하면서 예약을 잡아주었다. 금요일 12시 25분, 아마도 점심시간에.

약속을 하기 전에는 그가 어떤 사람인지 몰랐다. 지역 유명인사인 줄도 몰랐고, 심지어 이름도 몰랐다. 평범하지 않은 용건을 위해 프로그램의 최고 운영자가 필요할 뿐이었다. 먼저 행정 직원이 약속을 잡아주지 않아도, 클레어는 별로 놀라지 않았다. 누군가와 통화할 때마다 상대를 성가시게 하는 느낌이 들었다. 하지만 건물에 도착해, 우연이지만 자신이 대담하게도 왕의 알현을 신청했음을 알았다.

클레어가 "로드 씨를 뵈러 왔는데요"라고 말하자 행정실 여직원들은 의심스러운 눈짓을 교환했다.

"약속하셨어요?"

"12시 25분에요."

"저희 직원이랑 약속을 잡으셨나요?"

"잘 모르겠어요. 전화를 해서"

"통화한 직원의 이름이 뭔가요?"

"물어보지 않았는데요."

"연로한 여자분 목소리 같았나요?"

클레어는 두 여직원 다 50세나 60세 이상으로 짐작했다.

한 사람이 동료에게 눈을 굴리면서 말했다.

"벨바였을 거예요."

그녀가 클레어에게 타박하듯 말했다.

"교장 선생님께서 건물 안에 계시는지 전화해봐야 합니다. 지금 점심시간인데 굉장히 바쁘시거든요."

클레어는 상기된 얼굴을 감추려고, 벽에 다닥다닥 붙은 사진으로 고개를 돌렸다. 젊은 학생들이 트럼펫을 연주하고, 열변을 토하고, 공중에서 다리 찢기를 하는 사진들이었다. 대부분 과거 머리 모양과 옷차림이었다. 뒤에서 여직원이 수화기에 대고 중얼대더니 "줄리!"라고 소리쳤다. 배를 드러낸 소녀가 나타나 여직원에게 플라스틱 마스크를 받았다. 희극과 비극을 반씩 표현한 마스크에 반짝이로 '방문자'라고 적혀 있었다.

"줄리가 교장실에 모셔다드릴 겁니다."

여직원이 말하고 컴퓨터 화면으로 몸을 돌렸다.

딱 붙은 청바지에 운동화를 신은 소녀는 밧줄 타기라도 하듯 발꿈치에서 발가락 순으로 디디며 사뿐히 걸었다. 그들은 여러 번 모퉁이를 돈 후 살짝 열린 문 앞에서 멈추었다. 소녀가 클레어에게 마스크를 건넸다.

"방문이 끝나면 이걸 사무실에 반납하셔야 해요. 제가 노크해드릴까요?"

멈춰서 보니 소녀는 굉장히 예뻤다. 자연스러운 화장과 사랑스러운 눈썹꼬리가 전문가 느낌을 풍겼다. 촬영이 없는 촉망받는 신인 배우 같았다.

"괜찮아요. 내가 노크할게요."

클레어가 말했다.

"교장 선생님을 만나신 적 있나요?"

"아뇨."

"인터뷰를 하거나 그러실 건가요?"

"그래요."

클레어는 그렇게 대답하기로 했다.

"멋지네요."

소녀가 말하면서 열린 문틈을 살짝 들여다봤다.

"안내해줘서 고마워요."

클레어가 말하고, 소녀가 다시 복도를 내려갈 때까지 기다렸다.

"나를 만나려고 한 클레어 캠벨인가요? 손님이 길을 잃어버렸나 생각하던 참인데."

그가 문을 열면서 말했다. 클레어가 들어가자마자 그는 문을 완전히 닫고, 악수나 여타의 인사 없이 책상으로 몸을 돌렸다. 손님용 의자가 있었고 클레어가 걸터앉는 사이, 교장은 자기 의자에 앉아 모루처럼 생긴 머리에서 얇은 안경을 빼서 접어 책상에 두었다. 그는 클레어의 예상과 달랐다. 클레어는 입 밖에 내진 않았겠지만, 나비넥타이를 맨 약간 독특한 남자를 기대했다. 벽에 〈헬로 돌리〉 포스터 액자가 있을 줄 알았다. 대리석을 깎은 듯한 얼굴에 흰 수염 사이로 검은 수염이 극적으로 나고 찡그린 표정이었다. 클레어는 그의 크고 균형 잡힌 주먹을 쳐다보았다. 칼끝 같은 눈꼬리, 시무룩한 눈썹을 가진 남성적인 사람들을 볼 때마다 놀라웠다. 연로한데도, 힘을 잃은 게 아니라 간직하고 있다는 듯이 늙은 몸이 더 위협적이었다.

"자."

그가 책상에서 분홍색 '부재중' 메모지를 집더니, 안경도 쓰지 않고 읽고 내려놓았다. 습관인가? 보여주려는 행동? 로드 교장이 다시 말했다.

"우리 프로그램에 대해 질문이 있다고요."

클레어가 머릿속으로 수없이 그린 순간이었다. 더듬대며 약속을 정한 통화나, 배를 드러낸 줄리와 문 앞에서 의도치 않게 벌인 실랑이는 예상치 못한 상황이었다. 하지만 기대와 다르게 생긴 남자에게 뒤늦게 사실을 밝히는 이 순간은 여러 번 상상했다. 정보 정도가 아니라 동정을 받을 줄 알았다. 친절한 관심이나 도움이 되어 즐거운 기색을 보일 줄 알았다. 왜 그럴 거라고 생각했을까? 그가 게이일 테니 더 감성적일 거라고 생각해서 그랬을까?

"딱히 교육 프로그램에 관련된 질문은 아닙니다. 여기 등록했다고 짐작되는 사람에 대해 질문이 있습니다."

"그 사람이 누구일까요?"

클레어는 이 예상 질문의 대답을 오래 골똘히 고심했지만, 생각해둔 말이 머리에서 사라졌다. 대신 더듬더듬 서류철을 꺼내 종이 한 장을 뺐다. 교장은 그녀가 서류를 내밀고 있게 내버려두고, 천천히 안경을 펴서 쓰고 안경 너머로 응시했다.

"이걸 읽으라는 건가요?"

그가 여전히 서류를 받지 않고 물었다.

"그렇게 해주실 수 있으면 감사하겠어요. 내용이 저보다 선생님께 더 클리어(clear, 명확한)할 것 같습니다."

"부모님이 이름을 잘못 지었다는 말인가요?"

"무슨 말씀이세요?"

"클레어. 부모님이 이름을 '클레어'로 지었으니."

클레어가 멍청하게 쳐다보자 그가 재차 말했다. 그가 어떻게 그걸 아는지 클레어는 어리둥절했다. 첫 이름 이후 다른 이름이 생긴 걸 그가 어떻게 알까. 하지만 그 순간 그게 아님을 알아차렸다. 교장의 말을 잘못 알아들었지만 들킨 표정을 감추기엔 너무 늦었다. 그건 늘 바라던 상대가 알아봐주는 게 아니었고, 불쾌감이 솟구쳐 몸이 뜨거워졌다.

"'클레어'는 '클리어'란 뜻이지요."

그가 수고스럽게 설명했다.

"맞아요! 아니, 그걸 안다고요. 아까 잘못 알아들었어요."

로드는 안경 너머로 그녀를 한동안 쳐다보다가 서류를 받아 읽는다. 클레어가 줄줄 외우는 내용이다.

처음 몇 달을 이 사랑 많은 기독교 시설에서 지내며 이밴절린으로 알려진 아기는 1985년 1월, 건강한 기독교인, 백인, 16세 어머니에게서 태어났다. 생모의 모계는 스코틀랜드-아일랜드 혈통으로 이 지역에서 대대로 거주했고, 부계는 독일 혈통으로 역시 이 지역에서 대대로 거주했다. 어머니의 어머니는 비서 학교 출신, 어머니의 아버지는 직업학교 출신으로 지금까지 집안에 대학생은 없다. 어머니는 건강하고 활동적인 여아로 크면서 정상적인 성장 양상을 보였다. 이혼 때문에 교회 출석이 꾸준하지 않았지만 양쪽 가정에 기독교 전통이 있었다. 일찌감치 연기와 춤에 재능을 보여서, 지역 유수의 이 분야 학교에 합격했다. 여기 거주 당시 그녀는 자신을 꿈 많은 배우로 소개했다. 정상적인 임신 기간, 만기 정상 분만. 생부에 대해서는 백인, 기독교도, 양호한 건강 외에 알려진 바가 없다.

그는 글을 아주 천천히 읽는 사람도 읽고 남을 만큼 오랫동안 고개를 들지 않았다. 마침내 로드 교장이 말했다.

"이 이야기에서 내가 뭘 알아야 하지요?"

"'지역 유수의 이 분야 학교', 바로 이 학교예요."

"그럴까요? 이 엉성한 문단에 어느 지역을 말하는지 명확히 드러나지 않는데요."

"이 지역입니다."

"그럴까요?"

그는 다시 서류로 눈을 돌려, 심지어 한 줄씩 짚어가면서 읽었다.

클레어는 자기도 모르게 머리카락을 돌돌 말면서 말했다.

"그건 제 파일의 일부 내용이에요. 어느 지역인가는…… 파일의 나머지 부분을 보면 완벽하게 클리어해요."

"완벽하게 클레어군요."

"네."

그녀는 생긋 웃으려고 애썼다. 어쩌면 이게 그의 노림수였다, 그녀가 덜 심각하고 가벼워지길 바랐다. 이미 면담은 그가 노리는 대로 흘러갔다. 클레어는 노리는 게 있는 사람은 자신임을 얼핏 떠올렸다. 그녀가 말했다.

"어느 지역인지, 혹은 어느 학교인지 궁금한 게 아닙니다. 이 학교인 걸 아니까요, 가능성 있는 다른 학교가 없어요. 궁금한 건 어느 학생인가입니다……. 선생님 제자들 중에서, 어느 학생이 제 생모였는지."

"그러면 이게 본인인가요? '아기 이밴절린'이?"

"네."

이것도 몰랐다고? 그녀에게 일일이 설명하게 만들다니 창피한 노릇이었다. 하지만 늙었다는 게 어둔하거나 허약하다는 뜻이라면 교장은 늙어 보이지 않았지만 그래도 노인이란 사실을 클레어는 되새겼다.

클레어가 '네'라고 대답하자, 그는 여전히 까맣고 뻣뻣한 눈썹을 약간 추켜세우고 계속 미간을 찌푸렸다. 이 표정이 계속될수록 점점 의미 있는 표정 같아졌다. 한 가지 가능성은 '내 예상과 다른데'였다. 다른 가능성은 '내 예상과 똑같군'이었다. 또 다른 가능성은 '이제야 이 사람이 여기 온 게 이해되는군'. 또 다른 가능성은 '왜 이 사람이 여기 왔는지 종잡을 수가 없군'. 로드 교장은 여전히 눈썹을 추켜세우고 미간을 찌푸린 채 입을 열었다.

"그런데 어째서 모친이 내 제자였다고 생각하나요?"

클레어의 심장박동이 쭉 빨라지다가 이제 너무 빨라서 소리가 들릴 것 같았다. 뺨이 아주 발그레해졌을 터였다. 앞머리가 난 자리에 땀이 송골송골 맺혔다. 그녀가 로드의 말을 고쳐주었다.

"생모요. 제가 아는 것은 파일에……."

"파일에 그 사람이 지역 유수의 예술 학교에 합격했다고 나오지요. 다녔다는 내용은 없어요."

"다녔어요. 그렇다고 확신합니다."

"왜지요? 파일에 다른 곳이 나오지 않으니까 그게 완벽하게 클리어하다는 건가요?"

클레어가 대꾸하지 않자 그는 상냥하다 싶은 어조로 덧붙였다.

"미안해요. 힘들 텐데. 그렇게 중요한 일인데 정보가 너무 없으니 무척 힘들겠군요. 하지만 이 서류에 설명된 젊은 여성이 여기 학생이었더라도—의심스럽지만—내가 확인해 줄 수가 없어요."

"왜요?"

클레어가 물었다. 그가 자신을 방에서 내보내고 싶어 하는 기미가 느껴졌다.

"난 그런 식으로 학생의 사생활을 침해할 수가 없어요. 여성으로서 이해될 겁니다."

건물에서 나오다가 클레어는 길을 잃었다. 아니, 거기가 어딘지 몰랐고 점점 헤맸다. 그러다 보니 주차장에 서 있었지만, 주차한 차가 사라졌다. 아래를 보니, 고뇌하는 두 얼굴로 된 섬뜩한 마스크에 반짝이 구슬로 '방문자'라고 적혀 있었다. 마침내 건물에 들어간 문의 반대쪽 문으로 나온 걸 알았다. 두 문의 모양이 똑같았다.

파일을 로버트 로드에게 보여준 날, 클레어의 어머니가 세상을 떠난 지 딱 6개월 지났다. 원래 1년간 기다렸다가 모서리가 너덜대는 마닐라 서류철을 처리할 작정이었다. 장례식이 끝나고 아버지가 준 서류철에 놀랍도록 얼마 안 되는 문건이 담겨 있었다. 아버지는 어머니가 늘 사람들이 앉으면 초조해하던 '좋은' 소파에 어깨를 굽히고 앉아 딸의 어깨를 팔로 감쌌다. 그 무게 때문에 클레어도 어깨를 웅크려야 했다.

아버지가 말했다.

"엄마는 너를 격려하고 싶어 했어. 심지어 돕고 싶어 했지. 다만 어떻게 해야 할지 몰랐을 뿐이야."

클레어는 너무 울어서 대답하지 못했지만, 아버지의 말이 사실인 걸 이미 알았다. 어머니는 그렇게 병에 걸릴 줄 몰랐다. 겨우 66세에 세상을 떠났다. 클레어는 어머니가 도울 방법을 강구할 기회를 갖지 못한 게 속상해서 그런 다짐까지 했다. 하지만 1년간 서류를 건드리지 않는 것은 무의미하다는 걸 곧 인정했다. 처음 서류를 볼 때 슬픔이 깊은 나머지 두려웠다. 어머니가 같이 있으면, 같이 서류를 읽으면, 서류에 나온 사람은 어머니도 찾고 싶은 친구라고 말해주었더라면 좋으련만. 그게 클레어의 굳건한 바람이었다.

아버지는 농장에서 성장하다가 십대 시절 그의 아버지가 농장을 잃는 바람에 도시로 이주해 끔찍하게 살았다. 클레어가 어려서 자연에 관심이 없는데도 아버지는 재우면서 시골 얘기를 자주 해주었다. 어린 시절 농장에서 좋아하던 장소인 시냇가, 헛간, 그늘진 나무들. 할아버지가 세상을 떠난 후 집 지하실에서 '농장 일기'가 발견되었다. 누런 종이 뭉치에 거미가 기어가는 필체로 가축의 출생과 사망, 수확, 기상이변 사례가 적혀 있었다. 로버트 로드에게 파일을 보여준 다음 날, 클레어는 꼭두새벽에 일어나 제본소에 갔다. 이날은 비번이었지만, 농장 일기 타이핑을 마치고 프린트해서 제본까지 할 수 있었다. 아버지를 위해 몇 년 전부터 마음먹은 일이었다. 어릴 때 살던 집에 갔다. 아버지는 그 집에서 이사하겠다고 으름장을 놓곤 했다. 거기서 시리얼 한 사발을 먹으면서 아버지가 새로 만든, 알아보기 쉬운 농장 일기를 넘기는 모습을 지켜봤다. 웹에서 구한 서부 텍사스 사진들까지 넣어 편집했다. 읽으면서 아버지의 입술이 일자가 되자, 감격해서 눈물을 참는 중이라는 걸 클레어는 알았다.

끝까지 넘겨본 후 아버지가 말했다.

"고맙다, 똥강아지."

클레어는 아파트로 돌아왔고 고작 오전 9시였다. 아버지에게 로버트 로드를 찾아간 일을 말하지 않았다. 사실 파일을 받은 후, 다시는 그 이야기를 입 밖에 내지 않았다. 아버지가 아내의 후회를 말한 것은, 그가 개인적으로 꺼리는 화제임을 클레어는 알았다. 아버지가 이 일에 개입하지 않으려 해도 그녀는 속상하지 않았다. 반면 어머니의 양면적인 태도는 괴로웠다. 부모에게 다르게 반응하는 게 불공평한 줄 알지만 마음에 걸리지는 않았다.

모르는 번호로 걸려 온 전화를 받은 것은, 막 샤워실에서 나와 수증기 때문에 앞이 안 보여서였다. 클레어 캠벨을 찾는 걸쭉한 목소리를 듣자, 익숙한데 누군지 몰라서 놀랐다. 수건으로 몸을 감쌌고 머리는 젖은 상태였다. 이제 어머니가 없으니, 아침 시간에 전화할 사람이 없었다. 누가 전화했는지 알았을 때, 첫 반응은 자신이 그를 화나게 했다는 두려움이었다. 어떻게 전화번호를 알았을까? 당연히 면담 약속을 할 때 행정실에 번호를 알렸지만, 그 빤한 이유가 나중에야 기억났다.

"대화를 그렇게 끝낸 게 걸려서 말이지요."

그가 말했다. 거구가 머리를 숙이고 문을 지나듯, 그는 전화기에 숙이고 목소리를 내야 하는 듯 말했다. 그가 말을 이었다.

"그렇게 학교에서 날 놀라게 하니 내가 대처할 여지가 없었어요. 교칙이 엄격하니까. 그걸 알아야 할 겁니다."

클레어가 떨면서 대답했다.

"죄송합니다. 어디 가야 선생님을 찾을 수 있을지 몰랐거든요."

"돕고 싶어요. 하지만 그런 문제는 학교에서 논의할 수 없지요."

두 사람은 점심 약속을 잡았다. 약속 몇 시간 전 클레어가 뭘 입을지 고심할 때, 로드 교장이 전화해서 점심 식사 역시 문제가 있다고 말했다. 그가 워낙 알려진 인물이어서였다.

"게다가, 소피랑 나는 집에서 부테라 음식점보다 훨씬 맛있는 식사를 대접할 수 있거든요. 또 대화를 하기도 더 수월할 테고."

소피라는 말에 클레어는 그때까지 의식 못 했던 불편이 해소되었다. 다른 거북한 점들도 비슷했고, 답을 얻을 수 있을까에 대한 불안이 가장 컸다. 억제하지 못할 겁나는 목적에 정신이 팔려 다른 걱정은 밀려났다. 이제 약속은 저녁 식사로 바뀌었다. 로드 교장은 보기 드문 고층 건물에 살았고 지하주차장이 있었지만, 그녀는 거리에 주차할 때까지 그걸 몰랐다. 졸린 듯한 로비 경비원이 엘리베이터 쪽으로 손짓했다. 그는 발굽 모양으로 설치된 소형 TV 화면들 앞에 앉아 고개도 들지 않았다. 목적지는 꼭대기 층인 18층이었다―이 넓게 퍼진 도시에서 클레어의 지인 중 2층 이상 건물에 사는 사람은 없었다. 엘리베이터에서 내려 잠깐 복도 창으로 오렌지색과 잿빛이 섞인 석양을 보다가 초인종을 눌렀다.

클레어는 소피를 부드러운 머릿결이 나풀대는 순종적인 여자로 상상했다. 혹은 세련되고 거만한 유럽인. 아니면 촌스러운 블라우스를 입고 구슬 목걸이를 줄줄이 두른 유유자적한 보헤미안. 거물의 아내는 남편의 일부로만 존재할 수 있었다. 그녀는 어떤 부류의 여인일까? 검은 터틀넥과 검은 바지를 입은 로드가 문을 열었다. 여전히 풍성한 빳빳한 머리를 단단한 얼굴 뒤로 빗어 넘겼다. 클레어는 그가 수염을 다듬은 것을 의식하지 않을 수 없었다. 흑백 선들이 막 그린 듯이 선명했다. 아름다운 아파트는 입을 벌리고 감탄하고 싶게 만들었다. 빼곡한 서가와 검은 태피스트리들, 작은 타일이 상감된 소형 목제 테이블들을 돌아보며 자제해야 했다. 그녀가 지나갈 때 초대형 화분들의 빳빳한 잎이 몸에 닿았다. 고전 음악이 흘렀다. 교장은 미로 같은 유럽풍 가재도구 사이를 지나―소피도 유럽풍이겠지. 은발 올림머

리, 종잇장 같은 긴 팔에 낀 얇은 고상한 팔찌들—거실로
안내했다. 절반은 어둠에 잠긴 기념 공원 같은 정경일 터였
다. 마개를 딴 와인병과 잔 두 개가 쟁반에 놓여 있었다. 클
레어는 잔을 받고 앉아서 수줍게 마셨다. 직장 명절 파티 때
외에는 술을 마시지 않는데, 이 와인은 마셔본 어떤 술보다
그윽했다. 술잔의 목을 꼬집듯 꽉 잡았다. 로드는 손바닥을
뒤집어 손가락 사이에 잔을 끼고 감싸듯 잡았다. 클레어는
표현하긴 어렵지만 그가 잔을 든 모습이 신경 쓰였다. 로드
는 클레어가 앉은 소파의 맞은편에 앉아서, 주절대는 그녀
를 지켜보았다. 클레어는 숨을 쉬려면 말해야 하는 사람처
럼 떠들었다. 아파트가 얼마나 아름다운지, 정경이 얼마나
멋진지, 아는 사람들은 다 주택에 사는데 아파트에 사는 게
얼마나 독특한지.

마침내 로드가 입을 열었다.

"뉴욕 시민을 뉴욕에서 데려올 수는 있지만, 뉴욕 시민에
게서 뉴욕을 빼앗을 수는 없거든요."

"뉴욕 출신이세요?"

"원래는 벤슨허스트라는 졸리는 작은 동네 출신이에요.
하지만 아주 오래전 도망쳤고 여정이 여기서 끝났네요—클
레어의 여정이 시작된 곳에서. 당신에 대해 알고 싶어요, 클

레어. 내 이야기는 흥미로울 게 없어요."

클레어는 오랫동안 그의 질문들에 답했다. 로드는 질문을
아주 잘했다, 온라인 '들어주는 사람'보다 훨씬. 실제 상담
사를 만나면 이렇겠지. 지적인 분위기가 흐르고 약간 이국
적인 가구들이 구비된 방도 상담사의 방 같았다. 와인은 없
겠지만. 클레어가 말하는 사이 그가 잔을 다시 채웠다. 무슨
일 때문인지 아버지가 조기 퇴직당해야 했던 이야기를 했
다. 그는 밝히지 않았지만 클레어는 로드가 고수하는 원칙
이 있음을 알았다. 로드는 그녀의 삶을 조심스레 뒤지면, 클
레어가 뒤졌지만 못 찾은 것이 드러날 듯이 굴긴 했지만, 그
녀에게 알려주기 전에 먼저 그녀에 대해 알아야 했다. 그녀
가 대답 말미에 접어들 때마다 로드는 그녀의 이야기 밑으
로 새 질문을 밀어 넣었다. 그러니 어쩔 수 없이 그녀의 말
이 출렁댔고 방해받지 않았다. 클레어 스스로 끼어들어 대
답을 중단하고 그가 말해줘야 할 것을 묻고 싶었다. 그때 로
드가 벌떡 일어나서 말했다.

"식사합시다."

클레어는 비틀대며 그를 따라 양옆에 서가가 설치되어
있는, 좁은 복도를 지나 작은 식당으로 들어갔다. 식탁이 이
미 차려져 있었다. 새 잔 두 개, 다른 와인 병, 커다란 얕은

그릇에 담긴 음식.

"세비체*예요. 해산물을 먹겠지요? 소피는 고향인 카리브해 음식에 일가견이 있는 대단한 요리사거든. 소피가 없었다면 난 오래전에 곡기를 끊었을 거예요."

"소피가 합석하나요?"

"소피? 소피는 저녁이라 집에 돌아갔는데. 소피가 내 아내인 줄 알았어요?"

그는 클레어가 이런 생각을 했다는 데 무척 놀란 눈치였다. 로드가 말을 이었다.

"소피는 내 천사 같은 가정부예요. 소피에게 큰 신세를 지고 살지만, 가망은 없어도 혹시 그녀가 나를 차지한다고 해도, 난 다시는 결혼하지 않을 계획이에요."

"전에 결혼하셨어요?"

"가장 최근 아내와 나는 아들들이 성장하자마자 종지부를 찍었어요. 이제 아들 둘 다 결혼했고 우리보다는 결혼 생활을 즐기는 것 같아요. 아마도 격세유전인 게지."

유전적 혈통이 언급되었으니 클레어가 운을 떼기 딱 좋았지만, 로드는 그러지 못하게 했다. 우선 그는 그녀에게 음

---

* 날생선을 라임즙, 오일 등으로 버무린 남미 전채 요리.

식을 먹이는 데 주력했다. 마치 클레어가 이 음식을 싫어할 줄 알고 그럴 경우에는 그녀를 야단칠 것 같았다. 그때 음식 자체가 입안에 조심스레 자리 잡았다. 그녀는 세비체를 처음 먹었고, 로드가 부지런히 먹으면서 설명하지 않았으면 날생선을 라임즙으로 요리한 줄 짐작도 못했을 터였다. 사실을 알자 위와 혀가 불 없이 즙으로 요리된 듯 차고 뻣뻣해졌다. 맛있는 체하며 먹는 데만 온 신경을 집중해야 했다. 그녀가 말이 없자 로드가 카리브의 전통 축제에 대해 활기차게 이야기하면서 열심히 먹었다. 그는 마지막 음절을 강조하며 카니바아아알이라고 반복해서 말했다.

"안색이 창백해졌네. 괜찮아요?"

그가 빈 접시에 쨍 소리가 나게 포크를 내려놓으면서 말했다.

"와인 때문일 거예요."

클레어가 인정했다. 식탁에 앉았을 때 그가 따라준 와인은 거의 마시지 않았다. 예의상 입술에 댔지만 혀에 시큼한 액체가 닿자 기분 나쁜 침이 고였다.

"맑은 공기를 쐴래요? 지붕에서 보는 풍경도 좋아할 거라 생각했는데. 전용 테라스가 있어요."

이전이었다면 좋았을 것 같았다.

"그러죠."

클레어가 말하고 일어나서 다시 그를 따라, 좁고 짧은 휘어진 계단을 올랐다. 문으로 나가 후텁지근한 밤공기 속에 들어섰다. 보통은 실내 온도 조절이 잘 된 깨끗한 공기보다 그런 밤공기 속에 들어서는 게 더 충격적이었다. 외적인 무게가 떨어져나가고 신선해져서 자신에게 되돌아가는 기분이랄까. 여기서는 밖에 나오니 대형 식도에 흡수된 것 같았다. 그녀의 등 뒤로 문이 닫혔고, 로드는 몸을 돌려 한 걸음에 그녀를 문에 밀어붙였다. 그가 머리로 클레어의 머리를 누르자, 계절에 안 어울리는 검은 터틀넥 니트가 그녀의 목 아래 맨살에 긁혔다. 그가 입에 혀를 밀어 넣었다. 아버지보다도 연상일 남자치고 힘이 셌다. 클레어가 씹은 세비체와 그의 침이 섞인 맛 때문에 욕지기를 느끼는 사이, 로드가 그녀의 오른손을 잡아 바지 안으로 넣었다. 손이 허리띠를 지나 팬티 허리밴드를 지났다.

그가 헐떡댔다.

"거기, 거기."

로드는 그녀의 손을 눅눅한 국수 같은 살에 문댔다. 그것은 미지근한 액체를 분비했지만 살아나지 않았다. 클레어는 겁에 질려서 그게 살아나기를 바랐다. 그게 살아나지 않아

실패하면 더 나쁜 결과가 생길 것 같았다. 그녀는 몸을 비틀어 빠져나와, 배 속에 공기를 채우면 토악질을 막을 수 있을 듯이 숨을 들이쉬었다. 효과가 있었고, 구토를 누르려고 했다. 토하는 게 너무 창피해서, 토사물을 무기로 쓸 수 있다는 생각은 못 했다.

"이것 참."

그가 투덜대면서 클레어를 다시 문으로 밀어붙이고 손이 살 붙은 거미인 것처럼 꼼지락댔다.

"괜찮아…… 착한 클레어…… 괜찮아……."

마침내 그녀는 발을 딛고 그를 무릎으로 찼다. 빗맞았지만 그가 나자빠졌다가 경멸조로 잔뜩 노려보며 일어났다.

"서로 오해가 있었던 것 같군."

로드가 경고하듯 차갑게 말했다. 클레어는 수영 경기를 하고 물 위로 나오는 것처럼 몸을 일으켜 문고리에 기댔다.

클레어가 문을 홱 열자 로드가 덧붙였다.

"날 당황시키는군."

"미안해요."

그녀가 말했다. 문으로 나와 바삐 계단을 내려갔다. 현관문을 찾기 어려웠고 가방을 두고 나올 뻔했다. 엘리베이터에 타자, 왼손으로 블라우스와 스커트를 여미고 머리를 손질하면서, 오른손을 닦을 만한 걸 찾았다. 평소 드는 토트백이 아니라 작은 핸드백을 가져와서 휴지가 없었다. 엘리베이터 숫자판에 G층이 표시될 때, 엘리베이터 안의 섬유 비슷한 벽면에 오른손을 문질렀다.

로비로 나가니 경비원은 고개를 들지 않았고, 사실 고개를 숙일 듯한 순간에 그녀가 쏜살같이 지나쳤다. 소변이 급했고, 너무 급해서 길바닥에서 쌀 것 같았다. 차를 몰고 집으로 가면서 오직 그 생각만 했다. 얼마나 소변이 마려운지, 그 생각이 뇌와 사타구니에 창처럼 박혀서 다른 감각을 몰아냈다. 다음 날 '들어주는 사람'과 '대화'에 네 시간과 200달러를 쏟아부으면서 계획―몇 가지 계획―을 세웠다. 하지만 따로 처리되고 충족되어야 할 욕망과 감정처럼 계획들끼리 엇갈렸다. 아버지에게 어떻게 말할지와 아버지에게 어떻게 말하지 않을지. 로버트 로드를 어떻게 대면할지와 로버트 로드를 어떻게 잊을지. 어떻게 대답을 요구할지와 어떻게 묻고 싶은 질문을 멈출지. 거기 매몰되어 너무 큰돈을 썼고 '고객 별'을 너무 많이 받았다. 그 습관에서 벗어나려고, 비용은 덜 들지만 어찌 보면 똑같이 비싼 습관을 들였다. 학교 페이스북 페이지를 계속 확인했다. 자주 로버트 로드가 등장했고, 클레어는 거기서 어떻게 할지 단서를 찾으려 했다. 결정적인 게 없어서 그녀는 아무 조치도 취하지 않았다. 3년이 흘렀다. 다양한 학교 소식들이 게시되었다. 하나는 학교 최장 근속 직원인 비서 벨바 윌슨의 사망 소식이었다. 또 하나는 학교 최장 근속 교원이자 '연극 프로그램' 설립자인 로버트 로드의 사망 소식이었다. 클레어는 그의 헌정 행사에 갔고 새로운 사실을 얻지 못했다. 이후 페이스북에 교명을 로버트 로드 예술학교로 바꾸려던 결정이 '과거 제자를 성추행했다는 믿을 만한 의혹' 때문에 번복되었다고 고지되었다. 클레어는 마침내 학교의 소셜 미디어 페이지들의 팔로우를 취소했다.

하지만 그 전에 그녀가 더운 주차장에서 희비극 마스크를 쥐고 멍하니 서 있던 날—

—결국 온 길을 되짚어가야 한다는 걸 알았다. 다시 들어가 중앙홀로 가서 행정실에 들어갔다. 다들 점심 식사를 하러 가서 사무실이 비었지만, 아까 보지 못한 땅딸한 노부인이 있었다.

"이걸 반납하려고요."

클레어가 방문자 패스를 내밀었다. 노부인은 겁나는 듯

몸을 젖혔다.

"세상에. 이럴 수가. 더 가까이 와봐요."

'벨바'라는 명찰을 단 여직원이 말했다.

클레어는 꿈꾸듯 가까이 다가갔고 노부인은 자리에서 일어났다. 그녀는 가죽 같은 손을 뻗어 클레어의 뺨에 댔다.

"그러니까 스무 살이 넘었겠네."

클레어는 노인의 쉬쉬대는 소리가 싫었고, 그녀의 손길에 얼어붙었다.

"스물다섯이요."

"맞아."

벨바가 의기양양하게 말했다. 그녀는 다시 의자에 주저앉아 클레어를 지긋이 바라보았다. 그녀가 물었다.

"그들이 이름을 뭐라고 지어줬어요, 아가씨?"

어쩜 이렇게 이상한 질문이 있을까!

"저는 클레어인데요."

클레어는 무뚝뚝하게 대꾸하고 방문자 패스를 책상에 떨어뜨리고 나갔다. 이번에는 길을 제대로 찾아서 차를 세웠던 주차장으로 나갔다. 차 문을 열고 시동을 걸고 페달을 필요 이상으로 힘껏 밟으며, 잿빛 석조 건물을 멀리 떨치고 나갔다. 그 건물이 없어지고 거기서 만난 사람들이 죽은 후에야, 로버트 로드의 비전이 담긴 멋진 신축 교사의 이름을 그의 이름으로 지으려다가 취소된 후에야 클레어는 깨달았다. 오래전 그 노부인이 자신을 왜 그렇게 쳐다봤는지.

엉뚱한 사람이 봐도 우리를 알아볼까?

하지만 돌아가서 '그녀의 이름을 알려주세요'라고 말하기에는 너무 늦었다.

소설을 쓰는 것은 꿈꾸는 것과 같습니다. 인식할 수 있는 것과 상상도 할 수 없는 것, 일상적인 것과 끔찍한 것이 전혀 예측할 수 없는 식으로 합쳐져, 결국 실제 삶과는 전적으로 다른 무언가로 변하지만, 바라건대 어떤 면에서는 우리가 공유하는 인간의 삶과 관련이 있습니다. 이 책을 쓰는 것도 이상한 꿈을 꾸는 과정과 같았지만, 대부분의 꿈꾸는 사람들과 달리, 저는 많은 분들의 도움을 받았습니다. 레베카로, 제이슨 노들러와 휴스턴 공연시각예술고등학교의 모든 동문들과 은사들께 감사합니다. 제 모교는 저의 소설 속의 뒤죽박죽인 CAPA의 단연코 좋은 면들만 지닌, 악몽이 아니라 꿈꿀 수 있는 학교였습니다. 처음 원고를 읽고 좋아해주고 꿈의 부분들을 위해 아이디어들을 준 세스 킹과 세미 첼라스에게 감사합니다. 초기에 도움을 준 린 네스빗과, 작품이 마무리된 것을 알고 원고를 전달해준 진 어에게, 원고를 환영하며 받아주고 출간해준 바버라 존스와 헨리홀트 출판사의 모든 분들께, 그리고 귀한 공간과 시간을 준 맥도웰 콜로니에 감사합니다. 마지막에 거론하지만 누구보다도, 엘리엇과 덱스터, 피트에게 고맙습니다.

엊그제 덕수궁 돌담길을 걷다가 내가 다닌 중학교 앞을 지났다. 난 예술중학교에서 미술을 전공했다. 학급 수가 일반 중학교의 절반 이하였고, 교사에는 제대로인 운동장도 없었지만, 아침에 학교에 들어가면 음악 전공생들이 연습하는 연주가 들렸다. 중학교 시절은 그 소리와 작은 잔디밭에 쏟아지는 아침 햇살이 어우러진 풍경으로 남아 있다.

수전 최의 소설《신뢰 연습》은 1980년대 미국 남부 도시에 있는 공연예술 특목고에서 이야기가 시작된다. 뮤지컬이나 연극 연기자를 꿈꾸는 만 14세의 사춘기 청소년들이 예술고등학교에 입학해서, 브로드웨이 출신인 카리스마 넘치는 게이 교사 킹슬리의 지도를 받는다. 그가 진행하는 수업이 '신뢰 연습'이다. 신뢰 연습은 주로 집단 심리 치료에서 구성원들이 위험한 상황에서도 서로 신뢰하게 만드는 훈련 방식이다. 신뢰 연습 시간을 통해 세라와 데이비드는 좋아하는 사이가 되고, 3부로 구성된 이 소설의 1부와도 같은 첫 번째 '신뢰 연습'에서는 두 사람의 관계를 비롯해 주변 친구들이 현실과 관계에서 충격과 상처를 받으며 성장하는 이야기가 펼쳐진다. 세라와 데이비드는 사랑한다고 믿지만 감정 표현이 미숙해 어긋나고, 세라는 영국 예술고등학교 방문팀으로 온 24세의 배우 지망생과 관계를 맺는다. 사춘기 청소년들의 일탈에 가까운 무모한 경험, 그들을 보살피기보다는 이용하는 무책임한 어른들. 거기서 생긴 감정과 관계의 균열은 어른이 된 이들의 삶에 어떤 영향을 미칠까. 그 이야기가 두 번째와 세 번째 '신뢰 연습'에서 펼쳐진다.

1, 2, 3부 모두 '신뢰 연습'이란 제목이 붙어 있고, 1부의 인물들이 2부에 나오지만 화자와 주인공이 달라진다. 3부에는 2부와 관련된 인물이 화자로 나와 자신의 이야기를 풀어낸다. 각 부는 서로 이어지지만 또 알고 보면 1부는 14년 후인 2부의 근간이 되는 소설이었음이 드러난다. 화자가 달라지면서 1부의 이야기가 얼마만큼 진실이고 허구인지, 우리의 기억이 얼마만큼 진실이고 허구인지 집요하게 파고든다. 작가가 그리는 인물들의 과거와 현재, 미래를 따라가다 보면 뫼비우스의 띠처럼 시작과 끝이 없는 것이 삶의 진실일까 생각하게 된다. 또한 각 부를 통해 작가가 차곡차곡 쌓아가는 진실과 거짓이, 결국 각자의 눈으로 본 진실을, 거짓을 어떻게 감당해야 할지 궁금해진다.

수전 최는 한국인 아버지와 러시아계 유대인 혈통의 어머니 슬하에 태어났고, 오랜 세월 소설을 썼으며,《신뢰 연습》은 다섯 번째 작품이다. 작가는 여러 문학상을 받았고, 이 책은 2019년 전미도서상 소설상을 수상할 만큼 문학성이 짙다. 세 편의 연극을 본 듯한 다양한 느낌과 울림을 주는 소설이다. 읽는 마음에 따라 아주 다른 소설이 될 수 있어 매력적이다.

공경희

신뢰 연습

초판 1쇄 인쇄 2020년 11월 11일
초판 1쇄 발행 2020년 11월 20일

지은이 수전 최
옮긴이 공경희
발행인 박효상
편집장 김현
기획·편집 김준하 김설아
디자인 이연진
표지·본문 디자인 엄혜리
마케팅 이태호 이전희
관리 김태욱

종이 월드페이퍼 **인쇄·제본** 현문자현 | **출판등록** 제10-1835호
펴낸 곳 사람in | **주소** 04034 서울시 마포구 양화로11길 14-10(서교동) 3F
전화 02) 338-3555(代) **팩스** 02) 338-3545 | **E-mail** saramin@netsgo.com
Homepage www.saramin.com

왼쪽주머니는 사람in의 임프린트입니다.
책값은 뒤표지에 있습니다.
파본은 바꾸어 드립니다.

ISBN 978-89-6049-869-3 03840